Anke Krügel

Mensch, Manu!

So war das nicht geplant

Roman

Handlung und beschriebene Situationen in dieser Geschichte sind zum Teil an tatsächliche Ereignisse angelehnt, zum Teil reine Fiktion. Die einzelnen Charaktere sind Fiktion, Ähnlichkeiten mit lebenden oder verstorbenen Personen sind nicht beabsichtigt.

Bibliografische Information der Deutschen Nationalbibliothek: Die Deutsche Nationalbibliothek verzeichnet diese Publikation in der Deutschen Nationalbibliografie; detaillierte bibliografische Daten sind im Internet über http://dnb.dnb.de abrufbar.

Covergestaltung: Raffaella Peruffo

Herstellung und Verlag: BoD – Books on Demand, Norderstedt

ISBN: 978-3-7504-0440-3

MAN ERLEBT NICHT DAS, WAS MAN ERLEBT, SONDERN WIE MAN ES ERLEBT.

Wilhelm Raabe

Prolog

EINS IST KLAR: Die Abi-Zeit ist eine ziemlich aufregende Angelegenheit. Schließlich werden in nur zwei Jahren die berühmten Weichen für die Zukunft gestellt. Wenn, wie in meinem Fall, auch noch das Jahr 1989 und die erste große Liebe (und viele kleine), der Mauerfall und solche Sachen dazukommen ... Sagen wir es mal so: Wer weiß, ob es jemals wieder so spannend werden wird. Ich glaube nicht. Es ging schließlich um nicht mehr und nicht weniger als mein Leben. Das musste mit Siebzehn ja endlich einmal anfangen, oder etwa nicht? Einige Pläne hatte ich ja, zu Beginn ...

Aber lest selbst, wie sich alles abgespielt hat. Ich habe ein paar Sachen aufgeschrieben. Das ist so eine Macke von mir. Aber nicht, dass ihr denkt, ich führe ein Tagebuch. So ein Buch etwa, auf dem *Tagebuch* draufsteht, mit Blumenbordüre oder Herzchen drum rum. Ich nutze kleine Notizbücher, die mir zu Hause in die Hände fallen, liniert und mit schwarzer oder roter Plastebeschichtung, oder alte, nur halb vollgeschriebene Schulhefte. Und ich schreibe nicht jeden Tag, sondern nur, wenn sich etwas Bemerkenswertes ereignet hat.

Manchmal frage ich mich, ob ich, wenn Tina noch da wäre, lieber mit ihr alles bequatschen würde, als wie verrückt Notizbücher und alte Schulhefte vollzuschreiben. Oder würden wir uns gar nicht verstehen? Streiten oder aus dem Weg gehen? Soll es alles geben. Nein, da bin ich mir sicher: Wir zwei wären die besten Freundinnen!

Ach, entschuldigt bitte, ich habe mich noch gar nicht vorgestellt: Manuela Busch, geboren und immer noch wohnhaft in Strausberg, das ist in der Nähe von Berlin. Im Osten. Eine Stunde mit dem Auto oder der S-Bahn, und man ist am Alexanderplatz. Den kennt ihr ja sicher, unser berühmtes Stadtzentrum, also das von Ostberlin.

Mit meinem Namen ist das so eine Sache. Wenn ich irgendwo „Mensch" oder „Manno" höre, oder gar „Mensch, Manno" (was meistens klingt wie Mensch, Manu) zucke ich zusammen. Und auch ohne „Mensch" davor, ist Manu schon schlimm genug. Manuela mag noch ganz passabel sein, aber hatten sich meine Eltern damals nicht überlegt, wie man diesen Namen verhohnepiepeln kann? Sie wollen mir einreden, dass „Manu" niedlich klingt. Sie selbst nennen mich aber gar nicht so: Vati sagt Manuela, Mutti betitelt mich oft mit Maus, Motte, Schnecke oder ähnlichem Getier. Manchmal grübele ich, wie ich am liebsten genannt werden würde. Ich tendiere ja eher zum zweiten Teil meines Namens. Ela. Oder Eli. Mein Freund fand solche Kurzformen leider doof. Vielleicht war das schon ein Zeichen, dass es mit uns kein gutes Ende nehmen konnte. Oder lag es einfach am Irrsinn dieser Zeit? Waren wir selbst unseres Glückes Schmied oder gab es ein Schicksal, an die äußeren Umstände gebunden?

Genug der pseudophilosophischen Fragen! Ich fange besser mal von vorne an, sonst versteht ihr gar nicht, wovon ich eigentlich rede.

Teil 1

KENNT IHR DAS AUCH? Ihr habt nächtelang kein Auge zugekriegt, weil eine wahnsinnig wichtige Veränderung vor der Tür eures Lebens steht, ihr habt euch das Ganze in den schillerndsten Farben ausgemalt, und dann kommt statt des großen Paukenschlags: nichts. Alles geht so weiter wie bisher. Da fühlt man sich wie im falschen Film.

So ging es mir an diesem Donnerstag, dem 1. September 1988, meinem ersten Tag an der Erweiterten Oberschule General Karol Swierczewski-Walter. (Weil das so kompliziert klingt, spreche ich im Folgenden mit dem Volksmund und sage einfach Penne.)

Seit mindestens zehn Minuten stand ich bereits vor Danis Haustür. Ich nestelte nervös an meinem rosa Perlenarmband. Zum Auftakt gleich zu spät anzutanzen, war keine gute Idee. Vielleicht hätte ich mich Torsten anschließen sollen, der gerade an mir vorbeigetrottet war. Aber Torsten war maulfaul, und heute hatte ich fest geplant, mich zu amüsieren. Sagen wir mal, ich wollte an diesem großen Tag locker und entspannt sein. Da hatte ich auf Dani gesetzt. Mit ihr war es nie langweilig. Das hatte sie in zehn Jahren an der Friedrich-Engels-Oberschule bewiesen und wir würden auch in den zwei Jahren Penne gemeinsame Sache machen. So hatten wir es uns jedenfalls versprochen. Aber ausgerechnet heute ließ sie mich warten. Auch wenn es nicht regnete, konnte ich mir Besseres vorstellen, als vor ihrer Haustür

Maulaffen feilzuhalten. Ich war gerade dabei, meinen Arm erneut in Richtung Klingelknopf auszustrecken, da hörte ich, dass im Hausflur eine Tür ins Schloss fiel. Na also! Wahrscheinlich war sie wieder mal nicht vom Spiegel losgekommen. Weil der Pony nicht im richtigen Winkel ins Gesicht fiel, die Nase nicht schön gepudert war, oder was auch immer. Ich musste grinsen. Ich war selbst nicht viel besser. Zumal, wenn es sich um den Antritt in einer neuen Klasse handelte. Da wollte man nicht negativ in die Augen stechen. Wer weiß, welche Jungs noch so aufkreuzen würden. Ein paar oder sogar die meisten kannte ich schon, leider, aber Hoffnung bestand schließlich immer.

Dani sah auch heute zum Herbstbeginn mal wieder aus wie der Frühling höchstpersönlich: hellgelbe Bluse, weiße Pluderhose. Bestimmt selbst genäht. Oder aus dem Ex. Eins von beidem. Was anderes, Jugendmode oder so, kam für Dani nicht mehr in die Tüte. Beziehungsweise an ihren wohlproportionierten Körper. An ihren Ohren baumelten diesmal große, goldfarbene Kreolen. Pling, pling, schaut her! Danis Tante arbeitete im Kurzwarengeschäft und war, das lag nahe, Hobbyschneiderin. Dani stand ihr manchmal Modell und durfte hin und wieder etwas behalten. Diese Klamotten hatte keine außer ihr. Das konnte kriegsentscheidend sein, Leute! Ich erinnere mich genau – wir gingen in die siebente Klasse oder so – da hatte ich in der JuMo eine glänzende weiße Windjacke bekommen und war mächtig stolz auf sie gewesen. Dani war sicher auch stolz gewesen auf ihre Jacke, die aber leider dieselbe war, nur in Rosa. Die zog sie deshalb nicht mehr an, jedenfalls nicht in der Schule, wo sie mich hätte treffen können. In der gleichen Jacke.

„Hey, wartest du schon lange?"

„Ach was, fünf Minuten vielleicht", log ich.

10

Dani schaute ein wenig schief, lächelte aber gleich darauf ihr berühmtes honigsüßes Lächeln.

„Gehen wir!"

Wir hatten etwa eine halbe Stunde Fußweg vor uns. Den Bus nahmen wir aus Prinzip nicht. Schließlich achteten wir auf unsere Figur, und da passten ein paar Schritte an der frischen Luft gut ins Konzept. Wie erwartet, plapperte Dani die ganze Zeit von sich und was sie in den Sommerferien erlebt hatte. Nach dem Rügendamm waren wir gerade mit ihrer ersten Stranddisko durch. Ich kommentierte ihre Ausführungen, indem ich abwechselnd zustimmende oder Erstaunen bekundende Bemerkungen einwarf. Angeblich war sie auch in Ungarn am Balaton von einem Haufen Verehrer belästigt worden. Ein Westler sei auch dabei gewesen. Aber mehr als langsam tanzen und ein bisschen knutschen hatte sie mit keinem gewollt. Alles Blödmänner, meinte sie. Manchmal fragte ich mich, ob Dani überhaupt schon mal richtig mit einem gegangen war. Mit Kai Hannichs vielleicht. Obwohl ich mir das nicht vorstellen konnte. Dani war eine, die gab nur an, wahrscheinlich steckte nichts oder nur wenig dahinter. Klar gafften die Typen ihr nach, wollten mit ihr rumhängen und so, aber Liebe? Ob das bei ihr ging?

Auf Höhe des Kunstgewerbeladens fragte Dani plötzlich: „Und wie war's bei euch in Zwickau?"

Ich hatte gar nicht mehr damit gerechnet, dass ich auch zu Wort kommen würde. Als ob ich nur in Zwickau bei meiner Schwester gewesen wäre …

„Ach, da war ich doch nur eine Woche. Wie soll's gewesen sein? Familienleben. Kinderwagenschieben und soon Zeug."

Es gefiel mir immer gut bei Beate, ich wollte auch mal so leben, vielleicht. Verheiratet, zwei Kinder. Ein Junge und ein Mädchen. Eiapopeia. Aber das passte hier nicht ins Thema.

„In Witebsk, das war nicht schlecht."

Mal sehen, wie sie reagierte. Das mit dem Arbeitslager konnte sie nicht vergessen haben, sie war volle Kanne eifersüchtig gewesen, dass ich da mitfahren durfte und nicht sie. Obwohl sie genau wie ich die besten Voraussetzungen mitbrachte, mit einem Vater bei der Armee und einer Mutter in der Volksbildung.

„Ach so, na eben. Erzähl mal!"

Ich ließ mich nicht zweimal bitten. Drei Wochen „Lager für Erholung und Arbeit in der UdSSR", wie es offiziell hieß, zu dem ich zwecks Auszeichnung gefahren war, lieferten Stoff für einen mittelprächtigen Roman. Von der Länge her, meine ich. Allein schon die Truppe: Insgesamt zwanzig Jungen und Mädchen, die anschließend an die EOS kamen, waren von allen Abschlussklassen in Strausberg auserkoren worden. Deshalb kannte ich jetzt schon so viele, nicht nur die Leute aus meiner ehemaligen zehnten Klasse, sondern auch einige aus anderen Schulen. Als ich gerade anfing, mich in meine Berichterstattung hineinzusteigern, unterbrach mich Dani mit einem grellen Aufschrei.

„Hey, guck mal wer da drüben läuft!"

Auf der anderen Straßenseite, vor der Sparkasse, lief nicht nur einer, sondern eine ganze Meute Leute in unserem Alter. Klar, dass sie dasselbe Ziel hatten wie wir. Ich erkannte aber schnell, wen sie gemeint hatte: Andreas Schmidt, der Typ aus unserer Parallelklasse an der Friedrich-Engels. Das war auch einer dieser Kandidaten, die förmlich an ihr zu kleben schienen, wann immer sie irgendwo zusammen in einem Raum waren. Schuldisko, FDJ-Versammlung, was auch immer. Und in seinem Fall war Dani besonders stolz, er war schließlich der Mädchenschwarm unseres Jahrgangs. Mit so einem Verehrer schmückte sie sich gern. Jetzt schaute Andreas Schmidt zu uns rüber. Er hob kurz die Hand.

„Hallo ihr beiden."

Na also, es ging doch. Er hatte uns beide, das hieß, auch mich gemeint. Nicht, dass ich scharf auf den Schmidt wäre. Dazu war er mir zu gelackt. Gutes Aussehen, klar, aber so geschniegelt und gestriegelt, das war nicht mein Fall. Mir gefielen natürliche Typen. Was auch immer das genau bedeutete.

Mit den Kerlen war das so eine Sache bei mir. So richtig gefunkt hatte es noch nie. Nicht, dass ich keine Verehrer hatte. Aber die, die mir auch gefielen, schienen mich nicht zu beachten. Alle anderen Mädchen in meinem Alter – von Dani mal abgesehen, die zählte hier nicht – hatten schon einen Freund gehabt. Mindestens einen richtigen. Vielleicht war ich zu sehr aufs Lernen fixiert gewesen. Damit war jetzt Schluss! (Mein fester Vorsatz für die Penne.) Es musste noch etwas Anderes geben. Das wahre Leben. Und die wahre Liebe.

Sollte ich Dani noch von Nico erzählen? Mit ihm hatte es im Lager den ein oder anderen aufregenden Moment (in meiner Fantasie auf jeden Fall!) gegeben. Lieber nicht, sonst könnte sie auf ihn aufmerksam werden. Wenn das nicht sowieso passieren würde.

Wir kamen auf den letzten Pfiff am Schulhof an. Als wir die steilen Treppen zum Eingang hochhasteten, überholte uns ein großer, braunhaariger Typ und entschuldigte sich dabei kurz mit einem: „Hoppla, mal kurz vorbei hier."

„Kennste den?", raunte mir Dani hinter seinem Rücken zu.

„Noch nicht", raunte ich hoffnungsvoll zurück.

Sechs Stunden konnten sich ewig in die Länge ziehen. Erst recht, wenn man in jeder zweiten einen neuen Lehrer vorgesetzt bekam, der ganz offensichtlich versuchte, sich überzeugend und autoritär darzustellen. Vor allem schienen sie alle eins im Sinn zu haben: uns einzuschüchtern. Wie wir uns das denn so vorgestellt hätten. Und dass es an der Oberschule gemütlich zugegangen wäre. Dass jetzt andere Töne angeschlagen würden. Dass wir uns an den Ernst des Lebens gewöhnen müssten. Dass wir unsere Hobbys höchstwahrscheinlich und Rumgammeln garantiert vergessen könnten. Wer hier mithalten wollte, der würde sich auf den Hosenboden setzen und pauken müssen. Auch am Wochenende, damit das klar sei.

Wir waren alle schlecht gelaunt, als wir am frühen Nachmittag nach Hause liefen. Wir, das waren Dani, Kerstin, ich und eine neue, Sabine. Neu war Sabine nur für uns, denn sie war aus der Thälmann. Die einzige in unserer Klasse. Sie saß neben mir und hatte gleich Kontakt zu uns gesucht, und da wir auf dem Heimweg ein Stück Weg gemeinsam hatten, konnten wir sie schlecht abservieren. Wir wären lieber unter uns geblieben, um das Geschehene durchzuhecheln. Mit Neuen musste man erst auf Tuchfühlung gehen. Man wusste nicht, wie sie drauf waren.

„Seid ihr eigentlich immer so maulfaul?", fragte Sabine nach einer Ewigkeit, die wir schweigend nebeneinander her getrottet waren.

„Quatsch", antwortete Kerstin schnippisch, „aber bist du denn nicht deprimiert, nach der Leier heute?"

„Ach was. Ich kann mir nicht vorstellen, dass es wirklich so schlimm kommt. Die hauen nur auf den Putz, um sich Respekt zu verschaffen", erwiderte Sabine überzeugt.

Ich war mir da überhaupt nicht sicher. Es musste doch ein anderer Wind wehen, für die, die studieren wollten. Da musste die Spreu vom Weizen getrennt werden. Wir von der Russischschule dürften aber keine Probleme haben, hatte Mutti behauptet. Sie war es gewesen, die darauf bestanden hatte, dass ich zur Penne ging. Vati natürlich auch. Wenn es nach mir gegangen wäre, dann hätte ich eine Ausbildung gemacht. Zur Reiseverkehrskauffrau. Und später in einem schicken Hotel gearbeitet, Interhotel oder so. Da brauchte man Sprachen, da kamen Besucher aus aller Welt hin. Aber Mutti hatte mich oder sagen wir mal, meine Ambitionen in dieser Hinsicht, nie ernst genommen.

Willst du denn dein Leben damit verbringen, an der Rezeption Schlüssel auszugeben?

Natürlich nicht. Aber immer schick gekleidet und mit perfektem Englisch, Russisch oder anderen Weltsprachen die Gäste betreuen, war das etwa nichts?

Meine Eltern hatten Besseres für mich vorgesehen.

Wer, wenn nicht du, Manuela, soll denn studieren.

Schließlich hatte ich die Oberschule als Klassenbeste mit Auszeichnung abgeschlossen. Ich verstand das, dachte aber auch: Vielleicht ist nicht immer das, was man kann, auch das, was man will. Und wenn man vieles gut kann, was war dann das Richtige? Ich liebte Bücher, rannte so oft es ging ins Theater, hatte mein Leben lang Geräteturnen und Ballett trainiert. Aber ich nahm auch jedes Jahr wieder an der Kreis-Matheolympiade teil. Einmal sogar auf Bezirksebene. Mathe konnte ich auch. Es machte Spaß. Wenn man etwas konnte, machte man es gern.

Aber Leidenschaft war anders, Leute! Dieses Kribbeln im Bauch, das gab es nicht beim mathematischen Beweis, oder beim Chemie-Experiment (ich spreche hier nur für mich, ich kann nicht ausschließen, dass es den diesbezüglichen Genies anders ging). Richtig aufregend wurde es beim Wettkampf, auf der Bühne, im Theater. Aber erklär das mal deinen Eltern. Die wissen immer, was richtig für dich ist. Und wer mit Einsen in allen Fächern glänzte, der sollte was Anständiges studieren. Dabei waren es die unanständigen Sachen, die mich interessierten. Theater, Literaturwissenschaften, so etwas. Mit diesen verwegenen Hintergedanken hatte ich mich auf den Handel eingelassen. Penne, na gut. Danach sehen wir weiter.

Nun kam ich nach dem ersten Tag nach Hause, und meine Welt stand Kopf. Wir Mädchen hatten uns nur knapp verabschiedet, ohne zu fragen, was die anderen am Abend noch vorhätten. Es war Donnerstag, zwei Schultage waren zu überstehen, und am Wochenende könnten wir einen draufmachen und den ganzen Scheiß vergessen. Heute wollten alle nur ihre Ruhe haben.

Als ich in die Wohnung kam, saß Mutti wie üblich am Wohnzimmertisch und bereitete Schulstunden vor. Heute legte sie sofort den Federhalter beiseite und sah mich forschend an. Kaum hatte sie die ersten Fragen gestellt, da kamen mir schon die Tränen. Ich kriegte mich nicht mehr ein.

„Ich schaffe das nicht, es hat keinen Zweck", schluchzte ich zwischen einem Naseschnauben und dem nächsten. Und das war keine Übertreibung, nicht, dass ihr das denkt, es war mein voller Ernst. Warum, verdammt noch mal, verstand sie mich nicht?

„Lass mich in Ruhe. Ich gehe da nicht mehr hin, das kannst du nicht verlangen."

Irgendwann hörte Mutti auf, mich überzeugen zu wollen. Sie setzte wohl darauf, dass ich selbst wieder zu Verstand käme. Zu Verstand kommen ... so drückte sie sich gerne aus. Dabei ging es hier um mein Leben, verflixt und zugenäht! Was sollte denn die Quälerei, wenn ich es womöglich nicht schaffen würde, dieses dämliche Abitur. Das ich gar nicht machen wollte. Mit einem Packen Zellstofftaschentücher verzog ich mich schließlich ins Kinderzimmer. Ich hockte mich zum weiteren Schluchzen auf die Couch, meine geliebte Romy Schneider sah mir von ihrem Filmspiegel-Poster aus zu. Ach Romylein! Du würdest mich verstehen. Du hast immer das gemacht, was du wolltest. Mit Mutti (und Vati) hatte es keinen Zweck zu diskutieren. Sie allein meinten zu wissen, was gut für mich war.

Oder traf hier die alte Lebensweisheit zu: Schlaf erstmal eine Nacht drüber, dann sieht die Welt schon ganz anders aus?

Ich schlief danach sogar zwei Nächte, aber meine Weltanschauung, was die Penne betraf, hatte sich noch nicht geändert. Wenn alles nichts half, dann half vielleicht ein Wochenende so wie früher, mit Mutti und Vati. Und das begann mit einem leckeren Mittagessen am Sonnabend nach der Schule. Krautnudeln, die standen schon lange auf meiner Wunschliste. Und nach dem Kompott (selbst eingeweckte Kirschen) gab es einen krönenden Abschluss, wie er uns nur selten vergönnt war: Negerküsse. Die hatte Vati auf dem Stadtfest ergattert, das heißt, eine knappe Stunde lang brav dafür angestanden. Er hatte gleich einen kompletten Karton mit drei Lagen genommen – die höchstverkäufliche Menge pro Bürger – man konnte sie ja in der Hausgemeinschaft weiterverkaufen. Für uns genügte eine Lage, schließlich hielten sich die Schokoküsse, wie der VEB Grabower Dauerbackwaren sie nannte, nicht ewig frisch.

„Gehst du heute Abend gar nicht ins Volkshaus?", fragte Mutti schmatzend, während sie sich mit dem Finger einen Tupfen Negerkussschaum, der auf die Bluse gekleckert war, in den Mund beförderte.

„Keine Ahnung, glaube nicht."

Ehrlich gesagt, war ich mit Dani und Kerstin so verblieben, dass sie mir Bescheid sagen würden, wenn sie noch Lust auf Disko bekämen. Die beiden hatten keinen Bock gehabt. Aber ich wusste, dass bei so unverbindlich Dahergeredetem meistens nichts herauskam. Vielleicht hieß eigentlich nein, oder falls sie am Ende gingen, würden sie mir wahrscheinlich nicht Bescheid geben, aber das war mir diesmal egal. Ich hatte mich innerlich darauf eingestellt, einen ruhigen Fernsehabend zu genießen, vielleicht gäbe es sogar ein Gläschen Sekt mit Pfirsichen.

Was sollte ich heute schon verpassen? Kai würde sowieso nicht da sein, er hatte in Potsdam eine Ausbildung begonnen, da käme er nicht jedes Wochenende heim. Das hatte ich bei Conny aufgeschnappt, die gestern in der Pause mit Dani über ihn gesprochen hatte. Was hatte Conny mit Kai zu tun? Dani hatte oft mit ihm rumgehangen im letzten Jahr, aber Conny? Ich hatte darauf geachtet, möglichst gelangweilt auszusehen, und sogar versucht, die beiden vom Thema abzubringen. Einerseits interessierte es mich brennend, irgendetwas von Kai zu hören, andererseits hatte ich höllisch Angst, etwas Negatives zu erfahren, oder gar etwas von einer Freundin. Wenn er eine hatte, dann war meine Hoffnung, dass sie sich jetzt vielleicht trennen, wenn er so weit weg ist und sie sich selten sehen. Dann müsste er nur mal im

Volkshaus aufkreuzen ... tätä, mein großer Auftritt!

Mutti riss mich aus meinen größenwahnsinnigen Gedanken.

„Wie, ohne Disko, wie willst du das aushalten?", meinte sie augenzwinkernd und veralberte mich ein bisschen. Ich zuckte nur lässig mit den Schultern. Heute brachte sie mich nicht auf die Palme, wunderbarerweise war es mir piep egal.

„Verdammt heiß heute, können wir nicht baden gehen?", wandte ich mich an Vati, bevor der noch auf die Idee käme, ein Mittagsschläfchen zu halten. *Hauptaufgaben lösen* nannte er das neuerdings linientreu.

Vati blätterte gerade im Neuen Deutschland, und es schien, als ob er so richtig in einen Artikel vertieft war. Als ich aufstand, um ihn zu umarmen und zu umgarnen, wie es nur jüngste Töchter können, erwischte ich ihn dabei, wie er hinter dem großen Blatt fast einnickte.

„Hey, nun komm schon. Weg mit dem ND, einmal über den See." Jetzt wurde Mutti hellhörig.

„Das kommt gar nicht in Frage. Weißt du, wie viele schon ertrunken sind bei diesem dämlichen Über-den-See-Schwimmen? Das ist viel zu gefährlich."

Sie nahm Vati das ND aus der Hand. Der tat empört. Mutti lachte nur, auch sie hatte längst gemerkt, dass die Zeitung vor der Nase nur Tarnung gewesen war.

„Ich habe eine bessere Idee. Ihr zwei geht in den Garten, macht ein bisschen das Unkraut, vor allem um die Sträucher herum wächst schon wieder so viel. Und nach einer Stunde habt ihr verdaut und geht schwimmen. Aber auf gar keinen Fall über den See, ist das klar?"

Ihr Oberlehrer-Befehlston kam wieder durch. Auch wenn Vati Berufsoffizier in der NVA war – immerhin mittlerer leitender Kader im Ministerium für Nationale Verteidigung – zu Hause führte unsere Mathelehrerin das Kommando. Unkraut. Ich konnte gar nicht mehr glauben, dass mir das Gärtnern vor drei Jahren, als wir die kleine Parzelle zur Pacht bekommen hatten, sogar Spaß gemacht hatte. Der Enthusiasmus war längst verflogen, wie von Mutti prophezeit. Aber ich hatte jetzt eine andere Motivation: Unkrautjäten, am besten im Bikini, brachte einen schön gebräunten Rücken. Die Sonne meinte es diese ersten Septembertage nochmal gut, das musste ich nutzen. Ich klopfte Vati aufmunternd auf die Schulter.

„Ich geh mich schon mal umziehen."

Nach anderthalb (!) Stunden intensivstem Unkrautjäten hatte ich die Schnauze voll. Alles hatte seine Grenzen. Wir waren schließlich nicht beim Subbotnik! Vati hätte noch ewig weiterbuddeln können. Wenn er erstmal bei der Sache war, brachte ihn keiner mehr von seinem fünfzehn mal fünfzehn Meter großen Kleingartengrundstück runter. Gartenarbeit beruhigt die Nerven, sagte er immer. Wahrscheinlich war es die frische Luft, die ihm nach fünf Tagen Büromief so gut bekam. Seit wir den Garten hatten, war er richtig aufgeblüht. Zweite Jugend oder so. Ich fand das gut, andere Männer in seinem Alter suchten die neue Frische bei jüngeren Frauen. Das konnte ich mir in Vatis Fall gar nicht vorstellen. Aber wer weiß, vielleicht schätzte ich die Situation falsch ein. Wer brachte seine eigenen Eltern schon gerne mit Sex in Verbindung, geschweige denn, mit Fremdgehen. Ich grinste heimlich vor mich hin, während ich zusah, wie er gewissenhaft verwelkte Blüten von den lilafarbenen Phlox-Stauden schnitt.

„Bin gleich fertig, räum schon mal die Geräte in den Schuppen."

Wenn das die Sache beschleunigen würde, tat ich es gern.

Eine halbe Stunde später ging es endlich los. Vati schloss das Gartentor ab und nach vier Schritten kehrte er, wie immer, noch einmal um, drückte die Klinke und strahlte zufrieden. Sie war tatsächlich abgeschlossen.

Wir schlenderten los. Latschten möchte ich nicht sagen, auch wenn es dem Bild, das wir abgeben mussten, besser entsprochen hätte. In Bademänteln und weichen Zehensandalen kamen wir in die kühle Badstraße, die gleich gegenüber den Gärten von der Gielsdorfer abging und an den Straussee führte. Ich atmete tief ein. Dieser leicht modrige Geruch des Sees, in dem sich nasser Sand und Wiese und all sein Drumherum vermischten, war der Geruch des Strausberger Sommers. Meiner Strausberger Sommer mit Vati. Er hatte mir damals das Schwimmen beigebracht, noch bevor ich es in der Schule offiziell lernen sollte. Mit einem dicken Gummischwimmring, dunkelrot und mit Entchen drauf, an der Unterseite gelb. Den hatte vor mir schon Tina benutzt, auch sie hatte mit fünf oder sechs Jahren das Schwimmen gelernt. Das war an der Kinderbadestelle gewesen, beim Holzsteg. Jetzt gingen wir immer zur Liegewiese, wo es nur eine kleine Einstiegsstelle gab und das Wasser schneller tief wurde.

Wir suchten uns einen freien Platz auf halber Strecke zum See. Vorne am Ufer campierten die Familien mit Kindern und Gruppen von Teenagern, die die meiste Zeit im Wasser verbrachten. Weiter hinten auf der Wiese, von den Blicken abgeschieden, Pärchen, die beim Sonnen auch mal knutschen, und Jugendliche, die Ball spielen und dabei rauchen wollten. Wir fühlten uns in der neutralen Mitte am besten aufgehoben. Bevor ich den Bademantel ablegte, schielte ich immer vorsichtig in Richtung Gleichaltriger, ob ein Bekannter dabei war. Heute war das kein einfaches Unterfangen. Es war viel zu voll. Am liebsten hätte ich die Badeaktion abgeblasen. Das konnte ich Vati aber nicht antun, schließlich hatte ich ihn dazu überredet. Also blieb mir nichts anderes übrig, als darauf zu pfeifen. Ich zog den Bauch ein und tänzelte mehr oder weniger elegant über das trockene, piekende Gras in Richtung Badestelle. Mit dem lästigen Gefühl, von irgendwem beobachtet zu werden, beeilte ich mich, ins Wasser zu kommen. Normalerweise tastete ich mich dabei langsam vor. Vor allem der Moment, wenn es das Stück zwischen Oberschenkel und Brust einzutauchen galt, war für mich eine Höllenqual, da konnte das Wasser noch so warm sein.

Aaah, geschafft. Mit schnellen, langen Zügen schwamm ich auf den See hinaus und hielt erst inne, als ich mich möglicher Blicke entkommen fühlte. Jetzt drehte ich mich entspannt auf den Rücken und blinzelte in die Sonne. Vati tat das Gleiche. Toter Mann hieß diese Technik, nicht so ein schöner Gedanke mitten auf dem See. Ein Glück, dass uns Mutti jetzt nicht sah. Sie ging selbst nur, wenn es sich gar nicht vermeiden ließ, ins Wasser und hatte immer Angst, dass uns etwas zustieß. Über den See würde ich heute nicht schwimmen, dafür war es hier, auf den weichen Wellen treibend, viel zu schön. Ich schloss die Augen und hörte nur noch entfernt die Stimmen und das Gejauchze der Kinder, sanftes Plätschern und Glucksen umfing mich.

Wie könnte ich jetzt an Montag und an die Penne denken, die war so weit weg wie der Nordpol vom Alexanderplatz. Ach, was sag ich, noch viel, viel weiter.

„Mensch, Manu! Was machst du denn hier?"

Eine bekannte Stimme riss mich aus meinem geistigen Schwebezustand. Mit entsprechender Anstrengung zog ich die Beine nach unten und drehte mich einmal um die eigene Achse, bis ich ihn sah: Torsten. Ich lächelte etwas verkrampft, denn ich konnte mich nicht entscheiden, ob ich erleichtert oder enttäuscht war.

„Hey", antwortete ich nur.

Was ich hier mache. Was für eine dämliche Frage. Die konnte nur von Torsten kommen. Dass er normalerweise kaum den Mund aufbrachte, hatte wohl seine Berechtigung. Am Anfang, wir kannten uns seit der achten Klasse, war ich mir nicht sicher gewesen, ob sein Schweigen eine Strategie war und er auf unnahbar und mysteriös machen wollte. Aber er wusste anscheinend tatsächlich nie, was er sagen sollte. Insbesondere zu einem Mädchen. Hier auf dem See, wir waren sozusagen allein, wurde er plötzlich mutig. Wie konnte ich mich bloß aus der Affäre ziehen?

„Bist du mit ein paar Leuten hier?", fragte Torsten, um das Gespräch in Gang zu halten.

„Mit meinem Vati." Das klang, fand ich, etwas peinlich, vielleicht sollte ich die Umstände näher erklären.

„Wir waren im Garten, und sind nur mal kurz auf einen Sprung ins Wasser rübergekommen."

„Ach so."

Wahrscheinlich erwartete er jetzt, dass ich ihn fragte, mit wem er hier sei oder so. Aber diesen Gefallen tat ich ihm nicht. Es war mir auch unangenehm, wie wir uns so Gesicht vor Gesicht viel zu nahe waren, und dabei mit den Armen und Beinen ruderten.

„Muss jetzt wieder los, wir sehen uns Montag", beendete ich unsere angeregte Unterhaltung und nahm Kurs auf die Badestelle. Das hatte er jetzt hoffentlich nicht falsch verstanden, wie eine Verabredung oder so. Wir würden uns Montag zwangsläufig an der Penne sehen, gleich früh oder in der Pause. Er ging in die 11/A. Zügig schwamm ich zurück. Vielleicht war er ja mit anderen Leuten da? Ich näherte mich so weit wie möglich dem Ufer, bis ich mit den Knien auf den Boden stieß. Jetzt war Baucheinziehen beim Auftauchen angesagt. Bemüht unauffällig musterte ich die Badegäste. Ich sah keine bekannten Gesichter. Ging nicht der interessante dunkelhaarige Typ, der uns am ersten Tag auf der Treppe überholt hatte, in Torstens Klasse? Den würde ich auf jeden Fall im Auge behalten.

Ich begann, mich ein klein wenig auf Montag zu freuen.

Zunächst war aber Sonntag, und wir – Mutti, Vati und ich – saßen schon viel zu früh schweigend und der Uhrzeit entsprechend unausgeschlafen in der S-Bahn. Es war Oma-Berlin-Sonntag. Wir fuhren sie etwa alle drei Wochen besuchen. Gut, dass ich gestern nicht in der Disko war. So hatte ich kurz nach Elf schon im Bett gelegen, statt früh um Vier nach der Nachtboutique. Wenn wir zu Oma fuhren, nahmen wir immer die S-Bahn um 8.25 Uhr, weil Mutti erst ein bisschen ihre Wohnung putzen wollte, ehe es Mittagessen gab. Sonst half eine Nachbarin aus dem Haus, Oma machte kaum noch etwas selbst. Sie war jetzt achtundachtzig Jahre alt. Was sie wie eh und je prima konnte, war ihr berühmter Vanillepudding. Ich glaube nicht, dass er so besonders lecker war, nur weil sie Puddingpulver von Dr. Oetker verwendete. Ihr Trick war ein anderer: Sie rührte ein Eigelb in den heißen Pudding und hob am Ende den Eischnee unter.

Wir saßen auf den harten Holzbänken, ich lehnte meinen Kopf an Muttis Schulter und träumte von Omas Vanillepudding. Irgendwann wurde mir langweilig. Ich hatte vergeblich versucht, noch ein wenig zu schlafen, denn die Neugier, wie es bei meinem Roman weiterging, war am Ende stärker. Ich kramte das Buch aus den Tiefen meiner Seefahrertasche (Handtasche konnte man das sackartige Teil nicht nennen). Hans Weber, Alter Schwede. Ich blätterte noch einmal zwei Seiten zurück, suchte nach der Passage, die mir so gut gefallen hatte.

„Wenn er es genau bedachte, war sein Leben eine theoretische Abhandlung, nicht aber ein Fest. Ja doch, ein Fest! Er ging durch den Schnee, es war ganz still, und er hatte eine leise Ahnung davon, dass das Leben ein Fest sein konnte. Dass man es wagen müsste ..."

Mutti stupste mich sanft an. Sie zeigte mit dem Finger aus dem Fenster.

„Da drüben, Maus, gucke mal, die weißen Häuser, das ist der Westen."

Ich hob gar nicht erst den Kopf, schließlich hatte ich diese Bemerkung schon so oft gehört und die vermeintlichen Westhäuser nach der Haltestelle Berlin-Baumschulenweg gesehen.

„Hm", murmelte ich nur, während ich versuchte, weiter zu lesen. Sonst sprach sie immer von Westberlin, wenn sie auf die drei hellen Hochhäuser zeigte. Egal, das machte keinen Unterschied. Westen, Westberlin, sie hätte dafür auch „der Mond" sagen können, so weit weg war es für mich. Drüben, das war die bunte, gefährliche Welt aus dem Schwarzen Kanal. Die Welt, in die ich nie käme und in die ich auch gar nicht wollte. Wozu denn? Der schöne Glitzer, der Schnickschnack in den Geschäften, den sich die einfachen Leute gar nicht leisten konnten.

Als wir in Adlershof angekommen waren und das Adlergestell, die immer dicht befahrene sechsspurige Straße parallel zu den S-Bahngleisen, endlich überquert hatten, blieb ich wie immer vor dem Schaufenster des Unterwäsche-Ex stehen. Der schicke rotweiße Badeanzug mit den hohen Beinausschnitten hing noch da, ich hatte ihn schon beim letzten Omabesuch bewundert. Mutti zog mich sanft am Ärmel.

„Komm weiter, Schnecke, sie wartet bestimmt schon auf uns." Als wir um die Ecke und in die Gellertstraße bogen, blieb Vati abrupt stehen.

„Wartet mal, sind die etwa bei Oma?" Jetzt sahen wir ihn auch, den dunkelgrauen Westwagen, der vor Omas Haustür parkte. Mutti fiel die Kinnlade runter. Wir drehten um.

Ich schlug vor: „Dann fahren wir eben zum Alex und essen eine Ketwurst."

Mutti war nicht so begeistert, aber was sollten wir aus diesem Sonntag machen, nachdem unser schöner Plan von westlichen Mächten durchkreuzt worden war? Gleich wieder zurückfahren? Wie schade, dass heute die Geschäfte nicht offen hatten. Rund um den Alexanderplatz gab es tolle Delikat-Läden und Klamotten-Exe. Sonntags konnte man nur bummeln, und eigentlich war es zu warm für die Stadt. Jetzt am See, das wäre schön! Aber es half nichts, wir mussten das Beste draus machen. Wir würden am nächsten Sonntag zu Oma fahren. Wie immer, wenn sie Westbesuch hatte. Dem durften wir nicht über den Weg laufen. Vati hätte garantiert Ärger bekommen im Ministerium, und auf jeden Fall müsste er einen ausführlichen Kontaktbericht abgeben. All das ersparte er sich lieber.

So verbrachten wir den Tag in unserer Hauptstadt. Mal abgesehen von der Ketwurst (ich glaube, das sollte eine Kopie von dem Brötchen mit Wurst sein, das sie drüben Hotdog nannten), genehmigten wir uns auf einer Bank am Neptunbrunnen einen weiteren kulinarischen Höhepunkt:

eine Muschelwaffel mit Eis – alle Sorten auf einmal, je eine Kugel Vanille, Schoko und Erdbeer. Auf der Rückfahrt war ich froh, als ich nach fünf Stationen im Gedränge schließlich einen Sitzplatz fand. Da las es sich besser. Wieder so eine Stelle, die ich mir herausschreiben würde:

„Es ist zu kurz, dieses Leben, dachte er. Es ist zu gefährdet, um es auf so lächerliche Weise wegzuwerfen: immer mit halbherzigem Lächeln halben Lügen zuzustimmen."

In letzter Zeit schrieb ich alles ab, was mir gefiel. Manchmal las ich es am Abend noch einmal durch. Wenn ich über das Leben vor mich hin philosophierte. Mich quälte – und das wurde von Woche zu Woche stärker – eine fiese Ungeduld, dass es auch für mich endlich anfangen müsste, das richtige Leben. Schließlich war ich fast Siebzehn. Wenn das so weiterginge und nichts passierte, wäre die schöne Jugend ratz fatz vorbei. Ehe ich mich versah.

Die erste Penne-Woche verging schon mal wie im Flug. Wir hatten Unmengen von Hausaufgaben auf, aber die waren zu bewältigen. Und wir kamen ganz nebenbei zu der Überzeugung, dass wir gar nicht so bescheuert waren, wie sie uns hatten einreden wollen. Dani und ich gingen nach der Schule abwechselnd zu ihr oder zu mir, um einen Teil der Hausaufgaben gemeinsam durchzuackern. Manchmal beschlich mich das Gefühl, dass ich es meist war, die ihr half oder Tipps gab, als dass sie mir etwas erklären konnte. Aber es machte trotzdem Spaß zusammen, und wahrscheinlich hielten wir uns in den meisten Fächern die Waage. Physik fanden wir ätzend. Unser Lehrer, Herr Liebig, war Anfang Dreißig und machte einen auf Kumpel, aber wir hatten ständig den Eindruck, dass er uns vorführte. Das motivierte Dani und mich umso mehr. Dem würden wir es zeigen!

Was das Vergnügen betraf, so wurde uns gleich zu Beginn klar, dass wir den Mittwoch als Volkshaustag vergessen könnten. Aber den Freitagabend, ohnehin der beste von allen, den wollten wir uns nicht nehmen lassen. Komme, was wolle.

Als am Freitagmorgen dieser Titel im Radio lief, *You came* von Kim Wilde, da stieg meine Erwartung ins Unermessliche. Schließlich war ich schon zwei Wochen lang nicht gegangen. Es wurde Zeit.

Because you came and turned my life around ... My life won't be the same.

Wenn das kein Wink mit dem Zaunpfahl war?

In der Schule versuchte ich, mich auf den Unterricht zu konzentrieren. Und es funktionierte sogar, alles war leicht und unbeschwert, vielleicht, weil ich die Dinge in Anbetracht des bevorstehenden Abends als weniger tragisch betrachtete. Was wollte ich mehr?

In der ersten großen Pause begab ich mich in den Speisesaal, um die Essenmarken abzuholen. Ich hatte mich freiwillig (und nicht ohne Hintergedanken), zum Essengeldkassierer meiner Klasse wählen lassen. Diese Funktion wurde als eine der ersten besetzt, und ehe ich am Ende noch irgendwas Dämliches in der FDJ-Leitung machen müsste, hatte ich mir diesen bequemen Posten geschnappt und hätte bei weiteren Kandidaturen meine Ruhe. Womit ich heute allerdings nicht gerechnet hatte, war eine Schlange. Die Sekretärin hatte hinter der Essenausgabeluke einen provisorischen Schreibtisch eingerichtet, und da standen offensichtlich schon alle anderen Essengeldkassierer vor mir an. Klar, ich war nicht sofort beim Pausenklingeln losgerannt. Das bereute ich jetzt, denn ich würde die kostbare Zeit hier drinnen in dem vormittäglichen Küchenmief statt draußen auf dem Hof verbringen. Ich zählte und begutachtete meine Kollegen. Es waren neun, mit mir, mehr Mädchen als Jungs. Keiner, den ich kannte. Gott sei Dank ging alles recht schnell, nach etwa fünf Minuten stand nur noch eine Tussi vor mir. Tussi war ein hässliches Wort, aber mir fiel zu ihr kein besseres ein, weil sie mit ihren gelbblondierten und dauergewellten Haaren diesen ersten Eindruck machte. Als auch sie abgefertigt war und ich an der Reihe, schlug plötzlich die Speisesaaltür scheppernd ins Schloss. Erschrocken drehte ich mich um.

„Oh, Entschuldigung", stammelte der Nachzügler. Ich zuckte ein zweites Mal zusammen, als ich ihn erkannte.

„Bin ich hier richtig für die Essenmarken?" Er kam mit federnden Schritten näher, direkt auf die Sekretärin zu, und würdigte mich keines Blickes. Wie arrogant, dachte ich und war enttäuscht. Er hatte damals auf der Treppe so sympathisch gewirkt. Kam er immer zu spät oder überholte einen? Jetzt war er drauf und dran, seinen zugegebenermaßen nicht nur schlanken, sondern auch sehr appetitlichen Körper (Sportler, kein Zweifel) an mir vorbei zu manövrieren.

„Hey, bitte nach mir, ist das klar?" Ich warf ihm einen meiner eiskalten Blicke zu, für die ich schon in der Oberschule den Spitznamen „Ice-Lady" wegbekommen hatte. Er entgegnete mit einem vielsagenden Grinsen, das mir gefallen hätte, wenn er nicht eben diese Nummer abgezogen und mich gar nicht beachtet hätte.

„Schon gut, ich wusste ja nicht ..."

Blödmann, was wusste er nicht? Egal, ich drehte mich schnell zur Sekretärin, um meine Abrechnung zu Ende zu bringen. Im Grunde genommen war die Situation vollkommen banal und keines weiteren Gedankens wert. Aber dummerweise hatte ich mir unsere eventuelle Begegnung bereits ausführlich ausgemalt, und da lief sie gaaanz anders ab, das könnt ihr glauben. Tja, so sah es aus, wenn Träume platzten. Als ich den Saal verließ, hörte ich es hinter mir brabbeln: „Tschüss". Ich drehte mich nicht um. Das wäre ja noch schöner.

Dani erzählte ich erstmal nichts von der Begegnung mit dem großen Braunhaarigen von der Treppe, das ging sie auch nichts an. Heute erledigten wir die Hausaufgaben jede für sich allein, und wollten notfalls noch ein paar Seiten fürs Wochenende aufheben, wenn die Zeit für die Diskovorbereitung zu kurz werden würde.

Bei mir sah diese in der Regel so aus: Zwei Stunden vorher Haare waschen und mit dem Föhn leicht antrocknen. Dann die gelben Plaste-Lockenwickler rein, festklemmen, nochmal fünf Minuten föhnen. Anschließend blieben die Dinger drin, bis etwa eine halbe Stunde vor dem Abmarsch. Zum Duschen zog ich eine Badekappe drüber, die weiche mit den Rüschen, die war hinreichend ausgeleiert, und beeilte mich, damit der Wasserdunst die Lockenpracht nicht zerstörte. Meine Klamottenauswahl stand seit mindestens zwei Tagen fest. Wäre ja zu blöd, im letzten Moment zu sehen, dass etwas nicht zusammenpasste, ein Teil gerade in der Wäsche war oder was auch immer. Ich hatte meine Lieblingsjeans und das von Mutti selbstgenähte hellblaue Oberteil mit den Fledermausärmeln schon an, als ich noch unentschlossen vor der Schmuckschachtel stand. Die silbernen Kreolen, oder die schwarzen Blätter? Heute war mir nach keinen von beiden. Ich entschied mich für die unauffälligen

Blütenstecker. Die passende Kette dazu, fertig. Beides hatte mir meine Schwester Beate aus ihrem letzten Urlaub bei den Polen mitgebracht. Schönen Schnickschnack hatten unsere polnischen Nachbarn, das musste man ihnen lassen. Nichts Anständiges zu essen, aber Modeschmuck und Haarspangen noch und nöcher.

Mit dem Schminken dauerte es heute etwas länger, ich hatte zwei (!) Pickel, einen auf der Nase, einen am Kinn, die es kunstvoll zu kaschieren galt. Als ich immer noch nicht zufrieden war, schaltete ich die Beleuchtung am Badezimmerspiegel aus, so dass nur noch ein leichter Lichtschein vom Korridor ins Bad hineinfiel. Ich atmete auf, denn so konnte es gehen. In der Disko war es schließlich einigermaßen dunkel. Nachdem auch die Locken ausgekämmt und mit viel klebrigem ACTION Haarspray betoniert waren, stellte mich das Spiegelbild endlich zufrieden. Ich ging noch schnell in die Küche und aß das mit Zervelatwurst belegte Brot, das Mutti mir wie immer vorbereitet hatte, die Liebe. Sie sorgte sich, ich könnte beim Tanzen nach einigen Stunden Hunger bekommen. Ich sorgte mich, dass der Alkohol auf leeren Magen zu viel Unheil anrichten würde. Das sagte ich ihr aber nicht.

„Und trink nicht so viel, lass dich nicht von den anderen verleiten, du weißt ja ..."

„Klar, Mutti, mach dir keine Sorgen."

Ich drückte ihr einen fetten rosa Lippenstift-Kuss auf die Wange.

„Und pass auf, wenn du über die Straße gehst", konnte sich Vati wieder nicht verkneifen.

Mutti zuckte mit den Schultern, und ich konnte mir wieder nicht verkneifen, mit den Augen zu rollen.

Diesmal war ich es, die fünf Minuten zu spät dran war. Dani und Kerstin standen tatsächlich schon auf der Straße vor ihrem Block und warteten auf mich.

„Willst du auch eine?", fragte Kerstin und streckte mir ihre halbleere Club-Schachtel hin.

„Nein, jetzt noch nicht, danke."

Ich rauchte nur selten auf der Straße, aber nicht, weil meine Eltern mir das verboten hatten, sondern weil ich keine Lust dazu hatte. Erst in der Disko oder auf Feten, wenn es was zum Trinken gab, gehörten Zigaretten dazu. Ich bevorzugte und kaufte mir die Pfeffis, Kenton Menthol, auch wenn manche sagten, die wären für Schlaffis. Club waren auch okay, hin und wieder. Zum Anfang hatte ich gedacht, die Menthol-Zigaretten würden nicht so starken Geruch an den Klamotten hinterlassen. Na gut, da war ich dreizehn und noch naiv. Wenn wir uns heimlich bei Klassenkameraden zu Hause auf dem Klo oder in der Rügendamm-Senke hinter den Büschen zu viert oder fünft eine Zigarette geteilt hatten – älteren Geschwistern abgehandelt oder bei rauchenden Eltern aus der Schachtel stibitzt – hatte ich es immer auf die anderen geschoben. Mutti, du weißt doch, die Soundso, die rauchen zu Hause, deshalb riechen meine Sachen.

Das war ein paar Mal gutgegangen, bis Mutti, aber da war ich schon vierzehn glaube ich, in meiner Schultasche eine Schachtel fand. Als ich merkte, dass sie fehlte, geriet ich in Panik. Mutti und Vati hatten mich noch nicht darauf angesprochen, aber sie würden mich zur Rede stellen, kein Zweifel. Konnte ich einfach so tun, als hätte ich nichts gemerkt und dann sagen, ich wusste von nichts, wer weiß, welcher Trottel mir die in die Tasche gesteckt hatte? Vielleicht hätte das funktioniert. Ich weiß es nicht, denn tatsächlich war alles anders verlaufen. Ich hatte die gespielte Ruhe vor dem Sturm nicht mehr ausgehalten und war direkt zum Angriff übergegangen.

„Habt ihr was aus meiner Tasche genommen, ich kann euch das erklären", platzte ich beim Abendbrot heraus. Mutti verschluckte sich fast an ihrer Käseschnitte, kaute langsam weiter und ... sagte gar nichts. Das machte mich erst recht wütend.

„Die Zigaretten, die ihr sicherlich beschlagnahmt habt, gehören nicht mir, die sind von Torsten. Der hatte Stress mit seinen Eltern und mich gebeten, sie ein paar Tage für ihn aufzubewahren, bis sich die Wogen bei ihm zu Hause geglättet haben."

Gespannt wartete ich auf ihre Reaktion. Mutti versuchte tapfer, die Fassung zu bewahren, aber es war nicht zu übersehen, wie sie mit den Tränen kämpfte. Vati nahm einen großen Schluck Bier und suchte nach den passenden Worten. Mutti war es, die welche fand und das peinliche Schweigen beendete:

„Das ist ja wohl das Allerletzte. Wir sind so enttäuscht. Wir hätten nie im Leben gedacht, dass unsere Manuela mal rauchen würde. Aber dass du uns auch noch anlügst, das setzt der Sache die Krone auf."

Ich stammelte Unzusammenhängendes, zog mich aber am Ende kleinlaut ins Kinderzimmer zurück und fing an, mich an den Gedanken zu gewöhnen, dass es meine Eltern nun wussten. Früher oder später wäre es ohnehin passiert. Aber ich hatte auf viel, viel später gehofft.

Vor dem Volkshaus herrschte diesmal kein großer Andrang. Wer nicht mehr in die Schule ging und schon Lehrling oder Student war, steckte vielleicht noch im Urlaub. Und die Schüler mussten morgen früh wieder zeitig raus. Wir auch, aber wir wollten uns die gute alte

Tradition, wie schon gesagt, nicht vermiesen lassen. Nach etwa zehn Minuten waren wir bereits drinnen. Rekord! Und das, weil wir an der Reihe gewesen waren, und nicht, weil uns jemand vom Eingang vorgerufen hatte. Vitamin B war sonst von Vorteil. Kennen und gekannt werden. Der heilige Tempel Volkshaus präsentierte sich mit weniger Besuchern nicht weniger verheißungsvoll. Wer sagte denn, dass die Menge entscheidend war? Es kam darauf an, im rauchgeschwängerten Schummerlicht unter der funkelnden Diskokugel dem einen Richtigen zu begegnen. Ich war bereit.

Der Abend gestaltete sich zunächst ziemlich öde. Nach einem Martini oben an der Bar waren wir runter an einen Tisch gleich neben der Tanzfläche gegangen, an dem noch zwei Typen saßen, nichts Interessantes. Später kamen Maike und Katja dazu, ich unterhielt mich ein wenig mit ihnen. Seit wir nicht mehr gemeinsam in die Klasse gingen und beide eine Lehre machten, hoffte ich, den Kontakt nicht zu verlieren. Man konnte ja nie wissen, wozu es gut war (zum ins Volkshaus gehen auf jeden Fall), und sie waren nette Mädchen. Ansonsten lief alles wie üblich: Ein paar Typen, richtig doofe Kunden, kamen mich auffordern, und ich verteilte meine Körbe. Was sollte ich machen? Mit einigen war es wirklich unmöglich, buchstäblich nicht zumutbar, zu tanzen. Es ging auf die langsame Runde zu, und weit und breit kein Hoffnungsschimmer. Am liebsten wäre ich schon eher abgehauen, aber Dani quatschte mittlerweile am Nachbartisch mit Kai Hannigs. Da wäre ich gern mit dabei gewesen, aber ich konnte mich nicht aufdrängen und womöglich gar den Eindruck erwecken, dass Kai mir gefiel. Auch Maike, die ja bei mir gegenüber wohnte, machte keine Anstalten, zu gehen. Also musste ich mein mehrfach erprobtes Ausweichmanöver fahren:

rauchen und aufs Klo gehen. Und beides maximal in die Länge ziehen. Nur die vier oder fünf Titel überstehen, um den kuschelnden Pärchen auf der Tanzfläche nicht zusehen und nicht noch mehr Körbe verteilen zu müssen. Es kotzte mich an, und wie sehr wünschte ich mir, dass manche Kunden gar nicht erst angeschissen kämen. Am liebsten hätte ich ein Schild um den Hals getragen: *Wenn du nicht meine große Liebe bist, sprich mich bitte nicht an.* Das müsste man sich trauen. Ich grinste vor mich hin, denn ich stellte mir meine Idee bildlich vor, als mir jemand von hinten auf die Schulter tippte.

„Gibst du mir auch einen Korb?"

Vorsichtig drehte ich mich um. Gar nicht sooo übel, was ich da sah. Ich kannte ihn nicht, oder höchstens vom Sehen, hatte ihm aber kein Interesse entgegengebracht, denn er war in jedem Fall schon etwas älter. Nun ja, vielleicht Anfang zwanzig. Das war schon heftig und mit meinen romantischen Vorstellungen von erster unschuldiger Liebe beiderseits eher nicht vereinbar.

„Ähm", stammelte ich verlegen. Die Art, wie er mich um einen Tanz bat, war sympathisch. Originell auf jeden Fall. Wahrscheinlich hatte er mich schon länger beobachtet und gesehen, dass ich einen nach dem anderen abblitzen ließ.

Ich gab mir einen Ruck.

„Kann ich machen, klar", reagierte ich, „falls du aber lieber tanzen möchtest ..."

„Sehr gern." Er schien dabei aufzuatmen und improvisierte eine theatralische Geste in Richtung Tanzfläche.

„Wenn dir dieser Titel zusagt", fügte er hinzu, und es klang beinahe entschuldigend.

Ich erhob mich und bat Katja, auf meine Tasche aufzupassen (die Arme würde sowieso wieder sitzen bleiben). Er ließ mir den Vortritt, ein echter Kavalier. Erleichtert stellte ich fest, dass er auch aus der Nähe betrachtet noch nett war, mit einem dezenten Duft nach Aftershave, nicht unangenehm. Was es da manchmal auszuhalten gab ... (Das möchte ich hier nicht weiter erörtern, glaubt mir, es ist besser für euch.) Er legte seine Hände auf meine Hüften, fast vorsichtig. Und da blieben sie auch, tendierten nicht, wie bei anderen, nach den ersten Takten gleich schnurstracks nach unten. Zunächst redeten wir gar nicht, erst beim zweiten Titel (er hatte mich kurz fragend angeschaut, und ich hatte genickt) begann er zu erzählen. Wieder ein Pluspunkt. Sympathisch, dass er nicht gleich loslegte, mich mit Fragen zu bombardieren (bist du öfter hier, wo wohnst du, was machst du, hast sicher einen Freund und all diesen Scheiß). Ich erfuhr, dass er KFZ-Mechaniker, einundzwanzig und aus Hönow war. Der perfekte Schwiegersohn, dachte ich betroffen. Schon voll im Berufsleben stehend, bereit für die Ehe. Wer weiß, wie viele gescheiterte Beziehungen er schon hinter sich hatte. Nach der vierten Runde lud er mich an die Bar ein, zu einem Glas Sekt (was denn sonst), und ich ging zu meinem eigenen Erstaunen gerne mit. Nicht, ohne noch meinen Mädchen am Tisch Bescheid zu geben und darauf zu bestehen, dass sie mich nicht vergessen sollten.

„Aber du hast doch jetzt jemanden, der dich nach Hause bringt", lästerte Kerstin augenzwinkernd, „der hat garantiert ein Auto."

Womit sie recht hatte, ein KFZ-Mechaniker musste ja ein Auto fahren, wenigstens der. Wir unterhielten uns nett. Wo ich wohnte, verriet ich nicht. Ich blieb allgemein und bei Dingen wie Schule, Hobbys, wovon man bei ersten

Gesprächen so redet. Irgendwann fing ich an, auf die Uhr zu schauen. Worauf er seinerseits mit dem nett gemeinten, unvermeidlichen Angebot, mich nach Hause zu bringen, reagierte. Ich lehnte ab, mit der Ausrede, ich wäre es, die meine Freundinnen nicht allein lassen durfte.

„Die nehmen wir auch mit, ist doch kein Problem."

Um charmante Antworten war er nicht verlegen.

„Nee danke, lass mal, wir wollten noch ein bisschen frische Luft schnappen", redete ich mich heraus. Dazu lächelte ich brav und verabschiedete mich schnell.

„Bis demnächst."

Das klang unverbindlich und verheißungsvoll zugleich, fand ich. Er konnte es interpretieren, wie er lustig war.

Es gelang mir schnell, Dani und Kerstin zum Heimgehen zu überreden, schließlich mussten wir morgen früh in der Schule glänzen.

Als wir rausgingen, stupste Dani mich in die Seite:

„Der sah ja gut aus, alle Achtung."

Ich nickte nur. Wo sie recht hatte, hatte sie recht. Er sah gut aus, und nett war er obendrein. Da war es wieder, mein Problem. Ausgerechnet „nett". Ich würde sagen – soweit ich das nach einem Abend einschätzen konnte – wenn ich auf einen Älteren, der gut verdient, Auto fährt, auf Sicherheit, Geborgenheit und solches Zeug stehen würde, dann könnte er es sein. Mutti und Vati würde er bestimmt auch gefallen. Ein richtiger Schwiegersohn-Typ. Vielleicht konnte ich nicht glücklich sein, weil ich falsch gepolt war. Mich interessierten die Jungs in meinem Alter, so unfertig wie sie waren, das reizte mich. Ich wollte keinen „Erwachsenen". Er sollte, wie ich selbst, noch verrückte Sachen machen können, mit mir träumen und spinnen, unkompliziert und spontan sein. Dem öden Alltag zum Trotz das Leben aufregend schön machen ... Manchmal kamen mir jedoch Zweifel, ob es sich in meinem Fall nicht schlicht und ergreifend um die Tatsache handelte, dass die Dinge (und Typen) besonders reizvoll waren, die man schwer haben konnte. Und alles, was einem, noch dazu ohne eigenes Bemühen, sozusagen auf dem Silbertablett serviert wurde, im Wert sank. Vielleicht sollte ich besser umdenken und flexibler werden. Wenn das bei mir noch mal was werden sollte mit einem Freund.

Heute Morgen hing ich in der Schule weniger durch als befürchtet. Auch wenn der KFZ-Mensch eher nicht die erste Liebe meines Lebens werden würde, hatte er mir zumindest das Gefühl gegeben, hin und wieder eine nette Bekanntschaft machen zu können. Man solle auch die kleinen Freuden genießen, sagte meine Oma immer. Was sie damit genau meinte oder worauf sie anspielte, blieb ihr Geheimnis. Wie auch immer. Die vier Unterrichtsstunden würde ich jedenfalls mit Anstand überstehen.

Das Interessante an der Schule war ja weniger der Unterricht, als vielmehr die Entwicklungen in gruppendynamischer Hinsicht. In unserem Klassenkollektiv, wir waren insgesamt zweiundzwanzig – zwölf Mädchen und zehn Jungs – bildeten sich schon in den ersten Tagen drei Hauptströmungen oder, sagen wir mal, Gruppen heraus:

Die Politischen:
Linke natürlich, voll auf Staatskurs oder noch extremer. Vier Jungs und zwei Mädchen zählte ich dazu. Anführer waren Ralf und Matte. Sie diskutierten in jeder zweiten Pause. Nicht leise und verschwörerisch. Sondern laut und geradezu darauf bedacht, dass alle mitbekamen, wie

informiert sie waren und dabei immer eine fundierte Meinung hatten, die sich in der Regel mit dem sogenannten Klassenstandpunkt deckte.

Die Intelligenzler:
Alle mit deutlich zum Ausdruck gebrachtem Anspruch auf den Titel Klassenbester/-beste. Im negativen Sprachgebrauch Streber. Saßen meist in der ersten oder zweiten Reihe, meldeten sich freiwillig an die Tafel, hatten immer alle Hausaufgaben gemacht. Ich selbst zählte dazu (auch wenn ich auf den hinteren Bänken saß), Dani, Jörg (obwohl er auch politisch war, aber nicht so doll, sein Hauptaugenmerk lag offensichtlich auf dem Lernen). Vielleicht noch Sabine, die Neue. Aber das war zunächst nicht sicher. Gefallen würde es ihr ohne Zweifel, an der Spitze mitzumischen.

Die Modepuppen:
Dazu zählten meiner Einschätzung nach drei oder vier Mädchen: Als erste Dani (sie war demnach eine Art Zwitter, gehörte zwei Gruppen gleichzeitig an), Diana, Silke und eventuell, mit Abstrichen, noch Kerstin. Kerstin wollte Dani nachahmen, immer schon, aber da hatte sie keine Chance. Ich weiß nicht, ob ich auch Jens dazuzählen sollte. Der war immer total geschniegelt, trug Sachen aus dem Ex oder aus dem Westen, und das war für einen Jungen schon krass. Auch sein Haarschnitt war wie aus dem Quellekatalog entsprungen (allerdings beziehe ich mich hier auf eine ältere Ausgabe, in der ich vor Jahren bei einer Klassenkameradin zu Hause blättern durfte).

Neben diesen drei Hauptgruppierungen gab es die neutralen und eher unauffälligen Mitschüler, die sich nicht oder noch nicht zuordnen ließen. Da war zum Beispiel Birgit, die wusste offensichtlich noch gar nicht, was sie hier an der EOS eigentlich sollte. Oder Daniel und Dirk, die kamen vom Dorf, waren vermutlich gezwungenermaßen hier, denn sie sprachen, wenn überhaupt, nur von der LPG und ihren Hühnern und Schweinen. Brauchte man zum LPG-Bauern Abitur? Daniel war breitschultrig und eher klein, ein Typ, der Strohballen schichten konnte. Dirk war hager, ihn sah ich eher am Schreibtisch der Genossenschaft, keine Ahnung, Fruchtfolgepläne ausarbeiten oder ähnliches. Für ihn wäre Biologie wichtig gewesen, warum er sich dafür gar nicht interessierte und stattdessen bei Geschichte und Staatsbürgerkunde so ins Zeug legte, das war mir allerdings unklar. Conny war ein Mannweib, kurzer Fassonschnitt, praktisch musste es sein. Sie war bei der GST und lief immer um den Straussee. Freiwillig, im Sommer wie im Winter. Jedenfalls behauptete sie das. Sie machte Abitur, um Sportwissenschaften zu studieren.

Und in beziehungstechnischer Hinsicht? Sabine hatte einen festen Freund, sie sprach sogar von „ihrem Verlobten". Ein paar andere brüsteten sich mit diversen Verehrern, so wie Dani in der Art. Andere, zu denen gehörte ich, hielten die Klappe, in der Hoffnung, es im Vagen zu lassen. In Wirklichkeit wussten oder ahnten aber alle, dass es sich um tapfere Jungfrauen handelte, in manchen Fällen freiwillig, in anderen mangels entsprechender männlicher Nachfrage.

Bei den Jungs war ich noch nicht sicher. Entweder hatten sie nichts laufen, oder vermieden es, darüber zu reden. Nach dem Optischen zu gehen, war wohl ersteres der Fall. Aber so sollte man nicht urteilen, die hässlichsten Kerle hatten manchmal Schlag bei den Weibern.

Und für mich, war denn tatsächlich nichts dabei in dieser 11/C, mit der ich die nächsten zwei Jahre verbringen würde? Hm, auf den ersten Blick nicht wirklich. Meine Hoffnung diesbezüglich war gleich am ersten Tag oder spätestens am Freitag gestorben, als noch ein Nachzügler eingetroffen war. Das war Dirk gewesen, der vom LPG-Schreibtisch.

Wenn überhaupt, war Ralf recht interessant. Einer von den Politischen. Mit Brille, dünn, aber irgendwie sexy. Leider ein bisschen extrem, was die Interessen betraf. Ich zählte mich ehrlich gesagt zu den aktiven Mitläufern, Politdiskussionen vermied ich, wenn es ging. Worüber würde ich mit Ralf reden? Andererseits imponierte mir, wenn jemand einen klaren Standpunkt und immer die passenden Argumente parat hatte. Ich könnte ihn im Auge behalten. Im doppelten oder wahrsten Sinne des Wortes, denn er saß zwei Reihen vor mir, in Richtung Lehrertisch und Tafel. Ohne, dass es ihm hätte auffallen können, studierte ich während mancher langweiligen Stunde intensiv seinen braungebrannten Nacken mit den blonden kurzen Locken, die sich über dem Nicki kringelten. Es gab schlechtere Beschäftigungen.

Montags in der ersten Stunde war Russisch eine ausgeklügelte Methode, uns aus dem Wochenendschlaf zu wecken. Dazu wurden die Gruppen neu gemischt. Wir, die wir von den zwei R-Klassen (Klasse mit erweitertem Russischunterricht, für alle, die das nicht kennen sollten) der Friedrich-Engels kamen, hatten das Russisch-Abi schon in der Tasche. Nachdem wir bereits in der dritten statt in der fünften Klasse angefangen hatten, waren wir nach der Zehnten beim Abiturniveau angelangt. An der Penne durften wir unsere Studien der russischen Sprache fortsetzen und die Sprachkundigen-Prüfung anstreben. So kam es, dass wir bei Frau Jänicke auf höherem Niveau Konversation übten als der Rest unserer Klasse zur selben Zeit in einem anderen Raum bei Herrn Bart.

An diesem zweiten Montag machte Frau Jänicke ein Gesicht wie die Babuschka am Anfang der russischen Märchenfilme.

„Kinder (ja, sie nannte uns „deti", Kinder), wisst ihr, was ich euch Schönes zu erzählen habe?"

Unsere Freude und Spannung hielten sich in Grenzen. Es war Montagmorgen, wir waren müde, und was sollte unsere Russischlehrerin Aufregendes mitzuteilen haben? Frau Jänicke schaute in unsere schläfrigen Gesichter und haschte nach einem Funken Neugierde. Irgendwann gab sie auf, sprach aber trotzdem mit der ihr eigenen Begeisterung:

„Wir haben das große Los gezogen. Unsere Klasse fährt am Freitagnachmittag nach Wünsdorf in die Garnison."

Ein Grummeln ging durch die Bänke.

„Zu den Russen in die Kaserne?"

Jens, in der letzten Reihe und wie immer gut frisiert und adrett gekleidet, feixte breit, als sich die halbe Klasse ruckartig zu ihm umdrehte.

„Jens, ich bitte dich!"

Frau Jänicke lief bonbonrosa an. Sie schnappte nach Luft. Aber mehr als diesen pikierten Ausruf und einen tadelnden Blick hatte sie nicht für ihn übrig. Wenn sich das jemand vor ein paar Jahren geleistet hätte, im Unterricht für unsere Freunde das Wort „Russen" in den Mund zu nehmen, wäre er nicht so heil davongekommen. Es hätte mindestens einen Tadel gesetzt. Und wer weiß was noch. Vorladung der Eltern, Aussprache in der FDJ-Leitung, schriftliche Stellungnahme, das volle Programm.

Wie die Zeiten sich geändert hatten. Unter uns gesagt, Freunde fand ich auch etwas übertrieben. Für Leute, die ich meistens gar nicht kannte. Unsere Mitbewohner in der Hausgemeinschaft kannte ich hingegen recht gut und nannte sie Nachbarn, im besten Fall Bekannte. Allerhöchstens befreundete Nachbarn, das kam schon vor. Vielleicht sollte man sagen: befreundete Sowjetbürger. Russen klang irgendwie abwertend. Na ja, auf meine Vorschläge wartete vermutlich niemand.

Wünsdorf. Ich kannte die Kaserne, es handelte sich um eine Art Stadt, von den Leuten in der nahen Umgebung Klein-Moskau genannt. Wünsdorf, etwa siebzig Kilometer südlich von Strausberg, war der Sitz des Oberkommandos der GSSD, Gruppe der Sowjetischen Streitkräfte in Deutschland. Ich war vor drei oder vier Jahren mit der Ballettgruppe dort gewesen, als wir bei einem Kulturprogramm mit auf der Bühne gestanden hatten.

Und wie kam unsere Klasse zu der Ehre?

Frau Jänicke erklärte es uns gern und ausführlich. Es gab ein Jubiläum, soundso viele Jahre Kompanie Soundso an diesem Standort. Na gut, jeder Anlass war für fern der Heimat Stationierte Recht, um mit Wodka und Schampanskoje anzustoßen. Aber was hatten wir dabei zu schaffen?

„Die Soldaten haben Schüler und Studenten eingeladen, um in Gedankenaustausch zu treten, und um mit ihnen die deutsch-sowjetische Freundschaft zu feiern."

Für Strausberger im Allgemeinen und uns R-Schüler im Besonderen waren regelmäßige Kontakte mit unseren sogenannten Freunden praktisch von Geburt an Ehrensache. Strausberg war schließlich die Hauptstadt der NVA und Kontakte mit Sowjetbürgern (das klingt auch gut, oder?) wurden oft und gern organisiert.

In der Pause kam Kerstin zu mir, während ich gähnend meine Hefte in die Tasche stopfte.

„Volkshaus am Freitag können wir also knicken, schöne Auszeichnung", schmollte sie.

Daran hatte ich noch gar nicht gedacht. Nach einem kurzen Moment der Panik kam mir ein rettender Gedanke, der diesen Aspekt, was mich betraf, in ein positives Licht rückte: Ich würde den KFZ-Typen nicht treffen, der wäre garantiert wieder da. Willste gelten, mach dich selten.

„Gehen wir Sonnabend", antwortete ich kurz und bündig. Kerstin schaute mich aus ihren treubraunen Augen überrascht an, als ob sie auf diese Lösung gar nicht gekommen wäre.

Am Freitag stiegen wir gleich nach dem Unterricht in einen blauweißen Ikarus-Bus, den uns die Soldaten extra spendiert hatten. Leider gehörte er nur ein paar Kilometer lang uns allein, dann gesellten sich an drei weiteren Haltepunkten Schüler aus anderen Orten dazu und es wurde, für meinen Geschmack, bald etwas zu kuschelig. Spätestens jetzt bereute ich, dass ich mich mit Dani und Kerstin auf die Rückbank gesetzt hatte, der besseren Aussicht und des besseren Überblicks wegen. Die Plätze neben uns waren frei geblieben, und da drängten sie sich jetzt zu dritt auf zwei Sitze, so dass mir ein komischer Kunde auf die Pelle rückte. Ich war froh, eine lange Hose anzuhaben. Für die graue Popeline-Hose und gegen den hellblauen Kord-Rock hatte ich mich am Morgen im letzten Moment entschieden. Soldaten, zudem in Feierlaune, sollte man lieber nicht provozieren. Obenrum war sowieso klar, was wir zu tragen hatten. Manchmal fand ich es gar nicht so schlecht, die Sache mit dem FDJ-Hemd. An diesen Tagen brauchte man sich keinen Kopp zu machen.

Gleiches Recht (oder musste es hier Pflicht heißen?) für alle. Das sollte ich mal anregen: FDJ-Hemd-Pflicht einmal pro Woche oder sogar an allen Schultagen.

Hatte da jemand meine Gedanken gelesen? Oder warum fingen sie plötzlich in der Mitte des Busses an, FDJ-Lieder zu grölen? *Sag mir wo du stehst, sag mir wo du stehst, ... und welchen Weeeg du geeehst.* Die letzten beiden e eeelend in die Länge gezogen.

Dani, die es guthatte und am Fenster saß, maulte: „Och nee, ist das wirklich nötig? Was sind das denn für Dösköppe?"

Sogar der rote Ralf – er saß wie im Klassenzimmer auch im Bus zwei Reihen vor mir (Zufall oder Absicht?) – brachte seinen Unmut zum Ausdruck:

„Kann man nicht mal hier in Ruhe pennen?"

Aber die Sangesfreunde ließen sich die Laune nicht verderben und stimmten schon den dritten Politsong in Folge an. Sie wollten offensichtlich dem Oktoberklub Konkurrenz machen. *Was wollen wir trinken, dieser Kampf war lang ...*

Als den Sängerknaben und -mädchen der Text ausging, nahm ich meine zwei Groschen Mut zusammen und brüllte nach vorne:

„Und Katjuscha, habt ihr das nicht drauf?"

Kein Schwein drehte sich zu mir um, aber mein Vorschlag fand Gehör. Ein Mädchen stimmte an, und bald fiel der halbe Bus mit ein.

Raszwetali jabloni i gruschi, paplyli tumany nad rekoj. Wychadila na bereg Katjuscha, na wyssoki bereg na krutoi.

Zufrieden grinsend schloss ich die Augen und summte leise mit. Wenn schon, dann sollte man sich auf diesen Nachmittag mit dem passenden Liedgut einstimmen. Als ich kurz die Augen öffnete, traf mein Blick den von Ralf.

Er schüttelte den Kopf und zog den Mund breit, wie um zu sagen: Musste das sein?

In der Kaserne erwartete uns das übliche Programm. Eine Stunde lang gab es Festreden, nach drei russischen Vertretern der Garnison sprach der Direktor einer anderen EOS. Von Perestroika hörten wir den Nachmittag über wenig, jedenfalls nichts in den offiziellen Reden. Wenn unter Glasnost die glasigen Blicke einiger Offiziere durchgehen konnten? Von denen hatten ein paar schon gut vorgefeiert, ihre Soldaten wirkten im Vergleich recht harmlos. An die mit anhaltendem Applaus bedachten Reden schloss sich ein dreißigminütiges Kulturprogramm an. Neben russischen Volkstänzen durfte auch Katjuscha nicht fehlen, herzzerreißend vorgetragen von einer rundlichen jungen Soldatin, die als Irina angekündigt worden war. Jens, der neben mir saß, und sogar im Blauhemd noch an den Quellekatalog erinnerte (das musste an den geschniegelten Haaren liegen), konnte sich einen auffälligen Blick von ihr zu mir und zurück nicht verkneifen.

„Vom Typ her gefällt Irina mir besser, aber im Singen müsstet ihr mal gegeneinander antreten, da bin ich mir nicht sicher, wer das Rennen machen würde."

Hatte Jens mich irgendwann singen gehört? Mal davon abgesehen, dass ich den optischen Vergleich mit der Sängerin und meine angebliche Unterlegenheit als Beleidigung empfinden konnte ... Jetzt an der Penne hatte ich Musik ab- und Kunst ausgewählt. Und das, obwohl Zeichnen auch nicht gerade zu meinen künstlerischen Stärken zählte, aber ich hoffte, wir würden uns mehr mit Kunstgeschichte befassen. Während ich noch über seine Bemerkung grübelte und nach einer passenden Antwort suchte, hatte er sich längst Jörg zu seiner Linken zugewandt und mit ihm einen sogenannten bilateralen Gedankenaustausch zu Motorrädern angefangen. Männerthemen.

Der dritte Programmpunkt nach den Kulturbeiträgen war das gemeinsame Abendessen. Es begann schon um halb sechs, ob das wegen uns Gästen früher stattfand oder zur üblichen Kasernenzeit, wussten wir nicht. Bis alle etwas auf dem Tisch hatten, sorgte ein Ziehharmonika-Trio für Unterhaltung. Nach einer weiteren Grußansprache eines Offiziers und einem gemeinsamen Hoch auf die Sowjetunion und ihre sozialistischen Bruderstaaten, übernahm das Gabelrasseln die musikalische Untermalung. Die Vorspeisen schienen interessant, und da die Auswahl recht groß war, fand jeder etwas für sich. Das war auch gut so, denn die nachfolgende Hauptspeise war Kascha, eine Buchweizengrütze, wie man uns erklärte (und was bitteschön war Buchweizen?). Alle stocherten darin herum, kicherten vor sich hin, legten den Löffel schließlich zur Seite. Der Chefkoch ging herum und fragte, wie es uns denn schmecke. Bei mir blieb er stehen. Der Brei klebte an meinem Gaumen fest. Warum ausgerechnet ich? Er setzte sich neben mich. Ich hasste plötzlich meine hellblonde lange Lockenmähne und wünschte mir einen straßenköterblonden Kurzhaarschnitt. Oder was auch immer sein Grund war, unter etwa achtzig Jugendlichen gerade mich ausgewählt zu haben.

„Vkusnyy, gut?"

Ich nickte und sagte sogar: „Ochen' vkusnyy. Sehr gut."

Nachdem ich den klebrigen Brei, der in der Zwischenzeit in meinem Mund zum doppelten Volumen aufgequollen war, runtergewürgt hatte, entschloss ich mich, der Höflichkeit halber im ganzen Satz zu antworten.

„Ja, sehr gut, danke. Was ist das genau?"

Seine Augen strahlten. Er erklärte lang und breit und mit großen Gesten diese traditionelle Köstlichkeit der russischen Küche. Ich hörte gebannt zu. Wenigstens hatte ich einen Grund, nicht weiterzuessen. Dachte ich. Doch er neigte den Kopf und sah mich aufmunternd an:

„Dawai dawai, iss, schönes Kind."

Ja, ja. Ich lächelte, so gut es ging, und schob einen weiteren Löffel in den Mund. Plötzlich sprang Igor, er hatte sich zwischenzeitlich vorgestellt, auf.

„Komme gleich wieder, warte", versprach er augenzwinkernd und verschwand in Richtung Küche. Ich schaute unsicher in die Runde. Das Murmeln um mich herum hatte ich bereits vernommen, nun sah ich in die grinsenden Gesichter. Glotzt bitte nicht so blöd, dachte ich verzweifelt und bemühte mich, unbeeindruckt zu wirken. Da kam Igor zurück und schwenkte ein weißes Tuch in der Hand. Nein, kein Tuch. Er setzte mir das Teil auf den Kopf. Jetzt konnten sich meine lieben Klassenkameraden nicht mehr zurückhalten, kreischten und klatschten. Ich musste eine schöne Figur abgeben! Igor hatte mir eine Kochmütze geschenkt. Hoffentlich war die sauber und unbenutzt, dachte ich nur und schüttelte mich. Mein Lächeln musste gequält wirken. Endlich ließ Igor von mir ab und schlurfte zurück in die Küche, nicht ohne noch im Vorbeigehen dem ein oder anderen freundschaftlich auf die Schulter zu klopfen. Sobald er außer Sichtweite war, riss ich mir das Ding vom Kopf und betrachtete es skeptisch. Ein besonderes Souvenir. So eins konnte nicht jeder sein Eigen nennen.

„Du hättest ihm ruhig einen Kuss geben können", johlte Jens über drei Tische hinweg.

„Das mach ich nachher, wenn ich mit ihm allein bin."

Ha, diesmal hatte ich die passende Antwort parat. Jens sagte nichts mehr. Auch nicht auf der Rückfahrt, bei der wir allesamt, nicht satt und zufrieden, aber müde und schlaff, in den Sitzen hingen und schnarchten. Selbst den Sangesfreunden war die Stimme eingeschlafen.

Tags darauf, ich brütete über Chemie, klingelte es am Nachmittag plötzlich Sturm. Vati saß zwecks seiner Zeitungsschau auf dem Balkon und sah deshalb als erster, wer unten vor der Haustür stand.

„Für dich, Manuela. Gehst du runter?"

Für mich? Ein klitzekleiner Nervenkitzel stieg in mir auf, unerwarteten Besuch gab es nun mal nicht alle Tage. Ich widerstand der Versuchung, vom Kinderzimmerfenster raus auf die Straße zu äugen. Nach einem prüfenden Blick in den Korridorspiegel schlappte ich in Hauslatschen die Treppen runter. Ich atmete noch einmal tief durch, dann riss ich entschlossen die Tür auf.

„Ach, du bist es", entwich es mir, sicher auch für Kerstin hörbar enttäuscht. Die musterte mich von oben bis unten. In Trainingsanzug und Latschen hatte sie mich noch nie gesehen. Sie selbst steckte noch in der gleichen Kluft wie heute Vormittag in der Schule, Jeans und karierte Bluse.

„Was gibt's?", fragte ich knapp und fügte wie zur Entschuldigung hinzu: „Bin noch bei den Hausaufgaben."

„Die mach ich morgen." Kerstin schielte an mir vorbei in den Hausflur.

„Willst du kurz reinkommen?", schlug ich vor, mit Betonung auf kurz.

„Nö, danke. Es geht eigentlich nur um heute Abend."

Oha, es interessierte mich gleich ein bisschen mehr ...

„Dani fühlt sich nicht, sie bleibt lieber zu Hause."

Daher wehte also der Wind, sie wollten das Volkshaus absagen. In letzter Zeit war absolut kein Verlass mehr auf die beiden.

„Wir könnten ja auch allein gehen, wenn du willst", schlug Kerstin vor. Sie schaute nicht gerade enthusiastisch aus ihrer Wäsche.

Die Vorstellung von einem öden Abend an der Seite von Kerstin, die ihre bessere Hälfte Dani vermisste, ließ mich einen Moment lang zögern, aber dann sagte ich zu. Egal, es wären bestimmt andere Leute da, die wir kannten. Immer noch besser, als zu Hause im Trainingsanzug zu vermodern.

„Klar will ich."

Damit es sich Kerstin nicht noch anders überlegte, stellte ich spontan die These auf:

„Das wird toll heute, Dani soll es bereuen."

Kerstin schaute ungläubig, nickte aber:

„Okay, um halb neun bei mir?"

„Dreiviertel, das reicht."

Ich sah Kerstin kurz hinterher, wie sie über die Straße schlenderte (sie wackelte immer so komisch mit dem Hintern, weiß nicht, ob das einstudiert war und sexy aussehen sollte oder ein leichter Gehfehler war), dann stieg ich, immer gleich zwei Stufen auf einmal nehmend, hoch zu unserer Wohnung im zweiten Stock. Kerstin war manchmal komisch. Ich wusste nicht, was sie selbst gerne wollte. Als Danis Anhängsel funktionierte sie, aber solo wirkte sie auf mich wie ein halbwelkes, verirrtes Blättchen im Wind. Egal, heute würde ich ihr den nötigen Halt geben.

Im Korridor posierte ich erhobenen Hauptes vorm Spiegel, warf die Mähne in den Nacken und drehte eine

Pirouette. Auf der Zehenspitze, die Latschen hatte ich dazu abgestreift. Ich motivierte mich: Noch zwei Seiten vom Chemiebuch durchackern, und anschließend ein Extra-Schönheitsprogramm. Mit Quarkmaske. Hoffentlich hatte Mutti nicht den ganzen guten Quark schon zum Backen der Quarktaschen verbraucht?

Nein, eine halbe Packung war noch im Kühlschrank. Den vermischte ich mit einem Ei und etwas Öl und strich mir die Pampe messerbreit auf Gesicht, Hals und Dekolleté. Olé! Wenn das nicht funktionierte, fiel mir auch nichts mehr ein.

Halb zehn betraten wir das Volkshaus. Die erste Stunde zog sich hin, aber ich hatte Recht behalten, in zweierlei Hinsicht: Mein Kfz-Mensch war sonnabends nicht da, und Kerstin und ich waren nicht allein geblieben. Wir saßen mit alten Bekannten aus der Zehnten am Tisch und führten so etwas wie eine angeregte Unterhaltung. Maike und Katja waren auch wieder mit von der Partie. Maike diesmal sogar mit einem „Kumpel".

Was das Tanzen betraf, übte ich mich in Zurückhaltung, und auch heute konnte man die Körbe stapeln, die ich verteilt hatte. Für den Rückzug würde ich mich nach Kerstin richten, die spätestens um elf abhauen wollte. Mit der blöden Begründung, sie müsse am Sonntag Hausaufgaben machen. Ich tröstete mich damit, auf diese Weise wenigstens der deprimierenden langsamen Runde aus dem Weg zu gehen. Aber was sag ich. Erstens kommt es anders, und zweitens als man denkt. Kerstin und demzufolge auch ich blieben länger. Beim ersten langsamen Titel holte sich gleich einer, den ich schon vorher zweimal abgelehnt hatte, den dritten Korb. Aller guten Dinge sind drei, oder was?

An dieser Stelle muss bemerkt werden, dass wir wieder mal an einem Tisch nahe dem Klo saßen, an dem Hinz und Kunz, also praktisch alle, wohl oder übel vorbeimussten.

Kerstin war gerade zusammen mit Katja aufs Örtchen getingelt, während ich gemütlich rauchte. Da ging Maike mit ihrem bauchtragenden Kumpel tanzen. Na super, jetzt saß ich allein am Tisch. Wie ein Mauerblümchen, das hatte ich nun davon. Kurz darauf fiel mein Blick auf einen Typen, der geradewegs in meine Richtung steuerte (das heißt, in Richtung Klo). Er war mir schon am Eingang aufgefallen, und ich hatte nur gedacht: Wahnsinnig hübsch, der Kerl, aber das weiß er sicher auch. Ich kam jetzt nicht im Entferntesten auf den Gedanken, dass er mich zum Tanzen holen wollte. Aber haltet euch fest: Mir fiel beinah die Kippe aus der Hand, als er plötzlich stehen blieb (statt aufs Klo zu gehen), und mich von der Seite ansprach. Doch das war erst der Anfang. Auf der Tanzfläche kam es dann richtig dicke. Er war kaum größer als ich. Das war so ungewohnt, dass ich meine Arme, die um seine Schultern lagen, ständig ein wenig zurechtrücken musste. Sobald ich mit der Hand auch nur einen Millimeter rutschte, kam sofort seine Reaktion, und er rückte ein Stückchen näher. Und ich? Fand das wunderschön! So etwas war mir bis heute nie, und zwar ganz und gar nie, passiert. Meine Gefühlslage beim langsamen Tanzen bewegte sich üblicherweise zwischen distanziert und gelangweilt. Was war das jetzt? Am liebsten hätte ich die Augen geschlossen und wäre mit diesem Märchenprinzen in seine Wunderwelt entschwebt.

Das ging freilich nicht, und so blieb mein Blick nach jeder gedrehten Runde wieder an dem Tisch mit Kai Hannichs hängen, der die ganze Zeit zu uns rüber starrte. Das war keine Einbildung, ich schwöre es! Als das erste gemeinsame Lied zu Ende war, gab es diesen Moment purer Magie: Sein fragender Blick aus tiefbraunen Augen, mit Lachfältchen um den Mund (oder sprach man bei so schönen Männern von Grübchen?). Selbstverständlich tanzten wir weiter. Warum sagte er nichts? Fiel mir etwas Intelligentes ein? Null. Komplette Gehirnregionen waren vorübergehend abgeschaltet. Wozu reden? Tanzen (noch dazu eng) war sooo viel schöner. Nach der langsamen Runde hängten wir noch drei schnelle dran. Die waren auch nicht übel, er wusste sich zu bewegen. So weit, so prima. An diesem Punkt ritt mich plötzlich der Fehlerteufel: Ich entschuldigte mich, ich müsse mich ausruhen, und ging zurück zu meinem Tisch. Kerstin war längst wieder da, stellte aber keine Fragen, sondern blies direkt zum Aufbruch. Schon an der Garderobe kamen mir die Zweifel. Hatte ich jetzt eine Chance verspielt? Aber was hätte ich tun sollen? Ihn fragen, wann er wiederkommt? Diese Leier, die die Typen bei mir immer abspielten? Auf dem Heimweg fiel mir sogar ein, wer er sein könnte: André Schütze. Ein Jahr war die Geschichte mit Dani her, die hatte damals öfter von ihm erzählt und sich über ihn lustig gemacht. Aber das hatte einer wie er gar nicht nötig! Wahrscheinlich war es Dani gewesen, die mit ihm angeben wollte, er hatte überhaupt nichts von ihr gewollt, garantiert. Es war besser, dass sie heute Abend nicht da war und mir ihre unpassenden Bemerkungen erspart geblieben waren. Er hatte mit mir getanzt, das war alles, was zählte.

Ich musste einen senilen Eindruck machen, während ich grinsend neben Kerstin herschwebte. Jedenfalls sagte sie beim Abschied:

„Komm mal wieder runter, war doch nur ein Tanz."

Sie hatte tatsächlich alles mitbekommen. Purer Neid, dass sie nicht gleich etwas gesagt hatte.

„Ja, aber was für einer", entgegnete ich mit vielsagender Kennermiene.

In dieser Nacht zum Sonntag schlief ich nicht viel länger als eine Stunde. Denn nur zwischen vier und fünf Uhr kann ich mich nicht erinnern, alle paar Minuten auf den Wecker gestarrt zu haben. Zum Glück bescherte der Besuch meiner Schwester nebst familiärem Anhang Hoffnung auf kurzzeitige Ablenkung. Sie waren nur auf der Durchreise an die Ostsee. Gerd hatte seinem Arbeitskollegen dessen einwöchigen Ferienplatz in Kühlungsborn abluchsen können, weil der einen Unfall mit dem Moped gehabt und ein Bein in Gips hatte. Des einen Leid, des anderen Freud. Dazu kam der glückliche Umstand, dass Anja und Andreas noch nicht im schulpflichtigen Alter waren, dann hätten sie keine Ferien gehabt und gar nicht fahren können. Jedenfalls saßen die vier jetzt bei uns am Wohnzimmertisch zum Mittagessen, aber wir spürten ihre Ungeduld, endlich an den Strand zu kommen. Vielleicht wäre noch ein paar Tage lang schönes Wetter, und sie könnten so etwas wie einen unverhofften späten Sommerurlaub genießen. Den Trabi hatten sie sicherheitshalber bis zum Anschlag beladen, auch mit warmen Hosen und Jacken, man konnte ja nie wissen.

Ich verfolgte die Unterhaltung der Urlauber in Spe mit Mutti und Vati wie durch einen Klumpen Watte, aber es lag nicht an meinen Ohren, sondern an den Windungen dazwischen. Obwohl ich nicht genau sagen konnte, ob es die Gedanken waren, die Karussell fuhren, oder die Gefühle. Irgendwie wirbelte alles wild durcheinander.

Dabei versuchte ich krampfhaft, den letzten Abend, oder besser gesagt, den Teil mit IHM, noch mal Szene für Szene durchzugehen und zu analysieren. Ungewöhnlich war, dass ich mich gar nicht an die Titel erinnern konnte, zu denen wir langsam getanzt hatten. Verdammt, ich wollte so gern deren Texte interpretieren. Als Zeichen, als Hinweise. Ich war vermutlich einfach abgelenkt gewesen. Was hatte dieser Kerl, verflixt und zugenäht, was die anderen vor ihm nicht hatten? Die zahllosen Kandidaten, die ich kaltherzig auf einer imaginären Müllhalde des Volkshauses entsorgt hatte, schienen sich gemeinsam hochzurappeln, um mir im Chor diese Frage zu stellen: Was hat er, das ich nicht habe?

„Mensch, Manu, alles klar bei dir?"

Beate hatte meine geistige Abwesenheit bemerkt.

Mutti warf mir einen skeptischen Blick zu und erklärte:

„Sie ist müde. EOS ist eben kein Zuckerschlecken, aber auf die Disko möchten die jungen Damen auch nicht verzichten."

Beate schaute mich jetzt mitfühlend an. Das bezog sich, soweit ich es beurteilen konnte, auf die Schule.

„Sicher würdest du lieber mit uns mitkommen, was?"

Ich nickte brav. Zu einer Woche Ostsee konnte man nicht nein sagen, das musste ja jedem gelogen vorkommen. Beate konnte allerdings beim besten Willen nicht ahnen – keiner konnte das hier – dass ich am nächsten Freitag schon etwas anderes, und zwar Unaufschiebbares vorhatte. Die Tragik meiner Lage wurde mir erst jetzt so richtig bewusst: Musste ich tatsächlich noch fünf (!) Tage ausharren und konnte nichts tun? Würde nichts Neues erfahren?

Als die glücklichen Urlauber aufgebrochen waren, verschanzte ich mich zum Lesen im Kinderzimmer und schlief über der zweiten Seite ein. Auch das beste Adrenalin verlor irgendwann seine Wirkung.

Die folgenden Schultage verstrichen zäh wie Allzweckleim, aber ich hatte beschlossen, dass es so nicht weitergehen konnte. Ich durfte mich nicht verrückt machen. Am Freitagabend würde sich alles entscheiden. Große Liebe mit Pauken und Trompeten, oder nur bittersüße Illusion.

Das durfte nicht wahr sein: Es war Freitag, Dani war (angeblich) schon wieder krank und Kerstin hatte keine Lust. Aber ich musste ins Volkshaus! Nie im Leben hatte ich gedacht, dass ich es fertigbringen würde, allein zur Disko zu rennen. Das musste die „Kraft der Liebe" sein! Was blieb mir denn anderes übrig, eurer Meinung nach?
Aber ich kann die Uhr gleich vier Stunden weiterdrehen. Wieder daheim hatte mir diese Aktion nur eins gebracht: Die Erkenntnis, dass immer welche da sind, die man kennt und zu denen man sich gesellen kann.
Nur ER hatte mit Abwesenheit geglänzt.

Am Sonnabend ging ich gleich noch einmal allein, das heißt, ich hatte mich mit Katja verabredet, um halb zehn vor dem Volkshaus. Sie kannte einen der Türsteher, und mit dessen Hilfe kamen wir tatsächlich innerhalb von fünf Minuten rein. Perfekt. Hatte ich Katja gar nicht zugetraut, dass sie so wertvolle Beziehungen ihr Eigen nannte. Zum Dank spendierte ich ihr den ersten Drink. Grüne Wiese. Mir war das Zeug ein bisschen zu klebrig, aber sie mochte es über alles.
„Gucke mal, da drüben, ist das nicht dein Tänzer vom letzten Mal?", flüsterte Katja mir zu und deutete mit dem Kinn nach rechts. Mein Herz machte einen

unregelmäßigen Hüpfer, ich traute mich nicht, selbst hinzuschauen. Lieber fragte ich zurück: „Wer, der kleine Dunkle?"

Katja runzelte die Augenbrauen. „Klein? Eigentlich nicht. Der mit dem Auto, der uns nach Hause fahren wollte."

Ich spürte wieder mein Herz. Aber jetzt hüpfte es nicht mehr, sondern war in schleppendes Holpern übergegangen. Der Kfz-Mensch. Und jetzt? Wenn der mich belegte, was würde ER dann denken? So ein Missverständnis war die schlimmste aller Möglichkeiten.

„Hat er uns gesehen?", fragte ich Katja schnell.

Sie starrte für meinen Geschmack etwas zu lange in seine Richtung.

„Nein, ich glaube nicht."

„Dann lass uns nach oben gehen", bestimmte ich kurzerhand und zog die verdatterte Katja hinter mir her. Wir hasteten die Treppen hoch. Von der Balustrade aus hatte man einen guten Überblick, auch wenn man etwas hinten stand und von unten kaum gesehen wurde. Perfektes Horch und Guck, sozusagen. Na ja, angesichts des dröhnenden Lärms eigentlich nur Guck.

Katja fragte nichts mehr, ich hatte uns eine zweite Grüne Wiese geholt und sie zu einer gemütlichen Zigarette überredet. Gemütlich war mir allerdings gar nicht zumute. Ich musste mir schnellstens einen Überblick verschaffen und kapieren, ob ER da war oder nicht. Als die Zigarette aufgeraucht und die Wiese hinuntergekippt war, stand es für mich fest: Nicht da. Auch heute nicht. Katja wollte unbedingt noch bleiben und hatte schon ein paar Kumpels von der Berufsschule gesichtet. Ich konnte sie ohne schlechtes Gewissen allein lassen und die Kurve kratzen. Auf der Treppe nach unten in Richtung Tanzfläche spürte ich, dass mir schwindlig war vom schnellen Trinken und

Rauchen. Ich konzentrierte mich angestrengt auf die Stufen, da stand er plötzlich vor mir. In grauer Jeans, schwarzem kurzärmeligem Hemd, gutriechend wie beim letzten Mal.

Der Kfz-Mensch.

„Hallo", mehr kriegte ich nicht raus.

„Hallochen. Gehst du tanzen?"

„Ich, ähm, nein." Jetzt nur nicht vom Weg abbringen lassen. „Eigentlich hau ich gerade ab."

„Wirklich?" Er sah enttäuscht aus. „Das ist aber schade."

„Ja." Ich überlegte kurz und kam auf die Ausrede, die immer passte. „Mir ist nicht gut, so stickig hier."

„Na dann ..."

Ich spürte, dass er nach Worten suchte. Vielleicht ging es ihm gerade ähnlich wie mir mit meinem Schwarm. Er hatte diesen Moment des Wiedersehens herbeigesehnt, und alles lief schief. Aber Quatsch, Jungs waren nicht so romantisch. Bestimmt nicht.

„Tschüss", sagte ich schnell und zog wie zum Bedauern die Schultern hoch.

Das war geschafft. Als ich draußen stand und die kühle, feuchte Nachtluft einatmete, wurde ich schlagartig nüchtern. Abgehakt. Dieses Wochenende war für die Katz gewesen. Und morgen kam der elend lange Sonntag. Wie sollte ich den überstehen? Mir graute es. Vor dieser hoffnungslosen Leere.

It doesn´t pay without love, for what?

Das war meine ureigene Übersetzung eines Zitats von Horst Bastian, noch so ein aktueller Lieblingsschriftsteller: *„Es lohnt sich nicht ohne Liebe, wofür denn?"*, schrieb er in Gewalt und Zärtlichkeit.

Den Sonntag verbrachte ich lesend, bester Trost und immer funktionierende Ablenkung, denn meine ursprüngliche Idee, noch ein bisschen Spätsommersonne im Garten zu tanken, war einem feinen, aber beharrlichen Nieselregen zum Opfer gefallen.

Am Nachmittag kamen die zurückkehrenden Urlauber bei uns vorbei, zur Gelegenheit eines gemeinsamen Kaffeetrinkens. War ja praktisch, wir lagen sozusagen auf ihrem Weg. Und Muttis Pflaumenstreuselpuddingkuchen war sowieso bei allen der Renner. Ich verschlang drei Stück, mit Sahne. Auf meine Figur könnte ich wochentags wieder achten. Schulspeisung war die beste Diät.

Schon am Abend überfiel mich die Reue. Ich verzichtete auf die übliche Schnitte und aß nur ein paar Scheiben grüne Gurke. Warum hießen die eigentlich „grüne" Gurken? Konnten die etwa auch weiß oder rot sein wie der gleichnamige Kohl? Diesen Gedanken hätte ich nicht laut aussprechen sollen. Mutti zeigte mir prompt einen Vogel. „Also sage mal, Mottchen, hast du keine anderen Sorgen?"

Klar hatte ich andere Sorgen. Aber die behielt ich besser für mich.

Am Dienstag gab es in der Schule eine wichtige Entscheidung zu treffen. Wir Elftklässler mussten den FKR wählen. Fakultativer Unterricht. Mir war nicht ganz klar, ob sich das F wie fakultativ auch auf den Besuch dieses Unterrichts bezog, oder ob er obligatorisch war. Fakultativ stand hier wahrscheinlich nur dafür, dass man zwischen verschiedenen Fächern wählen konnte. Ich schrieb mich kurzentschlossen für Mathe ein. In der Liste hatte ich auch Nicos Namen gesehen. Er ging in die 11/B. Nico, der alte Spinner. Irgendwie gefiel er mir ja. Dieser Knabe hatte so etwas wie die Faszination des

Unerklärlichen. Gleich von Anfang an hatte ich ihn auf dem Kieker gehabt. Das war vor einem Jahr, 87, im Sommerlager in Trampe, damals wusste ich noch nicht, dass wir mal zusammen auf die Penne gehen würden. *I want your sex.* Das Lied des Sommers 1987. Zumindest in jener Woche in unserem Lager. Sie sprachen auch über Sex, er und seine Kumpels, oder besser gesagt darüber, was Sex für Jungs in ihrem Alter war: sich einen runterholen. In der letzten Nacht, die wir auf einer Bude gemeinsam durchfeierten, hatten sie scheinbar nur dieses eine Thema. Ich hatte nicht verstanden, was es da zu besprechen gab. Wollten sie sich interessant machen? Bei uns? Die hatten damals keinen blassen Schimmer, was Mädchen interessierte. Und ohnehin keine Chance, so oder so. Wir träumten von Popstars, Schauspielern, oder maximal Jungs aus der Zehnten. Aber vielleicht wollten auch wir, indem wir von mehr oder weniger fernen Idolen schwärmten, einfach noch ein bisschen unsere Ruhe haben, echte Sachen auf später verschieben. Von beidem ein bisschen, glaub ich.

Ein Jahr danach – in diesem Sommer – begab es sich dann, dass ich Nico in Witebsk wiedersah. Ihr erinnert euch, ich hatte es erwähnt: das Lager für Erholung und Arbeit in der UdSSR. In diesen gemeinsamen Tagen entwickelte sich schnell eine Art Wettkampf zwischen uns, wer die besten Sprüche draufhatte. Na ja, ich war schon froh, wenn ich auf seine Schoten hin und wieder eine passende Antwort parat hatte. Den einen oder anderen Lacher konnte ich für mich verbuchen, und er machte mir dann immer Komplimente. Unsere Truppe war sozusagen Tag und Nacht zusammen. Jungs und Mädchen teilten sich sogar den Waschraum, von früh um sechs bis Mitternacht lief man sich über den Weg. Auch gern mal mit Kulturbeutel unterm Arm. Einmal, ich kam gerade aus dem gemeinschaftlichen Waschraum, das heißt abgeschminkt, offene Haare und so, stieß ich ihm fast die Tür ins Gesicht. Er hatte, wie meistens, einen sitzen. So zwei, drei Bier, schätzte ich.

„Mensch, Manu, du siehst ja in Natur noch viel schnuckliger aus, alle Achtung. Solltest dich weniger schminken, kannst es dir leisten, ehrlich."

Ich grinste nur schief und verdrückte mich auf schnellstem Wege in mein Zimmer. Am nächsten Morgen beim Frühstück lächelte ich ihm zu, unauffällig versteht sich, aber er war mal wieder zu verkatert und erinnerte sich offensichtlich gar nicht mehr an unsere nächtliche Begegnung.

Eine Woche später, kurz vor unserer Heimreise, konnte ich mich tatsächlich nicht schminken. Irgendwelche Mistviecher von Sumpfmoskitos hatten mich gestochen, ausgerechnet rund um die Augen. Mit dem Ergebnis, dass ich dieselben kaum noch aufkriegte, so geschwollen waren sie. Das ganze Gesicht war verzerrt, ich erkannte mein eigenes Spiegelbild nicht. Alle lästerten wie verrückt, und auch Nico meinte: „Wenn du in drei Tagen noch genauso aussiehst und zu Hause klingelst, lassen dich deine Eltern nicht rein, wollen wir wetten?"

Die Meute grölte. Ich versuchte tapfer mitzulachen. Später erwischte mich Nico einen Moment allein.

„Hi, Süße, war nicht so gemeint. Ich küss dich trotzdem, wenn du willst." Seine Augen funkelten mich an. Dieser Kerl konnte sich noch so blöde Sprüche leisten, er blieb unwiderstehlich. In dieser Situation lehnte ich dankend ab. Aber wer weiß, wenn es sich ein Andermal ergäbe, und ich gesichtstechnisch präsentabel wäre?

Nun also FKR mit ihm ... im Unterricht hatte ich Nico noch nicht erlebt. Ich freute mich darauf. Es gab schließlich nicht nur das Volkshaus. Vielleicht würde das Leben hier, an der Penne, interessante Entwicklungen nehmen. *Girls just want to have fun.* Es musste ja nicht gleich Sex sein.

Die erste gemeinsame Doppelstunde FKR mit Nico verlief eher nüchtern. Wir quatschten kurz miteinander, aber es blieb oberflächlich, kaum besser als „Wie geht's, wie stets". Gut Ding will Weile haben, tröstete ich mich, und außerdem hatte ich sowieso nur den einen im Kopf. Da wäre es ein bisschen billig, gleichzeitig einem anderen schöne Augen zu machen. Also bitte!

Bevor auch diese Woche im lang herbeigesehnten Freitagabend gipfelte, ergab sich noch etwas anderes Nettes. Und zwar am Donnerstag. Gleich nach der Schule ging ich in die Stadt, um die beiden Strausberger Klamottenläden abzuklappern. Ich suchte neue diskotaugliche Garderobe, da es jetzt so wichtig zu werden schien, immer neue Auftritte hinzulegen. Mitten auf der Großen Straße lief mir Caro, meine Freundin aus alten Tanztagen, in die Arme. Wir waren acht Jahre lang zusammen im Tanzensemble gewesen, aber dann war Caro wegen Zeitmangels ausgestiegen. Ich hatte noch zwei Jahre länger getanzt und erst jetzt, vor der Penne, die Schläppchen an den berühmten Nagel gehängt. Mehrmals in der Woche Training, das würde ich nicht mehr schaffen. Einerseits war es gut so, denn tatsächlich gab es an jedem einzelnen Tag Hausaufgaben, die für drei Tage gereicht hätten, andererseits fehlte mir ein Stück Leben. Der Tanz, das Training, die Bühne – das alles eben ... und plötzlich nur noch Schule. Na jedenfalls: Caro schlug mir vor, bei ihrer eigenen kleinen Showtanzgruppe mitzumachen, die sie mit zwei anderen Ehemaligen auf die Beine gestellt hatte. Sie trafen sich nur ein- oder zweimal die Woche nach dem Abendbrot. Das klang gut. Anschauen könnte ich mir die Sache auf jeden Fall. Angesichts dieser interessanten neuen Perspektive ging ich den Volkshaus-Freitag voller Optimismus an. Es machte mir auch gar nichts aus, dass für Sonnabend eine Klassenarbeit in Bio angesagt war. Diesmal kam Kerstin wieder mit. Sie schien sich herauszumachen, im Hinblick auf die Selbständigkeit. Dani hatte neuerdings andere Prioritäten. Was, das würde ich später herausfinden. (Ein bisschen interessierte es mich schon.)

So schummerig es im Saal auch war, ich sah IHN sofort. Ich kam gar nicht dazu, in aller Ruhe eine erste Zigarette zu rauchen und mich dabei unauffällig umzusehen (wie ich es geplant hatte). Nein, keine Aufschieberei mehr. Heute, vielleicht schon in schwindelerregender Kürze, würde sich alles klären. Wir, Kerstin und zwei ehemalige Klassenkumpels aus der Zehnten, die uns an der Garderobe angesprochen hatten, gingen blöderweise hoch an die Bar. Mich zog es nach unten, er sollte mich schließlich sehen. Es gelang mir, die anderen zu überreden. Wir stellten uns in eine Ecke, da an keinem Tisch mehr als zwei Stühle frei waren. An einem der Tische sah ich Mandy Puff, die früher bei uns im Block gewohnt und mit der ich im Buddelkasten viel Zeit zusammen verbuddelt hatte. Wir hatten uns eine Ewigkeit nicht mehr gesehen, vielleicht würde ich sie nachher begrüßen. Jetzt musste ich erst mal IHN im Auge behalten. Er stand mit ein paar anderen Typen am Fenster und beobachtete die halbvolle Tanzfläche. Dann setzte er sich in Bewegung, in Richtung des Tisches, an dem Mandy saß. Wahrscheinlich kannten sie sich. Kein Wunder, Strausberg war ein kleines Nest. Er beugte sich kurz zu ihr runter, was auch immer das sollte, und setzte sich neben sie. Schnell schaute ich in die andere Richtung, ehe sich unsere Blicke trafen. Er hatte mich scheinbar noch nicht entdeckt. Ich versuchte, Kerstin in ein Gespräch zu verwickeln, nur um mich abzulenken. Aber es half alles nichts. Ich drehte mich wieder in seine Richtung. Und konnte nicht glauben, was ich jetzt klar und deutlich zu sehen bekam. Das war wie Kino, aber der falsche Film: Die beiden waren ein Paar. Wie dieses Weib sich an ihn ranschmiss, war nicht zu ertragen. Da hatte ich sie also, meine ersehnte Gewissheit. Was hatte ich mir denn eingebildet?

Dass er André Schütze war, stand damit auch außer Zweifel. Maike hatte erzählt, ihn vor gewisser Zeit mit Freundin, deren Beschreibung Mandy Puff entsprach, gesehen zu haben.

Aber was war am 17. September, vor gerade mal zwei Wochen? Waren sie zerstritten? Was sollte der Tanz mit mir, hatte er mich nur verarscht?

Ich weiß nicht, wie ich es noch eine weitere Stunde in diesem Saal aushielt, in dem gleichzeitig die beiden saßen und knutschten. Ich trank zwei, drei Gläser Sekt, rauchte eine nach der anderen, tanzte nicht. Die Gespräche der anderen blieben diffuse Geräuschkulisse, ihren Inhalt bekam ich nicht mit. Ich war wie taub und stierte auf meine Fingernägel, die ich so dämlich rosa lackiert hatte. Ich konnte keinen klaren Gedanken fassen. Nur das eine Wort stampfte in meinem Gehirn durch die Gegend: Vorbei, vorbei, vorbei. Vielleicht auch noch: Das war's, das war's, das war's.

Zu Hause heulte ich viel Rotz und noch mehr Wasser ins Kissen. Das durfte einfach nicht wahr sein. Wie sollte ich jetzt weiterleben?

Es lohnt sich nicht ohne Liebe, wofür denn?

Ha, Liebe ... ich höre schon den Einwand. Was hieß das schon? Er war eben nicht der Richtige. So einfach konnte die Erklärung sein.

Nein Leute, das war sie eben gerade nicht!

Wie sollte sie denn bitte daherkommen, diese sogenannte Liebe? Als Vernunftentscheidung, als eine Art Passwertanalyseergebnis? ER erfüllte in bestimmten Prozentsätzen die Charaktereigenschaften A, B, E, F und Y, SIE in proportionalem Maß die dazu kompatiblen C, D, M, P und Z? Und wenn sie sich auf eine bestimmte Distanz näherkamen, wurden bei beiden Beteiligten die Sirenen hinterm Ohrläppchen aktiviert, um das positive Analyseergebnis mit einem kurzen Piepton zu signalisieren? Sie mussten nur noch aufeinander zugehen, sich die Hände schütteln, und alles war klar.

Klingt solch eine mathematische Kompatibilitätsanalyse eurer Meinung nach glaubwürdig? Ich habe da so meine Zweifel. Es muss, da war ich mir sicher, irgendetwas Kitschiges wie diese sogenannten Gefühle geben. Vielleicht sind sie chemisch inspiriert, aber was ändert das? Gefühle, die eine innere Stimme auslösen, die ihr sagt: Er. Und ihm geht es genauso. Bei ihm kommt das Signal an: Sie. Oder nicht? Woran soll man sonst glauben, in dieser verdammten Welt. Aus der man auch urplötzlich wieder rauskatapultiert werden konnte, das wusste ich besser als viele andere, wie schnell das gehen konnte. Schwupps, eine dämliche Krankheit, leider nichts zu machen. Deshalb MUSS ich an große Gefühle, an die große Liebe glauben. Alles oder nichts, keine Halbheiten. Gefühle und Kompromisse passen nicht zusammen. Alles oder nichts. Mit IHM wollte ich alles.

Oder war unsere Zeit einfach nur noch nicht gekommen? Vielleicht könnte ich mir die Sache zurechterklären, und die Schmerzen ertragen, wenn ein Happy End möglich wäre.

Ich verschwendete auch den ein oder anderen Gedanken an diese Mandy. *Was hat sie, das ich nicht habe? Was hat sie, was hat sie, was hat sie?* Da gab es so ein doofes Lied von dieser rothaarigen Sängerin aus dem Westen, die auch schon mal bei uns im Kessel aufgetreten war. Warum, verdammt noch mal, mussten einem immer die dümmsten Lieder in den Kopf schießen, wenn man sich mit einem Thema herumquälte. Und dann bekam man sie nicht mehr raus. Die Lieder. Aus dem Kopf.

Mandy Puff hat braune, halblange, glatte Haare. So richtig arschglatt. Ich will sie jetzt nicht schlechter oder hässlicher machen, als sie ist, aber eine Wahnsinnsbraut ist sie nicht gerade. Es stimmt wahrscheinlich, was einige sagen: Männer schwärmen von Blonden (und tanzen mit ihnen, wenn sich die Gelegenheit ergibt), aber sie heiraten Brünette. Na ja, verheiratet waren die beiden noch nicht. Ich konnte mir einbilden, die Frau seiner Träume zu sein. Ha ha ha! Wenn es nicht so bitter wäre, daran zu denken, dass er sie küsste (oder wer weiß was noch alles).

Ob ihrs glaubt oder nicht, es dauerte nicht mal eine Woche, und ich hatte mir meine Welt wieder zurechtgerückt: Ich war die, die er wollte. Er musste sich nur noch von Mandy trennen. Ich würde weiter ins Volkshaus rennen. Hatte ich eine andere Wahl?

Sonnabend, 1. Oktober
Er war nicht da, öder Abend.

Freitag, 7. Oktober
Er war nicht da, alles andere ist uninteressant.

Montag, 10. Oktober
Heute Morgen plagte mich ein Schluckauf. Den hatte ich ewig nicht. Das konnte nur bedeuten: Am Wochenende hat es gekracht zwischen den beiden. Sie haben Schluss gemacht. Heute Morgen, gleich beim Aufwachen oder auf dem Weg zur Arbeit, hat André auf einmal an mich gedacht: Ob sie immer im Volkshaus ist? Und beschlossen, am Freitag wieder mal vorbeizuschauen. Hick!

Donnerstag, 13. Oktober
Heute Nacht habe ich von ihm geträumt. Ich und ein paar Mädchen aus der Zehnten klingelten bei ihm an der Tür, seine Mutter öffnete. Die machte keinen erstaunten Eindruck, wahrscheinlich war sie es gewohnt, dass eine Horde Mädchen nach ihrem Sohn fragte. Mir war es höllisch unangenehm, so blöd dabeizustehen. Ich hatte gar nicht gewusst, dass wir zu ihm gingen. Wortführer war wie immer Dani. Als er an die Tür kam (er sah so süß verwuschelt aus, als ob er gerade geschlafen hätte), fragte sie ihn, ob sie nicht mal wieder telefonieren würden. Ich versteckte mich währenddessen hinter dem einigermaßen breiten Rücken einer anderen, aber er schien mich ohnehin nicht zu beachten.

Dani – ob die mir helfen konnte bei André? Vielleicht, aber ich musste es auch allein schaffen. So viel Stolz hatte ich noch.

Freitag, 14. Oktober
Er war wieder nicht da. Das durfte nicht wahr sein!

Nach den vielen vergeblichen Diskobesuchen beschloss ich, mich dieser Tortur nicht länger auszusetzen. Wahrscheinlich war ich beziehungsweise mein Schicksal doch den Wissenschaften verschrieben, ich würde mich künftig intensiv um den Schulstoff kümmern. Zumindest eine Weile lang. Und die eine Woche Herbstferien kam mir da gerade recht. Mutti und Vati waren stolz, dass ich die freien Tage zum größten Teil den Schulbüchern widmete. Die Guten. Sie ahnten ja nicht, welch abgrundtiefer Frust dahintersteckte.

Während der Ferien traf ich mich mit Dani auf einen Kaffee in der Stadt. Sie hatte mich vermisst, sagte sie, dabei war sie es gewesen, die nicht mehr mit ins Volkshaus gekommen war. Dani erzählte mir, dass sich irgendjemand für meinen Namen interessierte. Kai Hannichs hatte sie angerufen, mich beschrieben, und meinen Namen wissen wollen, für einen Kumpel. Dani wollte wissen, um wen es sich dabei handelte. Da Hannichs aber keine Anstalten machte, damit herauszurücken, blieb sie auch stur und gab meinen Namen nicht preis.

Wer verdammt interessierte sich für mich? Da sich Hannichs selbst einer gewissen Aufmerksamkeit meinerseits erfreute, hatte ich mitbekommen, wie umfangreich sein Bekanntenkreis war. Ich möchte jetzt von keinem hundertprozentig behaupten, dass er Hannichs nicht kannte. Folglich konnte es sich bei dem Interessenten im Idealfall um André Schütze, im schlimmsten Fall um einen der keimigsten Typen, letztlich um jeden handeln. Vielleicht war es dieser aufdringliche

Kunde vom letzten Freitag, der unbedingt mit mir tanzen wollte, und sogar gefragt hatte, wo ich wohne.

Wie auch immer, es blieb spannend.

Freitag, 21. Oktober

Ich war doch wieder im Volkshaus. Diesmal aber definitiv das letzte Mal. Kerstin hatte gebettelt (auch sie schien sich für jemanden zu interessieren, das konnte ich ihr in meiner Situation kaum verübeln). Jedenfalls bekam ich heute endgültig die Schnauze voll. Mir wurde schon nach kurzer Zeit schlecht, die Luft war unerträglich stickig. Schon kurz nach zehn verschwand ich wieder, das wollte was heißen bei mir. ER war wieder mal nicht da. Und Hannichs, der Idiot, kam auch nicht in die Puschen. Ich hatte erwartet, dass er mich vielleicht ansprechen würde, wegen seinem Kumpel oder so. Aber außer ein paar Blicken (oder bilde ich mir die immer bloß ein?) kam nichts. Dani hat auch nichts mehr gesagt seitdem.

Ihr könnt mich alle mal!

Nun immer nur an André Schütze zu denken und mir damit den Rest meines Lebens zu versauen, wäre natürlich auch blöd.

Es ist mir gelungen, meine Gedanken hin und wieder in eine andere Richtung zu lenken, zumindest in der Schule. Das heißt, ich widme hier mein unauffälliges Interesse … richtig, dem Essengeldkassierer. Irgendwas hatte der, es musste in die Richtung dieser Gefühlssendungen gehen, mal schauen, ob die Signale nicht stärker werden würden. Nein, er war nicht nur gut gebaut! Das war, glaube ich jedenfalls, eher nebensächlich. Es waren diese gewissen Wellen, die er ausstrahlte. Auf mich. Ganz sicher.

Ich wusste ja, in welche Klasse er ging. In die 11/A, zusammen mit Torsten. Klar fragte ich mich manchmal (sehr selten), ob ich noch normal war. Denn ich kam nicht umhin, auf dem Hof, auf dem Flur, im Speisesaal, wo auch immer, ständig nach ihm Ausschau zu halten. Und ihn, wenn er auftauchte, möglichst unauffällig zu beobachten. Meine Blicke trafen ihn rein zufällig, versteht sich. Das Problem ergab sich automatisch daraus, dass ich herauszufinden versuchte, inwieweit auch ich seine Aufmerksamkeit erregte. Deshalb achtete ich penibel auf seine Reaktionen. Aber was war schon ein Blick? War er nicht vielleicht nur ein zwangsläufiger, unbewusster Reflex auf meine Blicke hin, die leider nicht so unauffällig waren wie beabsichtigt? Aber wenn es so wäre, dann müssten alle, die ich angucke auf der Straße, zurückglotzen.

Heute Morgen hatte ich mal wieder eine prima Idee. Ich schloss mit mir selbst eine Wette ab, und die ging so: Spielten sie im Morgenradio einen aktuellen Hit (und nicht nur alte Schnulzen), dann würde er mich heute anquatschen. Nach vielen alten Schnulzen kam ausgerechnet *Wunderland* von IC, und dieser Titel passte wie die Faust aufs Auge zu unserer Geschichte.

Täglich kreuze ich nun deinen Weg, und bin so allein wie du. Doch es fällt kein Wort, ein kurzer Blick soll dir sagen was ich will ...

Und – ob ihr es glaubt oder nicht – genau in diesem Moment suchte mich ein übelster Schluckauf heim. Wenn das nichts bedeutete!

Tatsächlich traf ich ihn heute sage und schreibe drei Mal. Zwei Mal – und dabei tat ich absichtlich geschäftig und vermied es, in seine Richtung zu schauen – glaubte ich, seine Blicke auf mir zu spüren. Beim dritten Mal trafen sich unsere Blicke, aber seiner war abwesend, inhaltslos. Na ja, meiner auch, wenn ich ehrlich bin.

So weit, und doch nicht gut. All das nährte einerseits meine Vorstellung, er könne mein Interesse erwidern (viel zu schön, um wahr zu sein). Andererseits lag die Vermutung nahe, dass alles nur Einbildung war. Warum, zum Teufel, sollte der mir Unbekannte aus 11/A ausgerechnet mich, die ihm Unbekannte aus 11/C, auf dem Kieker haben? Mit diesem seelischen Konflikt begab ich mich nun Tag für Tag in die Penne. Mir ist nicht zu helfen.

Dabei könnte ich Hilfe öfter gebrauchen, beim Einschlafen zum Beispiel. So wie jetzt gerade. Es war Donnerstagabend, ich müsste müde sein oder zumindest ausgepowert, schließlich kam ich vom Tanztraining. Ich war nun schon ein paar Mal dabei gewesen. Ich hatte nicht lange rumgedruckst und gleich beim ersten Besuch ein bisschen mitgemacht. Weil ein Mädchen fehlte, sprang ich als Platzhalter ein. Damit war die Sache besiegelt. Das hieß, für Caro und die anderen war klar, dass ich dabei wäre. Und mir war es recht. Sie waren eine lustige Truppe, ich kam auf andere Gedanken, hielt mich fit. Und ich sah das Volkshaus mal im beleuchteten Zustand. Ja, von diesem Etablissement kam ich offensichtlich nicht los. Sie probten im guten alten Volkshaus! Aber es war eine vollkommen andere Atmosphäre und vielleicht auch heilsam. Die Entzauberung des Tempels: abgestandener kalter Rauch, durchgetretenes graubraunes Parkett, in Massen herumschwirrende Staubflusen. Und in so einer Baracke wollte ich meinen Traumprinzen finden?

Nun lag ich nach dem Training schon eine Ewigkeit im Bett und konnte nicht abschalten. Ich dachte an das

Tanzen, oder besser gesagt, das Drumherum. Diesmal hatten wir Zuschauer gehabt. Bei zweien handelte es sich um die Freunde von Caro und Annett. Das hatte mir Caro kurz ins Ohr geflüstert. Ich weiß nicht, ob sie mich beruhigen oder warnen wollte.

Keine Angst, die werden dir nicht gefährlich. Oder: Hände weg, die gehören uns.

Für mich war es eine Erleichterung, denn der Gedanke, beim Trainieren beobachtet zu werden, von Typen, die gar nicht mal so übel aussahen, machte mich nervös. Die guckten also nur nach ihren Kirschen. Allerdings hatte da noch ein dritter Typ gesessen, auch nicht von schlechten Eltern. Das war mir aber erst bewusstgeworden, als er nach einer halben Stunde verschwand, während die anderen bis zum Schluss blieben, um ihre Mädels nach Hause zu begleiten. Der hatte sicher eine Freundin, die nicht tanzte, und beim nächsten Mal käme sie auch zuschauen. Das schien mir eine richtige Pärchen-Klicke zu sein. Na ja, sie waren auch ein, zwei Jahre älter als ich. In dem Alter war es normal, liiert zu sein. Vielleicht hatte ich auch noch ein Jahr Zeit und müsste mir erst mit Achtzehn Sorgen machen. Mit tröstenden Gedanken dieser Art schlief es sich gleich viel besser.

In der Schule war Deutsch mein Lieblingsfach, ihr wisst schon: Literatur und so. Angst vorm weißen Blatt? Also, meine Lieben, ich litt sicher an vielem, aber nicht an Schreibblockaden! Warum starrte ich jetzt seit einer Ewigkeit auf diese verdammte linierte Seite und traute mich kaum zu atmen? Dreimal hatte ich den Stift schon in die Hand genommen, oben links in der zweiten Zeile angesetzt, um ihn gleich wieder rechts neben dem Blatt abzulegen. Nur nicht auf die Armbanduhr schauen! Die große Wanduhr, die etwas schief über der Tafel hing, war seit einigen Wochen kaputt. Nur nicht auf die Armbanduhr schauen, denn es waren bestimmt schon fünfzehn Minuten verstrichen, ohne dass ich eine Zeile aufs Papier gebracht, geschweige denn einen sinnvollen Gedanken – von Idee will ich gar nicht sprechen – im Kopf klargemacht hätte. Fünfzehn Minuten von fünfundvierzig, die wir für den Aufsatz hatten.

Mein Sitznachbar schrieb derweil zügig und war schon fast am unteren Rand des ersten Blattes angekommen. Gleich würde er mich ansprechen, vielleicht eine blöde Bemerkung machen. Oder waren ich und mein Schicksal, das erste Mal in meinem Leben einen Aufsatz zu verhauen, ihm vollkommen egal?

Während meine rechte Hand mit dem Stift Wippe spielte, schielten meine Augen nach links, auf seine göttlichen Finger. So fein und zartgliedrig, und gleichzeitig männlich stark. Warum war dieser Knabe nur so attraktiv? Heute Morgen war er von Frau Mehnert ins Klassenzimmer geschoben worden, und er hatte gefeixt und die Szene genossen. Mein Essengeldkassierer! Ich hatte schlagartig das Gespräch mit Dani unterbrochen. Frau Mehnert hatte keine großen Worte gemacht, als sei es normal, eben mal so die Klasse zu wechseln.

„Er wird jetzt bei uns bleiben. Nehmt ihn nett auf."

Dann blickte sie über dem Brillenrand in die Runde und entschied:

„Setz dich auf den freien Platz neben Manuela."

Der Neuankömmling schritt betont lässig auf mich zu, und mein Versuch, zu erklären, dass der Platz neben mir nicht frei war, sondern Sabine dort saß, die heute krank war, erstickte zu kleinlautem Murren. Frau Mehnert hatte sich ohnehin schon der Tafel zugewandt, um das Thema dieser Geschichtsstunde in eckigen Großbuchstaben anzuschreiben, wie sie es immer tat. Für sie war die Sache erledigt, für mich begann sie erst richtig.

„Hallo", sagte er zu mir und schaute dabei zu Dani (oder hatte ich da was falsch interpretiert?), während er sich neben mir fallen ließ. Das war alles gewesen, was wir kommunikativ miteinander zu tun gehabt hatten. Danach ging es körperlich zur Sache. Sein Knie wie durch Zufall an meinem, sein Stift, der runtergefallen war und ich, die ihn aufhob, dabei unabsichtlich seinen Arm streifend. Die erste Stunde war in dieser Art abgelaufen. Und in der zweiten stand dieser verdammte Aufsatz an. Frau Behrens, unsere Deutschlehrerin, hatte gar keinen Kommentar zu unserem neuen Klassenkameraden abgegeben, es schien für alle Beteiligten die normalste Sache der Welt zu sein. Nur ich war vollkommen fertig mit den Nerven. Von körperlicher Hochspannung zwischen uns beiden war plötzlich keine Spur mehr, er schrieb ja fleißig ... Jetzt riskierte ich einen Blick auf meine Armbanduhr. Der große Zeiger rückte gerade auf die volle Stunde ... und der Wecker begann zu schrillen.

Es dauerte einige Sekunden länger als üblich, bis ich den Knopf fand, um das lästige Ding abzustellen. Das erkannte ich daran, dass Vati aus der Küche brüllte:

„Manuela, musst du das ganze Haus wecken?"

Mir dämmerte, dass die Sache mit dem Aufsatz ein Traum gewesen war. Gott sei Dank!

Und der Essengeldkassierer neben mir ebenso. Schade!

Der echte Schulfreitag verlief nicht halb so aufregend wie in meinem Traum, und gleich im Anschluss brachte Mutti meine schön zurechtgezimmerten Pläne durcheinander.

Dabei konnte sie gar nichts dafür, sie war nur der Überbringer der alles verändernden Nachricht:

„Manumäuschen, wir fahren morgen schon zu Oma. Am Sonntag hat sie mal wieder Westbesuch."

Es war Freitag, der 4. November, kurz nach vier. Ich war gerade nach Hause gekommen, hatte noch für mindestens zwei Stunden Hausaufgaben, und dann sowas.

„Wie, morgen? Und die Schule?" versuchte ich, die Unmöglichkeit dieses Vorhabens rhetorisch zu beweisen.

„Na wir fahren gleich danach, mit der Fünf nach Zwölfer. Am besten, du kommst direkt zur S-Bahn, vielleicht kannst du Dani deinen Ranzen mitgeben."

Na sicher, die wird sich freuen. Dass ich für die Penne einen Rucksack hatte, und seit der Grundschule keinen Ranzen mehr, schien an Mutti vorbeigegangen zu sein.

Aber das war gar nicht mein Problem. Ich sorgte mich, wann wir wieder zu Hause wären.

„Und wann kommen wir zurück?"

Mutti klapperte in der Küche mit dem Geschirr, sie bereitete unser Freitagnachmittag-Kaffeetrinken vor. Familientradition bei Buschs.

„Wann wir zurückkommen, habe ich gefragt!"

Mutti schaute mich verdattert an, wahrscheinlich kam ihr meine Frage und dass ich sie gleich zweimal gestellt hatte unangemessen vor.

„Na wie immer, gegen zehn. Wir essen noch mit Oma Abendbrot, das weißt du doch, Schneckchen."

Ich schniefte genervt. Gegen zehn, das hieß in Wirklichkeit elf Uhr, denn wenn wir erstmal zum Abendbrot blieben, würde auch der Fernseher eingeschaltet, und wenn es den Kessel Buntes gab, bestand Oma immer darauf, dass wir ihn gemeinsam sahen.

„Gibt's ein Problem?", fragte Mutti spitz, während sie die Kuchenteller ins Wohnzimmer balancierte.

Und ob es das gab! Heute Mittag, ich war in die Stadt zum Bäcker gegangen, um die sauren Eier der Schulspeisung zu umgehen, hatte ich Maike getroffen. Nach ein paar belanglosen Floskeln, wie es uns denn so ginge, kam sie mit der Bombe: André Schütze war zweimal (!) allein im Volkshaus gewesen.

„Aber der interessiert dich gar nicht mehr, oder?", hatte Maike heimtückisch gefragt, worauf ich versucht hatte, ein möglichst neutrales „Nein, nicht wirklich" herauszubringen.

Er war gleich zweimal in Folge allein da gewesen! Während ich zu Hause vor dem Fernseher gesessen hatte, Mutti und Vati in dem Glauben wiegend, dass ich mir jetzt nicht mehr die Nächte um die Ohren hauen würde, sondern brav und zu angemessener Zeit schlafen ginge, damit all meine jugendlichen Energien in den Schulstoff fließen konnten. Oder andersrum, der Stoff in meine Energie? Wie auch immer, das war jetzt nicht so wichtig.

Wichtig war, diesen Sonnabend wieder an der Tanzfläche aufzukreuzen. ER musste ja schließlich die Chance haben, seine Traumfrau wiederzutreffen.

Aber wie, bitteschön, sollte ich nach vier Stunden Schule, Fahrt nach Berlin und zurück, anschließend noch ins Volkshaus rennen? Gesichtsmäßig und überhaupt, wie würde ich nach so einem Tag aussehen? Das käme einem flirttechnischen Selbstmord gleich.

Die einzige Lösung: Schon heute in die Disko gehen. Die Hausaufgaben könnte ich auch am Sonntag noch erledigen.

Muttis Apfelrosinenhefekuchen schmeckte mal wieder fabelhaft. Ich aß gleich zwei Stück und nahm auch eine zweite Tasse Kaffee. Zur Erklärung meinte ich schmatzend und beiläufig: „Heute Abend steht übrigens mal wieder Volkshaus an, hatte ich dir das noch nicht erzählt?"

Von Maike wusste ich, dass sie heute auch in der Disko wäre. Ich hatte gerade meine Jacke abgegeben, da rief sie mir schon von weitem durch die Köpfe hinweg zu:

„Mensch Manu, du wolltest doch erst morgen kommen?" Ein paar Leute drehten sich zu mir um. Na prima, es fehlte noch, dass ich jetzt rot anlief. Ich zuckte nur mit den Schultern und drängelte mich zu ihr durch, wobei ich versuchte, ihr mit Blicken verstehen zu geben, dass sie bitte still sein solle.

„So, jetzt können wir reden!", ermahnte ich sie, endlich vor ihr stehend.

„Das ist aber eine Überraschung." Maike kullerte vielsagend mit den Augen. „Er ist auch schon da. Allein."

„Wer?", versuchte ich unbeeindruckt zu bleiben, aber mir war klar, dass sie ohnehin alles kapiert hatte.

Sie zog mich hinter sich her, an einen Tisch am Fenster, von dem man einen guten Überblick hatte: Links die Bühne und die Tanzfläche, rechts die Toiletten.

Außer Maike bevölkerten Katja, wie immer allein, und Maikes bauchtragender Kumpel (lief da was?) den Tisch, an dem die übrigen Plätze noch frei zu sein schienen. Ich setzte mich neben Katja und beschloss, meine ehemalige Mitschülerin in ein Gespräch zu verwickeln. Damit wollte ich vermeiden, sofort den Saal zu sondieren, und stattdessen den Dingen ihren Lauf lassen. Der bauchtragende Kumpel spendierte eine Runde Martini. Das war mir recht. Katja erzählte von ihrer Berufsschule, Fleischverkäuferin würde sie werden. Da hätte sie einen ruhigen Posten und nur mal Stress, wenn es ausnahmsweise ungarische Salami, Schweinefilet oder ähnliche Kostbarkeiten geben würde. Ich wollte sie gerade fragen, ob sie vorhatte, diese gegen Fliesen für ihr Badezimmer, Wolle mit Glitzerfaden oder bügelfreie Bettwäsche einzutauschen, als unser Gespräch überraschend unterbrochen wurde.

„Tschuldigung, ist der Platz noch frei?" Er stand direkt neben mir, hatte ein Bierglas in der einen Hand und die andere bereits an der Stuhllehne.

„Ähm, ich weiß nicht ..." Mein Blick ging fragend in die Runde, obwohl ich die Antwort kannte. Mir blieb schließlich nur die Wahrheit: Ich nickte.

Der KFZ-Mensch strahlte über beide Backen, als er sich neben mich setzte, und ich hoffte, dass mir nicht die Kinnlade runterfiel. Oder dass er es zumindest nicht bemerkte. In meinem Kopf war der schnell getrunkene Martini dabei, Ehrenrunden zu drehen.

Und jetzt? Und jetzt? Und jetzt?

Und jetzt musste Plan B her! Wer sagte denn, dass ich brav wie Lieschen Müller auf meinen Angebeteten warten müsse, wenn ich auch mit einem anderen ansehnlichen jungen Mann Spaß haben konnte. Spaß haben stand hier im Sinne von quatschen, was trinken, vielleicht auch eine Runde tanzen. Dabei würde der Angebetete vielleicht auf mich aufmerksam, wenn nicht sogar eifersüchtig werden.

Ich zog meine Mundwinkel nach oben, hob das Glas, in dem nur noch ein Tropfen war, und stieß es gegen seins.

„Hallo, schön, dich wiederzusehen."

Es musste überzeugend geklungen haben, denn er winkte sofort der gerade vorbeihastenden Bedienung zu.

„Das war ein Martini, stimmt´s?"

Ohne zu fragen, ob ich überhaupt noch einen wollte, hatte er ihn bereits bestellt.

Mir sollte es recht sein. Finanziell lief es blendend heute.

„Du warst lange nicht hier, oder täusche ich mich?"

Er hatte nach mir gesucht, vergeblich seit ein paar Wochen. Mir wurde warm ums Herz, oder war das nur der Martini? Ich erzählte ihm – und das fiel mir nicht schwer, denn es waren dieselben Erklärungen, die ich meinen Eltern aufgetischt hatte – dass ich mich der Schule gewidmet hatte, und ich hätte sicher nichts verpasst. Herrje, die letzte Bemerkung musste für ihn nicht so gut klingen. Aber er ging wohlwollend darüber hinweg.

Frank, wie der KFZ-Mensch mit richtigem Namen hieß (den hatte er mir schon am ersten Abend mitgeteilt, aber ich hatte ihn verdrängt, weil ich nicht vorgehabt hatte, noch mehr Gelegenheiten mit ihm zu verbringen), quatschte sich um Kopf und Kragen. Wahrscheinlich glaubte er, dass ich ihm so nicht wieder entwischen würde.

Während wir angeregte Konversation betrieben, war ich darauf bedacht, Katja hin und wieder einzubeziehen, die Arme saß sonst so allein zwischen uns und Maike, die mit ihrem Kumpel flirtete (und ob sie flirtete, das sah ein Blinder). Später wollte Frank mit mir tanzen. Bei *Teardrops* von Womack & Womack, einem Song, den ich nicht schlecht fand, redete ich mich noch heraus. Als sie aber gleich darauf *I Owe You Nothing* von Bros spielten, gab es keine Ausrede mehr. Augenzwinkernd wies ich Frank beim Aufstehen auf den Titel hin. Er lächelte verunsichert und ich war mir nicht sicher, ob er den Wink mit dem Zaunpfahl gerafft hatte. Egal.

Die ersten Takte dienten zum Eintanzen, dabei konzentrierte ich mich auf meine Schuhspitzen, sah aber keinesfalls in die Runde. Das konnte ich mir erst leisten, wenn ich richtig im Rhythmus war. Als ich die Hälfte der Tanzfläche mit Blicken abgearbeitet hatte, bewegte ich mich angestrengt unauffällig immer weiter nach links, um meine eigene Achse, so dass mein Tanzpartner mitziehen konnte. Schließlich wollte ich den Rest der zappelnden Menge auch noch begucken. Plötzlich drohte ich, aus dem Tritt zu kommen. Schräg gegenüber tanzte: na wer wohl, André. Ich konnte wetten, dass er da vorhin noch nicht gewesen war, er musste im Laufe des Bros-Titels aufgetaucht sein. Schnell guckte ich wieder in die andere Richtung, lächelte Frank zu. Als der nächste Titel eingespielt wurde – welcher das war, konnte ich nicht sagen – kam André zu uns rüber. Ich glaubte meinen Augen nicht: Er begrüßte meinen Tanzpartner mit einem Schlag auf die Schulter. Sie kannten sich, auch das noch! Dann drehte er sich zu mir, hielt den Kopf kurz schräg, und reichte mir die Hand.

„Wir kennen uns zwar nicht, aber: Hallochen!"

Wir kennen uns nicht. Wo er recht hatte, hatte er recht. Wir hatten vor ein paar Wochen mal drei Runden getanzt oder so, uns dabei aber weder vorgestellt noch unterhalten. Das war nichts gewesen, null, alles andere hatte nur in meinen Hirngespinsten stattgefunden. Ich lächelte schief und bemüht, meinen neutralsten Blick aufzusetzen.

Ehe ich weitere Schlussfolgerungen treffen oder Maßnahmen ergreifen konnte, war die überraschende Situation auch schon wieder vorbei, denn André hatte sich entfernt.

Später am Tisch musste ich Frank fragen:

„Sag mal, woher kanntest du den Typen vorhin?"

„Den kleinen Dunkelhaarigen?"

Ich nickte nur. Hatte er das jetzt herablassend gemeint? Klar war André kleiner, und jünger, aber was hieß das schon.

„Der ging mit meiner Schwester in eine Klasse und ist paarmal bei uns aufgetaucht, zusammen mit Mandy, seiner Verlobten, damals Kumpeline meiner Schwester."

Wie jetzt, seine Verlobte? Das Reizwort, das ich nicht hören wollte. Ich konnte mir nicht verkneifen, nachzuhaken: „Aber wo ist die, er ist doch allein hier, oder?"

„Keine Ahnung, vielleicht haben sie sich mittlerweile getrennt." Das klang gut. Ich atmete auf. Meine freudige Hochstimmung, die ich keine fünf Minuten vorher noch gespürt hatte, war ein bisschen getrübt, aber ich war tapfer und glaubte an meine Version. Zumal Frank sie mir so gut wie bestätigt hatte.

„Wieso, was ist mit dem Typen?", fragte er jetzt nach dem Grund meines Interesses.

„Ach, bloß so." In meinem Kopf ratterte die Ausredenmaschine auf Hochtouren.

„Eine Freundin von mir war mal scharf auf ihn."

Das klang überzeugend, zufrieden zündete ich mir eine Zigarette an. Frank erhob sich und raunte mir zu:

„Darf ich dich nur mal kurz allein lassen? Ich habe einen alten Kumpel entdeckt, den geh ich mal schnell begrüßen."

„Kein Problem, ich lauf nicht weg."

Kurz darauf begann die langsame Runde. Frank war immer noch bei seinem Kumpel oben an der Bar und jetzt hoffte ich natürlich, der würde ihn lange aufhalten. Ich behielt derweil André im Blick, der in aller Seelenruhe rauchte, so ein Blödmann. Als dritter langsamer Titel lief gerade *Vollmond* von Grönemeyer. *Wenn bald nichts passiert, steh ich völlig auf dem Schlauch.*

Ich sah, wie Frank sich oben von dem anderen verabschiedete. Als er die Treppe runterkam, setzte sich auch André in Bewegung. In meine Richtung. Etwa fünf

Meter vor mir stießen die beiden Kandidaten aufeinander, André flüsterte Frank etwas ins Ohr. Keine drei Sekunden später stand André vor mir:

„Tanzen wir, er hats erlaubt."

Ich war baff. Was lief hier ab?

Aber das war sicher nicht der Moment, dämliche Fragen zu stellen oder zu zögern. Nicht bei ihm.

„Klar, warum nicht."

Klar wie Thüringer Kloßbrühe war für mich, dass ich diesmal reden würde. Und so plapperte ich gleich auf dem Weg zur Tanzfläche drauflos:

„Wenn du riskieren willst, dass ich beim Tanzen einschlafe ... Martini macht mich immer so schrecklich müde."

Autsch, das hatte unverbindlich klingen oder gar einen Hauch von Langeweile ausdrücken sollen. Was redete ich da für ein Zeug, das klang ja, als ob ich in seinen Armen schlafen wollte.

„Keine Angst, ich halte dich", war seine prompte Antwort. Ein Glück, dass es dunkel war. Wenn ich jetzt rot geworden war, hatte er es nicht bemerkt.

Wir konnten nur noch einen Titel langsam tanzen. Diesmal registrierte ich auch, welcher das war: *Halt mich*, schon wieder Grönemeyer. Ich schmiegte mich vorsichtig an meinen Tänzer und musste grinsen. Noch ein musikalischer Volltreffer: Song-Titel und Ansage, diesmal von ihm. Oh ja: Halt mich, für immer ....

Aber schon war Schluss mit Schmusen.

Wir machten mit dem nötigen Mindestabstand im schnellen Takt weiter.

„Wozu komme ich denn her?", meinte er feixend.

Ja, das würde ich auch gerne wissen. Zum Tanzen? Mit mir oder irgendeiner anderen? Oder bist du hier, um mich wiederzusehen? Um ihm die Frage zu stellen, die mir tatsächlich auf den Nägeln brannte, musste ich mich seinem Ohr nähern und gegen die Musik anbrüllen.

„Was hast du Frank vorhin gefragt, bevor du mich zum Tanzen geholt hast?"

„Na, ich musste ihn um Erlaubnis bitten, dass ich seine Frau entführen darf."

Waaas, dachte André tatsächlich, ich und der KFZ-Mensch? Etwas zu hastig erklärte ich, dass er sich da irre. Wir seien nur Bekannte.

„Ach so."

Hatte das wenigstens ein bisschen erleichtert geklungen?

Beim zweiten schnellen Musiktitel dröhnte es glücklicherweise weniger stark aus den Lautsprechern, so dass wir uns unterhalten konnten. Über die Schule, damals, und darüber, was man heute so tat, das normale Programm eben.

Und endlich fragte er auch nach meinem Namen.

„Ich behaupte jetzt nicht, dass wir uns schon mal gesehen hätten", meinte er grinsend, „das ist ein dummer Spruch, den hasse ich."

Nein, gesehen nicht, nur miteinander getanzt.

Nach zwei weiteren Runden kam André mit an unseren Tisch. Wir rauchten gemeinsam eine Zigarette. Frank war oder tat erstaunlich gelassen. Was hatte ich erwartet? Dass er das Schwert zücken würde, um seine Möchtegerneroberung zu verteidigen?

André erzählte, dass er während seiner Ausbildung manchmal nach Treptow fuhr. Treptow? Da war doch was? Ja klar, dort würde ich im Februar meinen Einsatz in der sozialistischen Produktion machen, im EAW Elektroapparatewerke. Treffer! Vielleicht würden wir mit derselben Bahn fahren. Der Februar war allerdings für meinen Geschmack noch zu weit hin, als dass ich mich mit diesem Hoffnungsschimmer begnügen könnte.

Als André sich nach der gemeinsamen Zigarette von mir und Frank verabschiedete, suchte ich nach einem Signal oder Zeichen, einem besonderen Ausdruck in seinem Gesicht.

Aber er sagte nur, und das mit unbewegter Miene:

„Tschüss, muss los. Meine Straßenbahn."

„Tschüss."

Verdammt, könnte ICH nicht noch irgendetwas Bedeutungsschwangeres sagen?

„Man sieht sich", war alles, was mir rausrutschte.

„Gern, na klar."

Aha. Das war doch was.

Ich brachte das Gespräch am Tisch schnell auf ein anderes Thema. Am liebsten wäre ich ebenfalls abgehauen, aber ich wollte auf Maike warten. Allein nach Hause gehen war nicht so mein Ding, wenn es sich vermeiden ließ. Von Frank wollte ich mich nicht bringen lassen. Als ob er es schon selbst ahnte, fragte er:

„Gehst du wieder mit deiner Freundin nach Hause?"

„Ja, natürlich, wir haben denselben Weg."

„Alles klar, na dann ... ich glaub, ich geh jetzt mal."

Da ich nichts erwiderte, fügte er nach einer kurzen Pause hinzu: „Schönen Abend noch!"

„Dir auch, danke."

Das wäre geschafft. Ob er mein Aufatmen bemerkt hatte? Was hatten wir bloß für ein Bild abgegeben, wir beide, ich und André, vorhin auf der Tanzfläche? Dabei tanzten fast alle mal langsam, auch die, die gar nicht zusammen waren, das tat man eben. Es musste nichts bedeuten.

Richtig, es musste nichts bedeuten. Verdammter Mist! Da hatte ich es gerade mit Hängen und Würgen geschafft, über die Trauerphase hinwegzukommen, mich und meine Fantasien von ihm loszureißen, und dann das! Das Dilemma ging von vorne los. Es war schließlich genau das eingetroffen, was ich mir so sehr herbeigesehnt hatte. Er war allein dagewesen, er hatte mich zum Tanzen geholt, wir hatten uns unterhalten, er hatte sich als netter Gesprächspartner entpuppt. Wer, auf dieser verdammten Welt, sollte hier nicht eine gehörige Portion Hoffnung hineininterpretieren? Ganz klar, da gab es nur eine: Mandy.

Am Morgen danach hing der Haussegen bei Buschs schief, als ich trotz Vatis militärischem Weckruf nicht wie gewohnt aus dem Bett gesprungen war. Wie hätte ich auch, nach zwei oder drei Stunden Schlaf? Ich hatte nach dem Abend, der wie in meinen kühnsten Träumen gelaufen war, nicht einschlafen können. André, André, André. Wann würde ich ihn wiedersehen? Was würde er in der Zwischenzeit tun? Im fortschreitenden Dusel des Halbschlafes war es mir sogar gelungen – bitte nicht lachen – mir allen Ernstes einzubilden, zu spüren, dass er in diesem Moment auch an mich dachte und wie ich den vergangenen Abend analysierte.

Früh um halb sieben glaubte ich das nicht mehr, und vielleicht strebte deshalb meine Stimmung in den Keller und die Lust auf vier Stunden Penne grenzwertig gegen Null.

„So geht das aber nicht weiter, meine Liebe!", meinte Mutti am Frühstückstisch und unterstrich ihre Aussage mit einem energischen Kopfschütteln.

„Entweder Schule, oder Disko. Wenn beides zu viel für dich ist, dann dürfte ja klar sein, was künftig gestrichen wird."

Ich verzehrte schulterzuckend mein Vierfrucht-marmeladenbrötchen, es hatte keinen Sinn, ihr etwas zu erklären. Nicht um diese Uhrzeit und angesichts der Notwendigkeit, schnellstens in Richtung Schule aufzubrechen.

„Ich muss los, bis heute Mittag."

„Wir reden noch!", rief Mutti mir hinterher.

Vati sagte nichts. Wie ich ihn kannte, wollte er die Sache erst einmal für sich selbst bedenken und uns beziehungsweise mir zu gegebener Zeit seinen Lösungsansatz mitteilen.

Den Unterricht hatte ich überstanden. In der zweiten Pause war mir beim Raumwechsel sogar der 11/A-Mensch Alias Essengeldkassierer über den Weg gelaufen, aber ich hatte weggesehen. Ob diesem Ausweichmanöver optische Erwägungen zugrunde lagen (ich musste nach der kurzen Nacht aussehen wie ein Lurch) oder weil er mich jetzt nicht mehr interessierte, war mir noch nicht klar. Das könnte ich am Montag entscheiden.

Wenn ich jetzt nicht etwas schneller lief, dürfte ich die S-Bahn von hinten sehen. Die Vorstellung, was Mutti und Vati dazu sagen würden, war nicht rosig, deshalb beschleunigte ich meinen Schritt.

„Auf den letzten Pfiff, mein Frollein", begrüßte mich Mutti, und wenn sie „Frollein" sagte, war Gefahr im Anzug. Vati nahm mir unterdessen den schweren Rucksack ab. Ich hatte ihn weder Dani noch sonst wem mitgegeben. Lieber schleppte ich ihn mit nach Berlin, beziehungsweise ließ das Vati übernehmen.

In der Bahn bot er mir großzügig einen Teil seines Neuen Deutschlands an.

„Nee lass mal, ich mach lieber ein Nickerchen."

Ich schloss die Augen und wollte das Problem beackern, dass sich mir im Hinblick auf das kommende Volkshauswochenende stellte. Wir wollten von Freitag bis Sonntag nach Zwickau, wo mein Schwager ganz groß seinen Dreißigsten feierte. Ob er mich da unbedingt dabeihaben musste?

„Du, Mutti", stammelte ich, denn ich wollte die Sache lieber gleich klären und mein Problem aus der Welt schaffen, „am Wochenende, also am nächsten, da fahrt ihr zu Beate, stimmts?"

Keine Reaktion.

„Also, ich meine, und wenn ich diesmal nicht mitfahren würde, nur mal so angenommen."

Immer noch keine Reaktion. Warum machte sie es mir so schwer? Vati steckte schon seit zehn Minuten mitten im Plenum, mit seiner Beteiligung war nicht zu rechnen.

„Ich glaube nicht, dass Gerd mir das übelnehmen würde, wir haben uns schließlich gerade erst bei uns in Strausberg gesehen und Weihnachten werden wir sicher auch wieder ..."

„Waaas?", horchte Mutti endlich auf. „Was sagst du da?"

Das Gespräch nahm eine ungünstige, wenn auch vorhersehbare Wendung.

Ich begann noch einmal von vorn, meine Absicht zu schildern, ausnahmsweise nicht mit nach Zwickau zu fahren. Weil ich etwas anderes, sehr Wichtiges vorhätte.

„Bitte? Das kommt ja wohl gar nicht in Frage."

Muttis ansteigende Stimme hatte auch Vati dazu bewogen, seinen Blick unwirsch von der Zeitung zu lösen.

„Könnt ihr mir mal bitte erklären, warum ihr euch so aufregt?", wandte er sich an mich, die ich gar nicht aufgeregt war. Zumindest nicht äußerlich.

Mir blieb nichts anderes übrig, als ein drittes Mal von vorne zu beginnen. Diesmal ergänzte ich auch den Grund meines Unterfangens:

„Ich muss am Freitag und vielleicht auch am Sonnabend ins Volkshaus."

Da staunten sie nicht schlecht. Vati sah Mutti an, die sah erst ihn und dann mich an, dann sahen beide mich an. Mit einem Ausdruck im Gesicht, den ich nicht einordnen konnte: irgendwo zwischen Unglauben, Spott und Entsetzen.

Vati fand zuerst Worte: „Nein, gar keine Diskussion. So fangen wir gar nicht erst an."

Mutti unterbrach ihn und forderte Erklärungen:

„Was, um Himmels willen, denkst du dir dabei? Das kann ja wohl nicht wahr sein."

Ich holte tief Luft. Es nutzte alles nichts, ich musste es ihnen sagen.

„Ich habe einen wirklich netten Typen kennengelernt und schon zweimal mit ihm getanzt, er hatte eine Freundin, aber jetzt sind sie anscheinend getrennt, er hat gestern mit mir getanzt, aber wer weiß schon, wie das mit der Tussi ist, vielleicht rennt sie ihm hinterher, und wenn ich nächste Woche nicht da bin, vielleicht verpasse ich da die einzige Chance, die ich habe."

„Das versteht ihr doch, oder?", fügte ich leise und mit geringer Hoffnung hinzu.

Mutti und Vati schauten sich wieder an, und Vati nickte, so dass Mutti verstand, dass sie reden solle.

Das tat sie auch: „Also, meine liebe Tochter, jetzt bleibe mal bitte mit der Kirche im Dorf."

Was sollte der Vergleich mit der Kirche? Frömmigkeiten waren das Letzte, an das ich bei diesem Typen dachte.

„Schnecke, du bist erst sechzehn. Du kannst noch so viele Männer haben!"

Ach was, die anderen hatten aber alle schon einen gehabt oder sogar mehrere und ich noch nie.

„Und da läufst du so einem, der noch nicht mal ehrlich zu dir ist, hinterher? Wie kannst du dich nur so verrennen?"

Warum war sie so ungerecht? Gönnte sie mir mein Glück etwa nicht, oder was?

Ich gab noch nicht auf: „Jetzt übertreibst du aber, ich renne ihm überhaupt nicht hinterher. Ich muss nur da sein, wenn er da ist."

Mein aufkeimendes Selbstbewusstsein wurde umgehend plattgetreten:

„Nein, also bitte, wir sind doch wohl noch normale Menschen!"

Verstand sie eigentlich selbst, was sie da sagte?

„Klar seid IHR normale Menschen, daran zweifelt ja keiner. Vielleicht bin ICH nicht normal. Lasst mich bitte zu Hause bleiben. Wenn ihr wollt, können wir auch mal telefonieren, bei Bergers, ihr braucht euch keine Sorgen zu machen."

„Wegen so einer Flitzidee!", mischte sich Vati ein.

„Das ist keine Flitzidee, das ist mein Leben!", protestierte ich, wenn auch kleinlaut.

„Kommt gar nicht in Frage!", beendete Mutti die Diskussion, und Vati bekräftigte: „Nicht in Frage."

Dann zückte er den Kugelschreiber und unterstrich eine Zeile im ND. Er widmete sich wieder den Gegenwartsproblemen unseres Landes.

Meine musste ich selbst lösen. Fragte sich bloß, wie.

Mit Mutti sprach ich, bis wir bei Oma waren, kein Wort mehr. Hin und wieder hatte ich aber das Gefühl, dass sie zu mir rüber schielte, als ob sie um Entschuldigung bitten wollte. Aber das würde ich ihr diesmal nicht so leichtmachen, dafür ging es um zu viel.

Bei Oma kam ich schnell auf andere Gedanken, denn sie fühlte sich offensichtlich nicht gut. Nach dem Mittagessen legte sie sich hin, was noch nie vorgekommen war, wenn wir zu Besuch waren. Sie hatte sich wohl eine Magen-Darm-Grippe eingefangen. Mutti ging bei den Nachbarsleuten vorbei, um zu klären, ob sie in der kommenden Woche da wären und mal nach dem Rechten schauen könnten. Wir blieben bis kurz vor Sechs. Abendbrot fiel aus, Mutti stellte Oma Zwieback zurecht und hatte eine große Kanne Kamillentee gekocht.

„Mach´s gut!", rief ich in Omas Schlafzimmer hinein, im Türrahmen stehend. Ich wollte mich nicht anstecken, man konnte ja nie wissen.

Auf dem Rückweg zur S-Bahn schwiegen wir alle. Vati sagte irgendwann:

„Das wird schon wieder, ist bestimmt nur ein Infekt."

Mutti schnäuzte in ihr Taschentuch.

„Na ja, aber in ihrem Alter."

Wir gingen die Treppen zum Bahnsteig hoch. Das heißt, Mutti und Vati gingen, ich schlurfte und schleppte mich.

„Bin so müde", jammerte ich und griff nach Muttis Hand. Sie drückte kurz, aber kräftig zu. Ich verstand, dass Mutti jetzt Beistand brauchte.

„Oma wird schon wieder, die rappelt sich auf. Dass sie Weihnachten nicht mehr zu uns kommen will, sagt sie immer, aber tatsächlich freut sie sich drauf, das merkt man doch."

Mutti nickte zögerlich: „Da hast du sicher recht, Motte."

André ist gestorben. Diesmal für immer.
Eintragung in mein Notizbuch, Sonntagnacht um halb zwölf.

Aber der Reihe nach: Heute Morgen kam dieses dämliche Lied im Radio, na ja, dämlich fand ich es erst seit Kurzem, aus gegebenen Umständen: *Oh Mandy*, schluchzte da einer aus schmachtender Kehle. Oh Mandy! Und wenn ich heute Abend ins Volkshaus gehen würde? Selbst wenn ER nicht da wäre, käme ich auf andere Gedanken. Immer noch besser, als zu Hause im Hinblick auf unsere Zwickau-Reise im Selbstmitleid zu versinken.

So schmiedete ich meine Pläne, und ratet mal, mit wem ich tatsächlich ging? Mit Dani! Die kam überraschend am Nachmittag vorbei, weil sie Hilfe (!) bei Mathe brauchte (sie selbst nannte es nicht Hilfe, sondern „mal kurz einen Tipp geben"). Wie auch immer, wir kamen dabei ins Gespräch, und sie meinte, dass sie gern mal wieder in die Disko schauen würde, und ob wir nicht gleich heute Abend ... Ihr könnt euch vorstellen, dass ich mich nicht lange bitten ließ. So weit, so gut. Die üblichen Vorbereitungen, bei der Klamottenauswahl musste ich improvisieren, aber die Jeans und mein Glitzerpulli aus dem Ex waren für den Sonntagabend ausreichend.

Es wurde richtig nett, Dani war gut drauf nach ihrer langen Abstinenz (die sie mir auch erklärte, es steckte ein Typ dahinter, aber der war Intelligenzler und gegen Disko und diesen ganzen dekadenten Kram, sie hatte ihn nach ein paar Treffen abblitzen lassen, aber ich fragte sie nicht, warum). Wir tanzten und quatschten viel. André war nicht da. Das hätte mich auch gar nicht gestört, denn keine Nachrichten waren bekanntlich gute Nachrichten, und alles war noch möglich. Dachte ich. Bis Dani anfing, von der Fete zu erzählen, bei der sie am Sonnabend, das heißt gestern, gewesen war.

„Sag mal, kennst du nicht auch noch diese Mandy, aus der Thälmann? Hat die nicht früher bei dir im Block gewohnt?"

„Mandy, ach ja, die Puff", stammelte ich, hin und hergerissen zwischen Angst und Hoffnung im Hinblick auf die Berichterstattung.

„Die war mit einem Kunden da, den ich kenne."

Was ich nicht seh, tut mir nicht weh. Und was ich nicht weiß, macht mich nicht heiß?

Ich wollte Dani vorsichtshalber vom Thema ablenken und erfand schnell: „War Andreas Schmidt auch auf der Fete, der wohnt doch da in der Gegend?"

Dani schien anzubeißen:

„Der Schmidt, auf den hatte ich insgeheim gehofft", zwinkerte sie mir zu.

„Aber, um auf das Thema zurückzukommen ..."

Angstschweiß.

„Also, was ich eigentlich erzählen wollte ..."

Noch mehr Angstschweiß.

Ich hielt es nicht aus und beschloss, zum Totalangriff überzugehen. Zähne zusammenbeißen und durch. Vielleicht brächte das die Erlösung.

„Mit wem ist sie denn zusammen, die Mandy Puff?"

„Genau, das wollte ich erzählen. Ich weiß nicht, ob du ihn kennst. Ist aus Vorstadt. André Schütze."

Starre.

„So ein Niedlicher, dunkle Haare, braune Augen. Ich war total baff, dass die beiden zusammen sind. Weil, die Mandy, ich weiß ja nicht, wie du das jetzt siehst, aber die ist doch nichts Besonderes, vom Aussehen her ..."

So ein Niedlicher.

Dani schien meine Irritation nicht zu bemerken, oder es war ihr egal. Sie plapperte ungebremst weiter:

„Und das Schärfste: Die beiden sind sogar verlobt. Schon fast zwei Jahre lang."

Zwei Jahre.

„Wie schön für sie!" Das sollte schnippisch und unbeteiligt klingen, aber es kam mir nur mit Anstrengung über die Lippen.

„Und, kennst du ihn?", ließ Dani nicht locker. „Das muss vor einem Jahr oder so gewesen sein, da hing er manchmal mit uns rum, na ja, du warst nicht dabei, aber Mandy auch nicht, da hatte ich keine Ahnung."

Ich kippte meinen lauwarmen Martini runter. Dabei war mir schlecht, als ob ich mich gleich übergeben müsste.

„Ist so stickig hier, ich geh mal kurz vor die Tür", erklärte ich Dani und rannte mehr, als ich ging. Wie ich den Weg nach draußen fand, war mir ein Rätsel, denn mir wurde schwarz vor Augen, von einem Moment auf den anderen.

Draußen lehnte ich mich an die kalte Mauer und wartete ab, dass der Schwindel nachließ. Nach etwa fünf Minuten ging ich wieder rein. Es war hundekalt, zumal ich keine Jacke übergezogen hatte.

Wir blieben noch eine halbe Stunde, Dani hatte die Sache der dicken Luft zugeschrieben und nur gefragt, ob ich meine Tage hätte.

Ich verspürte nicht die geringste Lust, ihr mein Herz auszuschütten, obwohl mir das vielleicht geholfen hätte.

Zu Hause putzte ich mir schnell die Zähne und wusch notdürftig die Schminke ab, bevor ich und mein Kummer sich ins Bett verkrochen. Mal wieder mit Notizheft:

Das schwärzeste aller Löcher, und ich falle rein. Wie soll ich jetzt weiterleben? Ich werde mich nie wieder verlieben!

So etwas kann es nur einmal geben. Das Spiel ist aus, bevor es überhaupt begonnen hat.

Mein Leben würde sich aufs Studieren beschränken, ohne private Ablenkung. Anschließend würde ich auf einer wichtigen Kaderstelle in der Verwaltung oder in der sozialistischen Produktion alle Kraft für das Wohl des Volkes einsetzen. Oder am besten gleich Mathe/Physik-Lehrer werden, wie man es mir schon zweimal ans Herz gelegt hatte. Die brauchte das Land. Und wer, wenn nicht Leute wie ich, sollte dazu prädestiniert sein? Noch schärfer war die Aktion vor zwei Jahren gewesen, da wollten sie mich nach Moskau zum Studieren schicken. Damals hatte ich nicht lange gezögert und war direkt mit „Nein, eigentlich lieber nicht!" herausgeplatzt. Ich ahnte ja nicht, welche Konsequenzen das hatte. Mutti wurde direkt vor die Parteileitung zitiert. Die Arme. Sie hatte sich wieder mit meinem Tanzen rausgeredet, wie schon damals beim Mathezirkel. In den sollte ich gehen, nachdem ich die Kreismathematikolympiade gewonnen hatte. Es war ein Skandal, dass ich mich gegen den Zirkel und für das Training beim Tanzensemble entschieden hatte. Gegen einen Mathezirkel, zu dem außer mir nur Brille tragende, pickelig-blasse Jungs gingen.

Ich drehte mich zum einhundertdreiundzwanzigsten Mal von der einen auf die andere Seite. Der Kloß im Magen wurde nicht kleiner. Er drückte hoch in den Hals.

Was würde Tina mir jetzt raten? Sie würde mich verstehen, sie war meine Schwester. Warum verdammt, fehlte sie mir immer dann am meisten, wenn es mir richtig dreckig ging?

Tina, du fehlst mir so!!! Zum X-ten Mal in dieser Nacht legte ich den Stift und das Notizbuch zur Seite und vergrub das Gesicht im Kopfkissen.

Guten Morgen? Es war kein guter. Ich stand im Bad, glotzte hundemüde in den Spiegel und in meine verheulten Augen. Ich entschied mich, die seelische Übelkeit mit Kopfschmerztabletten zu bekämpfen. Gleich zwei ANALGIN nach dem Frühstück, auf Nummer sicher. Tatsächlich überstand ich den Tag recht ordentlich. In der Schule versuchte ich, Dani aus dem Weg zu gehen. Schließlich war sie es gewesen, die mir nicht nur den vergangenen Abend versaut hatte, sondern mein ganzes Leben. Das konnte sie aber nicht ahnen, schon gar nicht diese so weitreichende Konsequenz, und ich wollte sie nicht damit belasten. Das wäre nicht fair.

Am Nachmittag saß ich mit Mutti bei einer Tasse Kaffee und dem Rest des Sonntagskuchens. Sie sah mich prüfend an und mir dabei zu, wie ich die Streusel auf dem Teller hin und her schob.

„Was ist denn mit dir, Schnecke, du siehst aber gar nicht gut aus."

„Hm."

„Was, hm? Wie war es denn gestern Abend, du hast gar nichts erzählt?"

Als ob ich ihr jedes Mal nach der Disko Bericht erstatten würde. Na ja, manchmal schon.

„So lala."

„Komm schon, da ist doch was im Busch bei Frau Busch", versuchte sie mich aus der Reserve zu locken. „Ich merke doch, wenn was nicht stimmt."

Ich zögerte immer noch, griff zur Kaffeetasse und musste feststellen, dass sie bereits leer war.

Jetzt stand Mutti auf, ging um den Tisch und setzte sich zu mir auf die Couch. Sie legte einen Arm um meine Schulter. Ich fing an zu schluchzen. Dabei war ich froh gewesen, dass ich mich den ganzen Tag so gut zusammengerissen hatte.

„War der Junge da, der dir gefällt?"

Ich zuckte mit den Schultern und kramte vorsichtshalber schon mal in der Hose nach dem Zellstofftaschentuch.

„Aber mit einer anderen, was?"

Ich gab auf, drehte mein Gesicht zu Muttis Schulter und schluchzte in ihren Pullover. Das störte sie nicht, sie strich mir liebevoll über den Kopf.

Nachdem ich noch ein bisschen geheult hatte – ihr schöner Pullover musste nun endgültig in die Wäsche – kam ich mit meiner tropfenden Nase wieder hoch, brachte endlich das Taschentuch zum Einsatz und erzählte ihr alles.

„Ach Mäuschen, so einer ist es nicht wert. Und wegen dem wolltest du am Wochenende zu Hause bleiben?"

Ich schämte mich dafür. Nicht für meine ursprüngliche Absicht, wegen der Disko und André zu Hause zu bleiben, sondern dafür, dass ich Mutti und Vati deshalb im Streit so schrecklich angeschnauzt hatte.

„Du bist doch ein hübsches und intelligentes Mädchen, und bei so einer Sache, da verrennst du dich auf einmal."

„Das ist keine Sache, und meine hübsche Intelligenz oder was auch immer spielt dabei überhaupt keine Rolle", versuchte ich dagegenzuhalten, aber es war nur Trotz.

Sie hatte recht, ich hatte mich in André verrannt, aber ich hatte keine andere Wahl gehabt. Es war einfach geschehen. Und ich war mir nicht sicher, noch nicht einmal heute, da ich hier hockte wie ein Haufen Elend, ob ich ihm nicht wieder eine Chance geben würde. Beim nächsten Mal, wenn er mit mir tanzen käme. Dabei müsste ich ihn hassen, verdammt noch mal. So ein Idiot!

Getröstet werden tat so gut. Genau wie Muttis Hand, die immer noch über meinen Kopf strich. Vielleicht verstand sie mich nicht, aber sie hatte Verständnis.

Der Anruf kam wie ein Blitz aus heiterem Himmel. Oder aus welchem Himmel auch immer, er traf mitten rein in die schönste Heiterkeit von Gerds Geburtstagsfeier. Die abendlichen Stunden waren schon vorgerückt und der Bowle-Topf halb leer. Ein Arbeitskumpel von Gerd hatte sein Tonbandgerät mitgebracht, oder besser gesagt, das Tonbandgerät seines Bruders, der als Discjockey auf Betriebsfeiern unterwegs war. An diesem Sonnabend war er nicht unterwegs, und wir hatten die Ehre, nicht den Discjockey persönlich, aber sein wertvolles Tonbandgerät im Wohnzimmer meiner Schwester zu haben. Man wird ja nur einmal dreißig, meinte Gerd. Er hatte sich die Tonbänder aussuchen dürfen, und hauptsächlich die mit den Westschlagern mitgenommen.

Wir grölten gerade mit Rainhard Fendrich *Macho Macho* um die Wette, als es an der Wohnungstür klingelte. Natürlich dachten wir, es wären die Nachbarn, die sich wegen der Lautstärke beschweren wollten. Beate ging aufmachen, sie fühlte sich der drohenden Zurechtweisung besser gewachsen als ihr Mann, der schon einen sitzen hatte. Es war tatsächlich die Nachbarin, aber sie beschwerte sich nicht, sondern fragte nach Frau Busch. Mutti war schnell an der Tür, und Gerd hatte ebenso schnell die Musik leiser gestellt. So hörten wir alle mit, was die Nachbarin wollte. Da sei jemand aus Berlin am Telefon. Aus Berlin? Das konnte nur Oma sein! Aber die rief normalerweise nie an, schon gar nicht um diese Uhrzeit und bei fremden Leuten. Mir wurde mulmig im Magen. Hatte ich ein Glas Pfirsichbowle zu viel gehabt, oder vorher zu wenig gegessen? Nein, es war die Ahnung, dass gerade eine schlechte Nachricht auf uns wartete. So war es auch. Als Mutti zurückkam, war sie ganz blass. Vati und Beate setzten sich zu ihr an den Tisch, ich blieb auf der Couch sitzen, schließlich hörte ich auch von hier, was sie berichtete. Am Telefon, das war Frau Albrecht gewesen, Omas Nachbarin. Sie hatten Oma heute Nachmittag ins Krankenhaus Berlin Buch gebracht. Irgendwas mit dem Magen. Wer weiß, auch so eine Magen/Darm-Geschichte konnte in ihrem Alter gefährlich werden. Mutti hatte ausgemacht, dass wir uns morgen nach unserer Heimkehr bei Frau Albrecht melden würden. Am Montag würde Mutti selbst ins Krankenhaus fahren.

Hoffentlich hielt Oma durch. Wenn sie jetzt richtig schlappmachen würde, und wir wären nicht nochmal bei ihr gewesen, weil wir hier in Zwickau feierten ... ich wollte diese schlimmste aller Varianten gar nicht zu Ende denken. Krankenhaus. Mir schnürte es die Kehle zu. Ich war nie mehr in einem Krankenhaus gewesen, seit damals, bei Tina. Und ich hatte mir geschworen, so glaubte ich mich zu erinnern, dass ich ein Krankenhaus nie mehr betreten wollte. Mit fünf Jahren hatte ich so eine Entscheidung getroffen, das muss man sich mal vorstellen. Und bis heute, elf Jahre später, war mir das auch gelungen. Na ja, es war Glück gewesen. Einmal hätte ich beinah meinen Schwur brechen müssen, aber es wäre für eine schöne Angelegenheit gewesen. Als Beate Andreas bekommen hatte, in unserem Krankenhaus in Strausberg Nord (in welchem ich übrigens auch geboren bin). Aber da mich ausgerechnet in jener Woche der Ziegenpeter heimgesucht hatte, musste ich zu Hause bleiben. So bekam ich das knitterige Baby Andreas erst zehn Tage später in Beates kleiner Einraumwohnung in der

Kastanienallee zu sehen, in der sie die ersten Jahre mit Gerd wohnte. Anja, ihr zweites Kind, kam drei Jahre später zur Welt, das war eine Nacht- und Nebelaktion gewesen, mit glücklichem Ausgang im Auto von Beates Arbeitskollegin. Bei der hatten sie gefeiert, es waren noch drei Wochen oder so bis zum Termin, als plötzlich die Blase geplatzt war und die Wehen einsetzten. Sie hatten sich mit ihrem Wartburg ins nächste Krankenhaus begeben wollen, aber unterwegs war es schon passiert. Zwei Tage später, am Wochenende, war Beate samt der kleinen Anja schon wieder zu Hause, und wir fuhren sie in Zwickau besuchen. Das war jetzt auch schon wieder fast drei Jahre her. Es war das zweite und letzte Mal, dass ich beinah ein Krankenhaus betreten hätte.

Und nun also Oma. Das musste ja früher oder später so kommen. Vati versuchte Mutti zu trösten. Auch ich versuchte, nicht gleich das Schlimmste zu befürchten. Schließlich war Oma Käte, Vatis Mutter, schon Anfang Neunzig und noch fit. Wir sahen sie nur zwei- oder dreimal im Jahr, denn sie wohnte in Rostock und das war die andere Richtung. Außerdem wohnte Vatis Bruder bei Oma Käte in der Nähe. Hier in Berlin hatte Oma Lotte, Muttis Mama, niemanden außer uns und die nette Nachbarin, Frau Albrecht.

Gerds Geburtstagsfete war ihrer Unbeschwertheit entraubt, jedenfalls was unseren Teil der Familie anging. Auch wenn sich der ein oder andere seiner Freunde bei uns erkundigte, was passiert war, gingen die Leute ruck zuck wieder zur Tagesordnung über oder besser gesagt, zur deutschen Schlagerhitliste.

Ich saß den Rest des Abends auf der Couch, knabberte lustlos Erdnussflips und wusste nicht, wie ich meine negativen Gedanken auf eine positive Reihe bekommen könnte. André trat ein wenig in den Hintergrund, angesichts der Sache mit Oma. Ich versuchte, mich auf nächsten Mittwoch zu freuen. Da würde im Fernsehen die Mittwochreihe mit Romylein beginnen. Ach Romy, meine Liebe, wie waren gleich deine mutigen Worte nach vielen Enttäuschungen: *„Ich werde weiterleben – und richtig gut!"*

Das sagte sich leichter, als es anzuwenden war. Am Montag hing ich in der Schule sprichwörtlich durch. Wir schrieben zu allem Unglück eine Mathearbeit, und als wir sie am Mittwoch zurückbekamen, kommentierte Herr Doktor Mayer mit hochgezogenen Augenbrauen:

„Da schweigt des Sängers Höflichkeit."

Ich hatte die Arbeit verhauen. Eine Drei, das ging gar nicht. Nicht bei Manuela Busch. Wahrscheinlich hoffte er ja noch, ich würde seinem Ratschlag, den Ausbildungsweg zum Mathe-/Physiklehrer zu beschreiten, Folge leisten.

Oh Mann. Ihr habt keine Ahnung, wie peinlich mir das war. Da war es nicht mal Ralf gelungen, mich lachtechnisch aus der Reserve zu locken (und das gelang ihm sonst immer!). Dabei hatte er sich Mühe gegeben, das muss ich schon sagen.

Gott sei Dank neigte sich diese beschissene Woche dem Ende entgegen. Mutti war am Montag im Krankenhaus gewesen, da Oma aber am Tropf hing und fast nur schlief, wollten wir sie erst am Sonnabend alle drei gemeinsam besuchen.

Heute, am Donnerstag, stand Tanztraining auf meinem Programm. Und was soll ich euch sagen? Ich hatte selbst dazu keine Lust. Aber ich schleppte mich hin, diesmal ungeschminkt und nur mit einem schnellen Zopf ausgestattet, anstelle kunstvoller Dutt- oder

Flechtfrisuren, wie ich sie sonst zu diesem Anlass anfertigte.

Schon von draußen hörte ich es durch die hohen, schlecht abgedichteten Fenster aus dem Kassetten-rekorder dröhnen: *Respectable* von Banana-Rama. Hatten die schon wieder überpünktlich angefangen! Ich stellte mich seitlich neben ein Fenster. Da der Vorhang nicht ordentlich zugezogen war, konnte ich einen Blick auf die Tanzfläche werfen. Ich sah Annett und Caro, die – Spieglein, Spieglein, an der Wand – auf der Bühne posierten und Battement übten. Das hatte ich nicht nötig, meine Beine waren immer noch die höchsten, ohne Anstrengung, wozu hatte ich zehn Jahre Ballett getanzt? Ich hätte allerdings Nachhilfe bei den Choreografien nötig. In der kurzen Zeit, die ich dabei war, hatte ich gleichzeitig drei Tänze nachstudiert, aber noch Schwierigkeiten mit der Abfolge. Da nutzte meine siegessichere Ausstrahlung wenig, wenn ich in die falsche Richtung hüpfte. Ich gab mir einen Ruck und beschloss, meinen Stolz ausnahmsweise über Bord zu werfen und die beiden Mädels um Hilfe zu bitten.

„Hi, seid ihr schon lange da?"

„Nein, vielleicht fünf Minuten", logen sie. Mindestens so lange hatte ich die beiden durch das Fenster beobachtet.

„Bevor die anderen kommen ... könnt ihr mir noch mal die Schritte zeigen?"

Caro war gleich zur Stelle. Sie schaute mich kurz, aber dafür sehr betroffen an:

„Müde, meine Kleene?"

Dass sie mich meine Kleene nannte, konnte ich ihr nur durchgehen lassen, weil sie zwei Jahre älter war als ich. Der Größenvergleich fiel für sie eindeutig nachteilig aus. Sie erreichte kaum ein Meter sechzig, da halfen auch die hohen Pumps nicht viel, die sie nur zum Tanztraining auszog.

Beim zweiten Durchlauf unserer Popgymnastik trudelten auch die anderen ein. Angesichts des ganzen Gewimmels hatte ich gar nicht mitbekommen, dass mit ihnen ein Unbeteiligter hereingekommen war. Als ich jetzt die Diagonale wechselte, saß er plötzlich vor mir am Tisch. Ich musste direkt auf ihn zulaufen. Es war der Typ, der manchmal mit den zwei Freunden der Mädels, die übrigens beide Daniel hießen, auftauchte. Sollte ich jetzt lächeln, ihm zunicken, oder was? Ich entschied mich, keine Notiz zu nehmen, und über seinen Kopf hinwegzusehen. Wir kannten uns schließlich nicht. Was wollte der schon wieder hier, und diesmal allein? Am liebsten hätte ich Caro gefragt, aber er sollte nichts mitbekommen.

„Am nächsten Sonnabend hast du hoffentlich noch nichts vor?" Caro kam mit ihrer Frage meiner zuvor.

„Ehm, nö, wieso?", erwiderte ich und zupfte derweil endlich meine Haare zurecht, die mir ungeordnet ins Gesicht hingen.

„Hört mal her, ich sag es gleich für alle."

Die anderen Mädels, die in intensive multilaterale Gedankenaustausche verstrickt waren, kamen erst nach dreimaliger Aufforderung näher und scharrten sich jetzt um Caro.

„Am Sonnabend, das ist der 26. November, haben wir einen Auftritt, liebe Leute."

Ein Raunen ging durch die Gruppe, manche guckten ängstlich, andere lächelten ungläubig.

„Keine Panik, nur eine kleine Betriebsfeier meines Nachbarn. Im Hotel Süd."

Caro guckte ernst von einer zur anderen.

„Das ist eine Probe für uns, irgendwann müssen wir ja mal anfangen, wofür schuften wir denn hier."

„Und die Kostüme?", fragte Doreen besorgt.

„Die sind noch nicht fertig, aber wir improvisieren eben, das besprechen wir nachher noch. Zur Popgymnastik was Schwarzes, vielleicht farbige Stulpen dazu."

„Du kannst uns ja allen welche stricken", schlug Annett vor, die mit Wolle und Nadeln selbst überhaupt nichts am Hut hatte und Caro mit ihrem stolz zur Schau getragenen Hobby gerne aufzog.

Die lenkte schnell ab: „Gut, darüber können wir am Schluss reden, sind alle im Hotel Süd dabei?"

Ein Nicken machte die Runde.

Annett übernahm das Wort: „Und nach dem Auftritt, da steigt unsere eigene Fete, was meint ihr?"

Einige trampelten vor Begeisterung mit den Füßen. Ich war etwas skeptischer:

„Und wo?"

„Bei dir zu Hause natürlich", platzte Annett heraus, „oder hast du ein Problem damit?"

„Ich nicht, aber ich gehe mal stark davon aus, meine Eltern", gab ich zu bedenken.

„Ihr könnt zu mir kommen", rief es von den Tischen her zu uns rüber.

Alle drehten sich um. Der Typ ohne Freundin, oder mit Freundin, die hierher nicht mitkam, stand jetzt auf und kam zu uns rüber. Direkt neben mir (war ja klar!) blieb er stehen.

„Wir haben einen Partykeller im Haus, ich muss noch fragen, ob er schon gebucht ist für den Abend, aber ich glaube nicht."

Ich starrte angestrengt auf den Boden, die unerwartete Nähe dieses Unbekannten machte mir weiche Knie und noch irgendwas Komisches, das ich jetzt nicht näher beschreiben kann. Hätte ich mich nur geschminkt vorher, wie ich es sonst immer tat. Mist, verdammter!

Die folgende Diskussion verfolgte ich nur mit halber Aufmerksamkeit, ich war damit beschäftigt, ihn nicht anzusehen. Das wäre auch gar nicht so einfach gewesen, selbst wenn ich es gewollt hätte. Da er dicht neben mir stand und scheinbar an die zwei Meter groß war (na ja fast), hätte ich ihm nur auf die Jackenärmel geglotzt.

Ich atmete auf, als er sich nach verrichtetem Beitrag umdrehte und wieder zum Tisch zurückging. Ich hatte zumindest mitbekommen, dass die Sache mit der Fete nach dem Auftritt so gut wie gebongt war. Bei ihm oder besser gesagt in seinem (seiner Eltern?) Partykeller. Jetzt wollte ich endlich rauskriegen, wer er war. Aber entweder wussten das hier alle außer mir, oder es interessierte keinen. Hauptsache, es hatte sich ein Raum zum Feiern gefunden.

Er, der Unbekannte mit dem Partykeller, blieb weiter bei uns, wenn auch nicht die ganze Zeit als Zuschauer. Zeitweise ging er raus vor die Tür (zum Rauchen?), oder er löste Kreuzworträtsel (!?). Komischer Knabe. Wenn er nicht so gut aussehen würde, hätte ich ernste Zweifel!

Um halb zehn waren wir mit den Tänzen durch und wollten uns umziehen. Der Partykellerbesitzer verabschiedete sich vorher, indem er Caro zunickte.

„Ich melde mich bei dir."

Auf dem Weg zur Tür kam er an meinem Platz vorbei. Ich hatte absichtlich abgewartet, bevor ich mich umzog. War das hier eine Striptease-Show, oder was?

„Kommst du auch?"

Ich zuckte zusammen, was er hoffentlich nicht bemerkt hatte.

„Zum Auftritt am Sonnabend?", fragte ich unschuldig zurück.

„Zur Fete danach, meinte ich eigentlich."

Jetzt sah ich ihm doch ins Gesicht. Wenn ich den Kopf leicht hob, ging das. Ich bemerkte die markante Nase (von weitem war sie mir gar nicht aufgefallen), aber vor allem die perfekt geformten Lippen darunter.

„Ehm, ja, das heißt, ich glaube schon", stammelte ich.

„Na dann", meinte er nur und war verschwunden, eh ich meine Fragen an ihn loswerden konnte. Wo war dieser Partykeller? Wo wohnte er denn? Was hatte er überhaupt mit unserer Tanzgruppe zu schaffen? Nun ja, letzteres hätte ich so direkt nicht fragen können.

Als wir danach noch vor dem Volkshaus quatschten, die Kostümauswahl besprachen und so, konnte ich Caro einen Moment beiseite nehmen. Sie klärte mich auf: Der Partykellertyp war ein gewisser Sven, bester Kumpel von Caros Freund Daniel, mit dem er viel zusammenhing. Warum er heute allein vorbeigekommen war, wusste sie allerdings auch nicht.

Mehr konnte ich nicht aus ihr herausquetschen, sie wandte sich wieder den anderen zu, die in heiße Debatten um unsere Auftrittsklamotten vertieft waren. Mir fiel wieder ein, dass ich müde und schlecht gelaunt war, und entschuldigte mich bei den anderen, um die Kurve zu kratzen. Schließlich sahen wir uns noch am nächsten Donnerstag, und ich würde erfahren, wie sie entschieden hatten.

Mein Bus war schon weg, ich musste laufen. Es war nasskalt, nach dem Tanzen spürte ich die Novemberkälte tief in den Knochen, viel mehr als tagsüber. Wie schön wäre es jetzt, nach Hause gebracht zu werden. Mit dem Auto. Oder einem Motorrad. Der Partykellerkunde, der

Sven hieß, war aber schon längst über alle Berge. Und ich wusste immer noch nicht, wo er wohnte. Wahrscheinlich in Vorstadt, wie Caro und ihr Freund. Am anderen Ende der Stadt. Sonst wäre er mir bestimmt schon mal über den Weg gelaufen. Auch André wohnte in Vorstadt, das hatte mir Dani gesteckt. Warum wohnte ich im langweiligen Strausberg Nord? Das war so etwa wie bei den Pet Shop Boys. Die sangen auch von den *East end boys and West end girls.* Das war in Strausberg wohl nicht anders. In der Version Jungs vom Süden – Mädchen vom Norden. Das klang aber weniger schick, deshalb hatte keiner so ein Lied geschrieben.

Tags darauf stand plötzlich fest: Ich würde weder zu dem Auftritt noch zu der anschließenden Fete gehen. Am Abend klingelte bei unserer Nachbarin Frau Berger das Telefon. Wir selbst hatten keins. Warum Frau Berger ein Telefon besaß, konnte ich mir nicht erklären. Außer ihr hatten Schmidts unter uns noch eins, klar, Herr Schmidt war ja beim MfS. Ganz offiziell. Zwei Anschlüsse waren für eine Hausgemeinschaft mit sechs Familien schon mehr als genug. Unser Antrag stand auf der Warteliste, Vati fragte einmal im Jahr nach, ob sich was geändert hätte und vielleicht die Chance bestünde. Bisher vergeblich. Aber es ging ja auch so, wir hatten uns organisiert.

Der Anruf bei Frau Berger war diesmal für uns, und er kam aus dem Krankenhaus. Oma war gestorben. Friedlich eingeschlafen, so hieß es.

Morgen, am Sonnabend, hätten wir sie alle zusammen besuchen wollen, Mutti, Vati und ich.

Jetzt sah ich mich wieder an der Tür zu ihrem Schlafzimmer stehen, und wie ich mich davongeschlichen hatte. Mit der Begründung, mich nicht anstecken zu wollen. Dabei war es kein Magen/Darm-Virus gewesen, sondern der Beginn eines Organversagens. Der Anfang vom Ende. Hatte sie in jenem Moment überhaupt gesehen und gehört, dass ich mich verabschiedete? Und machte das einen Unterschied? Ich hätte zu ihr gehen müssen, ihr über die Wange streichen, die Hand drücken, irgendetwas.

Ich fühlte mich unsagbar elend. Ich hatte versagt. Es gab keine Entschuldigung.

Zur Beerdigung eine Woche später erschienen eine Menge Verwandte und Bekannte, manche von ihnen bekamen wir nur alle paar Jahre zu Gesicht. Es musste erst einen traurigen Anlass wie diesen geben, damit manche Leute sich ihrer verwandtschaftlichen Beziehungen erinnerten. Beklemmende Einsichten dieser Art hatte ich damals bei Tina nicht gehabt, entweder waren wir alle näher verbunden oder ich noch zu klein gewesen, ich tippe mal auf Letzteres.

Bei Omas Beerdigung war ein Mann dabei, den ich noch nie gesehen hatte. Mein Onkel. Mein Onkel aus dem Westen. Ja, ich hatte einen, auch wenn das in meinem Leben kaum erwähnt worden war und schon gar keine Rolle gespielt hatte. Muttis Bruder. Vom Tod seiner Mutter hatte Onkel Dietmar, so hieß er, von Frau Albrecht erfahren, die ihn angerufen hatte. Bevor Mutti ihren Bruder sprechen durfte, um ihm den Termin der Beisetzung mitzuteilen, hatte Vati im Ministerium um offizielle Erlaubnis bitten müssen. Er hatte die Zusammenhänge erläutert und ausreichend begründet, dass ein Zusammentreffen mit einem Bürger des kapitalistischen Auslands unvermeidbar war. Der Tod seiner Schwiegermutter war Gott sei Dank ein genehmigungsfähiger Grund.

Ich lief den ganzen Tag lang neben den Schuhen. Das war normal, tröstete ich mich, Beerdigungen waren nun mal kein Freudenfest. Einerseits wünschte ich mir nichts mehr, als dass diese unangenehme Sache schnell vorüber wäre, andererseits wollte ich Mutti beistehen. Die redete aber fast nur mit Dietmar, was auch verständlich war. Die beiden hatten sich seit dem Tod ihres Vaters nicht mehr gesehen oder gesprochen, und das war Ende der Fünfzigerjahre gewesen. Alles, was ich wusste, war, dass ihr Bruder in Kriegsgefangenschaft per Briefkontakt eine Frau kennengelernt hatte, zu der er nach seiner Entlassung direkt gezogen war, ohne nochmal nach Berlin zurückzukommen. Und diese Frau lebte eben im Westen Deutschlands.

„Warum war er damals bei Tina nicht dabei?", fragte ich Mutti in einem Moment, in dem ich sie allein erwischte.

Mutti rückte zu mir ran und legte einen Arm um mich. Nach einer Weile sagte sie, und ich sah und hörte, dass sie dabei mit den Tränen kämpfte:

„Das ging nicht. Wir hätten keine Erlaubnis bekommen."

„Also habt ihr gar nicht gefragt?"

Mutti zögerte, bevor sie antwortete:

„Er hatte Tinchen ja gar nicht kennengelernt."

Das stimmte. Mich kannte er schließlich auch nicht. Ich schielte zu dem fremden Mann rüber, und versuchte, eine Ähnlichkeit mit Mutti auszumachen. Wir hatten uns vorhin kurz die Hand geschüttelt, und er hatte sich zu mir runtergebeugt und geflüstert: „Ich habe dir was mitgebracht, das gebe ich dir nachher zu Hause".

Nachher zu Hause war in einer Konsumgaststätte in Adlershof. Dort saßen wir, der engste Kreis, noch zwei Stunden bei einem gemeinsamen Kaffeetrinken zusammen. Ob er wirklich gedacht hatte, wir würden ihn mit zu uns nach Hause nehmen? Ganz davon abgesehen, dass es mit der S-Bahn über eine Stunde plus eine halbe Stunde Fußweg zu uns waren. Was aber wirklich gegen diese Annahme sprach, war schlicht die Unmöglichkeit, Westbürger in unserer Wohnung zu empfangen. Das war in Vatis Genehmigung nicht eingeschlossen.

Onkel Dietmar, der in Stuttgart wohnte und geschieden war, hatte sich für zwei Nächte ein Zimmer in einer Pension in Westberlin genommen. Am Sonntag, dem Tag nach Omas Beerdigung, wollte er gemeinsam mit Mutti in seiner alten Heimat spazieren gehen und ein paar Erinnerungsstücke aus Omas Wohnung mitnehmen.

„Warum hast du nie von meinem Onkel erzählt?", fragte ich Mutti beim Abendbrot, das bei uns zu Hause sehr spät stattfand und dem Erlebten entsprechend noch spärlicher als üblich ausfiel. Für jeden eine Schnitte mit Belag, dazu einen halben Apfel.

„Ach weißt du, Maus, es gab nicht viel zu erzählen. Wir hatten uns nach dem Krieg nicht mehr gesehen, ich lebte hier, er drüben. Ich kannte ihn, wie er früher war, als junger Mann. Da war ich selbst noch ein Kind."

„Aber Oma war doch immer in Kontakt mit ihm geblieben, oder nicht?"

„Ja, aber sie hatten nur ein kurzes Telefonat hin und wieder, oder sie schrieben mal einen Brief. Gesehen haben sie sich auch nur alle paar Jahre. Er war so weit weg, und wir als Geschwister hatten nicht mehr viel gemeinsam, außer den Erinnerungen."

Jetzt schaltete sich Vati ein.

„Manuela, wir hatten keine andere Wahl. Das war der Lauf der Geschichte. Sicher wäre es schöner gewesen, Dietmar hätte auch bei uns gelebt, in der DDR. Aber er war im Westen gelandet. So war es nun mal."

So war es nun mal. Das passte immer. Fast immer.

Am Sonntag fuhr Mutti allein nach Berlin. Als sie am Abend zurückkam, sah sie verheult aus und erzählte uns nur von den letzten fünf Minuten auf dem Bahnsteig, als Dietmar in die S-Bahn nach Westberlin gestiegen war. Er hatte ihr vom Fenster aus mit einem großen weißen Taschentuch gewinkt.

Mutti wusste nicht, ob sie ihn noch einmal wiedersehen würde.

Es war fast Mitternacht, ich lag immer noch wach, und es wurde nur schlimmer, so oft ich mir sagte, dass ich fit sein müsse für die Chemiearbeit am Montagmorgen. Ich hatte keinen blassen Schimmer, worum es da gehen würde. War ich in den letzten Chemiestunden überhaupt dabei gewesen? Ich erinnerte mich nicht. Und: Es war mir egal.

Jetzt gab es Oma auch nicht mehr. Mutti hatte gar keine Eltern mehr. Das war in Muttis Alter normal, Oma hatte mit fast neunundachtzig ein schönes Alter erreicht. Jetzt zählte Mutti auch offiziell zur „Großelterngeneration". Zur Oma war sie schon durch die Kinder von Beate geworden. Dass ihre Eltern nicht mehr lebten, war normal. Der natürliche Gang der Dinge. Das mit Tina, das war nicht normal gewesen. Ich nahm stark an, dass Mutti und Vati die ganze Sache mit Oma, mit dem Krankenhaus und der Beerdigung, gerade deshalb so zu schaffen gemacht hatte. Es war alles wieder hochgekommen, nach elf Jahren. In Muttis und Vatis Herz musste für immer ein rostiges Messer drinstecken, auch wenn die Wunde nur hin und wieder von neuem blutete. So wie jetzt, da war sie wieder aufgerissen worden.

Auch ich vermisste meine große Schwester, aber ich war erst fünf gewesen, und manchmal war ich mir gar nicht sicher, ob ich mich richtig an sie erinnern konnte. Ich meine, mit meinen eigenen Erinnerungen, nicht anhand dessen, was die anderen immer wieder erzählt hatten. Ich suchte auf Fotos nach ihr, um sie besser kennenzulernen. Ich hatte die kurze Zeit, unsere gemeinsame Zeit, nicht genug genutzt.

Sie war sieben und gerade ein paar Monate zur Schule gegangen, als die Ärzte das, was Mutti und Vati für eine verschleppte Grippe gehalten hatten, als bakterielle Meningitis diagnostizierten. Hirnhautentzündung. Zwei Wochen später war sie tot. Ob Mutti und Vati es auch so empfanden, dass sie die Zeit zurückdrehen wollten, um sie mit Tina zu verbringen? Bereuten sie jede Stunde, die sie mit irgendwelchem Alltagskram verbracht hatten, anstatt mit ihr zu spielen, zu toben, zu lesen, zu schmusen, zu reden? Aber diese Selbstzerfleischung führte zu nichts.

Muttis Bruder, der im Westen lebte, war noch nicht gestorben. Trotzdem musste es sich wie ein Abschied für immer angefühlt haben. Vorhin hörte ich, wie Mutti und Vati sich noch leise im Bett unterhielten. Sie wollten organisieren, über Frau Albrecht in Kontakt zu bleiben. Heimlich. Aber sie hatten selbst größte Zweifel, ob sie das tatsächlich durchziehen würden. Und wie lange. Offiziell sollte Vati im Ministerium um Genehmigung bitten, dass sein Bruder in Rostock (der nicht staatsnah tätig war) die Adresse seines Schwagers bekam, damit im Notfall, wenn Mutti oder ihrem Bruder etwas zustieß, der jeweils andere das erfahren würde.

Mittlerweile war es nachts um eins, und mir kam das erste Mal an diesem Wochenende, oder besser gesagt, erst jetzt am Montag, der verpasste Auftritt in den Sinn. Und die Fete beim Partykellertypen. Wenn die am Sonnabend überhaupt stattgefunden hatte. Aber ich war zu erschöpft,

um länger darüber nachzudenken. Es war mir auch egal.
Alles war mir egal, die Chemiearbeit und überhaupt.

Tags darauf war ich nicht die Einzige in der Klasse, die
müde war. Warum auch immer schienen alle in der Klasse
mehr oder weniger durchzuhängen. Am Montag, aber auch
an den folgenden Tagen. Die komische Stimmung hielt die
ganze Woche lang an. Wir muchteten rum. Dazu muss
erklärt werden, dass muchten oder auch rummuchten ein
Wort war, das, so glaube ich, in unserer Klasse erfunden
worden war. Jedenfalls hatte ich es noch nie woanders
gehört. Es hieß so viel wie rumhängen, Frust schieben,
Langeweile haben, von allem ein bisschen. Aber auch auf
eine dekadent kreative Art, es war etwas Spezielles. So
fühlten wir uns oft: muchtig.

Was ein bisschen half, war „Der integrale Waldläufer".
Das war der vielsagende Titel unseres Theaterprojektes,
dem wir uns in dieser Zeit außerschulisch widmeten. Wir
trafen uns alle zwei Tage nach dem Unterricht bei Ralf zu
Hause, um zunächst die Texte zu schreiben. Das gefiel
mir. Es lenkte ab. Es war genau das, was ich brauchte in
diesem Dezember 1988. Dass Ralf mir nicht
unsympathisch war, hatte ich ja bereits erwähnt.

Die unbeschriebenen Seiten in meinem Notizbuch
blieben hingegen leer. Nur einmal machte ich einen
Eintrag in dieser Zeit:

Die sozialistischen Staaten rüsten einseitig ab.
Gorbatschow hat vor der UNO verkündet, die Sowjetunion
würde 500.000 Mann abziehen. Wo soll das hinführen? Mir
ist angst und bange.

Am Sonntagabend waren wir fürs Kino verabredet. Wir,
das waren Dani, die den Vorschlag gemacht hatte, Sabine,

die immer wieder Anschluss bei uns suchte, Ralf und Matte. In den Argus-Lichtspielen brachten sie „Die Schauspielerin" mit Corinna Harfouch. Ich war wegen der Harfouch und dem Film gegangen, der interessant sein würde. Und ein bisschen wegen Ralf. Der saß aber gar nicht neben mir, und als ich während des Abspanns nochmal kurz aufs Klo flitzte, unterhielt er sich gerade für meinen Geschmack etwas zu intensiv mit Dani. Deshalb beeilte ich mich, um die beiden nicht allzu lange allein zu lassen.

Umso heftiger der Schock: Als ich aus dem Klo kam, war der Saal schon leer, die Lichter aus. Ich tastete mich durchs Dunkel und sah, dass die Tür bereits mit dem dicken grünen Samtvorhang abgedichtet war. Das durfte doch nicht wahr sein! Ich will ja nicht behaupten, dass ich Panik bekam, aber der Gedanke, von Sonntagabend bis Donnerstag in einem muffigen Kinosaal eingeschlossen zu sein – denn erst Donnerstag gab es die nächste Vorstellung – stimmte mich nicht gerade zuversichtlich. Ich drehte um und rannte zurück aufs Klo. Da gab es Fenster, vielleicht konnte ich ... Denkste! Das waren so kleine Luken, durch die wäre nicht mal ein Zirkusartist rausgekommen. Verdammter Mist.

Ich rief: „Hallo!" Und: „Ist da jemand?" Wie in einem blöden Horrorfilm. Oder in einer Komödie. Das hing davon ab, wie dieses Stück enden würde. Unentschlossen blieb ich stehen, an die raue, kalte Wand gelehnt.

Es waren vielleicht nur fünf Minuten, die ich so stand, aber sie zogen sich hin wie Staatsbürgerkunde in der sechsten Stunde. Endlich hörte ich es an der Eingangstür rappeln. Die Kassiererin kam zurück. Sie nuschelte etwas Vorwurfsvolles und schob mich raus, ins Licht der Laterne vor dem Kino. Da standen sie und feixten: meine

Klassenkameraden. Ich versuchte zu lächeln, aber der Schreck und auch der Ärger standen mir wohl ins Gesicht geschrieben. Hätten sie denn nicht auf mich warten können?

„Was Frauen nur immer so lange auf der Toilette treiben", amüsierte sich Ralf, „das kann auch mal böse enden."

Ich funkelte ihn vorwurfsvoll an, während Dani ihr honigsüßes Lächeln aufsetzte. Ich konnte nicht einordnen, ob das mir, sozusagen als Entschuldigung, galt oder Ralf, dem sie imponieren wollte.

„Gehen wir noch was trinken, einen Grog oder so?", fragte Matte. Nur Ralf hatte Lust. Die Mädels gähnten und ich schloss mich ihnen an. Bibbernd zogen wir nach Hause. Über den Rügendamm rannten wir, wegen der Kälte, aber auch, weil es ein bisschen gruselig war um diese Zeit.

Ich war unzufrieden mit diesem Abend. Ein Grog wäre vielleicht doch eine gute Idee gewesen. Auf den Schreck, den ich gerade überstanden hatte, Ralfs blöde Bemerkung danach und gegen die Kälte. Ich musste unbedingt spontaner werden!

Dazu hatte ich auch prompt Gelegenheit. Am Mittwoch darauf. In der zweiten Stunde stand Mathe-FKR auf dem Plan. Nico und sein Kumpel, ich glaube der hieß Carsten, hatten schon ein paar Mal gefehlt, mit verschiedensten Ausreden. Ich stieg gerade die Treppen hoch, da tippte mir jemand von hinten auf die Schulter.

„Ey, Manu, kommst du nachher mit an den See?"

Die Stimme von hinten hatte nicht „Mensch" gesagt. Und sie gehörte Nico, deshalb reagierte ich freundlich und signalisierte, dass ich ihm zuhören würde.

„Wir laufen da ein bisschen rum. In der öden Mathestunde, da verpasst du sowieso nichts."

Mein Herz wusste nicht, ob es einen Freudensprung machen oder einen Aussetzer bekommen sollte: ER fragte mich, das war zu schön, um wahr zu sein. Da konnte ich nicht nein sagen. Aber schwänzen? Das hatte ich im ganzen Leben noch nicht getan und widersprach aufs Schärfste meinen Grundsätzen. Aber ich hatte nicht lange Zeit für die Entscheidung.

„Also was ist?" Seine dunklen Augen funkelten, und ... Leute, es war um mich geschehen!

„Warum eigentlich nicht."

„Das heißt, ja?"

„Ja." Ich hoffte, es klang nicht so hingehaucht.

Ich schwänzte also zum ersten Mal die Schule. Es gab für alles ein erstes Mal, hieß es. Und es war ein fantastisches erstes Mal. Nichts Besonderes, wenn man es nüchtern betrachtete. Wir liefen ein Stück am See entlang, beobachteten Enten, warfen sogar Steine. Kinderkram, aber in dieser Gesellschaft aufregend. Und Nico, so ein Blödmann, konnte er meine Gedanken lesen? Er hatte die ganze Zeit über dieses Grinsen im Gesicht. Mein Blick schweifte nervös umher, ob nicht auf der gegenüberliegenden Seite eine Lehrerin lief und uns sah, vielleicht ins Grübeln kam ... Aber alles ging gut. Keine unerwünschte Begegnung, keine peinlichen Konfrontationen. Am Ende fiel mir ein Stein vom Herzen. Schade, dass es nur eine Stunde gewesen war. So ein eiskalter Dezembermorgen, so eine heiße Unternehmung. Geschwänzt! Das war einen Eintrag im Notizheft wert.

Danach gab es eine Weile keinen mehr. Ich schleppte mich durch den Rest des Monats Dezember, ohne Freude im

Advent, ohne Lichterglanz im Herzen. Zu Weihnachten blieben wir daheim, am zweiten Feiertag kam Beate mit Familie zu uns.

Die anderen rannten sogar an den Feiertagen ins Volkshaus, ich sah keinen Sinn mehr darin, wie ihr wisst. Zu meinem Trost gab es viele Romy-Filme, wenigstens das DDR-Fernsehen meinte es gut mit mir. *Monpti*, zum Schluchzen schön. Und das Zitat am Ende musste ich auch gleich notieren: *„Alles auf Erden ist lyrisch in seinem ideellen Wesen, tragisch in seinem Geschick und komisch in seiner Wirklichkeit" (George Santayana).*

Das klang prima und widerspiegelte meine Gemütsverfassung, wie ich fand, perfekt.

Ich gebe es ungern zu, aber das schönste, um nicht zu sagen aufregendste Weihnachtsgeschenk kam von Onkel Dietmar. Er hatte mir damals zur Beerdigung ein paar Feinstrumpfhosen, schwarz und mit Naht, mitgebracht. Mutti hatte leicht verunsichert geguckt, aber meine Freude war ihm nicht entgangen. Und so hatte er sich nicht lumpen lassen, und gleich drei Paar ins Weihnachts-päckchen gesteckt, das er wie abgemacht an Frau Albrecht in Omas Haus adressiert hatte. Zu dieser Aktion hatte ich Mutti und Vati zur Rede gestellt:

„Und wenn das rauskommt?"

Betretenes Schulterzucken.

„Ach so, verstehe, privat geht vor Katastrophe", lästerte ich.

Das ließ Mutti nicht auf sich sitzen:

„Also Schnecke, lassen wir mal die Kirche im Dorf. Wir tun doch nichts Schlechtes und schaden niemandem, schon gar nicht unserem Land. Oder, Manfred?"

Vati schwieg eine Weile, dann formulierte er:

„Es ist eben eine besondere Situation ..."

Mir sollte es recht sein. Wenn dabei so tolle Strumpfhosen heraussprangen. Immer mit Naht, und dazu kleine Strass-Applikationen am Knöchel: ein Schleifchen, ein Herz, ein Notenschlüssel.

„Und wann willst du sowas anziehen?", kommentierte Mutti, immer noch wenig überzeugt.

Gute Frage. Zur nächsten Fete, falls ich nochmal eine Gelegenheit hätte. Oder zur Disko, wenn es wieder wärmer wäre, im Frühjahr. Falls ich dann wieder gehen würde.

Aber das Allerbeste von Onkel Dietmar war das Parfümdeo: Impulse Incognito. Ein Traum von Duft! Nie im Leben würde ich das als Deo benutzen. Waren die denn plemplem, die im Westen? Nur einen Hauch als Parfüm, und nur zum Weggehen. Was immer das hieß.

Mutti bekam schicke Wolle und Vati ein Eau de Toilette mit passendem Duschgel dazu. Ein Umschlag mit richtigem Westgeld war auch dabei. Den versteckte Mutti erstmal im Wäscheschrank. Man konnte ja nie wissen.

Von den interessanten Westgeschenken einmal abgesehen, waren es langweilige freie Tage, fast sehnte ich den Schulbeginn herbei. Ich ahnte ja noch nicht, dass es davor noch einen Knaller geben würde.

Haltet euch fest: Ausgerechnet Silvester, es war so gegen sechs Uhr abends und ich hatte es mir mit Schlabberpulli und Trainingshosen auf der Couch gemütlich gemacht, klingelte es an der Tür. Vati machte auf.

„Manuela, kommst du mal!"

Wiederwillig legte ich mein Strickzeug beiseite und quälte mich aus dem Sessel.

Wer sollte das schon sein?

Diesmal schlug mein Herz einen Purzelbaum. Ich wusste allerdings nicht, ob ich mich freuen oder schnell in Luft auflösen sollte, so peinlich wie ich aussah.

Und tatsächlich, Nico konnte sich nicht verkneifen, mich von oben bis unten amüsiert zu mustern.

„Schon ausgehfein? Na, dann kann's ja gleich losgehen." Carsten, der neben ihm stand, half mir aus der Patsche und erklärte: „Kommst du mit zu unserer Fete? Wir waren gerade hier in der Gegend, und da dachten wir, vielleicht hat Manu auch noch nichts vor."

So, so, gerade in der Gegend.

Nun war es ja nicht so, dass ich mir eine Gelegenheit wie diese entgehen lassen konnte. So schnell hatte ich mich noch nie umgezogen (die Feinstrumpfhosen, ihr wisst schon) und geschminkt. Keine Lockenwickler, ein Zopf tat es auch. Über alles einen Hauch Incognito, fertig. Die beiden Jungs wurden derweil von Mutti mit Schnittchen bewirtet. Die Arme, so würde sie mit Vati ganz allein da sitzen ... aber wer weiß, am Ende fänden das beide vielleicht gar nicht schlecht? Sie hatten mir jedenfalls gleich gut zugeredet, dass ich die Einladung annehmen sollte. Als ob das nötig gewesen wäre!

Die Fete stieg bei Carstens Bruder am Grotewohl-Ring. Genau genommen in einem Kellerraum, als Gemeinschaftszimmer ausgebaut. Stühle und Tische waren auf den Gang platziert worden, drinnen wurde getanzt. Es gab roten Sekt aus grünen Plastebechern mit weißen Punkten. Und es wurde die lustigste Feier meines Lebens. Ungeplant war doch am besten! Nach Mitternacht, zu der es Küsschen von allen für alle gab, standen wir zum Raketengucken vor der Tür, in der einen Hand die Becher, die andere ... eine in der anderen. Nico und ich. Klar doch, was dachtet ihr? Als er mich später nach Hause begleitete – wir torkelten Arm in Arm die Philipp-Müller lang – war ich so happy wie selten zuvor. Besoffen konnte die Welt ziemlich in Ordnung sein!

Ach, noch etwas: Als wir vor der Tür standen, während der Knallerei, kamen ein paar Leute und blieben direkt bei uns stehen. Einer verabschiedete sich und ging hinter uns rein, die Treppen hoch. Ich hätte wetten mögen, dass es der Partykellertyp gewesen war. Von der Größe her ... Ich hatte nicht so genau darauf geachtet, aber jetzt, zu Hause im Bett, war ich mir fast sicher. Demzufolge wäre dieses Gemeinschaftszimmer sein Partykeller gewesen. Ob er mich erkannt hatte?

Das war so, als ob ich ihn kennenlernen sollte.

Den Partykeller, meine ich.

Sonntag, 01. Januar 1989
Der erste Tag des Jahres. Grund genug, ein neues
Notizheft anzufangen:

Das neue Jahr ... was wird es mir bringen?
Nein, die Frage musste lauten: Was mache ICH daraus?
Am besten, ich folge dem Motto „Don't worry, be happy!".
So heißt es doch in dem neuen Lied.
Ich glaube, der Sinn des Lebens könnte lauten:
Feten feiern und lustig sein!!!

Teil 2

NEUES JAHR, NEUES GLÜCK. Und in diesem Jahr bin ich die Hauptdarstellerin! So wie heute in der Hofpause. Da stand plötzlich Nico neben mir. Ich zögerte nicht lange und ließ Dani allein zurück, die mir verdattert hinterherguckte. Das kennt sie nicht, sie steht sonst immer im Mittelpunkt.

Nico verwickelte mich in ein mindestens fünfeinhalbminütiges Gespräch. So in der Art, wie mir die Silvesterfeier gefallen hätte und ob er mir nicht zu nahegekommen wäre. Dann wolle er sich dafür entschuldigen.

Wie bitte? War er in der Nacht der Nächte denn so blau gewesen? Küsschen und Händchenhalten waren, so fand ich, kein bisschen aufdringlich gewesen.

„Schon in Ordnung."

Mutig sah ich ihm direkt in die Augen und fügte hinzu: „Hatte nichts dagegen."

Das konnte er jetzt interpretieren wie er wollte. Hoffentlich positiv. Und siehe da: Als wir uns bereits verabschiedet hatten, drehte er sich noch einmal um: „Vielleicht gibt's bald wieder so eine Gelegenheit für uns beide. Und nicht erst zu Silvester."

Warm ums Herz und hochzufrieden kehrte ich zu den anderen aus meiner Klasse zurück.

Aber das Schärfste kam erst noch: Am Zaun gegenüber standen ein paar Leute der 11/A. Und einer guckte, diesmal eindeutig, zu mir rüber. Mein Essengeldkassierer! Hatte er etwa beobachtet, wie ich mich mit Nico unterhalten hatte? Mir konnte es recht sein. Und da schließlich 1989 war, mein Jahr, warf ich ihm einen Blick zurück, der irgendwo zwischen Triumph und Provokation angesiedelt werden konnte. Das war ein innerer Vorbeimarsch, kann ich euch sagen.

Wen ich will, den krieg ich auch. Wenn nicht heute, dann irgendwann später.

Wie ging gleich dieser Song, der mir jetzt neuerdings immer im Kopf umherträllerte? *Stand Up For Your Love Rights.* Genau. Aber nicht, dass ihr jetzt denkt, ich würde mich blind dem Erstbesten an den Hals werfen. Oder andere wichtige Dinge im Leben vernachlässigen. Nein, also bitte! Es kommt nur darauf an, bereit zu sein und keine Chance zu verpassen. Vorausgesetzt, es handelt sich um einen interessanten Kandidaten.

So eine Chance bot sich gleich ein paar Tage später in der zweiten Januarwoche, zunächst in Gestalt von Carsten, der mich auf dem Schulflur ansprach. Die Situation war wie folgt: 11/B kam aus dem Raum raus, 11/C musste rein.

„Mensch Manu, da bist du ja."

„Ja ... ich mein, wo soll ich denn sonst sein?"

„Nico lässt ausrichten, also ich soll dich fragen, ob du diesen Sonnabend schon was vorhast?"

Und warum fragt Nico nicht selbst? Aber ich wollte ja nicht mehr so kompliziert sein.

„Ähm, lass mich überlegen ... Nein, sieht nicht so aus."

„Gut. Dann kannst du ja zu der Geburtstagsfeier nach Fredersdorf mitkommen."

Ich zog die Augenbrauen hoch.

„Geburtstagsfeier? Von wem denn?"

Carsten schlug sich an die Stirn.

„Wie blöd von mir. Das kannst du ja nicht wissen."

„Eben."

„Die Babette feiert ihren Achtzehnten. Du hast sie auf der Silvesterfete kennengelernt."

Auf der waren so einige. Ich zuckte mit den Schultern.

„Na, die mit den krausen Haaren, die große."

Ich kramte in meinem Gesichtskarteikasten. Der war in der geistigen Ablage fein säuberlich getrennt vom Namenskarteikasten, so dass ich immer Schwierigkeiten hatte, beide Karteikarten zusammenzubringen.

„Ach ja, ich glaub ich weiß, wen du meinst."

Das war gelogen.

Nun muss man sagen, dass wir beide etwas ungünstig standen und den Ein- und Ausgang aus dem Klassenzimmer blockierten. Ein dicklicher Typ aus der 11/B wies uns netterweise darauf hin, indem er uns mit seiner Schultasche anrempelte.

„Immer sachte, Sportsfreund", rempelte Carsten zurück.

Wir wichen ein paar Schritte zur Seite.

„Und wer geht da sonst noch hin, wahrscheinlich kenne ich gar keinen ...", wandte ich ein, um aufs Thema zurückzukommen.

„Sind wir etwa Keine? Du hast Nico und mich!"

Carsten schaute erst mich herausfordernd an und gleich darauf ungeduldig auf die Uhr. Ich wusste selbst, dass wir hier nicht ewig Zeit zum Labern hatten. In weniger als fünf Minuten ging es mit der nächsten Stunde weiter.

„Ich überleg es mir, wir sehen uns nachher beim Essen."

„Okay, wie du meinst."

Carsten hob die Hand zum Gruß und stakste auf seinen langen Beinen, die in einer Art Turnhose steckten, davon. Was den Klamottengeschmack betraf, war Carsten ein wenig seltsam. Ob das der Einfluss seiner Mutter oder eine Art Protestbewegung gegen Popper, Punker und ähnliche vom Westen inspirierte Moden war, blieb unklar.

Und es interessierte mich nur am Rande. Mein Problem in diesem Moment war: Was bedeutete es, dass er mir diesen Vorschlag von Nico ausrichtete? Konnte Nico mich nicht selbst fragen? Oder war alles nur getürkt, und es war Carsten, der wollte, dass ich mitkäme?

Aber nein, Nico hatte schließlich gerade erst sein Interesse an weiteren gemeinsamen Unternehmungen zum Ausdruck gebracht. Da konnte es mir schnurz pieps egal sein, wer einlud. Vielleicht war Nico heute gar nicht in der Schule?

In der Mittagspause würde ich mehr erfahren. Die beiden aßen immer zusammen.

„Macht mal bisschen Platz hier, Leute", krakeelte ein optisch unscheinbarer, kurzgewachsener Typ und drängelte sich zu uns auf die Couch. Mir war es recht, so rückte ich unabsichtlich noch ein Stück näher an Nico heran. Der war auch nicht böse und legte mir den Arm um die Schulter. Sein Atem roch süß und männlich nach Cola und Weinbrand, oder was das für ein Gemisch war, das er da trank. Ich hielt mich lieber an den leckeren Rosenthaler Kadarka. Von dem hatte ich schon gut getankt. Oder lag mein wohlig-leichter Schwebezustand nur an der Hitze im Raum und der aufregenden Nähe zu meinem Sitznachbarn?

Ich hätte gern getanzt, aber Nico schien sich nicht viel daraus zu machen und ich wollte die gute Couch-Konstellation nicht aufs Spiel setzen. Allerdings war mir nicht entgangen, dass Carsten, während er mit einer Freundin von dieser Babette tanzte, nach jeder Runde zu uns rüber schielte. Ich kuschelte mich noch ein wenig näher an Nico. Unsere Oberschenkel klebten zusammen und waren nicht mehr zwei, sondern ein einziger, wie zusammengewachsen. Nicos Hand rutschte meinen Rücken runter und schwupps, lag sie auf meinem Knie. Dagegen hätte ich nichts gehabt, wenn Nico sich nicht derweil mit seiner Sitznachbarin zur anderen Seite angeregt unterhielte.

Kurzentschlossen sprang ich auf und lief auf die Tanzfläche. Wollen wir mal sehen, wer hier wen eifersüchtig macht! Ich tippte Carsten auf den Rücken, der drehte sich zu mir um, strahlte über alle Backen und ließ glatt seine Tussi stehen, um mit mir zu tanzen. Richtig eng, der ließ nichts anbrennen. War ich jetzt vom Regen in die Traufe geraten? Carsten war mir so schüchtern vorgekommen. Verzweifelt suchte mein Blick nach Nico auf der Couch. Aber die war leer, wenn man den unscheinbaren, kurzgewachsenen Typen nicht mitrechnete, der die Gelegenheit genutzt und sich breit hingefläzt hatte. Während Carstens Lippen meinen Hals erkundeten, verrenkte ich mir ebendiesen, um Nico wieder ins Visier zu bekommen. Wenn er ausgerechnet jetzt draußen war, um eine zu rauchen? Das hieße, die ganze Aktion war nach hinten losgegangen.

Ich entwand mich dem Klammergriff meines Tänzers und lief hinaus vors Haus. Dort standen ein paar Leute und qualmten, aber Nico war nicht dabei. Ein unangenehmer Verdacht braute sich in meinem Oberstübchen zusammen. Und wenn er jetzt mit der von der anderen Seite ...

„Fräulein Busch", rief jemand von weitem, „worin sehen Sie denn die politische Notwendigkeit der Bodenreform begründet?"

Die was?

Kerstin starrte mich ungläubig an. Dass ich so lange um eine Antwort verlegen war, kam ihr verdächtig vor. Angestrengt suchte ich im Kopf nach einem Aufhänger, worum es gerade ging, aber fand dort rein gar nichts. Ich war tatsächlich bei der bevorstehenden Fete, und mit keinem einzigen meiner Neuronen bei der Geschichtsstunde gewesen.

Bedauernd zuckte ich mit den Schultern.

„Hab gerade nicht aufgepasst."

„Soso, na dann empfehle ich Ihnen sehr, den gesamten Stoff im Lehrbuch nachzuarbeiten, nächste Woche gibt es eine Klassenarbeit."

Frau Mehnert schüttelte noch einmal in Zeitlupe den Kopf und richtete ihren stechenden Blick ins gesamte Klassenkollektiv: „Das gilt für alle."

Auf dem Weg in den Speisesaal war ich mir nicht mehr sicher, ob ich zur Geburtstagsfeier dieser sogenannten Babette gehen sollte oder nicht. Hatten meine Fantasien eine Verbindung ins Unterbewusstsein, in dem womöglich begründete Zweifel lauerten?

Na, wenn schon, sei es drum.

Ich stand in der Schlange nach dem Essen an, als Nico mit seinem Teller vorbeimarschierte und mir zuraunte: „Du kommst also mit, hab schon gehört."

Ein verschwörerisches Augenzwinkern von ihm, und von meinen Bedenken war keine Spur mehr.

Es war schon halb zehn, als wir in Fredersdorf aus der Bahn stiegen. Carsten war etwas dazwischengekommen, und Nico, der Blödmann, statt trotzdem schon zu mir zu kommen (wir hätten uns ein bisschen ins Kinderzimmer zurückziehen können), hatte die Zeit lieber bei einem einsamen Bier im Café Nord vertrödelt. Die zwei waren erst kurz nach acht bei mir aufgekreuzt, obwohl wir um sieben vereinbart hatten. Ich hatte wie bestellt und nicht abgeholt herumgesessen und alle fünf Minuten aus dem Fenster gestarrt. Irgendwann hatte ich es aufgegeben und mich zu Mutti und Vati vor den Fernseher gesetzt.

„Hab sowieso keine große Lust", erklärte ich ihnen und vor allem mir selbst.

Als es später klingelte, fiel es mir schwer, meine Enttäuschung zu verbergen. Aber da Nico mich spontan umarmte und Carsten vor mir auf die Knie fiel, ließ ich mich breitschlagen und zog mit ihnen los. Die S-Bahn fuhr uns direkt vor der Nase weg. Vierzig Minuten in der Kälte zu stehen, darauf hatten wir keine Lust, und Nico schlug vor, nach Vorstadt zu trampen. Trampen, das müsst ihr euch mal auf der Zunge zergehen lassen. Zumindest waren sie so anständig, mich nicht als Lockvogel vorzuschicken. Es gelang ihnen selbst, den dritten vorbeifahrenden Trabi anzuhalten und dessen Fahrer, einen bulligen Typen um die Vierzig, zu überreden, uns am Bahnhof Vorstadt abzuladen. Meine beiden Kavaliere mussten mitbekommen haben, dass mir die Aktion nicht so recht geheuer war, und nahmen mich auf dem Rücksitz in ihre Mitte.

„Wir passen auf dich auf, das haben wir deiner Mutti versprochen", feixte Nico und stieß mir mit dem Ellenbogen in die Seite, etwas zu kameradschaftlich für meinen Geschmack.

Angst hatte ich nicht, klammerte mich aber trotzdem an meiner Tasche fest. Vielleicht auch nur, um die Hände im Schoß und nicht irgendwo links und rechts bei den Jungs zu haben.

Wir hatten dank der Tramper-Aktion zwanzig Minuten gewonnen und die Vorstadt-Bahn genommen. Ich fand es trotzdem spät, um auf einer Geburtstagsfeier aufzukreuzen. Die anderen Gäste waren garantiert schon voll am Feiern und wir ...

Wir konnten uns unauffällig dazwischen schummeln, ohne peinliche Vorstellungszeremonien und dergleichen. Siehste, Manuela, wieder mal umsonst gesorgt.

Ehe ich mich versah, hatte ich ein Glas Sekt in der Hand und stand inmitten einer Truppe von Leuten, die ich zwar nicht kannte, die das aber nicht störte. Sie bezogen mich in ihr Gespräch ein, als gehörte ich dazu. Nico und Carsten hatte ich aus den Augen verloren, deshalb war ich nicht ganz bei der Sache. Obwohl es gerade um irgendein Theaterstück ging.

Getanzt wurde auf dieser Fete, die im Parterre eines Einfamilienhauses stattfand, scheinbar nicht. Die Musik aus dem Nebenzimmer klang Heavy-Metall-mäßig. Es sollte ja Leute geben, die zu solchem Gedröhn tanzten oder sagen wir mal, sich einem Krampfanfall ähnlich bewegten, aber es zog mich nicht dorthin, um der Sache auf den Grund zu gehen.

Was ich von meinem Sektglas nicht behaupten konnte, es war schon leer. Da ich nicht wusste, wohin damit, suchte ich nach einer geeigneten Abstellmöglichkeit. Ich fand keine und landete schließlich in der Küche. Hier gab es ein geplündertes Buffet zu bestaunen und diverse Pärchen, die sich gegenseitig Bissen in den Mund schoben oder so etwas, ich wollte nicht direkt hinschauen. Ich holte mir fix ein belegtes Brötchen, goss vom Sekt nach – es standen schließlich mehrere Flaschen auf dem Tisch – und stürzte mich wieder ins offizielle Geschehen. Das bestand gerade darin, dass Babette mit verbundenen Augen zwischen den Leuten umherstolperte, um ein Päckchen zu finden, das ein Typ hinter dem Rücken hielt.

Blinde Kuh wahrscheinlich. In der Geburtstagsvariante.

„Hey Süße", lallte es dicht neben mir. Irritiert drehte ich mich um und sah Nico, der schon mächtig einen sitzen hatte. Ob es mir gefalle, fragte er und prostete mir zu.

Ich zog die Mundwinkel breit. Was sollte ich sagen? Dass ich mir den Abend anders vorgestellt hatte, an seiner Seite zum Beispiel?

„Komm, wir setzen uns ein wenig in die Ecke, willst du?" Er sprach klar und deutlich. War das Gelalle eben nur ein Joke gewesen? Warum wusste man nie, woran man bei dem Kerl war? Da ich nur Enttäuschung in mir fühlte, schüttelte ich den Kopf und erfand: „Lass mich noch ein bissel zuschauen hier, ist lustig."

„Wie du meinst." Nico zuckte mit den Schultern, hob das Glas noch mal zum Gruß und verschwand.

Ich blieb nicht lange allein. Keine Minute später kam Carsten angedackelt.

„Na du, wo warst du die ganze Zeit?"

„Hier, in der Küche, da drüben ..." Was für Fragen Jungs stellen konnten, um ein Gespräch anzufangen.

„Und Nico, ist der schon mal aufgekreuzt?"

„Der kam nur mal kurz vorbei", erklärte ich, „und war schon wieder am Limit, soweit ich das einschätzen kann."

Carsten winkte ab: „Kennst ihn ja, aber keine Sorge, ich bring dich sicher nach Hause."

Dieser Gedanke war beruhigend.

Wir standen noch eine Weile nebeneinander in der Gegend rum, während Babette mit ausgewählten Gästen Blinde Kuh spielte. Oder Ringelpiez mit Anfassen. Wie auch immer sich das nannte.

Carsten kam auf eine Idee: „Willst du dich ein bisschen hinsetzen, da hinten ist noch was frei." Er wies mit dem Kopf in Richtung Fenster, unter dem einige Hocker und Sessel aufgereiht waren.

„Klar, warum nicht." Ich meinte damit das Hinsetzen, und hoffte, er verstand es nicht falsch. Er war ein netter Kerl, aber ...

Aber es kam nicht dazu, dass wir uns hinsetzten. Da saßen schon zwei, mehr aufeinander als nebeneinander, und ich brauchte nicht lange hinzustarren, um den männlichen Part der Konstellation zu identifizieren.

Carsten musste meine Fassungslosigkeit gespürt haben, denn er zog mich schnell in die andere Richtung. Wir landeten in einem Nebenraum, in dem ein paar Mädels vor einem Spiegel ihren Lippenstift auffrischten. Carsten gab mir sein Zellstofftaschentuch, es schien unbenutzt. Verdammt, er hatte im Dunkeln gesehen, dass mir die Tränen gekommen waren.

„Das ist seine Ex."

Ich starrte auf das Taschentuch und zögerte, es zu benutzen, obwohl es sauber war.

„Mach dir nichts draus, so ist er nun mal. Aber mit der läuft nichts mehr."

„Aha", stammelte ich bemüht gleichgültig, „und was geht mich das an?"

Carsten streichelte vorsichtig meinen Arm.

„Weiß nicht, ich hoffe, nicht so viel."

Ich spürte, dass es ihn Überwindung kostete und er sich langsam herantastete. Zögernd, um mich nicht zu erschrecken.

Sollte ich mich Carsten anvertrauen, mein Interesse an Nico gestehen, oder würde ihn das nur verletzen? Ich tappte gerne in Fettnäpfchen bei diesen Dingen.

„Ach Quatsch, es ist nur ...", suchte ich nach den passenden Worten, „ich mein, er ist mir nicht unsympathisch."

Carsten lachte kurz auf und stupste mich in die Seite.

„Klar, das verstehe ich. Mir ist er ja auch ... nicht unsympathisch."

Jetzt musste ich doch grinsen. Ich wusste, dass die beiden schon seit Kindergartentagen befreundet waren. Was ich bis heute nicht wusste, war, dass sie es schon mehrmals auf dasselbe Mädchen abgesehen hatten. Das erzählte mir Carsten jetzt. Wir setzten uns auf den Boden, auf dem Kissen herumlagen, griffen uns jeder eine Flasche Bier aus der Kiste, die praktischerweise neben uns stand, und verbrachten einen netten Abend. Rein freundschaftlich.

Liebes Tagebuch! (Nur, weil „liebes Notizheft" so blöd klingt.) *Nun ist nach dieser Fredersdorfgeschichte schon wieder eine Schulwoche um. Mir graut es, wie schnell die Zeit verfliegt. Nicht mehr lange, und ich bin SIEBZEHN!!!*

Ich könnte schon die Tage bis zu meinem Geburtstag zählen, aber das wäre zu deprimierend. Apropos Geburtstag. Ob ich den feiern werde? Ich denke nicht. Er fällt wie üblich in die Winterferien, alle sind weg oder schwer zu erreichen. Aber das Allerdeprimierendste ist ja, dass schon das erste Halbjahr rum ist. Ein Viertel der Pennezeit, unwiderruflich verflossen. Macht euch das mal klar! Ich glaube, die Penne wird die schönste Zeit im ganzen Leben gewesen sein. Mein Gott, was hatte ich für einen Schiss gehabt. Und jetzt will ich gar nicht mehr weg! Wie öde wird es sein, irgendwann arbeiten zu gehen. Oder zu studieren – ätzend. Es wird nie wieder so locker und lustig zugehen. Nirgends.

Es gab da eine Stelle im Alten Schweden, die traf den Nagel auf den Kopf: *„Er kam nicht darüber hinweg, dass die vielen Jahre ihn nur so gestreift haben sollten! Er fand keine Einstellung dazu. Das heißt, es gelang ihm nicht, die Sache so zu bedenken, dass sich als Ergebnis das Wohlbefinden wiedereinstellte. Der Gedanke an verlorene Zeit, an verlorengegangene Zeit, blieb eine nicht wegzudenkende Beunruhigung.“*

Einen Monat später konnte ich sagen: Vielleicht war doch noch nicht alles verloren. Auch wenn ich jetzt eine alte Schachtel von siebzehn Jahren war.

In letzter Zeit schien es wieder richtig spannend zu werden, und zwar nicht an der Penne und nicht im Volkshaus, in diesen Gefilden hatte ich meine Abschussliste drastisch kürzen müssen. Ein Kandidat nach dem anderen war unter die Haube gekommen. Oder vollkommen unberechenbar, so wie Nico.

Die interessantesten Entwicklungen gab es neuerdings beim Tanztraining. Der Partykellertyp, ihr erinnert euch? Nach einer längeren Abstinenz ließ er sich wieder regelmäßig blicken. Und meldete sich dabei öfter zu Wort, gefragt oder ungefragt. Wenn er einen Witz riss, schwenkte sein Blick jedes Mal zu mir rüber, als ob er meine Reaktion prüfen wollte. Oder Zustimmung erheischen. Ich konnte gar nicht anders als mich geschmeichelt fühlen.

Aber das war alles. Warum sprach er mich nicht an? Dazu war er offensichtlich zu schüchtern. Eine andere Erklärung gab es nicht.

Oder doch? Vielleicht in Form von roten Löckchen und Sommersprossen. Ein außergewöhnlich hübsches Mädchen saß da neben ihm, und ich hatte es sofort im

Blickfeld, als die schwere Volkshaus-Saaltür hinter mir ins Schloss fiel.

Ich war heute zwanzig Minuten zu spät dran, weil ich so lange an dem Pamphlet für Geschichte gesessen hatte. Die Mädels steckten schon mitten in der neuen Choreografie zu Michael Jackson. Während ich mich in der hintersten Ecke rasch umzog, musterte ich die beiden, die direkt an der Tanzfläche saßen und sich ständig etwas zuraunten. Na klasse, jetzt würde dieses Fräulein mich auch noch beim Training beobachten und womöglich lästern.

Ich wärmte mich gleich an meinem Platz auf, ein bisschen dehnen, ein paar Sprünge. Als Caro nach mir rief, musste ich unweigerlich an den beiden vorbei.

„Hallo", grüßte ich leise.

Der Partykellertyp lächelte mir zu, wie schon die letzten Male: „Hi."

Das Fräulein nickte nur und redete weiter auf ihn ein.

So ein Mist, ich war sowieso schon immer angespannt, wenn ER mit im Saal saß. Aber jetzt ... sie beobachtete mich garantiert. Vor lauter Bauch-Einziehen und Po-Anspannen konnte ich mich gar nicht auf die neuen Schritte konzentrieren.

„Mensch, Manu, was ist denn heute mit dir los?"

Annetts Ton war ruppig.

„Susann muss ja einen klasse Eindruck bekommen, dabei habe ich gehofft, sie würde bei uns mitmachen."

Das rothaarige lockige Fräulein, das offensichtlich Susann hieß, stand auf und kam ein Stück näher zu uns auf die Tanzfläche.

„Schon in Ordnung, echt toll, was ihr hier macht."

Sie fiel Annett um den Hals.

„Muss jetzt los, aber ich denke mal, nächste Woche seht ihr mich wieder, in Trainingsklamotten."

Sie grinste in die Runde, winkte IHM zu und schwebte von dannen.

„Wer war die denn?", raunte ich leise und in der Hoffnung, dass ER es nicht hörte.

Annett zwinkerte mir zu: „Haste Angst vor Konkurrenz?"

Ich zuckte zusammen. Das fehlte gerade noch, dass Annett meine geheimen Gedanken las.

Aber sie erklärte: „Susann war in meiner Klasse, aber nur bis zur Achten, dann ist sie nach Mahlsdorf gezogen. Wir haben uns vorgestern zufällig in der Stadt getroffen und ein bisschen gequatscht. Dabei kam heraus, dass sie Standard und Latein getanzt hat, aber jetzt nichts mehr macht. Also habe ich ihr vorgeschlagen, mal bei uns vorbeizuschauen."

In meinem Kopf ratterte die Kombiniermaschine. Hieß das jetzt, sie hatte mit IHM gar nichts zu tun? Oder doch? Das war noch nicht ausgeschlossen.

Ich schielte unauffällig zu seinem Tisch. Er saß immer noch auf demselben Stuhl, aber mit dem Blick nach unten, in ein Kreuzworträtsel vertieft. Was ich sonst eigenartig fand, für einen Typen in seinem Alter. Jetzt amüsierte und beruhigte es mich. Wenn die beiden zusammen wären, würde er dann noch hier sitzen? Und Kreuzworträtsel lösen? Sicher nicht. Vielleicht sollte ich ihn umbenennen: Kreuzworträtseltyp.

Ich grinste vor mich hin, bis Caro in die Hände klatschte: „Hey, faule Bande, wir machen weiter."

Eine dreiviertel Stunde später begann ich, nervös auf die Uhr über der Saaltür zu schielen. Heute durfte ich auf keinen Fall meinen Bus verpassen, denn ich wollte mir zu Hause noch einmal Geschichte vornehmen.

„Tut mir leid, Mädels", brachte ich schließlich heraus, „aber ich muss los."

Die anderen hatten die Ruhe weg und dachten gar nicht daran, pünktlich Schluss zu machen. Ich flitzte zu meinen Sachen und zog schnell Pullover, Hose und Stiefel über Leggings und Silastik-Dress. Der Kreuzworträtseltyp war gerade draußen (eine rauchen?), aber er hatte seine Jacke (und sein Kreuzworträtsel) noch dagelassen.

Verdammt, es wurde knapp.

Wir stießen fast zusammen, als ich rauswollte und er gerade wieder hereinkam. Er kommentierte spontan:

„Aber hallo, da hat es jemand eilig."

Ich zog bedauernd die Schultern hoch, sagte leider gar nichts und rannte weiter. Außer Atem kam ich an die Haltestelle ... voller Hoffnung ... und sah meinen Bus von hinten.

Na Klasse! Ich hätte noch bleiben können, mit ihm reden, oder sonst etwas. Ich hatte ihn nicht einmal gegrüßt, weil ich so überrumpelt gewesen war von unserem Fast-Zusammenprall.

Und jetzt diese fiese Kälte. Dabei war es Anfang März. Ich zog den Schal fester, die Schultern zu den Ohren, und trabte los. Wieder einmal alles falsch gemacht.

Tatsächlich?

Wer sagte denn, dass der Abend schon gelaufen war?

Die Vernunft. Die knallharten Fakten.

Und wer sagte, es könnte sich noch etwas ergeben?

Manuela Busch, die Unverbesserliche.

Selbstverständlich hatte ich diese Situation bereits mehrmals in Gedanken durchgespielt. Er könnte mich nach Hause bringen, oder etwa nicht?

Dagegen sprach, dass er noch dableiben und auf die anderen warten würde. Normalerweise quatschte er am Ende immer mit Caro und Annett.

Dafür sprach, dass sich hinter mir ein Motorrad näherte. Es wurde langsamer und kam drei Schritte vor mir zum Halten.

„Soll ich dich nach Hause bringen?"

„Gern."

Was hätte ich sonst antworten sollen? Erst als ich schon im Sattel saß, die Hände ungelenk an den Rückgriff geklammert, fragte ich mich, wie er denn wissen konnte, wo ich wohne.

Er wusste es.

„Philipp-Müller, richtig?"

„Richtig."

Es konnte alles so einfach sein.

Ich kapierte nicht, ob er schnell fuhr oder langsam, es war genau richtig. Ich wusste nur, dass ich am liebsten die Hände vom Rückgriff gelöst und meine Arme um seine Hüften gelegt hätte, aber ich traute mich nicht. Er dachte ja, es wäre das erste Mal, dass er mich nach Hause brachte. Dabei hatte ich es schon ein paarmal erlebt. In Gedanken. Aber jetzt, in Wirklichkeit, war es besser.

Viel besser.

Als wir dann vor meinem Haus standen, schien er nach Worten zu suchen, lächelte aber nur.

Also sagte ich: „Danke."

„Kein Problem, gern geschehen."

Wieder lächelte er.

„Ach so", jetzt fiel ihm ein, was er noch sagen wollte, „und beim nächsten Mal kann ich dir den Helm von meiner Schwester mitbringen."

Beim nächsten Mal.

Ja! Ja! Ja!

Er heißt Sven, hatte ich das bereits erwähnt? Ich wusste es von Caro, damals im November hatte ich sie kurz ausgefragt. Warum war er seitdem der Partykellertyp geblieben? Für mich, in meiner Welt. Ach nein, seit heute war er der Kreuzworträtseltyp.

Sven, ein schöner Name. Ich kannte sonst keinen, der so hieß. Nicht persönlich. Deshalb verband ich mit diesem Namen auch keine Vorurteile, denn so war es ja oft. Ich könnte mich nie in einen Maik verlieben, weil ich gruselige Erinnerungen an einen Jungen im Kindergarten hatte, der mir immer Kloppe angedroht und den Bauarbeiterhelm weggenommen hatte.

Sven, ein schöner Name, auch weil er kurz war. Man konnte keine dummen Abkürzungen bilden. So wie Andi statt Andreas oder Matte statt Mathias.

Und sein Nachname? Wenn es etwas Ernstes werden würde, müsste der mir auch gefallen. Im Hinblick auf den gemeinsamen Familiennamen zum Beispiel.

Haaalt, Manuela, stopp, komm mal wieder runter, du drohst abzustürzen ...

Etwas schwindelig war mir tatsächlich. Aber ein schöner Schwindel, eine angenehme Übelkeit, wenn es das gab.

Die nächsten Tage schwebte ich durchs Leben, in freudiger Erwartung. Sogar Dani sprach mich an, ob es etwas Neues gäbe bei mir, ich sei irgendwie anders. Darauf wusste ich keine Antwort, es gab nichts Tatsächliches. Nur meine Vorahnung von etwas, anders als alle Schwärmereien zuvor, viel echter. Etwas, das meine Langeweile und meinen Frust in regenbogenfarbene Seifenblasen auflöste, die direkt aus meinem Herzen in den Himmel aufstiegen. Ohne gleich zu zerplatzen.

Das Wochenende verbrachte ich bei einem Badewannenmarathon und mit verschiedenen Schönheitsbehandlungen, Quarkmaske war noch das Harmloseste. Mutti machte sich lustig und meinte gleich, es gäbe einen neuen Verehrer. Ich lachte und behauptete, dass ein paar Mädels in der Klasse eine Wette abgeschlossen hätten, wer die wirksamsten Beauty-Rezepte hätte. Am Montag würde abgerechnet, bei Tageslicht vorm Spiegel. (Nette Idee, das könnte ich Dani und Kerstin tatsächlich mal vorschlagen).

Mein Appetit war auf unerklärliche Weise gedämpft, sogar in meinem Lieblingsessen stocherte ich nur lustlos herum. Buletten mit Kartoffelbrei, zerlassene Butter und Sauerkraut kannten es nicht, von mir verschmäht zu werden.

Mir war schlecht. Aber es ging mir gut. Bestens.

Die neue Woche zog sich hin wie alter Kaugummi. Aber heute war endlich Donnerstag. Heute Abend würde ich ihn wiedersehen.

Und was soll ich euch sagen? Am Morgen lief im Radio: *This time I know it's for real*, der neueste Titel von Donna Summer. Wenn das kein Zeichen war, liebe Leute. Dann könnten ich und meine Intuition gleich einpacken.

Ich stand schon zehn Minuten vor Trainingsbeginn vorm Volkshaus. Ausgerechnet heute ließen die anderen auf sich warten. Auch gut, vielleicht käme gleich Sven um die Ecke ...

Nicht um die Ecke, sondern mit dem Auto kam das rothaarige Fräulein vorgefahren. An die hatte ich gar nicht mehr gedacht. Sie verabschiedete sich mit einem Wangenküsschen von ihrem Chauffeur. Ob der ihr Vater gewesen war? Vom Alter her würde es passen.

„Hallo, ich bin Susann", meinte sie zu mir und reichte mir nicht die Hand.

„Ich weiß, Annett hat uns von dir erzählt."

Susann maß mich mit einem kurzen Blick von der Seite. Ich lächelte freundlich.

„Manuela."

„Was?"

„Manuela heiß ich."

„Ach so, ja."

Ich war nicht die, die sie erwartet hatte. Das erkannte man daran, wie sie sich provokativ umsah und offensichtlich nach jemand anderem Ausschau hielt.

Na gut, das konnte ich auch. Allerdings hoffte ich gar nicht mehr, dass Sven ausgerechnet jetzt käme. Das tat er auch nicht. Es war Caro, die uns von der Warterei erlöste, sie hatte den Schlüssel zum Saal.

Aufwärmen, Diagonale, Sprünge und Spagat, die erste halbe Stunde war bereits um. Er war nicht gekommen. Noch nicht. Auch gut, so konnte ich mich besser auf die neue Choreografie konzentrieren. Dachte ich. Tatsächlich ertappte ich mich dabei, wie mein Blick immer wieder zur Tür huschte, aber die hing schwer und braun und wie zugekleistert an ihrer Stelle. Und wenn Caro diesmal abgeschlossen hatte? Manchmal tat sie das, um unliebsame Besucher fernzuhalten. Es war vorgekommen, dass Gaffer von der Straße hereinkamen.

Meine Hoffnung schrumpfte auf die Größe eines Zellstofftaschentuchs, das ich am Ende des Trainings aus meinem Beutel fischte. Nein, keine Angst, ich heulte nicht schon wieder. Dafür gab es keinen Anlass. Und wenn doch – dazu müsste ich mir erst eine abschließende Meinung bilden – so könnte ich das später zu Hause tun. Ich zog mich um, ohne Eile. Wenn ich den Bus verpassen würde, könnte ich auch laufen. Es war angenehm mild heute und würde mir guttun.

Susann wäre keine Konkurrenz für mich, was das Tänzerische betraf. Sie mochte Standard oder was auch immer gemacht haben, aber bei uns stellte sie sich nicht besser an als andere.

Sie war auch keine Konkurrenz, was Sven anging. Draußen wartete bereits ihr Chauffeur. So, wie sie ihn jetzt umarmte, lag die Vermutung nahe, dass es nicht ihr Vater war.

Ich bummelte, blieb noch mal stehen und kramte in meinem Beutel. Da kam Caro als Letzte aus dem Volkshaus.

„Na, meine Kleene? Gut, dass du noch nicht weg bist."

Fragend schaute ich zu ihr runter. Heute hatte ich selbst Absatzschuhe an. Wie dumm von mir, dachte ich jetzt. Vollkommen unpraktisch fürs Motorrad.

„Ich soll dich schön grüßen, von Sven. Das hätte ich fast vergessen, sorry."

„Ach so?", erwiderte ich nur, obwohl mich so viel, ach was sag ich – alles – ganz genau interessierte.

„Er wollte heute eigentlich wieder vorbeikommen, aber ihn hat ein Schnupfen erwischt."

„Ach so?", diesmal klang meine Reaktion spitz und war als Frage gemeint.

Caro lachte. „Na, du weißt doch, die Kerle legen sich zum Sterben auf das Sofa, wenn eine Erkältung im Anmarsch ist."

„Weiß ich nicht, aber wenn du das sagst."

Caro hatte, wie alle außer mir, schon mehrere feste Freunde gehabt. Von denen und von deren Macken hatte sie immer gern und ausführlich berichtet.

„Schade, dass wir nicht dieselbe Richtung haben", meinte Caro, als wir vorne an der Großen Straße stehen blieben. Ich hätte sie gerne noch gefragt, wo Sven wohnte. Und woher er gewusst hatte, wo ich wohne. Aber Caro schien es eilig zu haben. Jetzt war sie es, die in ihrer Tasche kramte. Sie zog einen zusammengefalteten Zettel raus und reichte ihn mir.

„Soll ich dir geben. Du kannst ihn ja mal anrufen." Aus ihrem Gesicht wurde ich nicht schlau. Sie feixte, aber es war nicht albern oder spöttisch. Ich nahm den Zettel und steckte ihn in die Hosentasche.

„Tschüss, gute Nacht", sagte Caro und stieg auf ihr Fahrrad.

„Tschüss, danke", stammelte ich und eilte nach Hause, in der Hand das kleine Stück Papier.

Ihn anrufen. Na Klasse! Als ob wir ein Telefon hätten. Hatte ja jeder, dass ich nicht lache. Na gut, er konnte es nicht wissen, es war ein Versuch. Ich hockte im Schneidersitz auf dem Bett, hatte die Leselampe an und hielt nun schon eine Ewigkeit diesen Zettel darunter. Ich starrte darauf, als könnte ich auch nach hundertfachem Lesen der sieben Worte noch etwas Neues erkennen.

Rufst du mich an? Bis bald, Sven.

Der Text, wenn man die paar Worte als solchen bezeichnen wollte, war recht ordentlich geschrieben. In einer Art Druckschrift. Darunter schwungvoll die Nummer. Bei der dritten Ziffer war ich mir nicht sicher, ob es eine Drei oder eine Neun war.

Und jetzt? Er wollte mich sehen, oder hören. Insofern war mein Plan aufgegangen. Und ich hatte gar nichts dazu beigetragen. Er hatte den ersten Schritt gemacht. Braver Junge. Nur schwer konnte ich mich dazu durchringen, das

Licht endlich auszuschalten. Den Zettel legte ich vorsichtig unters Kopfkissen. Keine fünf Minuten später knipste ich das Licht wieder an. Ich konnte nicht riskieren, ihn beim Schlafen zu zerknittern, oder dass er gar in die Ritze zwischen Lehne und Matratze rutschte. Ich entschied, das wertvolle Stückchen Papier fein säuberlich ins Notizheft zu legen. Darin hatte ich zuletzt am vergangenen Wochenende etwas geschrieben. Von diesem Kreuzworträtseltypen, dessen Rätsel ich unbedingt lösen wollte.

Der Sonntag war so gut wie vorbei, es war kurz vor achtzehn Uhr. Den ganzen Nachmittag lang hatte ich für Bio gepaukt. Wie ich diese Lernfächer hasste. Für die reichte keine Logik, man musste auswendig pauken. Ätzend.

Jetzt hatte ich es mir mit Erdnussflips und Brause im Wohnzimmer gemütlich gemacht. Es lief ein Dokumentarfilm über den Thüringer Wald, aber das würde ich schon überstehen. Nach Bio war alles andere pures Vergnügen. Mutti strickte. Dazu hatte ich in letzter Zeit keine Lust. Ohnehin wäre bald Frühling, wozu brauchte ich da neue Pullover.

Als es klingelte, ging Vati, der sowieso gerade Schuhe putzen wollte, zur Tür. In Unterhemd und Trainingshose öffnete er. Das Knirschen der Erdnussflips zwischen meinen Zähnen verhinderte, dass ich von dem kurzen Gespräch, das Vati an der Tür führte, etwas mitbekam. Ich hörte erst auf zu kauen, als er mich rief.

„Manuela kommst du mal, das ist für dich."

„Für mich?" Ich dachte zuerst an Dani, und dann gleich an Kerstin, die mir noch ihre Mitschrift von Physik bringen wollte, denn ich hatte die letzte Stunde wegen eines

Zahnarztbesuchs versäumt. Ich leierte mich aus dem Sessel. An der Schwelle zum Korridor blieb ich wie angewurzelt stehen. Im Spiegel gegenüber der Wohnungstür sah ich das Gesicht, das ich mir in den letzten Tagen so oft vorgestellt hatte und das immer mehr verschwommen war, je mehr ich versucht hatte, es in Gedanken zu fixieren. Und jetzt war es da, in unserem Spiegel, und grinste verlegen.

„Hi, das ist ja eine Überraschung", stammelte ich.

Dabei hatte ich es geplant, aber nicht für heute Abend. Das konnte ich ihm natürlich nicht sagen. Dass ich gewusst hatte, er würde irgendwann hierstehen. Oder vor der Schule. Oder vor dem Volkshaus. Wo auch immer, eben da, wo er mich treffen könnte.

„Hallo."

Vati war im Bad verschwunden, und ich stand da, wie ein Hausputtel mit Schlabberpulli und Trainingshosen. Wenigstens hatte ich den hellblauen Pullover an, der kleidete mich gut und schmeichelte meinen blaugrauen Augen. Der braun-beige gestreifte wäre mein Tod gewesen.

„Ich denke, du hast Schnupfen", fiel mir ein.

Er grinste, jetzt noch verlegener als vorher.

„Nicht mehr so schlimm, keine Angst, die Ansteckungsgefahr ist gebannt."

„Tja, also ..." Ich sah an mir herab und zog entschuldigend die Schultern hoch.

„Kein Problem, ich lauf auch immer so rum. Zu Hause, meine ich."

„So?", kicherte ich und improvisierte eine Ballettpose, die elegant ausgesehen hätte, wenn sie nicht in Latschen zur Aufführung gekommen wäre.

„Ich kann ja unten warten", bot er an.

„Gut. Was haben wir denn vor?"

„Ich dachte, du hast vielleicht Lust auf eine Spritztour mit dem Motorrad."

Und wie ich die hatte.

„Gern, ich zieh mich nur schnell um."

Jetzt rief Mutti aus dem Wohnzimmer: „Lass den jungen Mann doch rein, was steht ihr denn so lange an der Tür herum?"

Ich öffnete die Wohnungstür noch ein Stückchen weiter, als Einladung sozusagen.

Aber Sven schüttelte den Kopf.

„Ich warte unten, kein Problem. Lass dir Zeit!"

Ob ihn Muttis Kommandostimme erschreckt hatte?

„Wie du willst, bis gleich."

Ich verfolgte mit neugierigem Blick, wie er die Treppe hinunter balancierte. Balancierte! Es war kein Gehen, kein Rennen, Hüpfen schon gar nicht. Er balancierte. Achtsam und leichtfüßig.

Ich schloss die Tür und bekam Panik. Paaanik, Leute! Wie konnte mich eine Sache, die ich mit Sicherheit vorhergesehen hatte, bei ihrem tatsächlichen Eintreffen so dermaßen aus der Kurve hauen. Umziehen! Rattatatata. Aber wie? Motorradfahren ... Es war mild, aber schon Abend, und es würde schnell kalt werden. Jeans! Die waren immer richtig. Der roséfarbene Pulli. Lederjacke oder Steppjacke? Lederjacke, die war lässig. Aber da passten die schwarzen Stiefel nicht dazu ... wo waren nur ... hier, die braunen Halbschuhe. Handtasche? Ging gar nicht auf dem Motorrad. Lieber nur das Wichtigste in die Jackentaschen quetschen. Ein Taschentuch, Lippenpomade. Die Wohnungsschlüssel.

Vati war immer noch im Bad. Ich klopfte energisch an.

„Hallo, ich muss mich umziehen, wie lange dauert das noch?"

Da stand Mutti plötzlich neben mir, ihr Wollknäuel in der Hand und das angefangene Strickwerk unter die Achsel geklemmt. Die Arme, ich hatte ihr noch gar nichts erklärt. Aber sie hatte schon verstanden. Jedenfalls grinste sie dementsprechend.

Plötzlich verfinsterte sich ihre Miene.

„Das ist aber nicht der Tänzer aus dem Volkshaus, oder?"

„Nein, i wo", entgegnete ich entrüstet. „Den habe ich längst abgehakt."

Mutti atmete auf.

„Na dann ist ja gut. Weißt du, Schnecke, mein Vater hat immer zu mir gesagt, aus einer schönen Schüssel isst du nie allein."

Ich legte meinen Arm um sie und zwinkerte ihr zu.

„Klar, deswegen hast du dich für Vati entschieden."

Vati, den ich mir nur schwer als Mädchenschwarm seiner Klasse vorstellen konnte, kam ahnungslos aus dem Bad.

„Ich habe die Schuhe mal drinnen geputzt. Was sein muss, muss sein. Und jetzt ist Feierabend."

Er hatte keine guten Ratschläge für mich, oder verließ sich darauf, dass ich mit Mutti schon alles besprochen hatte.

Der drückte ich einen Schmatzer auf die Wange und entschuldigte mich.

„Muss mich beeilen."

Sicher würde Mutti jetzt gleich und auch, wenn ich hinunterging, hinter der Kinderzimmergardine nach draußen äugen.

„Hier, dein Helm."

„Meiner?"

„Na ja, der meiner Schwester, aber du kannst ihn haben, sie braucht ihn sowieso nicht."

Das kam fast einem Heiratsantrag gleich, oder nicht? Ich nahm ihm den Helm ab, und meine Finger streiften dabei leicht seine Hand.

Unentschlossen drehte ich das Teil hin und her.

Er lächelte: „Komm, ich zeig's dir."

Dann strich er mir vorsichtig eine Haarsträhne, die sich aus dem schnell zusammengebundenen Zopf gelöst hatte, aus dem Gesicht und klemmte sie hinter mein Ohr, bevor er mir den Helm aufsetzte.

„Der passt perfekt", kommentierte er.

Ich wartete, dass er bereit war, bevor ich auf den Rücksitz stieg.

„Wo fahren wir hin?"

„Vertraust du mir?"

„Was bleibt mir denn anderes übrig."

Ich schlang die Arme um seine Hüfte, und er nickte: „Alles klar, los geht's."

Wir fuhren über die Kreuzung Nord auf die andere Seite des Sees. Ich schmiegte mich eng an seinen Rücken. Da war es wieder, dieses komische Gefühl, für das ich keine Worte fand, wie damals beim Training, als er das erste Mal so dicht neben mir gestanden und den Vorschlag mit seinem Partykeller unterbreitet hatte. Mit dem Unterschied, dass wir im Volkshaus mit zehn anderen Mädchen dastanden, und jetzt waren wir zu zweit. Jetzt musste ich dieses Gefühl nicht unterdrücken. Zumal es in diesem Moment nicht nötig war, etwas Intelligentes zu sagen. Hinter ihm auf dem Motorrad zu sitzen und mich an ihn zu schmiegen, war die einfachste und richtigste

Sache der Welt. Ich genoss es jetzt, dieses Gefühl ohne passende Beschreibung, so neu und so aufregend.

Viel zu schnell hielten wir an. Nicht, ohne mich vorzuwarnen, war Sven nach links in den Wald abgebogen. Unten am See stellte er das Motorrad an einen Baum.

„Hast du Angst?", fragte er und riss dabei die Augen auf. Das sah aber nicht furchteinflößend, nur albern aus.

„Ich, vor wem?", spottete ich und lief zum Ufer hinunter. Wir setzten uns auf einen breiten Baumstumpf, keine drei Schritte vom Wasser entfernt. Es war mittlerweile schon halb sieben durch, aber immer noch mild. Mich fröstelte kein bisschen.

„Kennst du diese Stelle?", fragte Sven.

„Nein, glaube nicht."

Ich war schon oft mit dem Rad um den See gefahren, mit Vati oder mit Freunden, aber wir hatten immer nur an der Fähre Rast gemacht, wenn überhaupt.

„Ich komme gern hierher, aber eigentlich allein."

Da konnte ich mir das Lästern nicht verkneifen:

„Du meinst, mit einem Kreuzworträtsel?"

Er lachte und rempelte sanft mit dem Ellenbogen gegen meine Schulter. Die waren etwa auf einer Höhe. Sein Ellenbogen und meine Schulter.

„Rauchst du?", fragte er jetzt und kramte in der Brusttasche seiner schweren Motorradjacke. Mit einiger Mühe beförderte er eine halbvolle Packung Kenton Menthol (das konnte kein Zufall sein) heraus.

„Ab und zu."

„Und jetzt?"

„Klaro, du gibst schließlich eine aus."

Er nahm zwei Zigaretten, steckte sich beide in den Mund und zündete sie an. Anschließend gab er mir eine davon.

„Geht das so?"

„Kein Problem", sagte ich und lächelte verlegen. Sonst würde ich nicht mit dir auf einem Baumstumpf hocken, Oberschenkel an Oberschenkel, und auf den See gucken.

„Was machst du so, wenn du nicht bei den Hupfdohlen im Volkshaus bist?"

Hupfdohlen, also bitte. Aber ich ging großzügig darüber hinweg.

„Penne, und du?"

„Warte mal, dann kennst du also Stefan Reichelt?"

Ich schüttelte den Kopf. „In welche Klasse geht der denn?"

„Nee, der ist schon wieder fertig und macht gerade seine drei Jahre. Letztes Jahr war er in der Zwölften."

„Und ich bin dieses Jahr in der Elften."

„Echt jetzt?", Sven schaute mich verblüfft an. „Dann bist du erst Sechzehn?"

„Gerade Siebzehn geworden, leider."

„Da muss ich also aufpassen, keinen Ärger zu kriegen, weil ich mich mit einer Minderjährigen einlasse", grinste er.

Jetzt war ich es, die ihn schubste und er tat so, als ob er vom Baumstumpf fiele.

„Du bist also dabei, dich mit mir einzulassen?", konterte ich und hakte nach: „Und du, was machst du so, wenn du nicht bei uns im Volkshaus sitzt und Kreuzworträtsel löst, während wir schwitzen?"

„Woanders Kreuzworträtsel lösen. Zu Hause, im Park, auf der Bank vor der Kaufhalle."

Spinner.

Ich sagte erstmal nichts und nahm stattdessen einen tiefen Zug Menthol.

Auch er sagte nichts. Er drehte seine Zigarette zwischen Daumen und Zeigefinger und schien dabei hochkonzentriert. In derselben Zeit, in der ich drei Züge nahm, schaffte er gerade mal einen. Er spielte mehr mit der Zigarette, als dass er rauchte.

„Ich mach gerade meine Ausbildung fertig. Facharbeiter für Datenverarbeitung."

„Das klingt ja spannend."

Wenn ich so weiterlästerte, würde er sich das mit dem sich Einlassen noch mal überlegen.

„Das mit dir ist spannender", hatte er parat.

Er griff nach meiner freien Hand, schloss seine fest darum und legte beide auf sein Knie.

Ganz einfach.

„Dann bist du ...", fuhr ich fort, „lass mich raten, Achtzehn?"

Er schüttelte kaum merklich mit dem Kopf.

„Neunzehn?", bot ich mit gespieltem Entsetzen.

Er nickte ernst, bevor er antwortete:

„Meinst du, das kann trotzdem was mit uns werden? Ich weiß, Neunzehn ist uralt, ich werde mich auch bald zur Ruhe setzen müssen, aber ein paar Jährchen mach ich noch."

Dabei schaute er bierernst und verzog keine Miene.

Meine Zigarette hatte ich mittlerweile aufgeraucht, ich trat sie in den Dreck neben unserem Baumstumpf. Dreck deshalb, weil da schon mehrere Kippen lagen. Es gab keinen Papierkorb hier, aber ein schlechtes Gewissen hatte ich trotzdem.

„Also, was meinst du?", bestand er auf eine Antwort.

Ich ging nicht darauf ein. Es war mir piep egal, welches Jahr in seinem Ausweis stand. Und wieviel Jahre er es noch machen würde. Alles, was für mich zählte, war jetzt.

Hier mit ihm Hand in Hand am Wasser sitzen und Blödsinn reden. Anderthalb Stunden später, vor meiner Haustür, antwortete ich doch noch auf seine Frage.

„Wenn du mich immer so nett entführst, an einsame Orte im Wald, ohne zum Monster zu mutieren, dann könnte es vielleicht etwas werden. Mit uns, meine ich." Er strahlte und griff wieder nach meiner Hand.

„Nächstes Mal entführst du mich an einen neuen Ort, abgemacht?"

„Abgemacht."

Wir schauten uns an. Gut, dass Sven sich auf das Motorrad gesetzt hatte, so musste ich mir nicht den Hals verrenken. Vorhin am See hatten wir blöderweise nebeneinandergesessen und nur das Wasser angeschaut. Svens Augen waren braun. Nicht so intensiv und abgründig wie Nicos, sondern heller und wärmer. Nur mit Mühe gelang es mir, die Magie des einfach so Dastehens zu unterbrechen.

„Tschüss, mach's gut", sagte ich zum Abschied und drückte noch mal seine Hand.

„Schlaf schön", sagte er und lächelte. Nicht doppeldeutig oder provozierend. Ganz einfach.

Mal sehen, dachte ich, das mit dem Schlafen war leicht gesagt.

Erst jetzt spürte ich, dass es kalt geworden war. Sven wartete mit angelassenem Motor, bis ich die Haustür von innen ins Schloss drückte.

Es war Mitte März, und es war Frühling in Strausberg. Seit heute Abend.

Der nächste Tag schien kein gewöhnlicher Montag zu sein. Alles war anders, viel leichter. Ich ärgerte mich nicht einmal, dass mich Herr Liebig in Physik nicht an die Tafel gerufen hatte, obwohl ich als einzige in der Klasse die Lösung des Experiments erklären konnte. Das wäre eine glatte Eins mit Sternchen gewesen. Während sich an meiner Stelle Birgit vor der Klasse einen abkrampfte, übte ich auf dem Löschpapier Svens Nachnamen zu schreiben. Rost. Rost. Manuela Rost. Das konnte ich nur, weil Sabine mal wieder fehlte und mir nicht aufs Blatt guckte.

Dienstag früh, ich war noch im Bad, aber zum Glück schon bei der Lippenpomade (mein letzter Punkt im täglichen Aufhübsch-Programm), hörte ich ein Motorrad vor unserer Haustür halten. Das fiel mir deshalb auf, weil in der Hausgemeinschaft niemand eins hatte. Abgeholt wurde morgens eigentlich auch keiner. Eigentlich. Heute aber doch! Ich lief schnell auf den Balkon und winkte Sven zu. Außer Atem stand ich anderthalb Minuten später vor ihm.

„Hi."

Sven strahlte, auch wenn er etwas blass aussah um die Nase.

„Ganz schön früh, aber ich hab's geschafft", meinte er und entschuldigte sich: „Gestern war ich wohl fünf Minuten zu spät dran."

„Kein Problem. Echt schöne Überraschung."

„Na, dann steig auf", wies er an und gab mir den Helm, den er am Sonntagabend wieder mitgenommen hatte.

Ich hätte ihm gern ein Begrüßungsküsschen gegeben oder so, aber er selbst hatte nur das Visier seines Helms hochgeklappt, und da wäre so ein Unterfangen kompliziert gewesen. Ich fügte mich, stülpte mir selbst den Helm über – ich wusste jetzt, wie das ging – und setzte mich hinter ihn. Wie praktisch, dass ich mich für einen Schulrucksack entschieden hatte, obwohl Aktentaschen offensichtlich an der Penne gerade viel moderner waren. Gleich zu Beginn des Schuljahres hatte ich das mit Bedauern und gewissem Neid auf deren Besitzer feststellen müssen.

Siehste, Manuela, klopfte ich mir in Gedanken auf die Schulter, da hast du unbewusst mal wieder alles richtig gemacht.

Ich schützte mein Gesicht vor dem Fahrtwind, indem ich Sven in den Nacken schaute, der ein kleines Stückchen unter seinem Helm hervorblitzte. Eine sanfte Delle sah ich da, wie verführerisch.

Erst als wir am Klub am See vorbeifuhren, fielen mir Dani und Kerstin ein. Die würden hoffentlich nicht zu lange auf mich warten und womöglich zu spät kommen.

Vor der Schule hielten wir ein bisschen abseits, nahe dem Volkshaus. Das war mir recht. So konnten wir uns wenigstens noch fünf Minuten ungestört unterhalten. Ich erfuhr, dass er montags und dienstags erst halb neun Berufsschule hatte, die war in Vorstadt und die Penne lag sozusagen auf seinem Weg. An den anderen Tagen musste er nach Berlin und mit der S-Bahn noch früher los als ich. Er wohnte am Grotewohl-Ring. Das hatte ich schon Sonntagabend am See erfahren, und da wäre ich beinahe gleich damit herausgeplatzt, dass ich in seinem Haus Silvester gefeiert hatte. Im letzten Moment hatte ich mir auf die Zunge gebissen und das Thema gewechselt. Wenn er mich nicht erkannt hatte, umso besser. Vielleicht würde es für unsere gerade beginnende Geschichte keinen förderlichen Effekt haben, wenn ich ihm erzählte, dass ich in der besagten Nacht vor seinem Eingang mit einem anderen Händchen gehalten hatte.

„Und woher wusstest du, wann es bei mir losgeht?", fragte ich. Ich bemühte mich, erstaunt zu wirken, so als ob ich nicht längst ahnte, dass er seine Informanten hatte und alles herausbekam, was ihm nützlich sein konnte. Nützlich im Hinblick auf mich und seine Avancen.

„Ich hab's versucht, zum normalen Schulbeginn. Nullte oder später fangt ihr sicher selten an."

„Freitags haben wir immer nullte Stunde." Ich wagte ein provokantes Grinsen. „Du kannst mich also auch am Freitag mit dem Motorrad zur Schule bringen, anschließend schaffst du es dicke zu deiner Bahn."

Sven gähnte gekünstelt. „Wir wollen es mal nicht übertreiben, hm?"

Dabei schaute er mich an, dass mir schon wieder ganz flau wurde.

Jetzt hatte er seinen Helm abgesetzt. Auch wenn er immer noch müde wirkte, hatte sein morgendliches Gesicht etwas, das bei mir nie gekannte zärtliche Gefühle auslöste. Er war extra so früh aufgestanden für mich, wie süß! (Ich verschwendete keinen Gedanken daran, dass er vielleicht gestern Abend wer weiß wie lange vor der Glotze oder mit Kumpels rumgehangen hatte, und nur deshalb so geschafft war. Das würde nicht zu meinen romantischen Ideen passen.)

Wir laberten noch ein bisschen, lachten viel (worüber eigentlich?) und küssten uns zum Abschied ... nicht. Wie auch? Hier vor der Schule, mit so vielen Gaffern, so früh am Morgen, und überhaupt.

Aber davon träumen durfte ich, ganze sechs Schulstunden lang.

Am Mittwochnachmittag saß ich für eine neue Dauerwelle beim Frisör. Ich hatte mir die Entscheidung dafür nicht leicht gemacht, denn es war jedes Mal dasselbe: Nach dem Frisörbesuch war ich immer unzufrieden und hielt die Kunstwerke zu Hause direkt unter den Wasserhahn, um alles auszuwaschen und neu zu föhnen.

Ob es diesmal gut gehen würde? Schon morgen, am Donnerstag, würde ich Sven wiedersehen. Ich malte mir aus, dass wir nach dem Training vielleicht noch ein bisschen am See spazieren gehen würden. Mit solch aufregenden Fantasien im Kopf ertrug sich die stinkende Dauerwellen-Prozedur leichter. Es brannte wie immer höllisch auf der Kopfhaut, und ich fragte mich, wie die armen Frisösen das nur aushielten. Sie hantierten täglich mit dieser Chemiepantsche. Noch größeres Kopfzerbrechen als die Gesundheit der Frisöre bereitete mir die Frage, ob meine neuen Löckchen Sven überhaupt gefallen würden. Warum nicht? Ich sprach mir selbst Mut zu, schließlich hatte ich damals schon Locken. Zum Anfang, als er noch der große Unbekannte war, noch nicht einmal zum Partykellertypen geadelt. Geschweige denn zum ... wartet mal, lagen hier zwischen den alten, abgegrapschten Zeitschriften FÜR DICH und PRAMO nicht manchmal auch diese TROLL Rätselhefte?

Ich entschuldigte mich beim Lehrmädchen, das gerade die letzten Wickler in meinem Nacken zurechtrückte, für einen kurzen Abstecher zum Zeitschriftenständer. Treffer! Es war ein TROLL Heftchen dabei, noch nicht komplett ausgefüllt. Ich bat das Lehrmädchen, das mich für meinen Geschmack ein wenig zu neugierig musterte, um einen Kuli und setzte mich unter die Haube. Konzentrieren konnte ich mich nicht. Bei jedem zweiten Wort, das schon eingetragen war, fantasierte ich, ob ER es geschrieben haben könnte. Natürlich nicht, ich saß schließlich beim Frisör. Und da gingen Jungs in seinem Alter bestimmt nicht freiwillig hin. So stellte ich mir stattdessen die Frage, ob er das jeweilige Lösungswort gewusst hätte.

Ich las:

Stimmungsvoll – romantisch (ich hätte heiter getippt),

Stadt an der Ostsee – Stralsund (das war leicht, da waren wir mal auf Klassenfahrt),

Haltbares Gebäck – Zwieback.

Gebäck! Das war das Stichwort. Und wenn ich nachher beim Bäcker nebenan Spritzkuchen holen würde? So wie damals, als ich Mutti zum Frisör begleitete und es immer kaum erwarten konnte, dass sie mir das abgezählte Kleingeld gab. Damit ging ich allein zum Bäcker rüber, um Spritzkuchen zu kaufen. Diese kleinen runden fettigen Dinger mit einem Hauch Zuckerguss waren unsere süße Tradition gewesen. Ich wurde hippelig bei der Vorstellung, ihr heute damit eine Freude zu machen. Glück war eben ansteckend. Ich war ansteckend.

Den leckeren Lukullus-Kuchen aus dem Kondi-Eck hatten wir auch schon lange nicht mehr. Der wäre beim nächsten Mal fällig!

„Na Kleene, wie siehts aus mit dir und Sveni?"

Wir, Caro und ich, zogen uns in einer Ecke im Volkshaus-Saal fürs Training um. Heute war die Luft besser als sonst, es musste mal einer gründlich gelüftet haben. Frühjahrsputz, mutmaßte ich zufrieden. Klar hatte ich nichts anderes im Kopf als Sven und die Frage, wann er heute aufkreuzen würde. Aber dass Caro mich auf ihn ansprach, und so direkt ... Daniel, Caros Freund, musste ein Kumpel von Sven sein. Trotzdem war ich verunsichert.

Was wusste Caro? Es war noch gar nichts Offizielles geschehen.

„Nun sag schon, läuft da was?", hakte sie nach.

Ich verdrehte die Augen zur Decke hin und zog die Schultern hoch, was so viel heißen sollte wie: Wer weiß … Caro ließ sich nicht abspeisen. Deshalb erklärte ich, und das war die volle Wahrheit, was die Fakten betraf: „Wir haben uns zweimal getroffen, also nicht der Rede wert, mal sehen."

„Gefällt er dir etwa nicht, nun komm schon!"

„Ja, sicher." Ein verräterisches Grinsen huschte über mein Gesicht.

„Na also", konstatierte Caro zufrieden. Sie rückte etwas näher zu mir ran, bevor sie flüsterte: „Er ist ein bisschen schüchtern, musst du wissen. Aber alles nur Tarnung, meint Daniel."

Mir war nicht ganz klar, wie ich diese Bemerkung verstehen sollte, aber sie beunruhigte mich nicht. Das waren wir, Sven und ich, und wir zwei würden sehen, wo alles hinführte.

Nach dem Training – er war zur Halbzeit eingetrudelt und hatte mir so niedlich zugelächelt, dass ich in der Diagonale ausgerechnet mit der rotgelockten Susann zusammengerammelt war – gingen wir tatsächlich an den See. Ob ich den Vorschlag gemacht hatte oder er, spielte keine Rolle. Fakt war mal wieder, dass alles genauso kam, wie von mir geplant. Diesmal fröstelte ich ein wenig, und so hatte ich einen guten Grund, auf der Bank an der Fähre nahe an ihn heranzurücken. Wir hatten beide keine Zigaretten dabei. Deshalb wussten wir nicht, wohin mit unseren Händen, und unsere Münder waren frei. Ich muss also nicht lange und umständlich beschreiben, was sich dann abspielte. Ihr könnt es euch vorstellen.

Nur so viel: Schüchtern hatte ich mir anders vorgestellt. Meine neue Lockenpracht hatte Sven erst etwas später kommentiert, mit einem süßen Kompliment, versteht sich. Da hatte ich selbst schon gar nicht mehr daran gedacht. Als wir später vor meiner Haustür standen, hatten wir immer noch nicht davon gesprochen, wann wir uns das nächste Mal sehen. Sollte es wieder eine Überraschung werden? Das wäre blöd, ich müsste ab sofort immer schickgemacht herumsitzen.

Ich ergriff die Initiative und fragte:

„Sehen wir uns am Wochenende?"

Dabei spielte ich verlegen an der Knopfleiste seines Hemds. Oben am Hals. (Nicht, dass ihr euch immer noch etwas vorstellt, das jetzt zu weit ginge.)

„Nein, glaube nicht", kam prompt seine Antwort.

Ich zuckte zusammen.

Aber Sven feixte: „Das ist mir zu lange hin. Wie wäre es mit morgen Abend?"

Morgen, das war Freitag. Volkshausfreitag.

„Wir könnten zur Disko gehen, mit Caro und Daniel, Annett kommt auch."

Mit diesem Vorschlag hatte ich nicht gerechnet. Ich war jetzt drei oder vier Wochen lang freitags nicht gegangen. Obwohl, mit ihm ... das wäre sowieso etwas anderes. Aber die Leute, die sonst im Volkshaus rumsprangen und die ich kannte, was würden die sagen, wenn sie mich in anderer Begleitung sahen? Und Dani und Kerstin?

Sven musste mein Zögern bemerkt haben und fragte besorgt: „Gehst du nicht gern zur Disko?"

„Doch, doch, schon in Ordnung", stimmte ich schnell zu.

Wir konnten uns schließlich nicht immer nur zu zweit herumdrücken (auch wenn das heute gerade ein entzückender Vorgeschmack gewesen war), nette

Gesellschaft war gut für eine Beziehung (hatte ich mal gelesen). Caro und Annett waren sympathisch, und ihre Freunde würde ich auf diese Weise auch endlich einmal kennenlernen.

„Gute Idee, ich kann aber nicht ewig bleiben, am Sonnabend ist Schule", erklärte ich.

Sven nickte verständnisvoll.

„Kein Problem, ich bringe dich heim, wann du willst." Als wir das geklärt hatten, konnten wir endlich noch einmal da ansetzen, wo wir am See aufgehört hatten.

Caro und Annett standen schon am vereinbarten Treffpunkt beim Volkshaus, als Sven und ich mit dem Lada vorfuhren. Für mich, deren Eltern kein Auto besaßen, war ein Lada schon ein Riesending. Trabi: in Ordnung. Wartburg: sehr gut. Alles andere: traumhaft.

Ich hatte nicht schlecht gestaunt, als Sven mich vorhin abholte und – statt mit mir nach links in Richtung S-Bahn zu laufen – auf den Parkplatz schräg gegenüber zusteuerte.

„Madam, darf ich bitten?", formulierte er vornehm und hielt mit einer angedeuteten Verbeugung die Beifahrertür auf.

„Was wird das jetzt?", fragte ich überflüssigerweise.

„Wenn du aufs Laufen bestehst, kannst du mir auch gerne zu Fuß folgen", lästerte Sven.

„Blödmann. Ich meine, ist das dein Auto?"

„Natürlich", und an dieser Stelle musste er plötzlich tief Luft holen, bevor er weitersprechen konnte, „ ... natürlich nicht." Sein Vater hatte es ihm geborgt.

Ich hoffte, das war die Wahrheit und Sven hatte es nicht heimlich für mich geliehen, um Eindruck zu schinden. Ich war beeindruckt, aber es war mir auch unangenehm, es passte nicht zu uns, fand ich. Schnell wischte ich die kleinen Bedenken beiseite und umarmte meinen Chauffeur.

Als wir jetzt ausstiegen, tuschelten Caro und Annett und lachten amüsiert. Wahrscheinlich hatten sie gesehen, dass wir uns, bevor wir die Wagentür öffneten, geküsst hatten.

„Na ihr zwei Turteltäubchen", begrüßte uns Annett. Caro grinste nur und klopfte Sven auf die Schulter.

„Habe ich dir doch gleich gesagt: Die Manu, die wäre was für dich."

„Ich lass mir nicht gerne was sagen", protestierte Sven. Dann zog er mich an sich, küsste mich noch einmal wie es im Buche steht und ergänzte: „Ich komm lieber selbst drauf."

„Und die anderen, Daniel und ... Daniel?" Ich war froh über den Zufall, dass beide so hießen, denn ich hatte immer Probleme, mir neue Namen zu merken.

„Die kommen in einer halben Stunde, es dauert heute länger beim Volleyball", erklärte Caro.

Ach ja, ich hatte gehört, dass die beiden Volleyball spielten. Seit sie auch donnerstags trainierten, kamen sie nicht mehr beim Tanzen vorbei. Seitdem war Sven allein aufgetaucht, und das hatte zu den gewünschten Entwicklungen geführt.

Ein bisschen komisch fühlte es sich an, die heilige Tanzhalle in männlicher Begleitung zu betreten. All die Zeit war ich voller Hoffnung auf eine schicksalhafte Begegnung hereingekommen, hatte mich unauffällig umgesehen, möglichst gleichgültig, dabei hoch konzentriert. Das war nicht leicht gewesen, Leute!

Nun brauchte ich meine ausgefeilte Eintrittstechnik nicht mehr. Alles war wie immer, und nichts war so wie bisher. Obwohl wir nacheinander liefen, ohne uns an der Hand zu halten oder so, hatte ich das Gefühl, es stünde mir auf der Stirn geschrieben. Ich gehe mit dem da. Wir sind ein Paar. Ich bin vergeben. Schaut alle her. Aber es schaute vermutlich gar keiner. Wir belagerten einen Tisch an der linken Fensterfront, vorne an der Bühne beim DJ. Das hatte den Vorteil, dass wir gut sehen konnten, und den Nachteil, dass wir schlecht hörten. Wir hörten uns schlecht, wenn wir uns etwas sagen wollten. Nach wenigen Wortfetzen, die vom Dröhnen der Lautsprecher davongeblasen wurden, ehe sie auch nur in die Nähe der angepeilten Ohren gelangen konnten, gaben wir es auf. Sven erhob sich und gab uns mit Gesten zu verstehen, dass er uns etwas zu trinken besorgen wollte.

Caro und Annett standen kurz darauf ebenfalls auf und gingen in die andere Richtung, zu den Toiletten. Ich wollte nicht mitgehen (natürlich hatten sie mir das vorgeschlagen).

Normalerweise hätte ich mir in dieser Situation sofort eine Zigarette angezündet, aber auch das war heute anders. Ich würde nur rauchen, wenn Sven es auch täte.

Mir blieb deshalb nur, ein wenig in der Gegend herumzuschauen. Ich drehte gerade die zweite Saalrunde mit den Augen, als mein Blick an einem Typen hängen blieb, den ich von hinten zwar nicht sah, aber die Haltung, wie er das Glas in der einen und die Zigarette in der anderen Hand hielt, während er sich mit jemandem unterhielt ... Diese Haltung kannte ich, und ehe ich den Gedanken zu Ende denken konnte, drehte ebendieser Typ sich um und schaute genau in meine Richtung. Ich konnte nicht mehr wegsehen, und es war unverkennbar: Er nickte mir zu, er meinte mich, und er lächelte. Wenn ich euch jetzt sage, dass ich bis vor ein paar Monaten vor Freude aus den Pumps gekippt wäre ... dann wisst ihr, um wen es sich handelte.

Ich nickte flüchtig zurück und schaute weg, und da mir nichts anderes einfiel, begann ich, in meiner Handtasche zu kramen. Ich nahm die Zigaretten raus und kramte weiter. Nur nicht noch einmal hochsehen.

„Brauchst du Feuer?" Das war nicht Svens Stimme, und als ich aufsah, blickte ich in zwei dunkle Augen, verführerisch und unschuldig zugleich. Augen, auf die ich schon hereingefallen war. André hielt mir sein Feuerzeug entgegen.

„Ich, ähm, nein danke, jetzt nicht."

Was sollte ich sagen? Sicher hatte er gesehen, dass ich hier allein am Tisch saß, und diesen Umstand für eine gute Gelegenheit gehalten, mal wieder ein bisschen mit mir zu flirten. Dazu war ich immer gut gewesen.

„Darf ich mich zu dir setzen?"

Nervös schaute ich hoch zur Bar, aber von Sven war nichts zu sehen.

„Ja klar, aber eigentlich ist schon alles besetzt."

Was redete ich bloß für wirres Zeug?

Caro und Annett schienen es sich auf dem Klo gemütlich gemacht zu haben, auch sie kamen mir nicht zu Hilfe.

Das musste man sich mal auf der Zunge zergehen lassen: Ich wollte vor einer Situation fliehen, die ich monatelang herbeigesehnt hatte.

Egal, ich konnte ihn schlecht wegschicken, und was war das Problem?

„Setz dich ruhig, nachher sehen wir weiter", sagte ich also und deutete auf den Stuhl zu meiner Linken. Auf dem rechts von mir hatte Sven gesessen.

André winkte seinem Kumpel zu. Der kam aber nicht an meinen Tisch, sondern bewegte sich in die andere

Richtung. Wieder ging mein Blick in Richtung Bar, aber Sven war immer noch nicht zu sehen.

Also widmete ich mich meinem Überraschungsgast.

„Auch mal wieder hier?", war das Intelligenteste, was mir einfiel.

„Das könnte ich dich fragen", entgegnete André und nahm einen tiefen Zug an seiner Club, ehe er sie in unserem sauberen Aschenbecher ausdrückte.

„Na ja, in letzter Zeit ..."

„... warst du nicht mehr hier, habe ich gemerkt", vollendete er meinen Satz.

„Es hat mich nicht mehr so interessiert", sagte ich und meinte damit: DU hast mich nicht mehr interessiert.

Das konnte er nicht verstehen, wie denn auch.

„Schade, wäre schön gewesen, dich zu sehen. Mit dir zu tanzen, so wie damals."

Oh mein Gott! Was sollte denn dieser Schwachsinn jetzt? Ausgerechnet heute, ausgerechnet hier.

„Tja", mehr brachte ich nicht heraus.

„Aber wir können ja heute noch ..."

André stand plötzlich auf. „Na Hallöchen, wir haben uns ja eine Ewigkeit nicht gesehen."

Ich drehte mich um und erkannte, wem seine Begrüßung galt. Hinter uns stand Sven, eine Flasche Rotkäppchen in der einen, vier Gläser in der anderen Hand.

Ich erhob mich auch.

„Ihr kennt euch?", fragte mich Sven, und ich sah, dass er nicht sonderlich glücklich dabei wirkte.

André kam mir zuvor: „Kennen ist ein großes Wort, von der Disko eben, man läuft sich zwangsläufig über den Weg."

Das war eine diplomatische Antwort. Wahrscheinlich gut trainiert, weil er oft in solche Situationen geriet.

Jetzt kamen auch die Mädels zurück an den Tisch, sie schienen an unserer Konstellation nichts Besonderes zu finden und nahmen Sven freudestrahlend die Gläser aus der Hand.

„Ich hol noch eins", sagte Sven zu unserem Gast, aber der winkte ab und machte Anstalten, zu seinem Kumpel zurückzukehren.

„Schönen Abend euch", grüßte André in die Runde und blickte dabei unsicher von Sven zu den Mädels, zu mir, wieder zu Sven. Wahrscheinlich konnte er unsere Beziehung zueinander nicht erkennen, wie denn auch.

Ich nickte nur und setzte mich wieder.

Sven öffnete die Flasche und schenkte erst Caro und Annett ein, dann mir. Vermied er es, mir in die Augen zu sehen? Oder war er tatsächlich so konzentriert beim Eingießen?

Als ich ihn nach dem Anstoßen küsste, blieb er kühl und flüchtig. Ich spürte einen krampfartigen Schmerz im Magen, da zog sich etwas zusammen, in meinem Inneren, wie soll ich es beschreiben? Ich fühlte, dass mir die Tränen hochstiegen. Verdammt, wären wir heute Abend bloß nicht hierhergegangen. Mir war plötzlich wie damals, als ich den Teddy auf Tinas Sarg legte und mich fragte, wo der denn hinkäme später, wenn sie den Sarg ins Grab versenkten. Tina war schon im Himmel, aber der arme Teddy, würden sie den im Himmel reinlassen?

Ich wollte nicht erklären müssen, warum ich jetzt heulte, stattdessen entschuldigte ich mich und rannte aufs Klo. Vor dem Spiegel versuchte ich, mit einem Zellstofftaschentuch die verschmierte Wimperntusche in den Griff zu kriegen. Warum hatte ich mich so stark geschminkt? Sven mochte das gar nicht. Ich sah im Spiegel, dass Caro durch die Tür kam.

„Alles in Ordnung, Kleene?"

Was sollte ich ihr erklären? Sie wusste kaum etwas von mir, sie wusste rein gar nichts von Tina, und Tina hatte auch gar nichts damit zu tun. Womit eigentlich? Ich verstand selbst nichts mehr. Es war einfach über mich gekommen.

„Lass ein bisschen kaltes Wasser über die Handgelenke laufen", empfahl sie mir, „das hilft mir immer in so blöden Momenten."

Kannte Caro die auch? Diese Momente?

Ich wusste nicht, ob und was sie jetzt verstand oder zu verstehen glaubte, aber es fühlte sich trotzdem gut an. Dass sie mir gefolgt war, dass sie jetzt hier war und mit mir gemeinsam wartete, bis ich mich beruhigt hatte und wieder zurück in den Saal gehen konnte.

Sven sah mich fragend an, und als ich wieder neben ihm saß, nahm er meine Hand und drückte sie. Annett brach das Eis und erzählte von irgendetwas, wo alle mitreden konnten. Erst später, als Caro und Annett auf der Tanzfläche waren, entschied ich mich, die Sache aus der Welt zu räumen.

„Und du, woher kennst du André?", fragte ich.

Sven zuckte mit den Schultern. „Man kennt sich eben."

Ich sah ihn an und versuchte, in seinem Blick Spott oder Ironie oder irgendeinen Anhaltspunkt zu finden. Nichts dergleichen.

Stattdessen fuhr er fort: „Wir waren Freunde im Kindergarten, aber dann ist seine Familie nach Vorstadt gezogen."

Sven war noch nicht fertig, er suchte offensichtlich nach Worten. „Vorhin, ich war nur ... ich meine, ich war überrascht. Kaum lass ich dich fünf Minuten allein, find ich dich neben einem anderen wieder."

„Neben einem anderen, was soll das denn heißen?"

Ich musste dem Ganzen die Dramatik nehmen.

„Hey, bist du etwa eifersüchtig?" Meine Hand lag auf Svens Oberschenkel.

Sven lächelte, aber es wirkte bemüht.

„Ach Quatsch, auf den doch nicht, so ein abgebrochener Zwerg."

Da hatte er recht, vielleicht gewann er keinen Schönheitswettbewerb gegen André, aber was die körperliche Statur betraf, alle Mal.

„Und ich möchte zu einem Mann hochschauen", spottete ich, „du bist genau richtig."

Zum Beweis küsste ich ihn jetzt, als ob wir allein auf der Bank am See säßen. Als ich damit fertig war, klatschten Caro und Annett, die schon wieder vom Tanzen zurück waren, Beifall.

„Ach Mensch, muss Liebe schön sein." Caro umarmte Annett und meinte: „Uns bleibt nur die Erinnerung an gute alte Zeiten. Und die Hoffnung, dass unsere Männer heute noch mal aufkreuzen." Das taten sie, und wir hatten noch einen netten Abend.

Als ich kurz nach elf gehen wollte, holte Sven unsere Jacken. Ich stand noch am Tisch, um mich von den anderen zu verabschieden und sah, dass Sven an der Garderobe mit André zusammenstand. Als die beiden auseinandergingen, schlugen sie sich kameradschaftlich auf die Schultern. So gut das bei ihrem Größenunterschied ging.

Draußen fragte ich Sven, worüber sie gesprochen hätten.

„Ach nichts, André hat mir gratuliert."

„Wirklich?"

„Wusste ich doch, dass der ein Auge auf dich geworfen hatte."

Ich lächelte. „Natürlich, aber er hatte keine Chance."

„Und das soll ich glauben, na warte …", schäkerte Sven und fing an, mit mir zu rangeln. Am Ende presste er meine Hände fest hinter meinem Rücken zusammen und küsste mich, dass mir die Luft wegblieb.

„Ich schwöre!", hauchte ich, als ich dazu in der Lage war. Das war die Wahrheit. Von heute aus betrachtet.

Wir sahen uns jetzt fast täglich. Nur mittwochs schien sich eine Pause einzuschleichen, aber das war gut, ich arbeitete alles für die Schule auf beziehungsweise vor, denn donnerstags nach dem Tanzen trieben wir uns immer noch am See herum, die Abende wurden länger und milder. Montags und dienstags brachte Sven mich morgens zur Schule. Als es einmal regnete, kam er dazu mit dem Lada. Ich hatte nicht gefragt, ob sein Vater an diesem Tag nicht zur Arbeit musste oder sich seinem Sohn zuliebe anders organisiert hatte.

Sven erzählte hin und wieder von zu Hause, seinen Eltern, seiner Schwester, die schon mit einem Typen verlobt war und in Vorstadt zusammenwohnte. Kennengelernt hatte ich keinen von seiner Familie. Wir waren nur einmal in Svens Wohnung gewesen, am Nachmittag unseres dritten Sonnabends. Da waren wir aber allein geblieben. Wir hatten Formel Eins bei ARD geschaut und von dem Kuchen gegessen, den seine Mutter fürs Wochenende gebacken hatte. Sven hatte nur laut gelacht, als ich zugab, dass es bei uns zu Hause kein Westfernsehen gab, und ich auch darauf verzichtete, es heimlich zu sehen. Ich hatte ihm versprochen, einen Apfelstreuselkuchen zu backen, der den seiner Mutter an Leckerheit noch übertreffen würde. Es war mehr eine Wette gewesen, denn er glaubte mir nicht. Er liebte die

Kuchen seiner Mutter über alles und schwor, dass sie konkurrenzlos seien. Ha! Das weckte den Kampfgeist in mir, auch wenn ich selbst, seit ich an der Penne war, zum Backen kaum noch Zeit geschweige denn Lust hatte.

Das Aufregendste aber waren unsere Ausflüge mit dem Motorrad. Jedes Mal mit einem neuen Ziel. Auch ich trug, wie zu Beginn versprochen, mit Ideen bei. Ihlandsee, Klosterdorf, Prötzel, Wesendahler Mühle. Manchmal wanderten wir dann auch ein Stück um einen See oder durch den Wald oder über Feldwege, und machten Rast, wo ein ruhiges Plätzchen Ungestörtheit versprach.

Hin und wieder fragte ich mich, ob wir bei einer dieser Gelegenheiten die Grenze überschreiten würden, der wir uns Schritt für Schritt genähert hatten. Ich meine, dass irgendwann Küssen, Anfassen und das alles zu nachfolgenden Aktionen führen könnte, ihr wisst schon. Auch wenn ich, davon war ich überzeugt, als Örtlichkeit für solche ein Bett vorgezogen hätte. Aber in einem Bett waren wir überhaupt noch nicht gelandet.

Wie auch immer. Nichts zu überstürzen, hatte auch seine Vorteile. Der Weg war das Ziel, wie es so schön hieß. Warum sollte das nicht auch beim Sex gelten? Wir genossen, was es auf diesem Weg zu genießen gab. Schließlich waren wir erst seit einem Monat zusammen.

Es war Ende April, und meinen neuen Lieblingssong sang Paula Abduhl:

Straight up now tell me, is it gonna be you and me together (oh oh oh), or are you just having fun?

You and me. Sven und Manuela. Er sagte, wenn er mich beim Namen nannte, Manuela. Nicht Manu, nicht Ela oder Eli, wie es mir gefallen würde. Aber ich konnte nicht darauf bestehen, darauf musste er selbst kommen.

„Ist Manuela nicht ein langer, doofer Name ... Maa-nuuu-eee-laa?", hatte ich ihn mal gefragt. Und er hatte nur gelächelt und mit verstellter Stimme in mein Ohr gehaucht: „Manüele, mon amour", das hatte wohl französisch klingen sollen, und die Diskussion mit einem Kuss beendet, der war tatsächlich französisch, nach allen Regeln.

Ja, wir waren zusammen, und wir hatten Fun. Das war schließlich kein Widerspruch. Warum sang diese Paula von „just fun", das klang so abwertend? Fragt mich nicht.

Erinnert ihr euch noch an das Westgeld, das uns Onkel Dietmar vermacht hatte? Ich sehr wohl. Und in schöner Regelmäßigkeit sprach ich Mutti darauf an, denn sie machte den Eindruck, als könnte sie die paar Mark oder deren Versteck am Ende noch vergessen. Gestern Abend ging sie endlich auf meinen Vorschlag ein, die feinen Scheine auszugeben, bevor sie womöglich Schimmel ansetzten. Vielleicht war ihr Gedanke auch eher der, sie loszuwerden, bevor man uns damit erwischen konnte.

Egal. Heute war der große Tag. Mutti und ich fuhren nach der Schule zum Intershop nach Berlin (Vati hatte freiwillig verzichtet). Wofür wir die fünfzig Mark ausgeben würden, wussten wir gar nicht. Es sollte ja Leute geben, die kauften geblümtes Klopapier im Intershop. Abgesehen vom Blümchenmuster, sollte das weicher sein als unseres. Ha! Aber das passte zu der Geschichte, die Oma mal erzählt hatte: Ihre Groß-Cousine aus dem Westen, die alle paar Jahre zu Besuch kam, brachte sich immer ihr eigenes Klopapier mit. Mit unserem würde man sich Splitter in den Hintern reißen. Was sollte man dazu sagen. Entweder hatten die Westdeutschen einen zarteren Hintern als wir, oder die hatten einfach nur einen an der Klatsche. Ich tippte auf Letzteres. Klar gab es den biologischen Anpassungs- und Gewöhnungsprozess, aber die menschliche Evolution konnte in vierzig Jahren nicht derart extreme Sprünge gemacht haben. Dass die Haut am Allerwertesten unserer Landsleute von drüben, an zartes Klopapier gewöhnt, sich gewandelt hatte und empfindlicher war als unsere. Mal ehrlich: einen wunden Hintern vom sozialistischen Toilettenpapier, das hatte ich noch nicht gehört.

Möglichst unauffällig betraten wir den Laden im Interhotel Metropol. Dabei war Laden nicht das richtige Wort für diese bunte Pracht. Wir wussten gar nicht, wo wir zuerst hinschauen sollten. Das war mir alles zu viel. Ich beschloss, möglichst gelangweilt an den Regalen vorbei zu schlendern, um nur nicht den Eindruck zu erwecken, das erste Mal hier zu sein.

Mutti war auch irritiert und flüsterte mir zu: „Wir müssen ja heute nicht gleich etwas kaufen."

Am Ende, nur um nicht mit leeren Händen abzuziehen, entschieden wir uns für eine Eistüte, Cornetto von Langnese. Mutti nahm Erdbeergeschmack, ich Nuss. Langnese. Das Zeug aus der Werbung (die ich neulich bei Sven oder früher manchmal bei Dani gesehen hatte). Mann, waren wir dekadent! Als wir kurz darauf durch die Straßen schlenderten und das unglaublich sahnige Zeug schleckten, fiel mir die Eistüte vor Schreck fast aus der Hand, als ich auf der anderen Seite diese Tussi vom Ballett erkannte. Sie war zwei, drei Jahre jünger als ich, und ich hatte nicht viel mit ihr zu tun gehabt. Ausgerechnet in diesem heiklen Moment musste sie mich sehen. Sie grüßte übertrieben freundlich und konnte sich ein „Guten Appetit" nicht verkneifen. Verflixt nochmal, war denn die Welt so klein? Da war ich das erste und vielleicht einzige

Mal in meinem Leben in einem Intershop, und zack, in flagranti erwischt. Bestimmt würde sie das gleich überall herumposaunen: Die Busch, immer so vorbildlich und guckt angeblich nie Westfernsehen.

Jetzt gehörte ich also auch zu denen. Zu denen, die Westgeld hatten und in den Intershop rannten. Und Westeis aßen. Dabei waren diese Leute schlicht verblendet. Aber, das musste ich mir selbst eingestehen, im Intershop hatte es wirklich irre gut gerochen. Ich weiß nicht, ob es Fa-Seife gewesen war, Bac-Deo, oder was auch immer. Der Duft des Westens. Ich hatte mich dabei ertappt, einige tiefe Atemzüge inhaliert zu haben. Oh je, wie weit war es mit mir schon gekommen? Was machten so ein paar läppische Westmark aus den Menschen? Es war doch absolut albern, so ein Gewese darum zu machen. *Like Ice in the Sunshine* schmolz meine Begeisterung auf dem Heimweg dahin und machte einem bitteren Nachgeschmack Platz.

Am Sonnabend darauf trafen Sven und ich uns nachmittags mit Caro und Daniel. Caros Eltern hatten einen Garten am Annafließ, dort wollten wir vier eine zünftige Grillfete feiern. Die Jungs machten sich draußen am Klappgrill zu schaffen, Caro zeigte mir die kleine Wohnküche der Gartenlaube. Eine Sitzecke aus hellem Holz, eine dunkelgrün gestrichene Kommode, die als Küchenschrank diente, weiße Häkelgardinen vor den zwei Fenstern – alles einfach, aber herrlich gemütlich.

„Schau habt ihr es hier", rutschte mir vor Begeisterung heraus.

„Na ja, meine Mutter hat Geschmack beim Einrichten", meinte Caro.

„Und dein Vater handwerkliches Geschick", ergänzte ich und setzte mich auf die Holzbank, die eindeutig Marke Eigenbau war.

„Mein Vater, na dass ich nicht lache", winkte Caro ab. „Das haben wir alles Daniel zu verdanken. Wozu lernt er Zerspanungsfacharbeiter, wenn es nicht auch privat nützlich wäre."

„Es macht ihm sicherlich auch Spaß", hoffte ich laut und wechselte auf den Schaukelstuhl gegenüber dem Fernseher. Er hatte einen beigefarbenen Kunstfellüberwurf und knatschte eindrucksvoll bei jedem Auf und Ab.

„Hey, hey, hey, nicht so wild", kreischte Caro und reichte mir ein Glas vom Sekt, den sie gerade geöffnet hatte.

„Die Männer haben Bier", rechtfertigte sie sich und prostete mir zwinkernd zu. Dann flüsterte sie, nicht ohne zuvor einen Blick in Richtung Tür geworfen und sich versichert zu haben, dass keiner von beiden gerade hereinkam: „Ich würde ja gerne mal auf dem Schaukelstuhl ... na ja du weißt schon, also mit Daniel ..."

Ich wusste wohl, wollte mir das Ganze aber jetzt nicht näher vorstellen. Caro haute manchmal Sprüche raus, die waren zu viel für mein unschuldiges Gemüt. Das ließ ich mir nicht anmerken und feixte verschwörerisch:

„Prost, auf die Männer!"

Später, während wir den Nudelsalat mischten, plauderten wir über den bevorstehenden Sommer. Caro hatte schon Urlaubspläne mit Daniel.

„Wie lange seid ihr eigentlich zusammen?", fragte ich.

„Och, warte mal, im Juni sind's drei Jahre."

„Ach was, so lange?"

„Ja, meine Kleene. Das ist ja das Problem. Also nicht, dass wir uns nicht lieben und so, aber mit der Zeit schleicht sich Langeweile ein. Da muss man hinterher sein und sich immer mal was Neues einfallen lassen."

„So Schaukelstuhl und solche Sachen?", konnte ich mir nicht verkneifen.

Caro lachte auf: „Na hallo, das meinte ich jetzt gar nicht, aber ja, auch solche Sachen."

Wir waren fertig mit den Vorbereitungen fürs Buffet, aber von unseren Männern hatten wir in der Zwischenzeit nur ein paar dumme Bemerkungen und Gelächter gehört. Es würde noch ein paar Minuten dauern mit dem Fleisch. Caro beschloss, sie mit einem Gläschen Sekt zu überbrücken.

„Den haben wir uns verdient, Prost!"

Wir standen jetzt auf der kleinen Terrasse vor der Laube und schauten den Grillmeistern zu. Die taten mächtig geschäftig, hatten zum Grillen aber nur eine Hand frei, mit der anderen hielten sie sich an der Bierflasche fest. Ich hätte jetzt gerne eine geraucht, aber Caro rauchte nicht und ich verkniff es mir.

„Sag mal, ist Sven eigentlich dein erster Freund?", wollte Caro wissen.

„Ja, kann man so sagen, warum?"

„Schön, wie süß. Ich will auch noch mal so frisch verliebt sein, zum ersten Mal." Caro legte ihren Arm um meine Schulter und sah mich verträumt an.

„Na ja, klar, aber ... ich bin spät dran, meinst du nicht?", gab ich zu bedenken. Immer musste ich ein Haar in die Suppe tun.

„Ach Quatsch, das ist doch schön, Sven ist eben der Richtige, den du erst jetzt getroffen hast."

Ich nickte.

„Ich glaube – aber natürlich weiß ich es nicht genau – du bist auch die erste Freundin für ihn", fügte Caro mit gesenkter Stimme hinzu.

„Meinst du? So direkt habe ich ihn noch nicht danach gefragt."

Ich überlegte einen Moment und sprach weiter: „Na ja, er hat schon von Mädels erzählt, mit denen er mal in der Disko war oder im Kino, aber was da gelaufen ist ... Ich will es auch gar nicht wissen, verstehst du. Ich habe nie nachgebohrt."

Caro nickte verständnisvoll. „Ist klar, das würde ja wehtun."

Sie setzte sich auf einen Klapphocker und schob mir auch einen hin.

„Also, wenn es dich beruhigt, wir haben ihn bisher nie mit einem Mädchen getroffen, das er uns als seine Freundin vorgestellt hätte. Und ich kenne ihn fast solange wie Daniel."

„Und Daniel, hat der nie etwas erzählt?", hakte ich nach.

„Doch, aber weißt du, die Kerle, die reden viel, wenn der Tag lang ist. Da weiß man nie so genau, was dahintersteckt. Angeblich wäre Sven schon in der Zehnten mal mit einer gegangen, und die sei älter gewesen als er, zwei Jahre oder so."

Stimmt, er hatte so etwas angedeutet. Als ich ihn gefragt hatte, ob er schon mal enttäuscht worden sei. Ich wollte jetzt mehr erfahren, von Caro.

„Und das glaubst du nicht?"

Caro wippte den Kopf leicht hin und her.

„Ich weiß es nicht, mir scheint aber verdächtig, dass er diese angebliche Freundin seinem besten Freund nie vorgestellt hat."

„Mich hat er auch noch niemandem vorgestellt."

Caro guckte verdattert.

„Außer euch, wenn das gilt."

Jetzt zog Caro die Stirn kraus, während sie an ihrem Sektglas nippte. „Wie meinst du das?"

Ich wusste es auch nicht. Oder doch. Aber ich war selbst überrascht von dieser Erkenntnis, und sie bereitete mir Unbehagen.

Als ob Daniel und Sven etwas von unserer seltsamen Diskussion ahnten, kamen sie nun endlich und lenkten uns ab. Stolz wie Bolle und mit einem Teller voller Steaks.

„Die Würste legen wir später auf."

Caro stand auf, umarmte Daniel und flüsterte ihm etwas ins Ohr, das ich nicht verstand, aber insgeheim war ich mir sicher, dass es um die Würste ging. Oder den Schaukelstuhl, was weiß ich. Daniel grinste jedenfalls breit und gab ihr einen Klaps auf den Po.

„Alles in Ordnung bei dir?", meinte Sven und schaute mich skeptisch an.

„Klaro, wir hatten Sekt und tiefsinnige Gespräche, stimmts Caro?", erwiderte ich etwas zu laut.

Hatte er meine Verunsicherung gespürt? Schnell ging ich in die Küche und goss ein weiteres Glas Sekt ein. Das brachte ich Sven.

„Hier, das wirkt, versuch mal."

Ich stieß mein fast leeres Glas an sein volles, so dass dieses fast überschwappte.

„Das wirkt, wie denn?"

Ich zögerte nur kurz.

„Na ja, für die Stimmung und so."

Sven schaute mich ernst an.

„Das brauche ich nicht. Nicht, wenn du in der Nähe bist."

Ich fühlte mich wie der letzte Depp. Oder die letzte Tussi. Schnell nahm ich ihm das Glas wieder aus der Hand, stellte beide Gläser auf den Küchentisch und griff die Knopfleiste seines Jeanshemds. Dabei ging ich auf die

Zehenspitzen und reckte ihm meinen verführerischsten Kussmund zu. Er reagierte nicht.

„Du hast recht, ich habe es nicht so gemeint", flüsterte ich kleinlaut.

Sven hob mich hoch und trug mich raus auf die Terrasse.

„Nicht vor den anderen", meinte er lächelnd und küsste mich, dass mir ganz schwindelig wurde. Und daran war nicht bloß der Sekt schuld, das kann ich euch garantieren!

An der Penne drehte sich in diesen Tagen alles um die Wahl der Studienrichtung. Da ich die ökonomische Laufbahn einschlagen sollte (das kann man immer gebrauchen), meldete mich Mutti beim Tag der offenen Tür an der HfÖ Berlin-Karlshorst an. Zumindest sagte sie es so, damit ich keine Ausrede hatte, am Ende nicht hinzugehen. Dabei zog ich stark in Zweifel, dass man sich zum Tag der offenen Tür anmelden musste.

„Ich kann es mir ja mal ansehen", betonte ich mehrmals, „entscheiden muss ich erst im Herbst."

Mutti ließ sich nicht provozieren, aber Vati sprach irgendwann ein Machtwort:

„Glaub uns das ruhig, Manuela, ich habe auch Statistik studiert, das hat wenigstens Hand und Fuß. Das ist was Reelles."

Es hatte keinen Zweck, auf Konfrontation zu setzen. Ich würde mir brav anhören, was sie bei der Hochschule zu sagen hätten und anschließend weitersehen.

Ich war schon froh, dass Vati nicht mehr versuchte, mich in die Armeeuniform zu stecken.

Studiere am besten bei der NVA, dann hast du immer schöne Urlaubsplätze sicher, war noch vor ein paar Jahren seine Rede gewesen.

Zum Glück hatte er in den letzten Monaten nicht mehr darauf bestanden.

Wenn ich schon zu dieser Ökonomieschule fahren musste, würde mir gefallen, wenn Sven mich begleiten könnte. Ein gemeinsamer Tagesausflug nach Berlin, das wäre was! Kurz das Pflichtprogramm und danach Eis essen, Museum, bummeln, was weiß ich.

Am Montagmorgen, wir hatten noch fünf gemeinsame Minuten auf dem Parkplatz vor der Penne, unterbreitete ich ihm meinen Vorschlag.

„Willst du nicht mitkommen? Am Mittwoch, wir beide, ein Tag in Berlin."

Sven zog die Brauen hoch.

„An die Hochschule? Wieso? Zum Händchenhalten?"

Ich verdrehte die Augen.

„Nein, um zu hören, was die erklären. Und damit du dir selbst eine Meinung bildest."

Sven pfriemelte an seinem Rucksack herum.

„Musst du doch selber wissen, was du mal machst im Leben."

Ich schnaufte genervt.

„Nun sei nicht so ein Spielverderber, was ist denn dabei, wenn du dich auch ein bisschen für meine Zukunft interessierst. Unsere Zukunft."

Jetzt schaute Sven mich wieder an. Aber er sagte nichts. Er schaute so, als ob er weitere Erklärungen von mir erwartete.

„Na ja, ich meine, wenn alles gut geht, will ich vielleicht immer mit dir zusammen sein. Und wenn es darum geht, was ich studiere und wo ich später mal arbeite, dann geht es auch um unsere Zukunft, meinst du nicht?"

Sven nickte fast unmerklich. „Klar verstehe ich das, aber ..."

„Aber was?"

„Nächste Woche habe ich die wichtigste Prüfung von allen, und ausgerechnet am Mittwoch gehen wir den Stoff nochmal durch."

„Und?"

„Und da kann ich nicht fehlen, das wäre echt bekloppt."

Ich fand bekloppt, dass uns der gemeinsame Tag flöten ging.

„Na gut, war ja nur so eine Idee."

Sven nahm meine Hände in seine.

„Nicht traurig sein. Und von mir aus kannst du auch Ökonomie studieren, ich liebe dich trotzdem."

„Ach ja?"

Mein Herz machte einen Hüpfer. Er hatte *ich liebe dich* gesagt. Das war ihm bisher noch nicht über die Lippen gekommen, so direkt. Obwohl ... mir kamen die üblichen Bedenken: Richtig ernst zu nehmen war das in diesem Zusammenhang nicht. *Ich liebe dich trotzdem.* Das klang fast ein bisschen ironisch.

Ich beschloss, es überhört zu haben. Das mit der Liebe sollte er gefälligst ein andermal und offiziell ansprechen. Nicht am Montagmorgen und nicht vor der Penne, als gerade schon die Klingel das erste Mal geläutet hatte und ich losmusste.

Ich küsste ihn flüchtig auf die Wange und verabschiedete mich schnell:

„Ciao, viel Spaß heute."

„Dir auch."

Als ich über den Schulhof ging, drehte ich mich noch einmal um. Aber Sven war bereits weg.

Dafür wartete Dani auf der Treppe auf mich.

„Ist es nicht öde, immer nur mit diesem Typen abzuhängen?", war ihre Begrüßung.

„Guten Morgen Dani", sagte ich, und stellte klar: „Dieser Typ ist mein Freund."

Ob Dani wusste, was das bedeutete, bezweifelte ich. Vielleicht konnte sie mich nicht verstehen, vielleicht hatte sie noch keinen Jungen wirklich geliebt. Es drehte sich alles immer nur um sie, Verehrer waren ihre Schmuckstücke, und wenn sie ihr irgendwann lästig wurden, legte sie sie einfach ab.

Jetzt verdrehte sie die Augen.

„Ach nee, was du nicht sagst. Das freut mich ja für dich. Aber lass dir bitte auch ein bisschen Zeit für anderes. Du vergammelst sonst kulturell total."

Zu vergammeln, wie sie sich ausdrückte, befürchtete ich ehrlich gesagt gar nicht. Aber sicher hatte sie recht, dass es Dinge – und Freunde wie sie – gab, die man nicht vernachlässigen sollte.

„Was schlägst du vor?", fragte ich, um mein klitzekleines schlechtes Gewissen zu beruhigen.

Wir steuerten bereits auf den Klassenraum zu.

„Morgen Nachmittag ist eine Lesung im Klub am See, von Autoren aus dem Bezirk. Eine Bekannte meiner Mutsch ist auch dabei. Kommst du mit?"

Eine Lesung? Davon hatte ich nichts gehört, aber egal. Damit aus meinem klitzekleinen nicht noch ein mittelgroßes schlechtes Gewissen wurde, und weil der Unterricht gleich begann, sagte ich zu.

Dani nickte erleichtert. „Na also, geht doch."

Außer Dani meinten noch andere, mich auf dem Laufenden halten zu müssen. In der Hofpause nahm mich Sabine beiseite.

„Sag mal, ich weiß ja nicht, ob es dich interessiert ...", raunte sie und tat dabei sehr wichtig.

„Was denn?", fragte ich und ging in die Knie, um meinen Schuh zuzubinden.

„Ja also …"

„Was?" Ich blickte zu ihr hoch. Sabine machte den Eindruck, als ob sie gerade abwägte, sich ebenfalls hinzuhocken. Ich erlöste sie, indem ich mich schnell erhob.

„Schieß los."

Sabine atmete erleichtert auf.

„Es müssen ja nicht alle hören. Also ich glaube, der Nico, du weißt schon, der immer mit dem Walkman unterwegs ist …"

Und wie ich wusste.

„Also ich glaube, der geht jetzt mit Conny."

„Ach so?", entgegnete ich überrascht. Ausgerechnet Conny. Stand Nico denn auf sportliche, fast männliche Typen? Na ja, ordentlich Busen hatte sie ja.

Sabine drehte sich um, wollte offensichtlich sichergehen, dass keiner aus unserer Klasse in der Nähe war und zuhörte.

„Der Schmidt hat die beiden gestern am See gesehen, in der Mittagspause."

„Das will nichts heißen", warf ich ein.

„Conny selbst hat auch gesagt, sie würde jetzt weniger zum Trainieren kommen und so. Alle haben verstanden, dass sie einen Freund hat."

„Hm, na ja, warum denn nicht."

„Aber sag es keinem, ist ja nicht offiziell."

Da konnte ich Sabine beruhigen. Tratschen war noch nie meine Stärke gewesen (was man von ihr nicht gerade behaupten konnte, aber vielleicht hatte sie sich vom Schulbeginn an darauf spezialisiert, weil sie meinte, nur auf diesem Weg dazuzugehören), und zurzeit noch viel weniger. Schließlich hatte ich ziemlich echte eigene Angelegenheiten mit Sven und kümmerte mich nicht um die eventuellen Angelegenheiten anderer.

In der darauffolgenden Physikstunde gelang es mir allerdings nicht, mich auf die hochinteressanten Ausführungen unseres Herrn Liebig zum Verhalten der Körper bei Temperaturänderungen zu konzentrieren. Nico hatte eine andere? Ich kam nicht davon los, um eine Einschätzung zu ringen: Sollte ich jetzt beleidigt sein? Ein bisschen wenigstens? Gegen Ende der Stunde, ich würde meine Mitschrift anschließend zur Sicherheit mit Danis abgleichen, kam ich zu einem Ergebnis: Es tat mir nicht weh. Es wäre ohnehin nur eine Affäre.

Ihr wollt jetzt sicherlich noch wissen, wie es mit dem Essengeldkassierer weitergegangen ist. Gar nicht, ganz klar. Er war nach wie vor ein Buch mit sieben Siegeln, was Mädchen betraf. Keine Ahnung, ob er etwas laufen hatte. Vielleicht außerhalb der Schule. Das konnte mir angesichts meines eigenen Aggregatzustandes in Liebesdingen jedoch egal sein. Aber, ob ihrs glaubt oder nicht, wir grüßten uns jetzt hin und wieder. Verrückt! Als ob wir uns kennen würden. Vielleicht war ich, seit ich Sven hatte, lockerer geworden. Manchmal musste ich nachhelfen, um mich zu erinnern, dass neunundneunzig Prozent meiner Erlebnisse mit dem Essengeldkassierer nur in meiner Fantasie stattgefunden hatten. Und er ahnte gar nichts davon. Oder doch?

Am Mittwochabend, nach meinem Pflichtbesuch an der HfÖ, war im Hause Busch Familienratssitzung anberaumt. Mutti hatte extra zu diesem Anlass Kartoffelsalat mit Würstchen gemacht, normalerweise aßen wir abends nur Schnitten.

„Gibt es was zu feiern?", fragte ich neugierig, als ich den gedeckten Tisch sah (man konnte ja nie wissen).

„Wo ist das Bier?", stieg Vati ein.

„Wenn du unbedingt willst, im Keller ist noch welches", gab Mutti zu.

„Für mich bitte auch eins", rief ich Vati hinterher, der selten so schnell zur Tür gerannt war.

Mutti warf mir einen kritischen Blick über die Brille zu, den ich großzügig ignorierte.

„Ich dachte, du hättest unterwegs sicher kein vernünftiges Mittagessen gehabt und deshalb jetzt Hunger, Mäuschen", erklärte mir Mutti den Aufwand.

„Danke, lieb von dir."

Mutti hatte bis auf das Bier alles Notwendige bereitgestellt und holte tief Luft, während sie sich hinsetzte.

„Aber erzähl doch mal, wie war es an der Hochschule, hat es dir gefallen?"

Ich lud mir einen Berg Kartoffelsalat auf den Teller.

„Warten wir, bis Vati auch dabei ist", schlug ich vor.

Der kam kurz darauf ins Wohnzimmer und stellte mir und sich eine Flasche Bier auf den Tisch.

„Erwarten wir noch Besuch?", fragte Mutti mit einem Blick in den Einkaufskorb an seinem Arm, in dem sie mindestens fünf weitere Berliner Pilsner sah.

„Vorrat ist das halbe Leben", erklärte Vati und brachte die restlichen Flaschen in die Küche.

Nachdem ich mit ihm angestoßen hatte – wenn schon, denn schon – kam ich ohne Umschweife auf das Thema, das mich am meisten geschockt hatte:

„Stellt euch vor, die haben gesagt, wir würden mit Personalcomputern arbeiten."

Mutti kaute gründlich weiter, ehe sie antwortete:

„Na, wenn sie welche haben, das ist doch nicht schlecht."

„Wie, nicht schlecht? Wozu denn bitte? Ich kann das nicht, ich weiß gar nicht, wie die funktionieren."

Vati behauptete: „Das werden sie euch schon erklären."

Muttis Augen leuchteten auf, denn sie hatte eine Idee: „Da kann dir sicher dein Sven helfen, lernt der nicht was mit Computern?"

„Datenverarbeitung. Aber das ist mehr die Theorie, glaube ich, der sitzt nicht ständig vor so einem Kasten."

„Nein, aber das gehört dazu, frag ihn mal."

Mir gefiel gar nicht, welche Wendung das Gespräch genommen hatte. Eigentlich liebte ich es, auch zuhause von Sven zu sprechen. Aber dass ausgerechnet er die Lösung liefern sollte, damit ich zu dieser Ökonomieschule gehen konnte? So hatte ich mir das nicht vorgestellt.

Vati versuchte zwischen Wiener Würstchen und Berliner Pils, mir die empfohlene Materie doch noch schmackhaft zu machen.

„Also das mit den Personaldingsda ..."

„Computern", half ich ihm.

„Richtig, diese neue Technik, da muss man abwarten, was daraus wird, und vielleicht machen sie auch viel Gewese und es kommt gar nicht so schlimm. Fakt ist und bleibt, dass Statistik und Finanzen immer wichtig sind, egal ob du später in einem Betrieb, bei einer staatlichen Stelle, in der Staatsbank oder von mir aus in einer LPG arbeitest. Um Zahlen kommt keiner drum rum."

Was du nicht sagst, dachte ich und nahm schnell einen großen Schluck Bier, um es nicht auszusprechen.

Mutti setzte noch einen drauf: „Und du bist so gut in Mathe, das wird ein Kinderspiel."

„Ich denke, wir reden hier von meinem Beruf und von meinem Leben, nicht von Kinderspielen", protestierte ich.

„Ach Motte, du weißt genau, wie wir es meinen."

Ich wollte noch einen Versuch unternehmen:

„Aber ich würde so viel lieber was mit Theater machen, oder Literatur, oder Kultur … Keine Ahnung, in der Bibliothek arbeiten, oder in einem Verlag, oder bei der Stadt wo sie Kulturveranstaltungen organisieren."

Mutti schüttelte den Kopf.

„Schneckchen, nun sei doch bitte nicht so naiv. Wie viele sind das denn, die so was machen. Und hast du eine Idee, wieviel die verdienen? Mit Kunst und solchen Sachen hat es noch keiner auf den grünen Zweig gebracht, das kannst du uns glauben."

Der Kartoffelsalat schmeckte heute ein wenig sauer. Zuviel Gurkenwasser, tippte ich. Ich legte das Besteck nieder. „Ich kann nicht mehr."

Mutti schaute mich vorwurfsvoll an, aber Vati war gleich zur Stelle und zog meinen halbvollen Teller zu sich rüber.

Ich stand auf und wollte die Bierflasche mit ins Kinderzimmer nehmen.

„Warte mal, Frollein, was soll das denn jetzt?", hielt mir Mutti vor und meinen Arm fest.

„Ich geh ein bisschen rüber, geht das nicht?"

„Aber doch nicht mit der Flasche. Trink gefälligst am Tisch oder lass den Rest stehen."

Mir reichte es. Wie alt war ich denn? Dass mir die Eltern meine berufliche Zukunft vorschreiben wollten, war eine Sache, und bei allem Groll konnte ich es sogar ein bisschen verstehen. Aber dass ich ins Kinderzimmer nichts zu trinken mitnehmen durfte, das war ja wohl die Krönung. Dann verzichtete ich lieber. Geräuschvoll stellte ich das Bier wieder ab und verzog mich ohne ein weiteres Wort.

Ich legte mich auf die Couch und starrte zur Decke. Meine Hand strich über den Couchbezug mit seinem Wabenmuster, immer hoch und runter, bis es fast ein bisschen weh tat. Verdammt! Wahrscheinlich hatten sie recht, was die Studienrichtung betraf. Leider. Obwohl, wenn ich es genau bedachte, war es mir jetzt fast ein bisschen egal, jedenfalls egaler als noch vor ein paar Monaten. Ich hatte ja Sven! Der war auch kein Künstler oder Literat, machte einen vernünftigen Facharbeiter. Das normale Leben musste schließlich finanziert werden.

Ich erinnerte mich plötzlich, dass ich schon einmal so etwas wie eine wegweisende Entscheidung getroffen hatte. Da war ich gerade dreizehn, und meine Tanzlehrerin Frau Müller hatte mir vorgeschlagen, zur Ballettschule zu gehen. Sie hatte mir dazu ein Buch geschenkt. Ich kletterte auf die Couchlehne und fingerte im obersten Fach des Bücherregals.

Hier: Ballettfibel, Taschenbuch der Künste.

Ob sie die Widmung auf der ersten Seite übersehen hatte, als sie mir das Buch schenkte? Auch wenn ich nicht alle Worte entziffern konnte, war klar, dass es sehr persönliche Worte von einem Mann gewesen waren. *Dein R.* Vielleicht hatte sie sich von ihm getrennt und darauf keinen Wert mehr gelegt. Dein R. Roland, Rolf ... wie mochte er geheißen haben? Wenn Sven mir eine Widmung schreiben würde, ich könnte dieses Geschenk nicht weggeben, niemals. Selbst wenn – unvorstellbar – wir uns eines Tages trennen sollten. Er wäre für immer meine erste Liebe gewesen. Ich würde alles aufheben, was mich an ihn erinnerte! Bis jetzt hatte ich lediglich eine leere Zigarettenschachtel, auf die er ein paar Worte gekritzelt hatte. Ich setzte mich wieder hin und blätterte in dem Buch. Auf Seite 120, der Beruf des Tänzers, las ich:

„Die Talentsuche, -findung und -förderung muss vom Kindesalter bis zur Berufsreife zu einem ganzen System von gesellschaftlichen Maßnahmen und Institutionen entwickelt werden, um den ... Prozess zu verwirklichen, der nur durch die Menschwerdung des Menschen im Sozialismus möglich ist."

Aha. Da hatte das System in meinem Fall offensichtlich versagt ... ein Talent war ich wohl gewesen, aber den empfohlenen Weg hatte ich nicht eingeschlagen. Auch wenn es mich gereizt hätte. Tänzerin. Jeden Abend auf der Bühne. In Kostüm und Maske jemand anderes sein und den Beifall des Publikums mit nach Hause nehmen. Beneidenswert, wer das täglich leben konnte. Aber wisst ihr, was ich damals auch dachte? Dass man nicht ewig Ballett tanzen könnte, und dass ich spätestens mit Dreißig körperlich kaputt wäre und für den Rest des Lebens ohne richtigen Beruf. Und dass ich keine Familie hätte haben können, keinen Mann und keine Kinder. Ich hatte – das musste man sich mal vorstellen – ein bürgerliches Familienleben, wie es Beate und Gerd und die meisten führten, dem Traum von der Bühne vorgezogen. Mit dreizehn Jahren, dass ich nicht lache.

Drei Jahre später waren welche vom Staatszirkus bei unserem Tanzensemble hereingeschneit, weil sie Nachwuchsartisten suchten. Wieder schlug Frau Müller mich vor (sie wollte offensichtlich unbedingt eine Künstlerin aus mir machen). Zirkus, das hatte den verlockenden Aspekt, auf Auslandstourneen zu gehen. Und zwar auch ins NSW, das nichtsozialistische Ausland. So reizvoll das war, der Rest vom Zirkusleben, die Tiere und die Wohnwagen und das alles, interessierten mich weniger, also hatte ich auch dieses Angebot großzügig abgelehnt.

Und wenn ich heute noch einmal eine Chance hätte, vielleicht die letzte Chance, etwas ganz anderes zu machen? Vielleicht etwas, das Familie und solche Sachen nicht ausschloss?

Ich stellte die Ballettfibel zurück ins Regal. Das Thema Tanzen als Beruf war abgehakt. Mein Blick fiel auf den Romy Schneider Bildband, der Weihnachten vor zwei Jahren die tollste Überraschung unter dem Baum gewesen war. Romy, mein großes Idol! Sie hatte das richtige Leben geführt. Wenn auch ein zu kurzes. Aber sie hatte es so treffend ausgedrückt:

„Lieber kurz und schön, als lange und in Maßen leben."

Ich suchte nach dem gefalteten Zettel, den ich als Lesezeichen benutzt und auf dem ich Romys schönste Worte aus dem Buch herausgeschrieben hatte.

„Manchmal muss man einfach nach seiner Nase gehen. Auch wenn man sie sich dabei mal einschlägt."

Ich begann, irgendwo in der Mitte des Buches zu lesen, und hörte erst nach einer Stunde wieder auf, als es fast dunkel geworden war. Statt die Leselampe einzuschalten, stellte ich das Buch zurück ins Regal und ging mich waschen. Morgen würde ein langer Tag werden, Tanztraining am Abend, Sven ... ich würde ihn um Rat bitten. Aber nicht zu Personalcomputern.

„Du und deine Schwester, als sie noch zu Hause gewohnt hat, habt ihr da viel gestritten?"

Sven warf Steinchen auf den See und freute sich wie ein Kind, wenn eines mehr als drei Aufschläge schaffte. Ich saß derweil auf der Bank und versuchte, ihn in ein vernünftiges Gespräch zu verwickeln. Von der HfÖ hatte ich schon erzählt, beim Thema Computer hatte er nur gegrinst und mir mitleidig über den Kopf gestrichen.

Insgeheim wollte ich auf die Sache mit der Schauspielerei hinaus, aber es schien mir nicht der richtige Moment. Außerdem kreisten meine Gedanken heute, am 11. Mai, um eine andere Sache.

„Du meinst Katrin?", antwortete Sven nach einiger Zeit, während er angestrengt auf dem Boden nach dem nächsten geeigneten Wurfgeschoss suchte.

„Wen denn sonst? Wie viele Schwestern hast du denn?"

„Na, keine Ahnung, offiziell eine." Sven war um keine Antwort verlegen. Dass er bei mir mit diesem Thema keinen Lacher auslöste, konnte er nicht wissen.

„Wie war das so mit euch beiden, komm, erzähl mir ein bisschen", hakte ich nach.

Sven lancierte noch einen Stein, er plumpste nur einmal aufs Wasser und versank.

„Mist."

Gott sei Dank gab er jetzt auf. Er setzte sich wieder neben mich auf die Bank.

„Das mit der Geschwisterliebe scheint dich ja wirklich zu interessieren", stellte er fest und legte seinen Arm um meine Schulter, von wo aus er aber schnell weiter nach unten rutschte.

„Also, soweit ich mich erinnern kann, gab es auch ein paar Tage, an denen wir uns nicht gekloppt haben."

Ich blickte ihn fragend an.

„Na ja, das war vielleicht nicht immer so, aber in der schlimmsten Zeit, als ich etwa zehn war und sie zwölf, da gab es nur Krach. An die Jahre davor kann ich mich kaum erinnern, es wird behauptet, ich hätte sie oft provoziert und sie hätte große Geduld mit mir gehabt. Aber eben nur, bis sie in die Pubertät kam. Dann war Schluss mit lustig."

Ich küsste ihn spontan auf die Wange.

„Das kann ich mir gut vorstellen, dass du provoziert hast!"

Sven versuchte ein verlegenes Lächeln, während ich nicht nachgab:

„Aber, als ihr älter wart, keine Ahnung, Katrin vielleicht sechzehn und du vierzehn, habt ihr da auch über eure Schwärme gesprochen? Ich meine, habt ihr euch mal das Herz ausgeschüttet, über Liebeskummer und so?"

Svens Lächeln wurde breiter: „Ach Quatsch, ich hatte nie Kummer, und für sie war ich als kleiner Bruder nicht der richtige Ansprechpartner, nehme ich an."

Nach einer kurzen Pause fuhr er fort: „Obwohl ich ihr bestimmt gute Tipps gegeben hätte, aber sie wollte ja nicht, das war ihr Pech."

„Du und gute Tipps in Liebesdingen, ha, ha", rutschte mir heraus. Ich musste an mein Gespräch mit Caro denken.

„Was soll das heißen, dass ich keine Ahnung habe?", konterte Sven und kitzelte mich in der Taille, wo seine Hand mittlerweile angekommen war. Dort stoppte ich sie, mir war nicht nach gekitzelt werden.

„Aber warum fragst du nach mir und Katrin?", kam Sven auf unser Thema zurück. „Hat dir etwas gefehlt, weil du wie ein Einzelkind aufgewachsen bist?"

„Das stimmt doch gar nicht."

„Also Beate war, nach Adam Riese, spätestens als du sechs oder sieben Jahre alt warst, aus dem Haus, oder nicht?"

Ich hatte plötzlich einen Kloß im Hals. Warum hatte ich dieses Thema angeschnitten? Gerade heute?

„Beate schon, aber ..."

„Aber?"

„Kristina wäre da eigentlich noch da gewesen."

Sven kapierte gar nichts, wie sollte er auch.

„Heute wäre sie neunzehn geworden."

„Wer? Wer ist Kristina?"

„Tina, meine andere Schwester."

Sven hörte auf, mit der Hand meine Taille zu erforschen.

„Du meinst, du sagst, du hättest eine Schwester, die zwei Jahre älter ist als du?"

„Der gleiche Altersunterschied wie bei dir und Katrin."

Sven stand der Mund offen. In seinem Kopf arbeiteten alle grauen Zellen auf Hochtouren, das konnte ich ihm ansehen.

„Und jetzt, wo ist sie jetzt?"

Mein Kopf zuckte kurz nach links, wo nach dem Volkshaus die Penne und danach gleich der Friedhof kam.

Er verstand. „Du meinst, sie ist tot?"

Ich nickte. Dabei krampften sich die Finger meiner rechten Hand in meinen linken Unterarm, dass es wehgetan hätte, unter normalen Umständen.

Sven musste das bemerkt haben, denn er löste meine Hand vorsichtig aus der unguten Position und nahm sie in seine.

„Willst du mir davon erzählen?"

Ich wollte.

Und heute, hier am See mit Sven, konnte ich es auch. Nach zwölf Jahren spürte ich, dass ich Tina mein Schweigen nicht mehr länger antun dürfte. Das hatte sie nicht verdient.

Es war schon kurz vor Mitternacht, als Sven mich zu Hause absetzte. Ich hatte meine armen Eltern viel zu lange warten lassen. Mir wurde schlagartig klar, dass sie sich vielleicht Sorgen gemacht hatten. Nach einem letzten Kuss flitzte ich die Treppe rauf. Es brannte noch Licht im Wohnzimmer. Beide saßen vor dem Fernseher.

„Entschuldigt, ist später geworden."

Mutti legte das Strickzeug beiseite.

„Du warst aber nicht allein, Mäuschen, oder?"

Ich schüttelte mit dem Kopf. „Natürlich nicht."

„Dann ist ja gut. Wir sind ein bisschen ruhiger, seit du mit Sven unterwegs bist."

Vati nickte zustimmend und stellte den Fernseher aus.

„Aber gewartet habt ihr heute trotzdem", stellte ich fest.

„Ach, wir haben noch geredet, und plötzlich war es schon so spät."

„Ich habe auch geredet, mit Sven."

Muttis Blick war ein großes Fragezeichen.

„So, worüber denn?"

„Na, welcher Tag heute ist und dass wir den gefeiert hätten."

Mutti war sichtbar überrascht von meiner Antwort.

„Wirklich? Ach, komm mal her, Mäuschen."

Ich rannte die drei Schritte zu ihr hin und fiel ihr um den Hals. Vati verstand sofort, ging kurz aus dem Zimmer und kam mit einem Packen Zellstoff wieder.

„Nun trocknet mal eure Tränen ab."

Er stand unsicher neben uns. Ich öffnete meine Umarmung mit Mutti, um auch Vati darin einzuschließen. Jetzt standen wir alle drei eng umschlungen und guckten uns an, so dass unsere Nasenspitzen fast zusammenstießen. Wer damit anfing, kann ich gar nicht sagen, aber irgendwann lachten wir alle. So laut und befreiend, wie ich vorher geweint hatte.

Wie jeden Freitag zog sich die letzte Stunde – ausgerechnet Staatsbürgerkunde – ins Endlose. Es ging mal wieder um die Einheit von Wirtschafts- und Sozialpolitik. Vati hatte mir ein paar schöne Sätze dazu formuliert, mit denen ich alles verstanden hatte. Darin war er immer stark: die

Sachen auf den Punkt zu bringen. Was man von Frau Mehnert nicht gerade behaupten konnte. Sie verlief sich manchmal und verzettelte sich in Phrasen, aus denen sie selbst kaum wieder herausfand, wenn jemand eine Zwischenfrage stellte.

Heute wartete ich besonders ungeduldig auf das erlösende Klingelzeichen. Sven wollte mich von der Schule abholen. Er hatte an der Berufsschule eher Schluss und mir versprochen, dass ich bei ihm zu Hause das Telefon benutzen dürfte. Am besten, solange seine Eltern noch nicht von der Arbeit heimgekommen waren.

Als ich mich von Dani und Kerstin verabschiedete, meinte Kerstin: „Mensch Manu, schau mal, dein Mann wartet schon auf dich."

Hatte ich da einen klitzekleinen Anflug von Neid herausgehört? Dani hingegen tat wie immer beeindruckend unbeeindruckt.

Tatsächlich stand Sven am Zaun, rauchte und sah aus, als ob er schon länger gewartet hatte. Er begrüßte mich mit einem Wangenküsschen und wirkte erlöst.

„Da bist du ja, ich dachte, die Schule sei um zwei aus."

„Halb drei, das hatte ich aber gesagt", rechtfertigte ich mich.

„Ich wollte dir vorschlagen, noch einen Kaffee zu trinken, im Café Kunze."

Das klang nicht schlecht, aber ...

„Und deine Eltern, wann kommen die heim?"

„Ach, kein Problem, selbst wenn", winkte Sven ab, trat die Zigarette aus und nahm meine Tasche.

„Los geht's."

Im Kunze, Strausbergs Konditorei, genehmigte ich mir eine Rumkugel, während Sven ein Eclair bestellte.

„So eins da", sagte er und tippte mit dem Finger an die Scheibe der Kuchenvitrine. Ich musste grinsen, weil ich an den Namen dachte, den das Gebäckstück – hier vornehm Eclair betitelt – beim Bäcker trug. Wollte Sven diesen Begriff vermeiden? Da hatte er die Rechnung ohne mich gemacht.

Als wir am Tisch vor unseren Kuchentellern saßen und auf den Kaffee warteten, sprach ich ihn aus:

„Lässt du mich von deinem Liebesknochen kosten?"

Sven tat unbeirrt: „Hättest doch selber einen haben können!"

Aber so schnell gab ich nicht auf: „Wie, ähm, wo hätte ich den bitte herhaben sollen? Im Mädchenbaukasten war so etwas nicht drin, als sie mich zusammengesetzt haben."

„Besser ist es auch", gab Sven schließlich zu, verstanden zu haben und knutschte mich ungeniert am Hals, schräg unterm Ohrläppchen.

„Hey, wir sind im Caféhaus", raunte ich ihm zu und blickte mich um. Tatsächlich saßen außer uns zwei ältere Damen hinten am Fenster, die unterhielten sich angeregt und nahmen keine Notiz. Ein Mann mittleren Alters saß allein bei einer Tasse Kaffee und las in der Zeitung.

„Die sind doch alle jenseits von Gut und Böse, die kriegen das gar nicht mit", beruhigte mich Sven, ließ aber von meinem Hals ab und widmete sich manierlich seinem, ähm, Knochen. Er ließ mich auch kosten, nicht ohne breit zu grinsen und mit dem Finger nachzuhelfen, als mir etwas von der Vanillecreme übers Kinn rutschte.

„Warum wolltest du heute Nachmittag unbedingt zu mir nach Hause?"

Ich stutzte und war mir nicht sicher, ob er jetzt weiter schäkerte – zum Thema, das gerade zwischen uns schwebte – oder wirklich eine Begründung wollte. Der letzte Fall wäre blöd. Warum sollten wir nicht mal bei ihm sein? Wollte er jetzt etwa absagen?

Sven schien meine Verunsicherung zu spüren und erklärte: „Du wolltest telefonieren, worum geht es denn?"

Aha, daher wehte der Wind. Richtig, ich hatte ihm noch gar nichts von meinen subversiven Absichten erklärt. Jetzt wurde es Zeit.

„Ich will mal in Berlin anrufen, an der Schauspielschule."

Kein Kommentar.

„Weißt du, ich könnte mir vorstellen, vielleicht wäre das eine Alternative für mich."

Sven putzte mit der Kuchengabel Vanillecreme- und Kakaoglasurreste von seinem Teller.

„Also man sollte, das heißt ich sollte ... ich möchte es wenigstens mal versuchen."

Noch immer war sein Teller nicht perfekt.

„Dann nimm ihn doch mit und wasch ihn zuhause ab", konnte ich mir nicht verkneifen, seine Pedanterie zu kommentieren. In mir drin brodelte es.

Sven schob endlich den Teller beiseite und schaute mich an.

„Ich höre zu, jetzt sei nicht gleich so genervt."

Ich brummelte ein nicht genervtes aber leicht beleidigtes „Na ja!"

„Was willst du denn spielen? Die Witwe Bolte?"

Ich lächelte süß-sauer. Es hatte keinen Zweck. Sven verstand mich so wenig wie meine Eltern. Aber was verlangte ich auch? Entweder, jemand liebte das Theater oder nicht. Feuer oder Wasser, dazwischen war nichts.

Sven drückte meine Hand: „Komm, lass uns gehen. Sonst erreichst du gar keinen mehr, am Freitagnachmittag."

Ich nickte, schmollte aber noch ein bisschen.

Sven streichelte meine Wange und sah mich forschend an: „Hauptsache, du schauspielerst nicht mit mir. Ich dachte, deine Gefühle sind echt."

„Eingebildet bist du gar nicht, hm?"

„Nein, aber von mir überzeugt."

Ich sah in seine wachen Augen, eine einzige Herausforderung. Fast tat es mir jetzt leid, die kostbare Zeit, die wir vielleicht allein bei ihm zu Hause hätten, mit meinen Hirngespinsten zu verplempern. Nur weil ich zu bequem war, für ein Telefonat die Zelle an der Kaufhalle zu benutzen. Verdammt, dabei hätte ich gerne ein bisschen Liebe gespielt, und das könnte aus dem Stand weg eine bühnenreife Premiere geben, so wie es aussah.

„Hallo, das ist aber eine schöne Überraschung!", rief die attraktive Dame, die uns öffnete, als Sven gerade mit dem Schlüssel im Türschloss hantierte.

Mir fiel – hoffentlich nicht sichtbar – die Kinnlade runter. Frau Rost war schon zu Hause.

„Kommt rein, das ist aber schön, dass wir uns kennen lernen." Sie trat einen Schritt zur Seite, und nachdem sie ihren Sohn mit einem Wangenküsschen begrüßt hatte, reichte sie mir die Hand.

„Ich bin Marianne, und du bist also Manuela."

Was würde aus ihrem schönen Lippenstiftlächeln werden, wenn ich jetzt antworten würde: Nein, ich bin die Heike?

Ich machte einen Knicks oder etwas in der Art – wie peinlich – und sagte: „Hallo."

Mehr fiel mir so spontan nicht ein.

„Soll ich uns ein Käffchen machen", schlug Marianne vor und tippelte schon in Richtung Küche. Ihre Hauspantoffeln hatten anscheinend kleine Absätze, denn sie klapperten ein bisschen, was zu ihrer eleganten Kleidung passte.

Sven rief ihr hinterher: „Wir kommen gerade aus dem Kunze."

Seine Mutter drehte sich um und war sichtbar enttäuscht, als sie sagte: „Aber ich habe Apfelstreusel gebacken."

Sven nahm sie in den Arm und tröstete:

„Hm, lecker, na wenn das so ist, vielleicht ein bisschen später. Wir, das heißt Manuela, hat erst was zu erledigen. Wir nehmen mal das Telefon mit ins Zimmer, okay?"

Marianne zog kurz die Schultern hoch und lächelte mir aufmunternd zu: „Na dann!"

Sie fragte nicht, was ich zu erledigen hätte und weshalb ich dazu ihr Telefon benutzen musste. Sie war mir sympathisch.

Dabei hatte ich mir Svens Mutter anders vorgestellt. Nicht so vornehm gekleidet und nicht so perfekt geschminkt. Aber was wusste ich schon von ihr? Gerade mal, dass sie gern und meisterlich Kuchen buk. Vielleicht hatte ich ein rundliches Hausputtelchen erwartet? Tatsächlich war sie groß und schlank (wie ihr Sohn), und sicher auch ohne Schminke für ihr Alter sehr attraktiv (wie ihr Sohn). Sicher war sie gerade erst von der Arbeit heimgekommen. Sie war Sekretärin beim Rat der Stadt oder so etwas.

Sven zog mich in sein Zimmer und das Telefon mit dem langen Kabel hinterher. Es stand normalerweise auf dem Korridor.

„Hier hast du mehr Ruhe. Soll ich rausgehen?"

Das war mir wirklich lieber. Telefonieren war eine so seltene und aufregende Angelegenheit, dass ich mich beobachtet (oder behört?) fühlen und noch nervöser werden würde.

„Kuss!", verlangte ich zur Entschuldigung, bevor ich Sven seines eigenen Zimmers verwies.

Ein bisschen schuldig fühlte ich mich schon, ohne das Wissen meiner Eltern ... Aber sie würden es erfahren, wenn ich die Zusage hätte. Wozu sollte ich sie unnötig aufregen? Und dann würden sie mich sicher gehen lassen, so angesichts vollendeter Tatsachen. Genialer Plan!

Nochmal tief durchatmen und wählen. Nichts. Nochmal wählen. Hatte ich mich vertippt?

Nach drei Versuchen und Rauschen in der Leitung war ich durchgekommen. Ich weiß nicht, ob es eine Sekretärin der Schule gewesen war, oder eine Schauspiellehrerin höchstpersönlich ... Aber das spielte keine Rolle. Die ernüchternde Erkenntnis bestand darin, dass für September der Zug schon abgefahren war, und die Aufnahmeprüfungen für nächstes Jahr im nächsten Frühjahr stattfinden würden.

Was hatte ich mir eingebildet? Dass sie nur auf mich gewartet und schnell ein privates Vorsprechen organisiert hätten? Und wenn ich ernsthaft darüber nachdachte: Das Abitur sollte ich vorher noch zu Ende bringen, es lief schließlich gut.

Aufgeschoben oder aufgehoben? Ich nahm zur Sicherheit meinen Kalender aus dem Rucksack und schrieb ganz hinten, im Dezember 1989, ein: Schauspielschule März! Damit mir dieser Eintrag auf keinen Fall durch die Lappen gehen würde, unterstrich ich ihn zweimal fett.

Unser Apfelkuchen-Kaffeeklatsch fand auf dem Balkon statt. Familie Rost war schon für den Sommer eingerichtet. Frischgepflanzte, dunkelrote Geranien vor der Nase, saßen wir zu dritt an einem flachen Plastetisch, der jedes Mal wackelte, wenn man mit der Kuchengabel ein Stückchen Gebäck abteilte. Am Geländer war ein weiß-gelb gestreifter Sonnenschirm befestigt. Marianne trug auch jetzt keine Hausbekleidung, vielleicht, weil ich da war, oder vielleicht, weil sie sich immer so gepflegt präsentierte. Hätte ich sie auf der Straße gesehen, hätte ich nie gedacht, wie nett es mit ihr sein konnte. Wir hatten Spaß, und das wollte etwas heißen nach der verpatzten Aktion, meine Zukunft betreffend, und angesichts der verpassten Turtelstunde in Svens Zimmer. Der machte auch gar keine Anstalten mehr, sich noch mal zurückzuziehen. Nach dem Kaffee entschwand er kurz nach drinnen und kam mit einer Flasche Rotkäppchen zurück.

„Was meint ihr, das muss doch gefeiert werden, oder?"

Ehe ich fragen konnte, was genau er feiern wollte, kam Marianne mit der Erklärung zuvor:

„Auf unser Kennenlernen! Sven erzählt nicht viel, aber dass es ihn mit dir voll erwischt hat, das haben wir gemerkt." Sie tätschelte meinen Arm: „Ich freue mich so."

Marianne strahlte erst mich und dann ihren Sohn an, ehe sie feierlich das Glas erhob.

„Auf euch. Und auf eure Zukunft hier!"

Hier? Wie meinte sie das jetzt? Sollte ich etwa bei ihnen einziehen? Ich schaute fragend zu Sven, der kaum merklich mit dem Kopf schüttelte.

„Prösterchen, Mami."

„Weißt du, mein Schatz", (so hatte er mich noch nie genannt), „sie macht gerne große Worte, aber du brauchst keine Angst zu haben, sonst ist sie eigentlich normal."

Dabei zwinkerte er seiner Mutter zu, die nicht beleidigt aussah. Es war offensichtlich ihr üblicher Umgangston, und wir schwenkten von gefühlsduseligen großen Worten schnell wieder auf angenehmes Geplänkel über. Sven gab Polenwitze zum Besten, ich trug mit nacherzählten Lehrer-Pannen zur Unterhaltung bei und Marianne plauderte aus dem Büro.

Kurz vor halb sieben kam auch Svens Vater nach Hause. Er schüttelte nur mit dem Kopf, als er zu uns auf den Balkon blickte und die leere Sektflasche, die Teller und Gläser sah. Mich begrüßte er nebenbei, als ob wir uns schon kannten.

„Gerhard ist immer so knapp angebunden, wenn er von der Arbeit kommt, er muss jetzt erstmal duschen", erklärte Marianne und begann eilig, den Tisch abzuräumen.

Sven nahm mich beiseite. „Komm, lass uns gehen, hast du Lust aufs Volkshaus?"

Disko hatte ich heute nicht auf dem Schirm gehabt, wenn ich ehrlich war. Aber mir war alles recht, wenn der Tag noch nicht zu Ende wäre und wir noch weiter zusammen sein könnten.

Marianne gab mir an der Wohnungstür noch ein Küsschen links und eins rechts auf die Wange.

„Komm bald wieder, Manuela, versprochen?"

„Klar, gerne", erwiderte ich ehrlich.

Der Antrittsbesuch bei Schwiegermutter war ungeplant und vielleicht gerade deshalb angenehm verlaufen. Sven sah ihr auffallend ähnlich, während sein Vater fremd auf mich gewirkt hatte. Er war nicht groß und hager, sondern eher stattlich korpulent. Es hieß ja, ein Mann solle sich die Mutter seiner Freundin ansehen, um zu wissen, was ihn später erwartete (da hatte ich bei meiner Mutti gute Karten.) War das bei den Jungs anders herum?

Würde Sven später seinem Vater ähneln? Schwer vorstellbar.

Es machte euch nur Spaß, in mich verliebt zu sein.

Das war Dramatik nach meinem Geschmack!

Ich las weiter:

Unser Heim war nichts andres als eine Spielstube. Zu Hause, bei Papa, wurde ich wie eine kleine Puppe behandelt, hier wie eine große. Und die Kinder wiederum waren meine Puppen. Ich war recht vergnügt, wenn du mit mir spieltest, so wie die Kinder vergnügt waren, wenn ich mit ihnen spielte. Das war unsere Ehe, Torvald.

Meine Entscheidung war gefallen. *Nora oder Ein Puppenheim* sollte mein Stück zum Vorsprechen werden. Überzeugt und ohne weiter nach Alternativen zu suchen, knallte ich den dicken Ibsen-Band auf den Tisch der Bibliothekarin und riss sie aus ihrem Halbschlaf. Montag war ihr Schontag, und sicher war sie froh gewesen, dass ich mich selbst bedient und nicht um ihre Hilfe gebeten hatte.

Zufrieden kam ich nach Hause und hätte mich am liebsten gleich auf den Text gestürzt. Ich würde ihn mit Caro einstudieren. Letzten Donnerstag hatte ich ihr vor dem Training von meinen schauspielerischen Ambitionen berichtet und war zu meiner Überraschung auf offene Ohren gestoßen.

„Das ist ja super, Kleene. Mensch, Manu, warum erzählst du mir das erst jetzt?"

Daraufhin hatte sie mir erklärt, dass sie als Kosmetikerin davon träumte, Maskenbildnerin am Theater zu werden.

„Ich helfe dir. Wenn du willst, können wir die Texte gemeinsam proben", hatte sie begeistert vorgeschlagen.

„Ich mach den Romeo, und du die Julia. Es sei denn, dein Svenilein ist eifersüchtig."

Svenilein (warum musste Caro alle und alles verkleinern, aber man nahm es ihr nicht übel) war genau an dieser Stelle dazugekommen und wir hatten das Thema gewechselt.

Unser kurzes Gespräch hatte mich aber dazu bewegt, das Textlernen schon mal in Angriff zu nehmen, auch wenn das nächste Vorsprechen erst in einem dreiviertel Jahr stattfinden würde. Ich wollte unbedingt verhindern, dass die Luft aus meinem Traum verpuffte, während ich alles auf die lange Bank schob.

Als ich jetzt an meine Auswahl dachte, stellte ich mir Caros Reaktion vor: „Ehekrise? Ach du Scheiße. Gab es denn nichts Romantischeres? Sven tut mir leid bei dir."

Mit Caro hatte ich endlich eine Freundin außerhalb der Schule gefunden, das war schon mal klar. Auch wenn wir manchmal entgegengesetzter Meinung waren, fühlte ich mich von ihr verstanden. Und sie würde mir mein Hochzeits-Make-up schminken, das hatte sie mir bereits hoch und heilig versprochen. Was Caro versprach, das würde sie halten.

Mussten wir zwei nur noch heiraten. Sven und ich. Gab es irgendwelche Zweifel, dass alles darauf hinauslief? Wenn im Volkshaus *First time* von Robin Beck lief (zugegeben, ein bisschen kitschig, aber sooo schöön), und das war regelmäßig in den letzten Wochen, hatte ich keine.

Ihr wisst selbst, wie oft ich schon von Typen geschwärmt, einem hinterhergeweint oder nachspioniert hatte. Doch das war nie so echt gewesen. Spätpubertärer Firlefanz.

Erst jetzt spielte die richtige Musik für meine Liebesgeschichte. Ich hätte keine Zeichen gebraucht, um mich in Sven zu verlieben. Aber dass es sie gab, konnte sicher nicht schaden: *This time, I know it's for real ... First time, first love ... Is this burning, an eternal flame.*

Eternal Flame. Wenn diese Musik keine Zeichen setzte! Caro, bereite schon mal die Pinsel vor!

Sicher war bei all dem verständlich, dass ich keine Augen mehr für andere Jungs hatte. Aber was ich selbst krass fand: Es störte mich fast ein bisschen, wenn diese anderen Jungs oder Männer oder was auch immer Augen für mich hatten.

So wie vorhin, an der Bushaltestelle Wriezener Straße. Wie das beim Warten auf den Bus nun mal ist, schaut man gelangweilt in die Gegend. Das tat ich, bis auf der gegenüberliegenden Seite fünf Soldaten anmarschiert kamen. Nein, sie latschten, gingen im lockeren Schritt, wie das beim Militär hieß. Plötzlich, als die kleine Truppe sich exakt gegenüber meiner Haltestelle befand, brüllte einer: „Augeeen ... links!" Und tatsächlich drehten sich alle ruckartig zu mir um. Ach du Scheiße! Befehl war eben Befehl. Ich musste dringend den Fahrplan studieren. Am liebsten wäre ich im Boden versunken. Das war aber leichter gesagt, als getan.

Nach dem Abendbrot kam Sven bei mir vorbei und angesichts der verlockend warmen Frühlingsluft gingen wir ein bisschen spazieren, bis zu den Bänken vorm Café Nord.

Als wir dort saßen, wollte ich ihm erst von den Soldaten erzählen, aber vielleicht hätte er das nicht so lustig gefunden. Stattdessen fiel mir wieder ein, dass Vati früher gern mit mir hierhergekommen war, damit ich den Springbrunnen anstaunen konnte. Den hatte ich – so die Überlieferung – für einen Wassergeist gehalten.

„Hast du eine so überschwängliche Fantasie, oder brauchst du schlicht und ergreifend eine Brille?", neckte mich Sven.

„Ich brauche keine Brille, also bitte", entgegnete ich entrüstet.

„Vielleicht brauchst du was anderes?"

Sven saß immer recht nah an mir dran, statt nur neben mir, aber so heiß war mir von seinem Oberschenkel noch nie geworden wie jetzt gerade.

Die Pille? Er musste die Pille gemeint haben, was denn sonst. Mutti hatte das Thema auch schon mal angesprochen, aber ich hatte sie beruhigt und behauptet, damit wäre noch Zeit. Könnte man zum Anfang nicht auch einfach aufpassen? Was das bedeutete, wusste ich auch nicht. Nicht so genau. Aber er doch hoffentlich?

Diesen Sonntag war es soweit. Ich freute mich irrsinnig, mit Sven meine wahre Leidenschaft zu teilen. Oder es zumindest versuchen zu dürfen. Die Karten für das Metropoltheater hatte ich schon länger, ursprünglich wollte ich mit Dani gehen. Ausgerechnet Dani, die Theater-Trulla, hatte im letzten Moment etwas anderes vorgehabt. Diesmal war es mir sogar recht gewesen.

„Also trifft es dich, mit mir nach Berlin zu fahren. Ist das nicht spitze?"

Sven war nicht gerade aus den Socken gesprungen vor Begeisterung.

„Theater? Was denn da?"

„Ein Musical. Alexis Sorbas."

„Alex was?"

„Ach, lass dich einfach überraschen, ich weiß auch nicht genau, worum es geht. Dann wird es meistens am allerbesten!"

Er hatte es nicht gewagt, mir den Spaß zu verderben.

Wir trafen uns direkt an der S-Bahn. Im letzten Wagon konnten wir in einer Ecke unbeobachtet kuscheln, denn am frühen Sonntagabend waren nicht viele Leute in Richtung Hauptstadt unterwegs.

Wenn wir uns nicht gerade küssten, erzählte ich von anderen Schauspielstücken, die ich gesehen hatte. Und konnte nicht glauben, dass Sven nur zweimal und nur zu Pflichtterminen mit der Schulklasse im Theater gewesen war.

„Dir fehlte vielleicht nur eine Muse", lästerte ich, und setzte meine Überzeugungsversuche fort. Immer unterbrochen von kurzen Streicheleinheiten, so dass es nicht zu viel geschwärmtes Gesülze war. Es sollte schließlich keine Strafe für ihn sein.

Während des Stückes (ich hatte schon bessere erlebt) betrachtete ich es als Erfolg, dass Sven nicht einnickte. Wenn ich ehrlich war, lag das vielleicht nur daran, dass die Sitze so unbequem waren. Vor allem für ihn, dessen Knie sich tief in die Rückenlehne des Vordermanns bohrten.

Nach Ende der Vorstellung stellten wir fest, dass gerade eine Strausberg-Nord-Bahn weg und noch Zeit für einen Bummel war. Also holten wir uns am Bahnhofskiosk jeder ein Berliner Pils und spazierten die Friedrichstrasse entlang.

„Weißt du, was mir am besten gefallen hat?", fragte ich nach ausgedehntem Schweigen, das aber nicht mit Langeweile oder Streit, sondern schlicht mit unserem Durst zu tun hatte und dass wir mit dem Trinken beschäftigt waren.

Sven nahm den letzten Schluck aus seiner Flasche.

Er wusste es nicht.

„Als es hieß: *Du musst tanzen, die Musik wird dann schon irgendwo herkommen.*"

Sven rülpste, entschuldigte sich aber, bevor er antwortete:

„Du und dein Zitatenwahn. Schreib es auf, wenn du es so toll findest."

Ich gab nicht auf: „Die Musik wird dann schon irgendwo herkommen ..., stark, oder?"

„Wir können ja nächsten Sonnabend in die Nachtboutique, wenn du Lust hast. Wir fragen auch Caro und Annett, ob sie mitkommen, wir sind immer eine super Truppe."

Da hatte er recht, aber mit dieser super Truppe waren wir gerade mal vor einer Woche im Volkshaus gewesen, ich sah noch keinen Zwang, das Ganze zu wiederholen. Außerdem gingen wir beide immer freitags in die Disko. Das reichte auch.

Ich wollte mehr. Oder etwas anderes. Aber ich bekam es nicht. Lag das jetzt daran, dass ich selbst nicht genau beschreiben konnte, worum es mir ging? Dabei war es so einfach: tanzen!

Was das jetzt mit Disko zu tun hatte? Männer – die kapierten rein gar nichts!

In der Schule wurde nicht getanzt, da wurde diskutiert. Jeden Dienstag nach der Mittagspause stand in unserem Klassenkollektiv die sogenannte Politdiskussion auf dem Stundenplan. Und in letzter Zeit konnte man wirklich von Diskussion sprechen, anders als noch am Ende der Oberschule, als diese Veranstaltungen von Monologen und Kopfnicken geprägt waren. Scheinbar schauten jetzt alle Westfernsehen (ich nur ausnahmsweise, Musik oder so, am Wochenende bei Sven), und dann musste alles ausdiskutiert werden. Das war aber nicht so hirnrissig wie damals, als diese Sängerin aus dem Westen mit einem Lied *Ein bisschen Frieden* einen Musikausscheid gewonnen hatte. Das wurde dann auseinandergenommen und an den Pranger gestellt, so nach dem Motto: Es gibt keinen kleinen Frieden, nur den Weltfrieden, und für den sorgen wir. Damals saß ich da, total baff, weil ich nicht wusste, wovon überhaupt die Rede war. Aber ich traute mich nicht nachzufragen, denn das hätte vielleicht als Provokation verstanden werden können.

Jetzt – es war schon eher ein bisschen in Mode gekommen, auch das Westfernsehen zu verfolgen – ging es meistens darum, dass es bei uns immer mehr Widerstand unter der Bevölkerung gäbe, alle in die Kirche rannten, unzufrieden waren und die Regierung abschaffen wollten.

Die übertrieben natürlich maßlos im Westfernsehen, darin waren wir uns einig. Klar, es war im Interesse der Kapitalisten, den Osten als Verlierer hinzustellen. Wahrscheinlich gab es bei uns in bestimmten Gegenden tatsächlich ein paar Leute, die auf den Zug der Protestkultur aufsprangen und sich jetzt wichtigtaten. Aber was wollten die? Japanische Kassettenrekorder, klebrige Kaubonbons und weiches Klopapier? Zu welchem Preis, war höchstwahrscheinlich niemandem klar. Wer nie im Westen gelebt hatte, konnte sich gar kein Urteil erlauben. Im Fernsehen stellte die andere Seite alles glitzernd und verlockend dar, das war ja logisch.

Birgit meinte, unser Fernsehen würde nicht alles berichten, viele Vorfälle verschweigen oder vertuschen. Ich war der Meinung, man musste nicht alles öffentlich breittreten und denen auch noch Bedeutung verleihen. Aber das behielt ich für mich, überließ die Argumentation gern unseren brillanten Rednern Ralf und Matte. Mir imponierte, wie unsere zwei Roten die Fahne des Sozialismus hochhielten. Ja, es war modern, zu labern und zu faseln, es müsste sich etwas ändern. Dagegen sein war leicht. Aber für eine Sache einzustehen, auch in schwierigen Zeiten, dazu brauchte es Charakter.

Ralf hatte bei mir einen Stein im Brett, daran änderte auch mein Zusammensein mit Sven nichts. Wenn eine Politdiskussion anstand, setzte ich mich meistens neben ihn. Ich sonnte mich ein wenig in seinem Glanz, indem ich an den richtigen Stellen nickte und ihn ansonsten mit attraktiven Augenaufschlägen unterstützte.

Umso härter traf mich heute bei einem Schulhofgespräch, das gut besucht war, sein Kommentar zu den Volkshaus-Gängern. Da seien so viele Lada fahrende Sekttrinker dabei, dass es ihn ankotzte und er seit einiger Zeit keinen Bock mehr hatte, sich unter dieses eitle Volk zu mischen.

Lada fahrende Sekttrinker. Schluck. Damit war auch ich gemeint. Hin und wieder holte Sven mich am Sonnabendmittag mit dem Lada von der Schule ab. Das hatten alle gesehen. Und im Volkshaus tranken wir Sekt. Einmal war er uns sogar zu viel gewesen, und wir hatten den Rest aus der Flasche zum Fenster hinaus gekippt (unter welchem in diesem Moment keiner stand). Das war schon dekadent. Wenn man an die hungernden Kinder in Afrika dachte und überhaupt. Ich schämte mich und war froh, als das Thema schnell gewechselt wurde. Hoffentlich hatte Ralf das nur so allgemein gesagt und dabei nicht an mich gedacht.

Ins Volkshaus gingen wir heute schon wieder, es war Freitag, der 16. Juni. Das war auch bei Sven und mir Routine geworden, so wie damals, als ich freitags immer allein und in Hoffnung auf einen Traumtyp dorthin gerannt war. Für heute Abend nahm ich mir vor, nur ein einziges Glas Wein zu trinken und zu tanzen, statt dekadent herumzusitzen, Sekt zu trinken und zu rauchen. Schließlich hatte ich meine teuren Hosen aus dem Ex und den selbstgestrickten Glitzerpulli vorzuführen. Und schließlich war *The Look* von Roxette einer meiner neuen Lieblingssongs. In die Disko ging man zum Tanzen, oder nicht? Sehen und gesehen werden. Da könnte auch Ralf nichts dagegen haben.

She's got the look. Na na na na na na.

Die folgenden Tage und Wochen verliefen ohne großes Tamtam. Die Penne nahm mich mit der Vorbereitung auf diverse Klassenarbeiten zum Schuljahresende in Anspruch, und auch Sven war in Prüfungen verstrickt. Umso mehr freute ich mich über seinen Vorschlag, Anfang Juli, gleich zu Ferienbeginn, ein langes Wochenende im Bungalow seiner Tante am Stienitzsee zu verbringen. Die wäre in dieser Zeit selbst verreist und fände es gut, wenn auf dem Grundstück mal jemand nach dem Rechten sah.

Ein Wochenende allein zu zweit ... was für ein genialer Ansporn, sich durch den Schulstoff zu quälen. In den gemeinsamen Stunden, die wir neben der Paukerei hatten, spannen wir uns die wildesten Sachen aus, wie wir diese Tage am See nutzen würden. In Gedanken packte ich zehnmal die Koffer ein und wieder aus. Wenn wir Glück hätten, wäre Badewetter und wir bräuchten kaum mehr als Badesachen und einen Pulli für den Abend. Wenn wir abends noch draußen sitzen würden. Vielleicht wäre es drinnen, zum Beispiel im Bett, viel schöner und da brauchte ich ... ja was bitteschön?

Eigentlich genügten wir beide uns selbst. Und hatten alles. Alles bis auf Sex. Wie schüchtern Sven war, wenn es drauf ankam. Wie süß. Er liebte mich wirklich. Dabei war ich schon eine ganze Weile siebzehn und hätte nichts dagegen. Was die Urlaubsplanung der Sommerferien betraf, hatten wir weniger Glück als Caro und Daniel, die schon lange vorher etwas organisieren konnten. Wenigstens fuhren sie für eine Woche gemeinsam zum Zelten an die Ostsee. Sven und ich hatten geplant, als wir noch gar nicht zusammen waren. Jeder für sich allein.

Ich würde mit meinen Eltern für sieben Tage nach Bratislava fahren, in ein Hotel. Stadtbummeln, wandern, lecker Schnitzel, Schweinebraten und Süßkram essen. Ende Juli. Und ausgerechnet im Anschluss daran – nicht wenigstens zur gleichen Zeit, nein, direkt danach – fuhr Sven mit Daniel und einem anderen Kumpel nach Ungarn. Eine Jugendtourist-Reise, die von allem ein bisschen vorsah: eine Rundreise mit Stationen in Budapest, am Balaton, in der Pampa, was weiß ich.

Als ich das erfuhr, reagierte ich sauer, wie ihr euch vorstellen könnt. Sven behauptete, sie hätten sich für diese Reise vor fast zwei Jahren angemeldet. Das konnte sein, Jugendtourist war sehr begehrt. Ich selbst hatte mich nie dafür interessiert, aber nur, weil ich nicht gewusst hatte, mit wem ich fahren könnte. Ich war eifersüchtig und enttäuscht, dass wir rein gar nichts zusammen machen würden. All die schöne Zeit wäre verplempert. Svens freie Tage waren gezählt, schon Ende August würde er mit der Arbeit beginnen. Er hatte eine Stelle in Berlin bekommen, in einem Kombinat. Wenn er erst einmal arbeiten fuhr, täglich nach Berlin und zurück, und ich mit der Abi-Vorbereitung zu tun hätte, was würde uns noch bleiben? Die Wochenenden und sonst nichts.

Schöne Scheiße. Erst hatte ich versucht, herauszufinden, ob dieser dritte Kumpel nicht vielleicht absagen und mich an seiner Stelle fahren lassen könnte. Aber erstens ging das angeblich nicht, es war im Reisevertrag nicht vorgesehen, und andererseits war ich mir nicht sicher, ob ich mit Sven und Daniel als Dreier unterwegs sein wollte. Wie würde Caro das finden? Und wie wäre das, ich meine, was hätten Sven und ich davon? Daniel würde sich als drittes Rad am Wagen fühlen. (Oder hieß es „fünftes Rad", aber das passte hier nicht.)

So blieb uns als kleiner Urlaub tatsächlich nur das Wochenende im Bungalow am Stienitzsee. Besser als gar nichts.

Einmal in dieser Zeit gab es in unserer Kaufhalle Tomatenketchup aus Werder. Diese Nachricht verbreitete sich wie ein Lauffeuer. Mutti musste ausgerechnet an diesem Nachmittag zur Parteiversammlung in die Schule, deshalb schickte sie mich. Ich dachte gleich an den Bungalow, und dass wir vielleicht grillen würden und eine Flasche Ketchup sich dazu prima machen würde. Leider wurde ich enttäuscht: Zwei Flaschen pro Bürger, mehr gab die Halle nicht ab. Das stand handgeschrieben auf einem Pappschild über dem Regal mit der kostbaren Ware. Ich sollte schon mindestens eine für uns und eine für Beate holen. Also musste Vati am Abend auch noch in die Kaufhalle, aber er ging umsonst, der Ketchup war bereits ausverkauft. Wer weiß, wie viele Familien in der Nachbarschaft jeden einzeln geschickt hatten, um sich einen schönen Vorrat anzulegen.

War es nicht zum Lachen, dass wir Tomatenketchup hinterherrannten? Vielleicht müsste Mutti mal ihren Bruder fragen, ob er uns welchen schicken konnte. Aber ob der aus dem Westen – Heinz hieß der, glaube ich – auch so gut schmeckte wie unserer aus Werder? Dietmar schickte etwa alle zwei Monate ein Paket an die Adresse von Frau Albrecht in Omas Haus. (Das Beste darin war die Schokolade. Alle Sorten bis auf Milka, die mochte ich nicht, obwohl immer alle davon schwärmten.) Wenn Mutti und Vati nach Berlin fuhren, um ein Paket abzuholen (Frau Albrecht bekam auch etwas ab, zum Dank und als Entschuldigung für die Störung), dann rief Dietmar bei dieser Gelegenheit an und sie konnten am Telefon miteinander sprechen. Wenn das auffliegen würde ... hoffen wir mal, es bleibt unter uns.

Sven strahlte mich an, als er mir die braune Reisetasche abnahm. Die war noch von Oma aus Berlin und nicht so schick, aber da passte am meisten rein. Ich hatte doch nicht nur Badesachen eingesteckt. Das lag am Wetterbericht und vor allem daran, dass ich für alle Gelegenheiten das Passende dabeihaben wollte.

„Hallo, mein Schatz", begrüßte er mich nach einem langen Kuss, und ich war gar nicht mehr nervös. Wie immer, wenn wir zusammen waren. Manchmal machte ich mir, wenn wir uns ein paar Tage nicht oder nur kurz gesehen hatten, so viele verrückte Gedanken. Und dann lösten sie sich in Luft auf und alles war gut.

Wir stiegen in den Lada. Svens Vater spielte Chauffeur und brachte uns an den Stienitzsee. Während der Fahrt sprachen wir nicht viel, Sven saß vorn auf dem Beifahrersitz und prüfte hin und wieder im Rückspiegel, ob bei mir alles in Ordnung war.

„Fahren wir gleich noch an einem Konsum vorbei, etwas einkaufen?", schlug ich vor, als wir den Ausschilderungen zufolge unserem Ziel näherkamen.

Sven schüttelte den Kopf und gab seinem Vater zu verstehen, dass er weiterfahren solle.

„Mach dir mal keine Sorgen", sagte er nur.

Na gut, ich hatte nichts gegen Wandern an sich, nur wenn ich an das Beutelschleppen auf dem Rückweg dachte ... aber vielleicht gab es gleich bei den Bungalows einen kleinen Laden. Ich musste einfach mal lockerlassen, meinen stark ausgeprägten Organisationstrieb unterdrücken und mich drei Tage lang in Svens Obhut begeben. Er würde schon für uns sorgen, schließlich kannte er sich in der Gegend aus.

Ich versuchte also, mich zu entspannen, schloss die Augen und lehnte mich gegen die Fensterscheibe. Jetzt war es endlich soweit. Die Schule abgehakt, ein ganzer langer Sommer lag vor mir. Vor uns. Ich wollte mich nicht mehr ärgern, dass wir getrennt in den Urlaub fahren würden, sondern die Zeit dazwischen so gut es ging genießen. Unter meiner Achsel stieg mir der süße Duft von Incognito in die Nase. Ja, in einem Anflug von sommerlichem Übermut (und Liebesrausch) hatte ich es nicht nur als Parfüm, sondern gleich als Deospray benutzt. Ich hatte gar kein anderes Deo dabei. Incognito am ganzen Körper. Ich musste grinsen, denn ich war auf Svens Reaktion gespannt, wenn er es bemerken würde. Ihm gefiel dieser Duft, aber er hatte ihn bisher nur an meinem Hals erlebt.

„Hey, was gibt's zu lachen, da hinten auf den billigen Plätzen?", motzte Sven mich aus meinen süßen Gedanken.

Und setzte gleich noch einen drauf:

„Wir sind da, Manuela, kremple mal schon die Ärmel hoch, du wirst in der Küche erwartet."

Waaas, wie bitte? Mal davon abgesehen, dass ich kurzärmelig trug.

Wir verabschiedeten uns von Svens Vater, der es eilig hatte, weil er noch zu einem beruflichen Termin in Berlin musste. Ich hatte ihn und Marianne in den vergangenen Wochen hin und wieder getroffen. Sie hatten mich auch am Wochenende zum Mittagessen eingeladen, damit Sven und ich uns sehen konnten, trotz Paukerei. Allerdings hatte ich stark bezweifelt, dass Sven schon früh um Neun wie ich über den Büchern gesessen und am Nachmittag, nachdem ich nach Hause gegangen war, sofort weiter gemacht hatte. An Svens Vater war mir nur aufgefallen, dass er verdammt großzügig und geduldig mit seiner Frau war, auch wenn sie hin und wieder etwas über die Stränge schlug (weshalb sie mir so sympathisch war). Mir gegenüber verhielt sich Gerhard neutral, ich konnte keine besondere Zuneigung, aber auch keine Ablehnung ausmachen. Mir war es recht. Schließlich wollte ich nichts von ihm, ich liebte Sven. Es hieß ja immer, mit der Schwiegermutter gäbe es oft Probleme, weil die ihren Sohn nicht freigeben wollte. Bei Marianne hatte ich da keine Sorgen. Sie freute sich für uns, das hatte sie mich von Anfang an spüren lassen.

Wir betraten das Naherholungsgelände durch eine Art Gartentor, das ein Schloss hatte, aber offenstand.

„Abends schließen die hier zu", erklärte mir Sven.

„Dann kommen nachts keine Fremden ins Objekt", kommentierte ich beruhigt.

„Und du nicht raus."

Ich schaute Sven irritiert an.

„Du bist also ganz in meiner Gewalt", flüsterte er und grinste.

„Ich kann über den Zaun klettern, benimm dich lieber", konterte ich und grinste zurück.

Aber Sven antwortete nicht darauf, er begann plötzlich zu winken. Wahrscheinlich kannte er jemanden. Wir näherten uns dem Grundstück, von dem ein junger Mann Svens Gruß erwiderte.

„Wir sind da", meinte Sven und öffnete das Tor.

Der junge Mann klopfte Sven auf die Schulter.

„Hey Alter, das freut mich, wurde Zeit."

Gleich darauf drehte er sich zu mir, und ich konnte mein Unverständnis nicht verbergen. Wahrscheinlich machte ich das Gesicht einer Kuh, wenn's donnert.

„Hallo, ich bin der Jürgen."

Na, dann ist ja alles gut. Jürgen?

Jürgen reichte mir die Hand, nachdem er sie an seiner Turnhose abgewischt hatte.

Jetzt mischte Sven sich ein, aber er erklärte nicht mir, sondern Jürgen die Situation:

„Es ist eine Überraschung, Manuela hat gar nicht gewusst, dass ihr auch hier seid."

„Ihr?", bestand ich auf eine Erklärung, indem ich Sven direkt anschaute.

„Du lernst endlich meine Schwester und ihren Freund kennen. Das ist Jürgen."

„Ja, das hat er bereits selber gesagt", stellte ich trocken fest.

In meinem Kopf, und noch mehr in meinem Bauch, fuhr es Achterbahn. Vor Empörung, Enttäuschung, ich wusste gar nicht, welches Gefühl es gerade war, das mich rausriss aus meiner Vorfreude. Ich merkte nur, dass es sich verdammt mies anfühlte.

Ich starrte auf meine braune Reisetasche, die Sven neben uns abgesetzt hatte.

„Die trag ich rein", bot Jürgen an und griff schon danach, ehe ich ablehnen konnte.

„Katrin ist auch gleich fertig, sie duscht gerade. Wir waren schon rudern heute Morgen."

Federnden Schrittes lief er zum ockerfarbenen Bungalow, der mehr wie ein kleines Haus aussah. Es war jedenfalls nicht der Spanplattenfertigteilbau, den alle hatten.

Auch drinnen wirkte alles sehr gediegen, nicht so provisorisch, wie ich es von Vatis Sommerferienbungalows der Armee kannte. Svens Tante wohnte hier immer mehrere Monate, den ganzen Sommer über. Jürgen brachte meine Tasche gleich in eins der Zimmer.

„Hier schlaft ihr, wenn's recht ist."

Mir entging nicht, wie er Sven dabei zuzwinkerte.

Aber Sven protestierte: „Im Schlafzimmer, ach komm schon, ein Ehebett, nehmt ihr das mal."

Jetzt kam er endlich näher zu mir. „Wir zwei können es uns auch auf der Gästecouch im Wohnzimmer bequem machen, stimmts?"

Ich zuckte teilnahmslos die Schultern. Mir war nun sowieso alles egal. Wir waren nicht allein, und nichts würde so sein wie geplant.

Aber vielleicht trotzdem nicht schlecht?

Da öffnete sich die Tür hinter uns, und eine junge Frau in gestreiftem Bademantel, die demnach Katrin war, kam barfuß auf uns zu. Aus ihrem langen nassen Haar tropfte es vor uns auf den Boden.

„Oh, ich Trotteltier", lachte sie angesichts der Pfütze, die sich um unsere Füße bildete, und fiel erst mir und dann Sven um den Hals.

„Entschuldigt meinen Aufzug, in fünf Minuten bin ich fertig." Sie sah mich an. „Gratuliere, Brüderchen, da hast du nicht übertrieben", meinte sie dann, klopfte Sven auf die Schulter und nickte mir freundlich zu. „Bis gleich."

„Ja also", übernahm Jürgen wieder die Ansage, und wies mit dem Kopf in Richtung des Zimmers, in dem meine Tasche verschwunden war.

Sven schaute mich fragend an: „Was meinst du?"

Ich rollte mit den Augen, ging aber doch in das sogenannte Schlafzimmer.

„Ist es nicht nett hier?", fragte Sven, als wir die Tür hinter uns geschlossen hatten. Er nahm mich das erste Mal, seit wir heute Morgen in den Lada gestiegen waren, in den Arm.

Ich antwortete nicht und schmiegte mich auch nicht wie sonst an ihn. Ich wusste nicht, wie ich es ihm sagen sollte. Als beleidigte Leberwurst wollte ich jedenfalls nicht dastehen.

„Ich dachte, du freust dich, meine Schwester kennenzulernen", versuchte mich Sven zu überzeugen. „Du hast so oft nach ihr gefragt."

„Ja schon, klar, aber hier, die einzigen drei Tage, die wir mal ..."

Sven ließ mich nicht ausreden, drückte mir einen Kuss auf den Mund und flüsterte: „Ist doch fast das Gleiche, wir können die Tür abschließen."

Angesichts seiner kusstechnischen Überzeugungskraft gab ich mich – wieder mal – geschlagen. Und ich hatte genau genommen auch gar keine andere Wahl, als meinen Unmut über Bord zu werfen. Was konnten denn Katrin und Jürgen für meine Enttäuschung? Wollte ich jetzt eine schlechte Figur vor ihnen machen? Die einer Spielverderberin? Nein!

Entschlossen trat ich ins Wohnzimmer, wo Katrin tatsächlich schon in kurzen Hosen und Nicki, die Haare noch nass, aber gekämmt und nicht mehr tropfend, gemeinsam mit Jürgen auf uns wartete.

„Habt ihr Hunger? Es gibt Kartoffelsalat und Würstchen." Ich folgte ihr in die Küche – erst jetzt verstand ich Svens Bemerkung vorhin bei unserer Ankunft – aber es gab gar nicht mehr viel zu tun, Katrin hatte schon alles vorbereitet. Trotzdem band ich die bereitliegende orange-braune Dederon-Schürze um – super sexy! So hatten wir gleich was zu lachen.

Es wurde ein richtig nettes Wochenende zu viert. Und dazu wäre der Alkohol gar nicht nötig gewesen, der abends reichlich floss. Katrin und Sven verstanden sich prima, das spürte ich. Auch wenn sie sich in den letzten zwei Jahren, seit Katrin ausgezogen war, nicht so oft sahen und nicht mehr ganz auf dem Laufenden waren, was das Leben des anderen betraf. Aber Geschwisterbande hießen so, weil sie verbanden. Bei mir und Beate war es ein bisschen anders, zehn Jahre Altersunterschied hatten uns zu einer Art Tante und Nichte gemacht. Wir waren wie sehr enge Verwandte, mit vielen gemeinsamen Erlebnissen, aber ohne gemeinsame Jahre. Meine Schwester für dick und dünn wäre Tina gewesen.

Und wieder – so ging es mir oft in neuen Situationen – drängten sich Fragen in mein Erleben. Wie hätte Tina in unsere Runde gepasst? Wie hätte sie Sven gefunden? Und Sven sie? Hätte sie selbst einen Freund oder wäre sie schon verheiratet? Komisch: Hier und jetzt, mit Sven an meiner Seite und mit seiner Schwester und ihrem Freund, taten diese Fragen nicht weh. Sie waren da, ich ließ mich auf sie ein, aber es war reine Neugierde und nur wenig Wehmut, dass ich die Antworten nie erfahren würde.

Den Freitagnachmittag und den größten Teil des Sonnabends verbrachten wir bei Sonnenschein im, am und auf dem Wasser (ich wollte schon immer mal rudern, danach taten mir allerdings höllisch die Schultern weh). Sven und Jürgen versuchten zu angeln. Gut, dass sie nichts Anständiges fingen, ich hätte den Fisch nicht säubern und zubereiten wollen (aber auch nicht mäkelnd danebenstehen). Als am späten Nachmittag ein Gewitter aufzog, bemächtigten wir uns der Brett- und Kartenspiele, die Svens Tante vorsorglich zurechtgelegt hatte.

Die Tür zum Schlafzimmer schlossen Sven und ich übrigens nicht ab. Ich hätte das peinlich gefunden. Und außerdem waren wir alle ohnehin an beiden Abenden todmüde in die Betten gefallen. Am Freitag nach den vielen Stunden am Wasser und Grillen auf der Terrasse bis spät in die Nacht, und am Sonnabend, weil wir kein Ende beim *Mensch ärgere dich nicht* gefunden hatten. Jürgen und Sven fingen irgendwann tatsächlich an, wegen der rausgeworfenen Spielfiguren zu streiten, während Katrin und ich uns über sie lustig machten, was die Sache wahrscheinlich eher verschlimmerte. Da dachte man, man hätte es mit erwachsenen Männern zu tun ... *Frau ärgere dich nicht* müsste das Spiel heißen. Als ich Sven anschließend um eine Massage meiner schmerzenden Rücken- und Schultermuskulatur bat (woraus theoretisch auch hätte mehr werden können), spürte ich am nachlassenden Druck seiner Hände schnell, dass er zu nichts mehr zu gebrauchen war.

„Lass mal, schon gut, morgen versuche ich es mit Schlangengift".

Ein bisschen sauer war ich schon, aber es war an diesem zweiten und letzten Abend wieder früher Morgen geworden.

„Verzeih mir, Schatz", schaffte Sven noch zu murmeln, ehe sein gleichmäßiges Atmen in Schnarchen überging.

Ob er damit auf sein kindisches Verhalten beim Brettspiel, auf die nur angedeutete Massage oder auf andere nicht genutzte Gelegenheiten Bezug nahm? Ich war mir nicht sicher, aber ich verzieh ihm. Ich zog seine Decke zurecht und schlüpfte mit hinunter, das Fenster in unserem Zimmer stand offen und das Gewitter hatte für Abkühlung gesorgt. Ich legte meinen Oberschenkel über seine Hüfte und meinen Kopf auf seine Brust. Perfekt! Wenn das Schnarchen nicht lauter werden würde, wäre hier unter seiner Decke der schönste aller Orte.

Der Sonntag begann wie der Sonnabend aufgehört hatte: mit Regen. Ich schlich mich auf Zehenspitzen als erste ins Bad, um mehr Zeit zu haben und die Müdigkeit abzuduschen. Auch wenn Vati immer sagte, bei Regen findet der Krieg im Saale statt, beschlossen wir, den klammen Bungalow nach dem Frühstück zu verlassen. Da dieses reichlich ausfiel und gegen dreizehn Uhr stattfand, war es bereits Nachmittag, als wir in Strausberg eintrafen.

Katrin und Jürgen, die uns in ihrem schicken Wartburg mitgenommen hatten, luden zum Kaffeetrinken zu sich nach Hause ein. Sie wohnten in einem Altneubau, Zweiraumwohnung mit Küche und Bad, beide mit Fenster, Zentralheizung. Mehr konnte man sich nicht wünschen als junges Paar. Es war Jürgens Betrieb gewesen, der da nachgeholfen hatte. Jürgen kam ursprünglich aus Neustrelitz und hatte Katrin während der Wehrpflicht in Strausberg kennengelernt. Als er danach eine passende Stelle für sich in Strausberg ausfindig gemacht hatte, fehlte ihm nur eine Bude. Gleich heiraten wollten die beiden aber nicht, und so war es pures Glück gewesen, dass in Jürgens neuem Betrieb einer einen kannte und das für ihn organisiert hatte. Für ihn und seine Verlobte.

Zum Kaffee gab es ein paar altbackene Konsumkekse. Aber zum Glück auch noch leckere tschechische Oblaten, mit Kakaocreme gefüllt, die erinnerten mich an unsere Familienurlaube in Karlovy Vary.

„Mariannes Backtalent habe ich leider nicht geerbt", meinte Katrin selbstkritisch zu den Keksen, die fast unberührt liegen blieben.

Sven musste gleich rausposaunen: „Aber Manuela zaubert fantastischen Kuchen."

Und so kam es, dass wir schon zum nächsten Kaffeetrinken eingeladen waren und ich etwas Selbstgebackenes mitbringen sollte.

„Du hast doch jetzt Ferien, mein Schatz!", beruhigte mich Sven und lachte mir leise ins Ohr.

Ja eben, ich hatte Ferien. Er hatte drei Wochen Praktikum. Jeden Tag musste er nach Berlin reinfahren.

„Aber ich komme schon gegen sechzehn Uhr zurück, und wenn ich nicht fix und fertig bin, eile ich danach direkt zu dir", hatte er großzügig versprochen.

Ich konnte also Pläne machen, was wir ab sechzehn Uhr anstellen würden.

Meistens kam es anders. Zunächst einmal gab es nicht jeden Tag einen gemeinsamen Nachmittag für uns. Manchmal war Sven zu müde (der Bemitleidenswerte musste halb sechs aufstehen), manchmal hatte ich etwas vor (insgesamt drei lästige Zahnarzttermine), manchmal seine Eltern mit ihm.

Aber meistens kam er zu uns in den Garten. Einmal half er mir beim Unkrautjäten, zweimal beim Gießen. Ansonsten saß ich im Liegestuhl und sonnte mich, während er es sich auf der Schaukel bequem machte und seine Kreuzworträtsel bearbeitete.

Zum Anfang hatte ich mich ein bisschen schuldig gefühlt, dass er sein liebstes Hobby wegen mir aufgegeben hätte.

„Ach i wo, das kommt gar nicht in Frage, schon gar nicht für eine Frau", hatte er mir erklärt, obwohl mir Zweifel geblieben waren, was das für unsere Zukunft bedeutete. Nun, da wir schon fast so etwas wie ein altes Ehepaar abgaben, waren sie plötzlich wiederaufgetaucht, die Kreuzworträtsel. Das wurmte mich ein bisschen, konnte er denn nicht ...?

Ja was denn, Frollein Manuela? Während Sie sich sonnen, was soll er denn machen, der Arme? Ihnen Wind zufächeln? Zu Ihrer Unterhaltung singen und tanzen? Über Sie herfallen, mitten in der Kleingartenanlage vor allen Leuten?

Recht hatte sie, meine innere Stimme! Am dritten Tag schlug ich deshalb vor:

„Und wenn wir an den See gehen? Baden?"

Sven schaute genervt.

„Wo die vielen Kinder rumspringen? Ich würde lieber woanders hin, aber bei der Hitze aufs Motorrad ..."

„Ja", kommentierte ich, „der Sommer ist die Jahreszeit, in der es zu warm ist, um das zu tun, wofür es im Winter zu kalt ist."

„Genau."

Super, ich hatte damit nur seinen faulen Nerv getroffen, statt ihn aus der Reserve zu locken. Ich musste andere Geschütze auffahren.

„Wir könnten mit dem Rad fahren."

„Ist kaputt."

„Du nimmst das von Vati. Nicht das allerneueste Modell, aber er hat es immer picobello in Schuss gehalten. Am besten, du probierst es heute Abend gleich mal aus!"

Ich würde mit Sven die Tour radeln, die ich früher so oft mit Vati gefahren war. Sonnabendnachmittags, wenn Mutti noch etwas für die Schule erledigen musste, Arbeiten kontrollieren oder Stunden vorbereiten. Bei dem Gedanken daran freute ich mich wie ein kleines Kind. Wir würden rote Fassbrause trinken, so wie damals.

„Kennst du die Wesendahler Mühle?"

„Hm, kann sein", grummelte Sven nur, während er weiter an seinen gekreuzten Buchstaben herumrätselte.

„Hey, hör mir mal zu!", wurde ich laut.

Sven hob endlich den Kopf, und prustete laut los vor Lachen.

„Was ist denn?", reagierte ich genervt.

„Schau mal in den Spiegel!"

In den Spiegel, als ob wir hier im Garten einen hätten. Ich wischte mir instinktiv über Nase und Stirn.

„Nein, unter den Augen. Aber halt still, das mache ich." Sven kramte in seiner Hosentasche und fand ein Taschentuch. „Ist sauber, keine Angst. Spuck mal drauf!"

Wie bitte? Och nö.

„Was ist denn verdammt noch mal so Schlimmes in meinem Gesicht?", fragte ich noch einen Ton gereizter.

„Du müsstest dich sehen. Die ganze Schminke, wozu auch immer du die draufgeschmiert hast … alles schwarz unter den Augen, bis zu den Wangen", erklärte Sven und schüttelte verständnislos den Kopf.

Na Klasse. Jetzt konnte ich mir das Dilemma vorstellen. Die Sonnencreme und die Hitze hatten ein zerstörerisches Werk vollbracht. Warum hatte ich mich heute geschminkt? Weil ich am Morgen in die Stadt gegangen war, und man wusste ja nie, wen man da traf. Das wollte ich Sven nicht erklären, ich suchte lieber nach einer praktischen Problemlösung. „Die Creme, nehmen wir die

221

Sonnencreme." Ich hatte Angst, Sven könnte wie irre draufloswischen und noch größeren Schaden anrichten. Doch es half alles nichts, ohne Spiegel war ich auf ihn angewiesen. Augen zu und durch. Aber Sven überraschte mich, wieder einmal. Nachdem er mich eben noch auf die Schippe genommen und verunsichert hatte, machte er jetzt mit behutsamem Vorgehen alles wieder gut. Mit seinem Taschentuch, auf das er einen Klecks Sonnencreme gegeben hatte, tupfte er mir sanft und vorsichtig die schwarze Tusche vom Gesicht. Ich hielt dabei die Augen geschlossen, und langsam wich meine Gereiztheit einer Art Vertrauen und Geborgenheit, wenn ihr wisst, was ich meine. Mir kamen sogar die Tränen, und als Sven das bemerkte, lachte er nicht, sondern tupfte auch die Tränen trocken und nahm mich in den Arm.

Wir würden morgen Rad fahren oder vielleicht auch nicht. Es war nicht wichtig.

Am Sonnabend, dem 22. Juli, war unser letztes gemeinsames Wochenende bereits in vollen Zügen. Das letzte vor dem Urlaub, den wir getrennt verbringen würden. Ich reite immer darauf herum, weil es mich so ärgerte, und ich mich gestresst fühlte, irgendetwas erzwingen wollte. Als ob es kein nach dem Sommer gäbe. Na ja, der Sommer war eben prädestiniert für Abenteuer, große Liebe und all diese Sachen. Wer allein war, flirtete wie wild am Strand und in der Disko, wer zusammen war, genoss die langen Sommernächte. So hatte ich mir das immer vorgestellt. Caro und Daniel würden nächste Woche an die Ostsee fahren, die Glücklichen.

Wir hatten uns heute nochmal mit ihnen fürs Volkshaus verabredet, wollten aber nicht so lange bleiben. Am Ende lief alles ein bisschen anders: Daniel hatte gleich zu

Beginn einen alten Kumpel entdeckt, den auch Sven von der Schule kannte. Und deshalb waren die beiden Männer nicht mehr an unserem Tisch, sondern oben an der Bar quatschen. Caro und ich tanzten gleich zu Beginn, aber es war zu stickig, deshalb blieben wir lieber sitzen und kramten mal wieder in gemeinsamen Tanzgruppenerinnerungen. Trainingslager in Buckow, Tanzfest in Rudolstadt, Arbeiterfestspiele. Die Aktion, als wir uns erst die nackten Füße auf der kochend heißen Freilichtbühne verbrannten, um kurz darauf in Stiefeln und dickem Mantel, mit Kopftuch und Handschuhen, noch einmal aufzutreten. Sibirischer Mädchentanz bei 25 Grad im Schatten.

„Und Regina, so hieß sie doch, wurde voll hysterisch und meinte, sie wolle wenigstens ihren Schlüpper darunter ausziehen, sonst wäre es ihr zu heiß."

„Ach ja, ich erinnere mich, die hatte einen totalen Knall."

„Aber alle glaubten, sie hätte das wirklich gemacht, und ich konnte mich vor Lachen nicht einkriegen auf der Bühne, weil ich sie anschauen und ständig daran denken musste. An ihren Schlüpper."

„Hey, darf man mitlachen?", fragte Daniel, der plötzlich wieder bei uns saß. Er begriff schnell, dass es um alte Mädchensachen ging, die er schon oft gehört aber noch nie so richtig verstanden hatte, und zündete sich resigniert eine Zigarette an.

Caro und ich waren so bei der Sache, dass wir uns nicht stören ließen. Und ich bekam nur am Rande mit, dass Sven gar nicht mit am Tisch saß.

Erst als die langsame Runde begann (die wollte ich mir nicht entgehen lassen), hielt ich nach ihm Ausschau.

„Du, Daniel, wo ist Sven eigentlich?"

Ich bekam nur ein Schulterzucken zur Antwort.

Udo Lindenberg behauptete mal wieder, hinterm Horizont ginge es weiter. Ich suchte mit Argusaugen den Menschenhorizont rund um die Tanzfläche ab, aber von Sven keine Spur. Ich stand auf, um ihn zu suchen und zum Tanzen aufzufordern. Ehe das ein anderer mit mir tat, und wir wieder eine Szene hätten. Wo steckte er nur so lange? Ich drängelte mich durch die Leute, die Treppen hoch zur Bar. Sven stand tatsächlich noch oben, aber nicht mit seinem alten Kumpel, sondern mit einem offensichtlich sehr jungen Mädchen (jetzt in den Ferien ließen sie auch Kinder rein, konnte man meinen). Instinktiv blieb ich stehen, um die Sache aus der Ferne näher zu betrachten. Das Kind rauchte, Sven nicht. Dafür redete er auf die Kleine ein, die mindestens drei Köpfe kürzer war. Sie lachte und himmelte ihn an. Okay, zugegeben, letzteres bildete ich mir mehr ein, als dass ich es im Dämmerlicht hätte sehen können. Ich stand in sicherem Abstand und wusste nicht, ob ich einfach hingehen und die Idylle stören sollte oder lieber umkehren und ... ja was denn? Die langsame Runde ging gerade zu Ende. Donna Summer sang jetzt nicht mehr *This time I know its for real*, sondern *I dont wanna get hurt*. Ich war zu keiner Entscheidung fähig. Es war alles so irreal und absurd. Jetzt schaute das Mädchen auch noch zu mir rüber. Sie stupste Sven an und deutete mit dem Kopf in meine Richtung.

„Manuela, da bist du ja." Sven kam lachend auf mich zu und nahm mich in den Arm, während er mich zum Tresen zog, wo er bis eben mit diesem Kind geflirtet hatte.

„Das ist Anja, Jürgens kleine Schwester."

Ach so? Der Name war im Bungalow gefallen, die Geschichte könnte stimmen.

Trotzdem machte ich meinem Unmut Luft:

„Wo warst du so lange, warum seid ihr nicht zu uns an den Tisch gekommen?"

„Du warst in dein Gespräch mit Caro vertieft ..."

An meinem immer noch entrüsteten Blick musste Sven erkennen, dass ich seinetwegen durch den Wind war. Er erklärte deshalb etwas mehr:

„Anja wollte mit mir über ihren Bruder sprechen, sie macht sich Sorgen, dass es mit Katrin nicht mehr so gut läuft. Da hat sie meine Meinung hören wollen."

Klang plausibel. Ich versuchte es mit einem Lächeln. Anja strahlte zurück.

„Du hast einen super Freund, Manuela, um den können dich alle beneiden. Er hat so vernünftige Ansichten. Was Beziehungen betrifft und das Leben allgemein."

Aha. Na, wenn das so ist. Dann sollte er sich jetzt mal besser um seine eigene Beziehung kümmern.

Sven gab zu: „Na ja, Theorie ist das eine, da bin ich gut."

Dann flüsterte er mir ins Ohr: „Lass uns abhauen, mir ist sowieso nicht nach Tanzen."

Mir war nach Tanzen gewesen, vorhin.

Sven versuchte es mit seinem: „Ja oder ja, wie lautet deine zustimmende Antwort?"

Ich gab mich geschlagen und ließ mich sogar küssen. Wir verabschiedeten uns von Anja (die schon achtzehn war, sogar älter als ich, aber glatt für vierzehn durchging).

Sven forderte mich auf: „Geh schon mal vor und sag den anderen Bescheid, dass wir verschwinden. Ich hole uns noch schnell eine Flasche Wein."

Wein? Mir sollte es recht sein. Mir war alles recht, wenn ich noch ein bisschen mehr Zeit mit ihm haben konnte.

Caro und Daniel wollten zur Nachtboutique bleiben und machten keine Anstalten, sich anzuschließen. Besser so.

Ich wartete draußen. Es war jetzt kurz vor halb zwölf und immer noch warm, aber viel angenehmer als im stickigen Tanzsaal. Gerade begannen zwei Typen mich anzupöbeln, da kam Sven und befreite mich aus der unangenehmen Situation. Er hatte tatsächlich eine Flasche Rotwein in der Hand.

„Unsere Bank?", fragte er und nahm mich in den Arm.

Ich nickte nur, und er gab mir einen zarten Kuss auf die Stirn. Hand in Hand gingen wir zum See, zu der Bank, auf der wir oft nach dem Tanztraining gesessen hatten.

Wir schwiegen eine Weile, und ich schämte mich für meine kindischen Gedanken vorhin an der Bar. Wie zum Teufel war es mir in den Sinn gekommen, er würde, während ich keine paar Meter weiter mit Caro sprach, mit einer anderen anbändeln. An unserem letzten Wochenende. Ich wollte im Boden versinken, so beschissen fühlte ich mich jetzt. Zum Glück sprachen wir nicht mehr davon, und wenn ich es recht bedachte, dann konnte er gar nicht wissen, was in meinem Kopf vorgegangen war.

Den Wein hatte er sich an der Bar schon öffnen lassen, wie schlau von ihm. Als er dazu noch zwei Plastebecher aus dem Rucksack zauberte, war ich baff.

„Fehlen nur die Teller mit den Häppchen", lästerte ich.

Sven hob bedauernd die Schultern, aber ein verräterisches Zucken in seinen Mundwinkeln gab mir zu verstehen, dass er noch etwas vorbereitet hatte.

„Tätä ... geht's denn auch damit, gnädige Frau?"

Erdnussflips, er hatte auch noch eine Tüte Erdnussflips mitgebracht.

„Das ist ja wie ein Picknick, nicht schlecht", lobte ich ihn.

„Was heißt hier Picknick, das ist ein Sektempfang, wie bei feinen Leuten!"

„Sektempfang mit Rotwein", stellte ich richtig, und stieß meinen Becher an seinen: „Prost!"

„Auf dich", sagte Sven und strich mir sanft über die Wange.

„Auf uns", antwortete ich, und fügte zögernd hinzu: „Oder?"

Sven schüttelte den Kopf. „Kein Oder."

Wir nippten an den Bechern, die mich mit den weißen Punkten stark an die Exemplare der letzten Silvesterfete erinnerten. Hatte er sie aus dem Partykeller seines Hauses mitgehen lassen? Aber wahrscheinlich sahen alle Becher am Ende mehr oder weniger gleich aus.

Wir redeten und schwiegen, wir knutschten und saßen einfach nur da, Arm in Arm, und sahen auf den See und lauschten dem Gezwitscher der ersten Vögel, als es langsam Morgen wurde.

Wir wollten nicht weg von diesem Platz, der unserer geworden war. Unsere Bank, hatte er so passend gesagt.

„Weißt du was", begann Sven, während er meine Hand auf seinem Knie hielt und ihre Innenfläche kreisend mit dem Daumen massierte.

„Was denn?"

„Ich glaube, ich liebe dich."

Er blickte von meiner Hand kurz hoch zu mir und dann auf den See, und nach einer Weile fuhr er fort:

„Da habe ich mir verdammt was eingebrockt."

Mir fiel nichts anderes ein, also antwortete ich einfach:

„Das ist schön."

„Sagst du", antwortete Sven und lachte leise. „Ist schließlich mein Problem, was?"

„Ein schönes Problem, finde ich."

Ich setzte mich auf seinen Schoß und lehnte mein Gesicht an seine Schulter. Dort duftete sein Hemd wie immer verführerisch nach Rasierwasser und nach ihm. Seine Hände wanderten unter meiner Bluse erst den Rücken entlang und dann überall hin.

Sven flüsterte, und es klang ein bisschen traurig: „Ja, das schönste Problem, das mir passieren konnte." Irgendwann kroch die Morgenfrische als ungebetener Gast auf unsere Bank, und als wir uns vor meiner Haustür zum Abschied das hundertste Mal in dieser Nacht küssten, wurde es schon hell.

In meinem Bett lag ich wach, als hätten wir nicht eine Flasche Rotwein, sondern eine Kanne Kaffee getrunken. Ich war aufgewühlt wie ganz am Anfang, als ich kaum seinen Namen wusste und an Schlafen überhaupt nicht zu denken war. Das war es auch heute nicht. Wie denn auch, die Sonne schummelte sich schon durch die Gardinen und die Vögel hatten ihr sommerliches Morgenkonzert angestimmt.

Mittwochabend, kurz vor halb sieben, saß Sven bei uns am Abendbrottisch und meine Eltern und ich schon auf gepackten Koffern. Morgen früh ging es ab nach Bratislava, mit der ersten S-Bahn noch vor dem Morgengrauen, denn der Zug fuhr bereits um sechs ab Ostbahnhof, der jetzt eigentlich Hauptbahnhof hieß, aber wie man es einmal gewohnt war. Sven und ich hatten uns schon gestern Abend getrennt, doch der Abschied war ein bisschen knapp ausgefallen und ich mit einem unguten Gefühl zurückgeblieben, das mich auch heute den ganzen Tag wie ein lästiges Bauchgrummeln begleitet hatte. Und dann stand er vorhin plötzlich vor unserer Tür. Vielleicht hatte er diese Überraschung beabsichtigt und war deshalb gestern ohne großes Abschieds-Tamtam verschwunden.

Als ich mich von dem Schreck erholt (und im Bad kurz aufgehübscht) hatte, konnte ich mich über das ungeplante Zusammensein freuen.

Da wir Reisenden halb in der Nacht aufstehen müssten, wollten wir heute beizeiten unsere Schnitten essen und deckten gerade den Tisch, als Sven klingelte.

„Da esse ich mit, wenn ich darf", hatte er Mutti vorgeschlagen, die Gott sei Dank noch genug Brot da hatte. Ich gab Sven von meiner Zervelatwurst ab, und wir teilten uns eine Gurke. Mutti war es peinlich, denn sie wollte vor unserer Reise nur Reste verbrauchen und hatte nicht mit Besuch gerechnet. Aber Sven beruhigte sie und erzählte Witze. Es gefiel mir, wie herrlich unkompliziert er sein konnte. Er unterhielt sich angeregt mit meinen Eltern, während wir unter dem Tisch Händchen hielten. Nach dem Abendbrot begleitete ich ihn nach unten, und im Hausflur verabschiedeten wir uns voneinander, wie es sich gehörte, auch wenn es nur für eine Woche war.

Am Sonntagmorgen, nach dem Volkshaus und den Stunden auf unserer Bank, als ich nicht schlafen konnte und es fürs Frühstück noch zu zeitig gewesen war, hatte ich nach langer Zeit einen Eintrag in mein Notizheft gemacht. Auch jetzt konnte ich nicht einschlafen (es war erst kurz nach acht und die Sonne schien noch ungeniert ins Zimmer), also holte ich es wieder hervor und las noch einmal meine letzten Zeilen:

Manchmal möchte ich den Moment anhalten. Gar nicht wissen, was morgen kommt. Glück, das hieß doch wohl nicht, alles zu planen und auf Nummer sicher zu gehen. Warum soll ich heute grübeln, ob wir morgen noch zusammen sein werden?

Oder, wie Hans Weber schreibt: *„Freilich kann man den Schmerz der Trennung mindern, indem man der Liebe aus* *dem Weg geht. Statt Liebe Sympathie, statt Zorn Gleichgültigkeit empfindet. Aber der Gelähmte würde alles hingeben für einen winzig kleinen Schmerz."*

Richtig! Es lebe die Liebe, und es lebe der Schmerz. Der wird schon erträglich sein. (Selbstkritische Anmerkung: Das kann man leicht herausposaunen, wenn man gerade im siebten Himmel schwebt.) Ich muss ihm bei meiner Rückkehr aus Bratislava auch endlich richtig sagen, dass ich ihn liebe. Ich denke immer, das wäre klar. Gesagt habe ich es nie. Das sollte ich aber. Er hat es schließlich heute getan. Und dass diese Liebe für ihn ein Problem sei ... das konnte nur ironisch gemeint sein. Vielleicht hat er aber auch ein bisschen Angst, Schmerz zu riskieren. Wenn das sein Problem ist, dann werden wir es gemeinsam lösen. Ja oder ja? Es gab nur eine Antwort: Ja!!!

Auf der Rückfahrt von Bratislava verbrachten wir die Nacht von Mittwoch auf Donnerstag im Zug. Wir hatten ein eigenes Abteil in einem sogenannten Schlafwagen, aber zwischen Grenzkontrollen, brüsken Bremsmanövern und Quietschen in den Kurven kamen wir kaum zum Schlafen, auch wenn das Rattern und Rütteln monoton und zum Eindösen gut geeignet gewesen wäre. Zum Glück hatte ich mit Sven ausgemacht, dass er erst am Abend zu mir käme. Am Nachmittag wollte ich mich zu Hause ausruhen. Na ja, richtig schlafen konnte ich nicht, dafür war die Wiedersehensfreude zu groß.

„Pack deine Tasche!", strahlte mich Sven an, als er gegen achtzehn Uhr vor der Tür stand.

„Wie, die habe ich doch gerade erst ausgepackt ..."

In einem ersten, kurzen Moment dachte ich, er würde mich mit nach Ungarn nehmen.

„Wir gehen zu mir, meine Eltern habe ich für heute Nacht wegorganisiert."

Ach so, auch nicht schlecht. In meinem Kopf fuhr ein Karussell. Was musste ich jetzt tun?

„Vielleicht lässt du mich erstmal rein?", fragte Sven in meine Denkpause hinein.

„Klar, aber ... " Ich zog ihn in den Korridor und war viel zu aufgewühlt, um ihn anständig zu küssen. Aber dafür hätten wir später noch Zeit.

„Setz dich so lange zu meinen Eltern, ich suche schnell ein paar Sachen zusammen."

Meine Waschtasche hatte ich glücklicherweise noch gar nicht geleert, die konnte ich gleich mitnehmen. Ich zögerte einen Augenblick, ob ich das neue Parfüm, das ich mir im Urlaub gekauft hatte, einweihen oder zum bewährten Incognito greifen sollte. Die Entscheidung fiel auch diesmal zugunsten der rosa-hellblauen Flasche aus.

„Ich bin soweit, wir können los", trällerte ich keine zehn Minuten später stolz ins Wohnzimmer.

Sven hatte mit meinem Tempo nicht gerechnet und sich von Vati derweil eine Flasche Bier anbieten lassen. Also setzte ich mich noch dazu und hörte mit, was Mutti und Vati von unserem Urlaub erzählten. Das musste heftig für Sven sein, all diese schrägen Geschichten zu hören, aber vielleicht machte es ihn auch stolz?

„Es gab fast einen Unfall, als einer sich nach Manuela den Hals verdrehte und an der Ampel beinah auf den Wagen vor ihm geknallt wäre", berichtete Vati und gestikulierte dabei mit den Armen wie ein Verkehrspolizist.

Sven kommentierte: „Sicher ist sie wieder wie eine Primaballerina über den Asphalt stolziert, das sieht ja auch zum Schießen aus."

Mutti erzählte, noch immer entrüstet, von dem westdeutschen Knacker, der Vati mitten auf der Straße angesprochen hatte: „Du hast eine Frau zu viel, würde ich mal sagen". Vati hatte die passende Antwort parat gehabt: „Und Sie haben eine zu wenig, das tut mir leid."

„Ich hätte dabei sein und auf dich aufpassen sollen", meinte Sven und schickte sich an, aufzustehen.

„Habt ihr denn was zu essen?", fiel Mutti ein, aber Sven konnte sie beruhigen.

„Meine Mutter hat uns einen Auflauf vorbereitet, den muss ich nur noch in den Ofen schieben."

Seine Eltern wussten also, dass ich bei ihnen übernachten würde. Hatte er das wirklich organisiert?

Auf dem Weg, diesmal zu Fuß, erklärte mir Sven, wie sich alles verhielt. Seine Eltern waren bei Freunden zu einer Gartenparty eingeladen. Irgendwann war es ihnen nach solch einem Anlass passiert, dass sie auf dem Rückweg von der Polizei gestoppt wurden und sein Vater den Führerschein riskiert hatte. Deshalb hatte Sven ihnen diesmal – ganz uneigennützig – empfohlen, bei den Freunden im Garten zu übernachten und am nächsten Morgen von dort direkt zur Arbeit zu fahren. Seine Mutter war gleich einverstanden, aber auch so schlau gewesen, zu erkennen, was noch dahintersteckte. Und deshalb hatte sie alles vorbereitet, die Kinder sollten schließlich nicht hungern. Brave Marianne. Sie verwöhnte ihren Sohn nach Strich und Faden, es würde ihm sicher schwerfallen, irgendwann von zu Hause auszuziehen.

Wir nutzten die sturmfreie Bude so richtig aus. Sven schaltete gleich das ZDF ein, da liefen gerade Nachrichten und es ging tatsächlich, wie in den Politdiskussionen behauptet worden war, um uns in der DDR. Oder besser gesagt um die Leute, die über die Botschaft in Prag ihre

Ausreise erzwingen wollten. Das interessierte mich, Sven gerade weniger.

„Komm, es ist aufgetischt", zog er mich vom Fernseher weg in die Küche. Dort duftete es herrlich nach überbackenem Käse.

„Mutters berühmter Hackfleischauflauf, da leckst du dir alle zehn Finger danach", schwärmte Sven und lud sich eine Riesenportion auf den Teller.

„Für mich bitte die Hälfte", stoppte ich ihn vorsorglich, denn ich wollte den Abend nicht mit Bauchkrämpfen beenden.

„Und schau mal, was wir hier haben!"

Sven zauberte aus dem Vorratsschrank eine Flasche Rosenthaler Kadarka heraus.

„Bist du dir sicher, dass die auch zum Muttipaket gehört?", lästerte ich.

„Nee, aber das kann ich ja missverstanden haben, oder?"

Sven holte die guten Kristallgläser aus der Wohnzimmervitrine. Auf dem Küchentisch, sonst mit handelsüblichem Linoleum bedeckt, lag ein feingebügeltes weißes Tischtuch.

„Bitte keine Rotweinflecken!", warnte ich noch, als Sven die Gläser füllte, doch es war bereits zu spät.

„Wo gehobelt wird, fallen Späne, oder wie heißt das gleich", grinste Sven und prostete mir zu.

„Auf diesen Abend!"

Er war in Feierlaune. So hatte ich ihn selten erlebt, aber das war wohl auch gut so, denn wir sollten an heute denken und nicht daran, dass wir morgen schon wieder Abschied nehmen müssten. Und diesmal für ganze zwei Wochen, das waren vierzehn elend lange Tage, oder, genau gerechnet, dreihundertsechsunddreißig Stunden. Mir wurde klamm bei dem Gedanken, also tat ich es Sven gleich und leerte das erste Glas Rotwein noch vor dem Essen in einem Zug. Wenn das so weiterginge, wären wir in Kürze stockbesoffen und würden das Bett (war seine Couch eigentlich aufklappbar?) gar nicht finden. Wir ließen uns Mariannes Spezialauflauf schmecken, es gab auch noch diesen neumodischen Krachsalat dazu und süßen Quark mit Johannisbeeren danach. Wenn wir nicht mit Kauen beschäftigt waren, quatschten wir über alles, was nicht seine bevorstehende Reise oder unsere Zukunft betraf. Wir schwadronierten über das Leben allgemein, aber vor allem über unsere lustigsten Erlebnisse in der Schule und auf Klassenfahrten. Der Wein trank sich weg wie Nichts. Später zogen wir auf den Balkon, um zu rauchen und die milde Abendluft zu genießen. Es zeigten sich sogar ein paar Sterne am Himmel, und je länger wir Arm in Arm in den Himmel starrten, desto mehr wurden es. Irgendwann holte Sven noch eine Flasche Rotkäppchen, und jetzt sprachen wir doch von uns und von dem ganzen Gefühlsquatsch, der damit verbunden war, und wir mussten lachen und ich auch mal ein bisschen weinen, aber das war schnell vorüber, auch weil Sven gut trösten konnte und mich schnell wieder zum Lachen brachte.

Jetzt wollt ihr sicherlich erfahren, ob wir an diesem Abend endlich, na ihr wisst schon ... Da muss ich euch enttäuschen. Nach Rotwein und Sekt schafften wir es gerade noch, die Zähne zu putzen und auf die Gottseidank (von Marianne?) schon mit Bettzeug bezogene Couch zu taumeln (war die jetzt ausgeklappt oder nicht?). Und das wars auch schon.

Am Morgen, das heißt so gegen zehn Uhr, schien die Sonne unbarmherzig in Svens Zimmer. Er (Marianne?) hatte die

Rollläden nicht heruntergelassen. Als ich es nicht mehr aushielt, stand ich auf, um das Problem zu lösen.

„Bleib liegen, ich mach das schon", murmelte Sven und bewies, dass er hier zu Hause war. Ich nutzte die Gelegenheit und verschwand kurz aufs Klo. Der Blick in den Spiegel sagte mir, dass ich mich gestern nicht abgeschminkt und wahrscheinlich ein Glas zu viel getrunken hatte. Kurzentschlossen stieg ich in die Wanne und benutzte das Duschbad, das auf dem Wannenrand stand (wo war eigentlich meine Waschtasche geblieben?). Es war ein Männerduft, aber der kam mir nicht bekannt vor, es gehörte vermutlich Svens Vater. Auch egal.

Da war sie ja, meine Waschtasche. Noch schnell Zähneputzen und einen Zahnputzbecher voll Wasser trinken. Das ganze Programm war in fünf Minuten erledigt und ich schlich zurück ins Kinderzimmer. Sven hatte die Rollläden heruntergelassen und das Fenster geöffnet, was dem Klima im Raum ausgesprochen guttat. Er lag aber nicht mehr im Bett, und jetzt hörte ich aus der Küche verdächtige Geräusche.

Ach nein, bitte noch nicht aufstehen.

Ich schlüpfte schnell zurück unter die Decke und riskierte gerade, wieder einzuschlafen, als mich ein Duftgemisch von Kaffee und frisch aufgebackenen Brötchen überraschte. Und Sven, der das Ganze auf einem Tablett stolz präsentierte.

„Was, gleich hier?", fragte ich ungläubig. Auch Sven schien in der Zwischenzeit im Bad gewesen zu sein und stand in einer dunkelblauen, verdammt knackig sitzenden Turnhose vor mir. Oben ohne. Er hatte meine Abwesenheit in der vergangenen Woche genutzt und ordentlich Sonne getankt, angeblich beim Fußballspielen mit alten Schulfreunden. Er musste dabei ein schulterfreies

Turnhemd getragen haben, dessen Umrisse sich jetzt eindrucksvoll abzeichneten. Er sah zum Anbeißen aus, und ich hätte schon wieder heulen können, dass er so schnuckelig für zwei Wochen ohne mich in den Urlaub fahren würde, unter anderem an den Balaton, wo es angeblich immer hoch herging.

„Gleich hier", bestätigte er.

Und dann, als ob er meine Gedanken erraten hätte, hielten wir uns nicht lange bei Brötchen und Kaffee auf, sondern stillten auch den Hunger, den wir aufeinander hatten.

„Das ist aber diesmal nicht Incognito", kommentierte Sven meinen herb-frischen Duft und wir mussten beide lachen, und es war nicht das letzte Mal, dass wir lachten bei all dem, was wir danach taten.

Zwei Wochen und zwei Tage später.

Es war kurz nach neun Uhr morgens, als es bei uns klingelte. Ich hatte die ganze Nacht kein Auge zubekommen, denn Sven war gestern von seiner Reise zurückgekehrt und ich hatte erwartet, dass er gleich, wenn auch nur für fünf Minuten, bei mir vorbeigekommen wäre.

Sollte ich in Schlafsachen an die Tür gehen? Ich hörte, dass Vati sich bereits kümmerte und lauschte, ob er mich rufen würde. Nichts. Dann hörte ich, dass jemand mit ihm in die Wohnung kam. Kurz darauf steckte Vati den Kopf in mein Zimmer, und ich erkannte, dass etwas nicht gut war.

„Manuela, da ist Besuch für dich", sagte er und wartete auf ein Zeichen von mir, dass ich aufstehen würde.

Besuch für mich. Das war nicht Sven, soviel war klar. Ich stand auf und ging ins Wohnzimmer. Da saß Daniel an unserem Tisch, dem es peinlich war und der nicht zu wissen schien, ob er wegsehen oder sich bemühen sollte, mir zuzulächeln.

Ich entschuldigte mich und lief wie in Trance ins Bad, wo ich mir eiskaltes Wasser ins Gesicht schüttete und einen Bademantel überzog, obwohl es dafür eigentlich zu warm war.

Es war Sonntag, der 20. August 1989. Daniel war aufgekreuzt, um mir mitzuteilen, dass Sven nicht mit ihm aus Ungarn zurückgekommen war.

Teil 3

„MENSCH, MANU", redete Daniel leise aber entschlossen auf mich ein, „du darfst das jetzt nicht falsch interpretieren. Sven liebt dich, das hat er mir selber gesagt."

Nicht falsch interpretieren. Was faselte er da? Ich saß auf der Couch, Vatis Bademantel über meinem kurzen Flatterhemd, damit ich nicht so nackt aussah. Mutti war auch dazugekommen und hatte sich neben mich gesetzt. Sie hielt meine Hand.

Daniel, braungebrannt und in weißem Nicki zur kurzen Sporthose, passte nicht in unser sonntägliches Wohnzimmer mit der braunen Schrankwand, den grün-beige gemusterten Gardinen und dem Knüpfteppich über der Couch. Genauso wenig wie die Worte, die aus seinem Mund kamen. Die Worte, die ich nicht verstand, weil ich sie wie durch Watte hörte und wie von jemandem, der nicht mit mir, sondern mit einer anderen Person sprach, wie in einem Film. In einem Film, den ich gar nicht sehen wollte. Aber irgendjemand hielt mich fest und ich musste alles ansehen und anhören. Es war Muttis Griff, der mich hielt, und ich befreite mich ruckartig davon. Was saß sie hier herum und konnte doch nicht helfen?

Mutti schaute mich trotz meiner harschen Reaktion verständnisvoll an, stand auf und ging zu Vati, der die ganze Zeit in der Tür gestanden hatte, unentschlossen, ob er sich das alles mit anhören sollte oder ob es ihm nicht noch mehr Ärger einbrächte. Vielleicht schrieb er in

Gedanken schon seinen Bericht, denn er war von der Angelegenheit betroffen, wenn auch nur indirekt. Seine Tochter war die Freundin eines Republikflüchtigen.

Mutti flüsterte Vati etwas ins Ohr, der nickte mir zu und beide gingen in die Küche. Sie ließen mich mit meinem Besuch allein.

Nein, nein und nein, hämmerte es in meinem Kopf. Daniel musste sich täuschen. Er war es, der etwas falsch interpretierte. Vielleicht hatten Sven und der andere nur noch ein bisschen länger bleiben wollen, um sich noch mehr anzusehen bei den Ungarn, so schnell kämen sie schließlich nicht wieder dorthin. Das hätte ich wahrscheinlich auch so gemacht.

„Aber …", stammelte ich und biss mir auf die Zunge, denn ich fühlte, dass ich keinen zusammenhängenden Satz herausbringen würde.

Daniel schaute mich mitfühlend an. „Ich verstehe es auch nicht, Manuela. Sven war … Sven ist mein bester Freund. Er hatte manchmal davon geredet, aber ich war mir sicher gewesen, dass es nur dummes Gequatsche war."

Nach einer Pause, in der Daniel seine Handknöchel massierte, fragte er, als ob ihm gerade eine Lösung eingefallen wäre: „Hast du seinen Brief nicht bekommen?"

Ich schüttelte mechanisch den Kopf. Nichts war gekommen, gar nichts. Ich hatte es auf Svens Schreibfaulheit oder den langen Postweg geschoben.

„Sven hat dir geschrieben, das habe ich gesehen. Und ich bin mir auch sicher, dass er den Umschlag am nächsten Tag zur Post gebracht hat."

„Ja und, was soll da dringestanden haben?", schrie ich heraus.

Ich wollte so einen Brief nicht, keine Erklärungen, Entschuldigungen, oder was auch immer.

Daniel ließ sich nicht beirren und versuchte weiter, mir Mut zu machen:

„Kopf hoch, Manu, er hat einen großen Fehler gemacht, den er bald bereut. Er kommt zurück, ganz bestimmt. Es kann gar nicht anders sein."

Konnte es doch anders sein? Konnte alles, was wir zusammen erlebt hatten, nicht wahr gewesen, nichts wert gewesen sein? In den Westen. Man ging doch nicht in den Westen, wenn man hier zu Hause war. Wenn hier das Leben war. Ich bin doch hier, Sven, wir sind doch hier!

Daniel musste sich getäuscht haben. Ich stand abrupt auf.

„Dann ist ja alles klar, danke dir", sagte ich knapp und wollte das Zittern in meiner Stimme mit Lautstärke überspielen.

„Wenn ich dir noch irgendwie helfen kann", meinte Daniel, während ich ihn in Richtung Wohnungstür schob.

„Nein danke, lass mal, ich komm schon klar. Mal sehen, was ich in Erfahrung bringen kann."

Daniel nickte resigniert.

„Ach, und Caro grüßt dich lieb, sie kommt morgen nach der Arbeit mal bei dir vorbei."

Caro? Was hatte die denn mit der Sache zu tun?

Erst als ich die Tür hinter Daniel ins Schloss gedrückt hatte, verstand ich.

Caro, sie hatte es bereits vor mir gewusst. Ihr Freund war der einzige von dreien, der von der Reise zurückgekehrt war. Zu ihr zurück. Caro hatte im Lotto gewonnen. Nicht bei Sechs aus Neunundvierzig. Bei Einer von Dreien.

„Willst du denn nicht frühstücken, Mäuschen?", rief Mutti und klopfte an die Badezimmertür. Ich lag in der Wanne und war froh, dass sich der Schaum endlich vollständig aufgelöst hatte. Sein Knistern hatte mir in den Ohren gedröhnt, so dass ich sie mir zugehalten hatte und untergetaucht war, immer wieder, so lange, bis ich zum Luftholen auftauchen musste. Ich wäre lieber nicht aufgetaucht, sondern für immer unter Wasser geblieben. Was sollte ich denn draußen, wo ich mich anziehen musste und essen sollte und all diese Sachen, die man so machte, normalerweise.

„Mäuschen, ist alles in Ordnung mit dir?"

Ich wusste, dass ich ihr lieber antworten sollte, denn jetzt drückte sie auch die Türklinke und merkte, dass ich mich eingeschlossen hatte.

Aber ich bekam kein Wort heraus. Ich wollte rufen, ja oder gleich oder irgendetwas, aber die Töne blieben mir im Hals stecken. Das war beängstigend. War ich zu lange unter Wasser gewesen?

„Manuela, nun antworte mir bitte. Manfred, kommst du mal?"

Jetzt rief sie auch noch Vati dazu, sie machte sich wirklich Sorgen.

Ich zog mich mühsam am Wannenrand hoch und drehte den Schlüssel um.

„Schnecke, was machst du denn?", fragte Mutti erleichtert, als sie mich sah.

„Baden". Meine Stimme funktionierte wieder.

„Alles in Ordnung?", fragte Vati und kaute dabei.

„Alles in Ordnung, in bester Ordnung. Siehst du hier irgendwo Unordnung?", antwortete ich und griff zum Handtuch, um aus der Wanne zu steigen.

„Komm bitte frühstücken, du musst was essen", riet Mutti fürsorglich.

So einfach war das für Mütter. Die Kinder mussten essen, dann war alles gut.

„Ich will nichts."

Vati konnte jetzt richtig sprechen. „Manuela, wir verstehen ja, dass es dir nicht gut geht, aber eine Tasse Kaffee ..."

„Später vielleicht."

Und da sie immer noch dastanden und mich mitleidig ansahen, was ich überhaupt nicht gebrauchen konnte, sagte ich noch: „Bitte!"

Sie gaben es auf und ich schloss die Tür, diesmal ohne abzusperren. Die Versuchung war groß, wieder in die Wanne zu steigen, aber das Wasser ohne Schaum sah unappetitlich aus und ich spürte, dass meine Haut an den Fingerkuppen schon schrumpelig war. Ich musste fast eine Stunde im Wasser gewesen sein, wenn die Uhr gegenüber dem Waschbecken nicht auch falsch tickte. So falsch, wie ich mich fühlte. Es war mittlerweile fast Mittag. Sonntagmittag. Wir hätten bei meinen oder seinen Eltern gegessen, das hatten wir nicht konkret ausgemacht. Bei seinen Eltern. Ein Stich in der Magengegend ließ mich zusammenzucken. An die hatte ich noch gar nicht gedacht. Und wenn ich zu ihnen ging? Ich musste zu ihnen gehen! Vielleicht wussten sie etwas. Vielleicht würde sich alles klären. Für einen Augenblick tanzte die irrwitzige Vorstellung durch meinen Kopf, dass Sven, während ich hier wahnsinnig wurde, gemütlich zu Hause bei seinen Eltern saß und Hackfleischauflauf mampfte. Und ich würde vor ihm stehen und er würde sich beeumeln, dass ich auf den guten Witz von Daniel hereingefallen war. Und er würde sich entschuldigen und mich in den Arm nehmen und ...

Und dann wurde mir plötzlich schlecht und schwindelig und schwarz vor Augen. Wie gut, dass ich gleich neben dem Klo stand. Hier würde ich bleiben, für den Rest des Tages und die nächste Woche und so lange, bis mich jemand aus diesem Alptraum wecken käme.

Es war Mutti, die neben mir kniete und über meinen Kopf strich.

„Komm, Schnecke, ich habe dir ein bisschen Tee gemacht."

„Mir ist schlecht", jammerte ich und war gar nicht böse darüber, denn die Übelkeit lenkte gut ab von den wirren Gedanken. Mutti brachte mich ins Kinderzimmer, wo ich mich auf die Couch legte.

Da ich Durst hatte, trank ich den Kamillentee, aber das war anstrengend. Mutti saß eine Weile still neben mir. Irgendwann fing sie an zu reden, ihre Worte zogen wie Wolkenfetzen an mir vorbei.

Bis zu dem Satz: „Du wirst darüber hinwegkommen, glaub mir."

Meine Sinne kamen instinktiv zurück und rebellierten sofort. Ich setzte mich auf.

„Was redest du da eigentlich? Sag mal begreifst du, was passiert sein soll? Er hat alles über Nacht verlassen, seine Eltern, seine Familie, sein Zuhause, mich, sein Leben, alles. Das ist nicht Sven, so was würde er nie tun!"

Ich suchte in Muttis Gesicht nach Zustimmung, oder zumindest einem Zeichen von Zweifel, aber sie zuckte nur leicht mit den Mundwinkeln und wich meinem Blick aus.

Da packte ich sie an den Armen, ich wollte sie wachrütteln.

„Mutti, es kann nicht so gewesen sein. Es muss etwas passiert sein. Ihm ist etwas zugestoßen. Ihm ... oder seinem Freund."

Mutti blieb hart: „Das ist unwahrscheinlich. Daniel hat gesagt, sie wollten nach Österreich über die Grenze. Und er hat sich geweigert, mitzugehen. So wird es schon gewesen sein, denkst du, Daniel kommt hierher und lügt dich an?"

Ich suchte nach Worten, mit denen ich mich verständlich machen konnte. Mein Gefühl sagte mir, dass es nicht die ganze Wahrheit war, dass er es sich im letzten Moment anders überlegt hatte und ... vielleicht konnte er nicht mehr zurück, oder sie sind festgenommen worden oder ... oder was auch immer. Ich sah ein, dass Mutti meine Gefühle nicht teilte. Sie war eben zu rational. Und sie war nicht verliebt in Sven. Sie kannte ihn auch gar nicht. Was wusste sie denn von ihm, von uns? Für sie war es nur eine Jugendliebe ihrer Tochter, die ohnehin verflogen wäre, so oder so. Ich glaubte ihr nicht, wenn sie behauptete, dass die erste Liebe nicht für immer sei. Wer sowas sagte, der hatte beim ersten Mal nicht den richtigen gefunden. Das mit mir und Sven, das war anders. Unsere Liebe konnte nicht zu Ende sein, auf so absurde Art, nach nur fünf Monaten. Nein, es gab da ein großes Missverständnis, ich musste es nur klären. Ich gab Sven nicht auf, das würde ich ihm nicht antun.

Am Montagnachmittag, gegen halb fünf, stand tatsächlich Caro vor unserer Tür. Es war das erste Mal, dass sie mich zu Hause besuchte.

„Meine Kleene, wie siehst du denn aus?", war ihre Begrüßung, worauf sie mich in den Arm nahm. „Lass dich mal drücken."

Sie war stark geschminkt, und sie duftete süß und warm nach ihrem Moschus-Deo. Vielleicht fiel mir das alles nur deshalb auf, weil ich es im Gegensatz zu ihr heute gerade mal geschafft hatte, irgendwann den Schlafanzug gegen Nicki und Turnhose zu tauschen und mir die Augen auszuwaschen.

„Ich habe gar nichts vorbereitet", stammelte ich. „Komm rein!"

„Aber ich", strahlte Caro und hob ihren Einkaufsbeutel in die Höhe. „Ich dachte, ein dickes Stück Bäckerkuchen würde dir guttun."

Mir guttun. Ich war doch nicht krank.

„Sind deine Eltern gar nicht da?", plapperte sie weiter, während sie vor mir ins Wohnzimmer ging, als ob sie sich bei uns auskannte.

„Die sind arbeiten."

„Arbeiten? Ist deine Mutter nicht Lehrerin?"

„Ja, und die haben schon wieder Versammlungen und solchen Kram, bereiten alles vor."

In zwei Wochen ging das neue Schuljahr los. Auch für mich an der Penne, aber daran konnte ich jetzt nicht denken.

„Schade, ach nein, vielleicht sogar besser, dann kannst du mir in Ruhe alles erzählen", schlussfolgerte Caro, die den Kuchen auf dem Tisch abgestellt hatte und aussah, als ob sie etwas suchen würde.

Alles erzählen? Was sollte ich ihr erzählen, das sie nicht bereits von Daniel wusste?

„Ich brauche dringend einen Kaffee", erklärte sie und sah mich fragend an.

„Kann ich machen."

„Nein, nein, zeig mir einfach die Maschine, setz dich hin."

„Ich bin nicht krank, verdammt noch mal", platzte ich heraus. Caro zuckte zusammen, und ich verstand, dass ich mich im Ton vergriffen hatte.

„Entschuldigung, Caro. Aber lass mich das bitte machen."

Caro nickte und setzte sich an den Tisch.

Während ich Kaffee kochte – eine ganze Kanne voll, dafür kannte ich die Dosierung – hörte ich sie im Wohnzimmer mit den Tellern klappern. Die hatte sie aus der Schrankwand genommen, sie standen gut sichtbar hinter Glastüren.

„Gehen die?", fragte sie lächelnd und ein bisschen schuldbewusst.

Zügig wickelte sie den Kuchen aus. Sie hatte Kirschstreusel und Puddingschnecken mitgebracht.

„Das ist lieb von dir, aber ich habe gar keinen Appetit", entschuldigte ich mich.

„Das glaube ich", nickte Caro verständnisvoll, teilte kurzentschlossen eine Schnecke in der Mitte und reichte mir dir Hälfte. „Versuch trotzdem ein Stück, mir zuliebe."

Ich nahm sie ihr ab und legte sie vor mir auf den Teller.

Wir schwiegen eine Weile und starrten unsere halben Schnecken an.

„Willst du reden?", fragte Caro schließlich, während sie zu essen begann.

„Was denn?"

„Ich weiß nicht. Was du denkst. Was du jetzt machen willst. Ob ich dir helfen kann."

„Das kannst du. Sag mir, dass Daniel sich geirrt hat und alles nur ein Missverständnis ist."

Caro atmete tief ein. „Das würde ich gerne, glaub mir, aber ..."

Sie überlegte, ehe sie weitersprach: „Hast du wirklich nie was geahnt, ich mein, hat er nie irgendetwas angedeutet, dass er wegwollte, was weiß ich?"

„Das wollte ich eigentlich dich fragen, Caro. Was soll ich denn gemerkt haben? Wer kommt denn auf so eine Scheiße."

Ich kramte hinter dem Sofakissen nach einem Taschentuch, ehe es zu spät wäre. Denn jetzt fing ich an zu reden, und ich erzählte ihr alles, na ja, fast alles. Dass es gerade so verdammt schön gewesen war, endlich alles klar zwischen uns, dass ich seine Familie kennengelernt hatte, eben alles, was Caro vielleicht noch nicht wusste, da wir uns zuletzt zum Thema Sven unterhalten hatten, als ich gerade in der Sinnkrise steckte mit Theater und Zukunft und all dem Zeug. Das mich jetzt keinen Pfennig mehr interessierte, wie denn auch.

Caro sagte nichts mehr, sie ließ mich reden und versorgte mich währenddessen mit neuen Zellstofftaschentüchern.

„Und jetzt?", fragte ich, als ich mit meinem Monolog fertig war.

Caro zögerte mit der Antwort:

„Es tut mir so leid, Kleene."

Warum bestätigte sie mir nicht, dass er zurückkäme, das hatte Daniel schließlich auch gesagt. Warum machte sie mir keine Hoffnung? Verzweifelt hakte ich nach:

„Ich glaube das einfach nicht, verstehst du?"

Caro legte ihren Arm um meine Schulter.

Nach einer Weile sagte sie: „Daniel hat mal erzählt, aber das ist schon länger her, dass Sven Kundschafter-Romane las, und dass er sich für die Staatssicherheit interessierte. So als berufliche Laufbahn."

Ich schüttelte den Kopf.

„Was redest du da? Staatssicherheit? Sven hasste Parteigefasel. Er vermied es immer, darüber zu diskutieren. Wenn, dann nur im Scherz. Er hat sich manchmal lustig gemacht über die ganze Wichtigtuerei."

Caro zuckte mit den Schultern. „Ich sage ja, das ist schon länger her. Und wer weiß, ob das was damit zu tun hat, dass er jetzt rübermacht ..."

Rübermachen. Mir lief ein kalter Schauer über den Rücken. Das war ja ekelhaft. Das taten die Asozialen, die Konsumverblendeten, die, die ...

„Hör bitte auf." Ich schaute Caro flehend an. „Es wird sich alles klären."

Caro sah aus, als ob sie auch gleich weinen würde.

„Hast ja recht, entschuldige."

Wir hörten Schlüssel an der Wohnungstür klappern. Mutti kam aus der Schule.

„Hallo ihr beiden, ich sehe, ihr lasst es euch gutgehen?"

Caro übernahm für mich.

„Hallo, Frau Busch. Möchten Sie auch eine Tasse Kaffee?"

Mutti machte ein Gesicht, als ob sie die gebrauchen konnte, und setzte sich zu uns. Ich aß jetzt die halbe Puddingschnecke und auch ein Stück Streuselkuchen und tat so, als wäre das hier ein netter Kaffeeklatsch. Caro und Mutti unterhielten sich über Caros Arbeit, und am Ende versprach Mutti, den nächsten Kosmetiktermin bei Caro zu buchen. Caros Salon lag zwar am anderen Ende der Stadt, aber Muttis Kosmetikerin in der Nordstraße war im Babyjahr und ihre Vertretung ein bisschen lahm, Mutti hatte sich schon über sie beschwert. Ich hörte zu und trank die dritte Tasse Kaffee und freute mich für Caro, dass sie sich auf ihrer Arbeit wohlfühlte.

Es lief alles perfekt für sie. Arbeit, Freund, vielleicht bald Hochzeitsglocken und Kinderglück.

Als sie sich kurz vor halb sieben, Vati kam gerade vom Dienst, von uns allen verabschiedete, bat sie mich, sie noch bis vor die Haustür zu begleiten. Das hätte ich lieber vermieden. Da hatte ich immer mit Sven gestanden.

„Lass den Kopf nicht hängen. Das Leben geht weiter. Wir helfen dir, wirst schon sehen!"

Wie könnt ihr mir helfen? Was redest du für einen Schwachsinn?

Ich sagte nicht, was ich dachte und nickte nur mechanisch.

„Danke. Wir sehen uns dann beim Training."

„Nein, vorher schon. Das Training beginnt doch erst im September."

Ich sah, dass Caro überlegte.

„Komm einfach bei mir vorbei, übermorgen, willst du?"

Ich wusste nicht, ob ich wollte, aber ich sagte zu, denn ich hatte nichts anderes vor.

Schon durch den Briefschlitz war zu erkennen, dass diesmal etwas im Kasten steckte. Mein Herz schlug plötzlich ganz weit oben, fast in der Kehle. Ich war heute schon das dritte Mal unten, im Keller, vorm Haus, aber eigentlich nur, um dabei an unserem Briefkasten vorbeizugehen. Mit zitternder Hand schloss ich auf und nahm den Inhalt heraus. Es war ein Umschlag, weiß, ein bisschen schmutzig, nicht sehr schwer. Mein Blick heftete sich auf die Adresse. Die begann mit Familie Busch. Wollte er etwa meiner Familie alles erklären, sich bei meinen Eltern entschuldigen? Die Handschrift kam mir bekannt vor, aber ... Ich wendete den Umschlag und sah den Absender auf der Rückseite. Es war Beates Schrift.

Enttäuscht und erleichtert zugleich, schleppte ich mich die Treppen hoch und fühlte dabei, wie ich wieder runterkam. Wieder runter in den Keller, nachdem ich kurz oben auf dem Dach gestanden und vom Rand aus in den Himmel und zugleich in den Abgrund geblickt hatte. Ich war wieder unten. Es war wieder leer in mir und ich müsste bis morgen ausharren, um erneut Hoffnung und Angst zu haben, seinen Brief zu erhalten.

„Beate schreibt uns", rief ich Mutti zu, die in der Küche hantierte, und ließ den Brief ungeöffnet im Korridor liegen.

Ich schleppte mich wieder ins Kinderzimmer, wo ich auf der Couch zu lesen oder zu schlafen versuchte.

Mir gelang keines von beidem.

Mutti klopfte an, bevor sie zu mir reinkam.

„Willst du nicht wissen, was Beate schreibt?"

Ich drehte mich zu ihr um, ohne die Augen zu öffnen.

„Was denn?"

„Sie hat diesen Donnerstag Haushaltstag und will nach Berlin fahren. Sie fragt, ob ihr euch treffen wollt."

Am Haushaltstag von Zwickau nach Berlin, das war schon eine richtige Reise. Aber sie lohnte sich offensichtlich. Wir in Strausberg waren verwöhnt und in einer Stunde mit der S-Bahn am Alexanderplatz. Mit Beate durch die Geschäfte zu bummeln war immer so ein Ding. Während sie staunte, was es in Berlin alles gab, war ich gelangweilt und riet ihr von allem ab. Das nervte sie dann und endete meist in einem Streit, den wir nur bei einem anständigen Essen im Gastmahl des Meeres beilegen konnten. Fisch aß meine Schwester für ihr Leben gerne, hasste es aber, ihn zuzubereiten. Da war unsere berühmte Fischgaststätte am Alex ihr Pflichtprogramm bei jedem Hauptstadtbesuch.

Ich hatte keine Lust nach Berlin zu fahren. Bei der Hitze und überhaupt. Andererseits ...

„Ich überlege es mir", beendete ich das Schweigen und zog das Sofakissen über den Kopf.

Ich spürte, dass Mutti noch eine Weile in der Tür stand, bevor sie sagte: „Ich lege dir den Brief hier her, falls du ihn lesen willst ... in einer halben Stunde gibt's Mittag."

Das klang wie eine Drohung, und ich nutzte die verbleibende Zeit, um über Beates Vorschlag nachzudenken. Am Ende beschloss ich, übermorgen nach Berlin zu fahren.

Beate hatte Sven nur einmal getroffen, im Mai zu Muttis Geburtstagsfeier. Wir waren gemeinsam im Klub am See Mittagessen gewesen. So richtig schick mit Vorsuppe, Steak au four, Kroketten und Halbgefrorenem zum Nachtisch, das ganze Programm eben. Während Sven und ich – auch dank der zwei Flaschen Rotkäppchen – richtig lustig gewesen waren, hatte uns meine Schwester von der Seite gemustert. Ich hatte es als Eifersucht gewertet. Ja, ich glaube, Sven gefiel ihr, er war ihr Typ, und wenn sie ihn mit Gerd verglich, hatte sie Grund, auf ihre kleine Schwester eifersüchtig zu sein. Was würde sie jetzt sagen? Siehste, schöne Männer haben immer einen Haken?

Ende August hatte plötzlich auch die Musik gewechselt, oder war es nur meine angeschlagene Seele, die all die traurigen Balladen und diese Komm-zu-mir-zurück-Texte aus dem Programm herausfilterte, um meinem Leiden den passenden musikalischen Beigeschmack zu verpassen? Das waren doch alles offensichtlich an mich gerichtete Botschaften: So ein lockiger Schönling, Richard Marx, schmachtete am Klavier sein *Right Here Waiting For You*, Soul II Soul forderten mich auf, endlich *Back To Life* zu kommen (*However Do You Want Me*), aber das ging ja nicht, denn wie Chaka Khan wusste, war mein Problem *Ain't Nobody loves me better.*

Ich wollte meinen Kassettenrekorder, den guten SKR 700, schon verkaufen, nur um den ganzen Mist nicht mehr anhören zu müssen, aber ohne Musik hielt ich es erst recht nicht aus. Dann dröhnte die Stille, wenn ihr versteht, was ich meine. Scheiße, gottverdammte. Es gab auch ein Lied, das schon vorher gespielt worden war, aber mir erst jetzt auf die Nerven ging: *Das Omen.* Zum Anfang der Sommerferien hörte man es ständig. Jetzt hallte mir dieses infernalische Kreischen in den Ohren, als wollte es sagen: Hast du die Zeichen nicht gehört, hast du nicht verstanden, dass alles zu schön war, um wahr zu sein? Hast du geglaubt, glücklich sein zu dürfen?

Mit Beate traf ich mich am Alex, aber nicht unter der Weltzeituhr, da standen ja schon die ganzen Touristen rum, sondern an unserem üblichen Ort, wo ich gemütlich auf einer Bank am Brunnen der Völkerfreundschaft sitzen konnte. Normalerweise las ich ein Buch bei dieser Gelegenheit, auch, um nicht angesprochen zu werden. Heute war ich ohne Lektüre unterwegs, in der S-Bahn hatte ich aus dem Fenster gestarrt und die Bäume neben den Gleisen gezählt.

Jetzt musterte ich die Leute: Es waren viele Schulkinder, die wie ich noch in den Ferien waren, aber auch einzelne ältere Herrschaften, Mütter mit Kinderwagen und ein paar Touristen. Aus der Reihe fiel ein Mann, der wie ich auf einer Bank saß und Mitte dreißig war, würde ich sagen. Kaum hatte ich mich hingesetzt, glaubte ich bereits zu spüren, dass er immer wieder zu mir rüber sah. Irgendwann wurde es mir zu bunt und ich starrte zurück, mit meinem eiskalten „Is was?"-Blick. Er hielt eine Weile stand, aber irgendwann gab er auf und tat so, als ob er in seiner Aktentasche kramte.

Meine Schwester erlöste mich aus der Bredouille und kam fast pünktlich kurz vor halb elf, wie sie es im Brief angekündigt hatte.

„Na, heute nichts zu lesen dabei, bist du krank?", begrüßte sie mich, während sie mir von hinten auf die Schulter tippte.

Ich stand auf und drehte mich zu ihr um. Beate sah etwas angeschlagen aus, die Haare leicht zerzaust und blass um die Nase. Nach der langen Zugfahrt kein Wunder.

„Das könnte ich dich fragen, du sahst auch schon mal frischer aus", bemerkte ich spitz. Wir umarmten uns flüchtig, ich nahm meine Tasche und schwenkte sie in Richtung Centrum Warenhaus. „Auf in den Kampf!"

Nach ein paar Schritten hakte sich Beate bei mir unter, was sie selten tat. Genaugenommen tat sie das nicht mehr, seit sie verheiratet war, also seit sieben Jahren nicht. Mir war es recht, und auch, dass sie anfing zu erzählen: von den Kindern, von der Arbeit, von dem Farbfernseher, den sie sich angeschafft hatten. Es tat gut zu hören, dass das Leben bei anderen weiterging, und nicht nach meinem gefragt zu werden. Im Kaufhaus stöberten wir zuerst durch die Jugendmodeabteilung (für uns, es gab aber nichts Gescheites), bei Kinderkleidung (am meisten freute sich Beate über zwei Kordhosen für Andreas, sie hatte schon aus zu kurz gewordenen Hosen den Saum rausgelassen), und am Schluss durch die Haushaltswaren, was mich weniger interessierte. Selbst wenn ich nach dem Studium ausziehen würde, könnte ich viele Sachen aus Omas Nachlass mitnehmen, die wir gut sortiert im Keller aufbewahrten.

„Hey, nun zieh nicht so ein Gesicht", rempelte mich Beate an, „ich geh nur schnell die zwei Schüsseln bezahlen, dann bist du erlöst."

Während ich auf sie wartete, lehnte ich mich vorsichtig an ein Warenregal, in dem Tischdecken und Kissen gestapelt waren. Am liebsten würde ich mir so ein Kissen schnappen und mich drauffallen lassen. Mir war schon wieder schwindelig, das lag sicher an der stickigen Luft hier drinnen. Und Hunger hatte ich auch, zum Frühstück hatte ich kaum etwas runtergekriegt und war auch in Eile gewesen, um die S-Bahn und den vereinbarten Treff mit Beate nicht zu verpassen.

Gut, dass ich Beate überreden konnte, das Kaufhaus schnell zu verlassen. Aber als ich unser Gastmahl des Meeres ansteuern wollte, schüttelte sie mit dem Kopf und blieb abrupt stehen.

„Können wir nicht mal was ganz anderes ... zum Beispiel Kuchen? Gibt es da nicht so ein tolles Kaffeehaus ...?"

Ich erkannte, dass es Beate Ernst war mit *mal was anderes.*

„Du meinst die Konditorei am Neptunbrunnen?"

„Ja, genau. Ist die nicht gut?"

„Doch, na klar, aber zum Mittagessen?"

„Danke, Schwesterherz!" Beate ließ keine Widerrede zu.

Ich musste mich zusammenreißen und meinen Appetit auf Hering in Sahnesauce mit Sahnetorte austricksen, aber was tat man nicht alles für die liebe Verwandtschaft, wenn sie extra in die Hauptstadt gekommen war.

In der Konditorei ergatterten wir einen schönen Fensterplatz, draußen war leider alles besetzt. Ich nahm ein belegtes Brötchen als Hauptgericht und ein Petit Four zum Dessert. Beate hatte sich gleich zwei Stück Torte ausgesucht: Obst-Gelee und Nuss-Krokant.

„Du bist ja geschmacksmäßig auf ganz neuem Dampfer!",
stellte ich fest.

Beate aß von beiden Kuchen gleichzeitig, immer ein
Stück von dem einen, das nächste vom anderen. Jetzt legte
sie die Gabel ab.

„Na ja, vielleicht nur vorrübergehend."

Ich kaute an meinem Käsebrötchen und sah sie fragend
an.

„Manu, ich bin wieder schwanger."

Das Käsebrötchen, auch wenn es kaum noch ein halbes
war, wurde plötzlich schwer und plumpste vor mir auf den
Teller. Wahrscheinlich blieb auch mein Mund offenstehen,
jedenfalls brauchte ich einen Moment, um etwas
Intelligentes zu sagen: „Ach du Scheiße."

Aber gleich darauf nahm ich wieder Besitz von meinen
Gedanken und vom Käsebrötchen:

„Das heißt, ich wollte sagen, das ist ja schön."

Beate lachte unterdrückt und meinte:

„Nee, du hattest schon recht mit deinem Kommentar."
Plötzlich vergaß sie ihre Tortenstücke und ließ den Tee kalt
werden, denn sie musste mir alles erzählen, was sie in den
letzten drei Wochen durchgemacht hatte. So lange wusste
sie es schon. Sie war sich gar nicht sicher, ob sie noch ein
Kind wollte. Andreas würde im September zur Schule und
Anja in den Kindergarten kommen. Und jetzt gleich wieder
ein Krippenkind hintendran?

„Ich schaff das nicht, Manu, ich bin fix und fertig jeden
Abend. Nach der Arbeit Kinder abholen, Essen machen,
Kinder ins Bett bringen. Gerd macht gar nichts."

Dazu wusste ich nichts zu sagen. Es klang immer alles
so schön einfach von wegen Babyjahr, Krippenplatz, alles
zum Wohle des Volkes und so. Aber wer fragte schon, was
sich zu Hause abspielte, wie bei meiner Schwester und

ihrem Mann, wer die ganze Arbeit hatte. Gerd war sicher ein patenter Kerl, schließlich hatte er damals nach der Hochzeit die baufällige Zweiraumwohnung zusammen mit Kumpels selbst renoviert. Aber im Alltag ...

„Du musst ihn ein bisschen rannehmen", schlug ich ungeniert vor. „Klar lässt er gern den Helden der sozialistischen Arbeit heraushängen, von wegen Brigadeleiter und Sonderschichten und pipapo, ist alles wichtig und richtig, aber zu Hause gibt es auch zu tun."

Beate stocherte in ihrer Torte.

„Ich überlege, ob ich eine Unterbrechung machen lasse, Manu. Ich habe es aber noch keinem gesagt."

Das war heftig, darauf war ich nicht vorbereitet. Für eine Schwangerschaftsunterbrechung, ging mir durch den Kopf, müsste es da nicht entsprechende Gründe geben? Aber ich kannte mich mit diesen Dingen nicht aus.

„Und Gerd, was sagt er dazu?"

„Der will natürlich das Kind. Er meint, dass wir dann vom Ehekredit gar nichts mehr zurückzahlen müssen. Als ob es hier nur um ein paar Tausend Mark ginge."

„Aber hast du denn richtig mit ihm geredet, ihm erklärt, dass du Angst hast, dass dir alles zu viel wird?"

Beate nickte. „Alles kein Problem für ihn, das seien nur die Hormone, die bei mir gerade verrücktspielten. Und er denkt ja auch, wir bekämen dadurch endlich eine größere Wohnung."

Ich fand es schon jetzt für die Vier viel zu eng, wie sie da in ihrer selbst ausgebauten Altbauwohnung unter dem Dach hausten. Ich war gerne bei ihnen zu Besuch, aber nachts aufs Klo eine Treppe tiefer gehen zu müssen, war schon krass. Wir in Strausberg, oder besser gesagt, wir in der Armee-Siedlung, waren verwöhnt. Ich war verwöhnt, denn ich kannte von Geburt an gar nichts anderes als

Komfort: eigenes Kinderzimmer, Bad – selbstverständlich mit Badewanne – Balkon und Fernheizung. Gerd schleppte immer noch Kohlen für den Kachelofen aus dem Keller nach oben, und eine winzig kleine Badewanne stand bei ihnen in der Küche. Die Kinder spielten und schliefen im Schafzimmer, Gerd und Beate richteten jeden Abend die Ausziehcouch im Wohnzimmer her und mussten dazu den Esstisch in die Ecke schieben. So weit, so gut, aber wenn nun noch ein Baby käme. Wenn.

Doch halt, verdammt, sollten all diese dämlichen Bequemlichkeitsbedenken zur Begründung taugen, ein Kind wegmachen zu lassen? Bei dem Gedanken, den ich erst jetzt richtig zuließ – oder weil ich an Stelle des Wortes Schwangerschaftsunterbrechung ein so banales und beklemmendes Wegmachen gesetzt hatte – spürte ich einen Stich unter dem Herzen.

Mir fiel schlagartig ein, was ich in den letzten Tagen immer wieder verdrängt hatte. Sollte ich mit Beate reden? Wenn wir gerade beim Thema waren? Aber Beate wusste noch nicht einmal … Sie hatte mich auch nicht nach Sven gefragt. Na gut, am Anfang hatte ich selbst alles darangesetzt, nicht auf ihn zu sprechen zu kommen. Und jetzt hatte sie recht, wenn sie erstmal auf eine Antwort zu ihrem Problem bestand. Aber was sollte ich ihr raten? Ratschläge und kluge Sprüche konnte ich mir gar nicht erlauben. Oder doch? Nicht, was ihre Probleme mit Gerd, ihre Belastung mit den Kindern und das alles betraf. Aber ich konnte und ich musste ihr raten, als ihre Schwester: „Behaltet es."

Ich glaube, Beate verstand, was ich damit alles sagen wollte. Jedenfalls antwortete sie einfach: „Danke."

Dann spendierte sie uns noch einen Eisbecher, wo wir schon mal so einen guten Sitzplatz hatten. Andere

Interessenten gafften bereits aufdringlich und hofften, wir würden den Tisch gleich freigeben.

„Aber du erzählst ja gar nichts, Manu, von Sven zum Beispiel?"

„Da gibt es nicht viel zu erzählen."

„Wie? Was soll das heißen? Habt ihr euch getrennt?" Ich schluckte, und es war gerade kein Eis in meinem Mund gewesen.

„Wie man's nimmt. Nein, so kann man das nicht sagen." Beate schaute mich verständnislos an, bis ihr offensichtlich ein Geistesblitz kam:

„Hat er etwa mit 'ner anderen rumgemacht?"

Das wäre nur halb so schlimm. Ehrlich gesagt hatte ich dazu gar keine Einstellung, mit dieser Möglichkeit hatte ich mich nie befasst, warum denn auch.

Ich spannte Beate nicht länger auf die Folter und versuchte ihr zu erklären, was ich selbst nicht verstanden hatte. Ich erzählte ihr, was man mir erzählt hatte.

Jetzt hätte Beate Gelegenheit gehabt, ihren Mund offen stehen zu lassen, aber sie zog es vor, beim Kauen eine schiefe Gusche zu ziehen und diese einzufrieren. Wer unser Gespräch nicht hörte, hätte denken können, das Eis hätte ihr an einem empfindlichen Zahnhals schmerzhaft zugesetzt.

„Das ist jetzt nicht dein Ernst, oder?" fragte sie schließlich.

Ich weiß nicht, welche Reaktion ich von ihr erwartet hatte. Vielleicht, dass sie mich getröstet hätte, vielleicht, dass sie mir wie Mutti bestätigt hätte, dass es noch andere Männer für mich geben würde. All das hätte ich erwartet. Aber Beate sagte etwas vollkommen Unverständliches:

„Du, der ältere Typ vorhin auf der Bank am Brunnen ..."

„Ja und, was ist mit dem?", fragte ich gereizt.

Beate schaute sich kurz die Leute um uns herum an, bevor sie weitersprach: „Na ja, die sollen schnell sein, wenn einer abhaut. Dann sind sie gleich bei allen dran, bei der Familie, Freunden, Bekannten, allen."

„Häh? Du spinnst ja. Das war ein Notgeiler, eindeutig."

Beate war, nachdem sie aus Strausberg weggezogen war, komischen Einflüssen ausgesetzt und redete manchmal total überspanntes Zeug. Als ob überall gleich die Staatssicherheit im Spiel wäre.

„Die, von denen du redest, die haben andere Sorgen zurzeit, als einer wie mir hinterherzuschleichen, komm mal wieder runter", reagierte ich etwas harsch. Aber das kannte Beate von mir, sobald es um gewisse Themen ging, bei denen wir nicht einer Meinung waren. Deshalb nahm sie es mir auch diesmal nicht übel. Sie erzählte stattdessen von einer Kollegin, die angeblich richtig Ärger bekommen hatte, weil eine Nachbarsfamilie einen Ausreiseantrag gestellt hatte. Die stand jetzt unter Kontrolle, als ob sie automatisch auch solche Gedanken haben musste, weil sie neben denen wohnte.

„Dabei ist Gudrun wirklich linientreu", schloss Beate ihren Tatsachenbericht.

Ich fürchtete, dass meiner Schwester die Sache ernst war, und ging darauf ein.

„Meinst du wirklich, der Typ vorhin ...?", raunte ich ihr zu und schaute mich um. „Er ist jetzt bestimmt hier in unserer Nähe. Und, das dürfte dir klar sein, dann bist du durch unser Treffen auch mit reingezogen."

Beate starrte mich an und sah aus, als ob sie überlegte, wie sie da wieder rauskäme. Mein Blick heftete sich währenddessen an zwei Männer, die gerade einen Tisch in der Ecke verließen, von dem aus sie uns die ganze Zeit über perfekt im Blick gehabt hatten.

„Gucke mal, die da …", flüsterte ich. Als ich Beate wieder ins Gesicht sah, war ihre Perplexität einem unterdrückten Grinsen gewichen. Als meine Mundwinkel jetzt auch schräg nach oben tendierten, konnten wir uns ein lautes Lachen nicht mehr verkneifen. Die beiden Herren, ein bisschen altmodisch gekleidet, für meinen Geschmack, drehten sich von der Tür aus zu uns um, und ihr irritierter Blick machte deutlich, dass sie nicht wegen uns in der Konditorei gewesen waren.

Auf dem Weg durch weitere Geschäfte sprachen wir über dies und jenes, nicht mehr von Sven und nicht mehr von ungewünschten Schwangerschaften. Es wurmte mich, dass meine Schwester nichts anderes zu Svens Verschwinden gesagt hatte, aber was hätte sie sagen sollen? Behaupten, dass sie mir helfen könnte? Keiner konnte das.

Wir waren jetzt im Fress-Ex, Beate wollte noch Lebensmittel einkaufen. Nach einer längeren Pause, in der ich ihr beim Studieren der Auslagen zugesehen hatte, versuchte ich es noch einmal:

„Sag mal, Beate, kannst du dir nicht vorstellen, dass Sven zurückkommt. Vielleicht am Ende gar nicht drüben ist? Vielleicht haben sie ihn festgenommen, und es klärt sich alles. Das dauert natürlich. Und sicher kann er in der Zeit auch keinen Kontakt zu uns aufnehmen."

Beate stellte eine der beiden Packungen Trink Fix wieder zurück ins Regal, sie musste schließlich am Ende alles nach Hause schleppen. Jetzt sah sie mich mitfühlend an.

„Ach Mäuschen", (wenn ich ihr leidtat, redete sie wie Mutti), „das würde ich dir ja wünschen, aber …"

„Aber?"

„Na ja, ich weiß nicht … stell dir vor, es wäre so, wie du sagst. Und er käme in ein paar Wochen oder Monaten wieder. Und dann? Was wäre dann mit euch? Wie würde es dir gehen? Wäre dann alles wie vorher?"

Wie ein Kartenhaus fiel meine Hoffnung – wo auch immer ich die hergenommen und wie auch immer ich sie mir zurechtkonstruiert hatte – in sich zusammen. Beate hatte recht. Wieder einmal. Sie war immer so rational. Lag das an ihrem Alter? Machten zehn Jahre so einen gewaltigen Unterschied? Oder war es, weil sie verheiratet war und Mutter, und dieses ganze Erwachsenenleben führte, das für mich noch so weit weg, irgendwo hinter dem Mond zu liegen schien?

Ich antwortete nicht, schaute Beate nur enttäuscht und ein bisschen vorwurfsvoll an. Sie stellte ihren Einkaufskorb ab und nahm mich in den Arm.

„Ach, meine kleine Manuschwester, komm mal her!"

Jetzt kam es doch wieder hoch, das Heulen. Den ganzen Tag hatte ich mich zusammengerissen. Gut, dass ich keine Schminke aufgetragen hatte und gut, dass Beate gleich ein Taschentuch bereithielt. Sie benutzte keine Zellstoff-, sondern manierlich gebügelte Stofftaschentücher. Mit Blümchen und manchmal auch Flecken drauf, die nicht mehr rausgingen. Als ob sie nicht schon genug Wäsche hatte mit den Gören.

„Es ist doch nur ..." Ich bekam jämmerliches Schlucken und kein Wort heraus. Beate strich mir liebevoll über den Kopf. „Ja, ich weiß", sagte sie. Ich schwieg und schluckte, und sie wartete mit mir, bis es vorbei war.

„Du, ich muss bald los, sonst verpasse ich den Zug", entschuldigte sich Beate und ging an die Kasse.

Wir liefen zurück zum Bahnhof Alexanderplatz. In der Markthalle schauten wir noch kurz nach Obst, aber als wir die Schlange vor einem der Kioske sahen und verstanden hatten, dass es Wassermelonen gab, verzichteten wir darauf, uns anzustellen. Ich hätte eine Melone nach Strausberg mitnehmen können, im Einkaufsnetz, das mir Mutti immer für den Fall der Fälle mitgab, aber Beate? Sie hatte neben ihrer großen Tasche schon zwei Beutel mit Eingekauftem zu schleppen.

Am Bahnhof half ich ihr beim Treppensteigen.

„Du hättest dir die Melone unter die Bluse stecken können, dann hättest du einen Sitzplatz sicher gehabt und nicht einmal gelogen", fiel mir noch ein. Beate winkte ab. „Einen Sitzplatz finde ich auch so. Hauptsache, die Fenster lassen sich diesmal öffnen, dass es nicht so mieft."

„Ist dir oft schwindelig?", fragte ich.

„Nicht schwindelig, aber ich brauche immer frische Luft."

Mir fiel wieder ein, wie es mir vorhin im Kaufhaus gegangen war. Ob ich Beate davon erzählen sollte? Ich glaube, sie bemerkte mein Zögern, denn sie schaute mich forschend an. Aber am Ende behielt ich es für mich, denn die Zeit war schon knapp und das Thema keins für den Bahnsteig. Ihr Zug in Richtung Hauptbahnhof kam zuerst, und wir umarmten uns diesmal, wie es sich für Schwestern gehörte.

„Sag Mutti und Vati noch nichts", rief mir Beate beim Einsteigen zu.

„Wann kommt ihr denn wieder zu uns?"

„Weiß nicht, aber notfalls telefonieren wir mal."

Meine Bahn kam fünf Minuten später, ich fand einen Sitzplatz in der Ecke und konnte mich anlehnen, die Augen schließen ... und hätte fast das Aussteigen in Strausberg Stadt verpasst, wenn ich nicht kurz vor dem Halt geweckt worden wäre. Von Kerstin. Na klar, die gab es ja auch noch, und all die anderen in der 12/C, die wir ab nächsten Freitag wären. Mit etwas Mühe lächelte ich sie an und war froh, dass sie die ganze Philipp-Müller lang von sich und ihren Sommerferien erzählte und es reichte, dass ich hin und wieder nickte.

„Wir sehen uns!", schloss sie fröhlich ihre Ausführungen, denen ich nicht wirklich gefolgt war.

„Ja, wir sehen uns."

Back to life.

Von Freitag bis Sonntag verbarrikadierte ich mich mit meinem SKR 700 im Kinderzimmer. Ich hörte diese eine Kassette rauf und runter, die ich im April aufgenommen hatte und die deshalb voll war mit all den Titeln unseres Kennenlernens. Das tat höllisch weh, aber es musste sein. Ich hoffte, irgendwann würde mir unsere Musik auf den Geist gehen und die Melancholie verblassen.

Am Montagmorgen, nach drei Tagen Dauerdurchlauf derselben Titel, musste ich mir eingestehen, dass meine Taktik nicht geholfen hatte. Früh spielten sie im Radio ausgerechnet *This time I know its for real*, und es widerte mich nicht an, ganz im Gegenteil. Alles war wieder da und so wie mit ihm und es war nicht zum Aushalten. So schön und so schmerzhaft.

Am Freitag war Caro kurz aufgekreuzt, „um nach dem Rechten zu sehen", wie sie es nannte, denn ich hatte mein Versprechen nicht gehalten, sie am Mittwoch zu besuchen. Sie hatte keine Neuigkeiten für mich gehabt, aber ich hatte ihr schwören müssen, sofort zu ihr zu kommen, falls Svens Brief käme oder ich sonst etwas in Erfahrung gebracht hätte. In Erfahrung bringen. Wie denn und was denn, bitteschön? Ich hatte immer noch nicht mit Marianne und seinem Vater gesprochen, aber ich schaffte es einfach nicht, mich ordentlich anzuziehen und so weit zu laufen. Aber das war nur eine Ausrede. Ich wollte diesen Weg nicht gehen, bis zu seinem Haus. Und ich hatte Angst davor, in welchem Zustand ich seine Eltern antreffen würde und wie sie reagieren würden und was sie sagen würden. Oder vielleicht hoffte ich auch, sie kämen zu mir. Konnten sie überhaupt wissen, ob und worüber ich informiert war? Oder vielleicht glaubten sie am Ende, ich hätte von der Sache gewusst und steckte sogar mit drin.

Als am Dienstagnachmittag Frau Berger zu uns runterkam und sagte, da sei ein Telefonat für mich, sackte mir der Mumm in die Kniekehlen, und die schlotterten, während ich die Treppen zu Frau Bergers Wohnung hochstieg. Ich hatte versucht, aus ihrem Gesicht irgendwelche Hinweise abzuleiten, aber ihr nettes Lächeln war so neutral wie immer gewesen.

Es war Beate.

Sie wollte mir sagen, dass sie sich mit Gerd richtig ausgesprochen hatte und sie das Kind bekommen würden, ich solle aber Mutti und Vati immer noch nichts davon erzählen, denn sie kämen uns im Oktober besuchen und dann würde man es vielleicht sogar schon ein bisschen sehen und sie wäre gespannt, was die beiden für ein Gesicht machen würden.

Ich ließ Beate reden und sagte am Schluss: „Ist gut."

Nach einer kurzen Pause und nachdem ich mich vergewissert hatte, dass Frau Berger mir nicht zuhörte, sagte ich noch, etwas leiser: „Ich bin übrigens nicht schwanger."

Rauschen in der Leitung.

„Beate, bist du noch dran?"

Knacken in der Leitung.

Dann wieder Beates Stimme: „Ach, darüber wolltest du in Berlin also noch mit mir sprechen ... na dann ist ja alles gut."

Ja, alles war gut. Was dieses Detail betraf, hatte sie recht.

Es wurde Mittwoch, und es fehlten nur noch zwei Tage bis zum Schulbeginn. Mühsam raffte ich mich auf, Hefter und Bücher vorzubereiten. Sichten, Ordnen, Einschlagen und Beschriften würden mich auf andere Gedanken bringen. Das funktionierte auch. Bis zu dem Moment, als mir aus einem Hefter der Elften dieses Blatt Löschpapier entgegenfiel.

Vollgekritzelt mit *Manuela Rost* in allen Schriftarten.

Ich hob es auf und starrte es an, und ich war wie gelähmt und unfähig zu entscheiden, ob ich es zerreißen oder zerknüllen, wegwerfen oder aufbewahren sollte.

Es gab keine Ablenkung, es gab kein Entrinnen. Es gab nur dieses hässliche, höhnisch krakeelende Gespenst des Verrats, der Niederlage, der Einsamkeit. Dieses Gespenst saß in allen Ecken, es lauerte im Kinderzimmer, im Wohnzimmer, hinter dem Klo. Es wartete vor der Haustür auf mich, in unserem Garten, am See, aber bis dahin war ich gar nicht gekommen in diesen Tagen. Es würde auch am Freitag an der Penne schon vor mir da sein. Am Parkplatz, wo wir immer gestanden hatten, auf den Stufen, von denen ich mich zu ihm umgedreht hatte. Im Klassenzimmer unter der Bank, in die ich seine Initialen gekritzelt hatte, während Frau Mehnert uns die Überlegenheit des sozialistischen Wirtschaftssystems erklärte. Dieses niederträchtige Gespenst würde mich finden, mich fertig machen, mich erwürgen. Ich konnte ihm nicht entkommen, auch wenn ich zu kurzen Anwandlungen von Tapferkeit fähig war, die im nächsten Moment in einem schmachvollen Tränental ertranken. Ich hatte versagt, ich hatte Sven nicht davon abhalten können, diesen unverständlichen und unverzeihlichen Schritt zu gehen. Er hatte doch bei mir bleiben, mit mir glücklich sein wollen.

Wenn ich ihn wenigstens hassen könnte und mir selbst verzeihen.

Ich zerriss das Löschpapier. Dann legte ich die beiden Teile sorgsam übereinander und in das Schubfach im Schreibtisch zu meinem Notizheft, an dessen letzten Eintrag ich mich nicht mehr erinnern konnte.

Am frühen Morgen des 1. September 1989 nieselte es. Ich lief zur Schule, aber nicht den gewohnten Weg. Statt die Peter-Göring-Straße entlang und anschließend über den Rügendamm zu gehen, nahm ich einen Umweg über die Wriezener in Kauf. Ich wollte Dani und Kerstin nicht begegnen und das Schulgebäude möglichst als Letzte betreten. Der Regenschirm wurde meine Tarnkappe, ich trug ihn tief und direkt vorm Gesicht, und bis zum Café Kunze ging meine Strategie der Abschottung wunderbar auf. Dort begann ich, etwas schneller zu laufen, denn es blieben meiner Armbanduhr zufolge nur noch fünf Minuten bis zum Unterrichtsbeginn.

„Da rennt aber eine", hörte ich hinter mir. Die Stimme kam mir bekannt vor. Ich drehte mich um, und es war so, als ob ein Film nochmal von vorne laufen sollte. Der Film von genau heute vor einem Jahr. Damals, auf der Treppe mit Dani. Er hatte uns überholt, und er war uns aufgefallen, gleich auf den ersten Blick. Damals wusste ich noch nicht, dass er Essengeldkassierer in der 11/A werden würde und mir danach noch oft über den Weg und durch meine Fantasie spaziert wäre. Heute löste sein unerwartetes Auftauchen Freude, aber längst keine Freudensprünge mehr aus. Ihr müsst euch das so vorstellen, als wenn ihr einen guten Bekannten trefft. Ihr hattet nicht nach ihm gesucht, ihn nicht vermisst, aber es war auch nicht unangenehm, ihn zu sehen.

„Hallo, auch wieder spät dran?", fiel mir zu ihm ein, denn auf den letzten Pfiff aufzukreuzen war sein Markenzeichen gewesen.

„Wer hat es schon eilig, in die Schule zu kommen, ich nicht", antwortete er feixend und machte Anstalten, sich unter meinen Schirm zu drängen. Ich wollte nicht unhöflich sein und ließ ihn gewähren. Er war etwas kleiner als Sven, mit dem ich nie zusammen unter einem Schirm gelaufen war. Der unvermeidliche Vergleich setzte meiner aufgesetzten guten Laune ein abruptes Ende. Ich reagierte einsilbig, auch wenn mein Begleiter zum Glück nur über die Lehrer und das bevorstehende Schuljahr sprach.

„Weißt du schon, was du danach machen willst?"

„Nach Hause gehen, du nicht?", antwortete ich abwesend. Wir standen mittlerweile an der Schultür und es hatte bereits das zweite Mal geklingelt, demzufolge gab es weder Grund noch Gelegenheit, weiter zu plaudern. Ich zuckte entschuldigend mit den Schultern und tippte dabei auf meine Uhr, bevor ich mich verabschiedete:

„Na dann."

Ich sah, dass der 11/A-Typ, der ab heute korrekterweise 12/A-Typ genannt werden müsste (ich konnte nicht wissen, ob er wieder Essengeld kassieren würde), mich unschlüssig betrachtete, als ob er noch etwas sagen wollte. Stattdessen hob er resigniert die Hand.

„Na dann, man sieht sich ..."

Nach einem kurzen Blick auf das schwarze Brett in Bezug auf Stundenplan und Raumverteilung, hastete ich die Stufen hoch und schaffte es punktgenau, mit dem dritten und letzten Klingeln im Klassenzimmer zu stehen. Es war das richtige, und mein Platz neben Kerstin war noch frei. Ich lächelte brav in die Runde, grüßte Frau Behrens, die uns zum Auftakt mit deutscher Literatur beglücken würde, und setzte mich anständig auf meinen alten Platz.

Es konnte los gehen. Wir würden da weiter machen, wo wir im Juni aufgehört hatten. Es waren doch nur große Ferien gewesen. Sommerferien, wie gehabt. Nichts war anders als alle Jahre zuvor. Ich blickte mich um und sah einige braungebrannte, einige blasse, aber durch die Bank erholte Gesichter. Alles in bester Ordnung. Alles ging seinen Gang. War ich die einzige, bei der in diesen Wochen etwas aus dem Ruder gelaufen war?

Die sechs Unterrichtsstunden erlebte ich wie einen Film, den ich schon kannte. Ich musste mich zwingen, aufmerksam zu sein und mitzuschreiben. Ganz anders die Pausen. Die waren wie heißes Pflaster, über das ich mit nackten Füssen und auf Zehenspitzen balancierte. Dabei musste ich tausend scharfen Kanten ausweichen, und ich trug eine Maske, die Schutzschild und verräterische Grimasse zugleich war. Ich wusste am Ende nicht, wie es mir gelungen war, bestimmten Fragen aus dem Weg zu gehen. Ich hatte die anderen reden lassen. Und da ich nicht zur Unterhaltung beitrug, fragte mich auch keiner. Keiner fragte mich nach Sven. Das tat weh und das war besser so. Kein Schwein interessierte sich für mich. Gott sei Dank.

Als die Schule aus war, wartete ich ab, bis die anderen das Klassenzimmer verlassen hatten. Das war nicht schwer, denn alle hatten es eilig, und es genügte, dass ich so tat, als ob ich noch mit Frau Jänicke sprechen wollte. Danach ging ich auf die Toilette, und als ich sicher war, dass keiner mehr aufkreuzte, um ein Stück Heimweg gemeinsam zu gehen, ging ich raus auf den Hof und setzte mich auf die Bank. Ich zündete mir eine Zigarette an. Mit dem Rauchen hatte ich seit drei Tagen wieder richtig angefangen. Vielleicht, weil ich wusste, dass meine Übelkeit keine Schwangerschaft war, vielleicht, weil es mir Ablenkung oder wenigstens Beschäftigung bescherte, wenn die Grübelei mal wieder Riesenrad mit mir fuhr.

Jetzt brauchte ich die Zigarette, um ein letztes Mal abzuwägen, ob ich zu Svens Eltern gehen sollte oder nicht. Ich wollte es direkt nach der Schule versuchen, denn wenn ich erstmal zu Hause war, kam ich nicht mehr raus. Ich hatte daran gedacht, dass heute Freitag war, wie damals, als ich Marianne kennengelernt hatte. Sie wäre also am frühen Nachmittag zu Hause, wenn sich an ihren Arbeitszeiten nichts geändert hätte.

Je näher ich dem Otto-Grotewohl-Ring kam, desto beklemmender wurde das Gefühl, das mir den Mund austrocknete, allein schon bei dem Gedanken an die Worte, die ich mir zurechtgelegt hatte und wahrscheinlich vergessen würde. Jetzt befand ich mich nur noch zwei Hausnummern entfernt von Svens Aufgang, und ich blieb stehen und tat so, als ob ich etwas in meinem Rucksack suchte. Dabei schaute ich mich um, ob ein Bekannter in der Nähe wäre, vielleicht Carstens Bruder von der Silvesterparty. Aber die Straße war am Freitagnachmittag um kurz nach halb drei fast menschenleer. Ich blickte hoch zu den Fenstern im dritten Stock, es war nichts anders, als ich es in Erinnerung hatte. Die gelben Vorhänge in der Küche, halb geschlossen, mit den zwei Topfpflanzen und dem großen Kaktus auf dem Fensterbrett. Die kurze Rüschengardine im Bad, das Fenster davor leicht angekippt. Mir kam der Gedanke, dass all das mein zweites Zuhause werden sollte und im gleichen Moment die schmerzvolle Erkenntnis, dass ich heute hier nichts mehr zu suchen hatte. Ich gehörte nicht mehr hierher. Die fehlenden Schritte fielen mir schwer. Es waren noch zehn Meter bis zum Klingelbrett, bis zum Namen Gerhard Rost, der stellvertretend für die drei Bewohner auf dem Schild stand. Für die zwei übriggebliebenen Bewohner. Als ich dem Hauseingang näherkam, sah ich, dass die Tür offenstand. Ich müsste gar nicht von unten klingeln. Das war gut, denn so gab es keine letzte Chance für mich, die Kurve zu kratzen, wenn Marianne sich meldete. Stattdessen stünde ich bereits vor ihrer Tür und auch sie könnte mich nicht wegschicken. Ich wartete unten eine Weile und studierte die Namensschilder, als ob sich etwas geändert haben könnte. Ich wollte noch bis zehn zählen, ganz langsam, und danach die Treppen hochgehen, ohne weiteres Zögern.

„Manuela, bist du das?"

Ertappt!

Wie lange hatte sie mich schon beobachtet?

Ich drehte mich zu ihr um und versuchte ein Lächeln.

„Hallo Marianne."

Meine zurechtgelegten ersten Worte hatte ich vergessen.

Auch Marianne konnte nicht gleich etwas sagen. Stattdessen stellte sie ihre Tasche und den Einkaufsbeutel ab und umarmte mich.

So standen wir eine Weile halb in der Haustür und halb im Treppenhaus, bis ich mich aus dieser ungewohnten Nähe sanft und etwas verschämt befreite und mit einem Blick auf ihren Einkaufsbeutel fragte:

„Störe ich?"

Marianne schüttelte heftig mit dem Kopf.

„Aber nein, wo denkst du hin. Komm, wir gehen hoch."

Als Marianne die Wohnungstür hinter uns geschlossen hatte, standen wir genau vor Svens Zimmer.

„Wollen wir uns in die Küche setzen", sagte Marianne schnell, als ob sie meine Gedanken erraten hätte. Die Küche war der neutralste Raum der Wohnung, mal davon abgesehen, dass Sven und ich hier an unserem letzten Abend bei Kerzenlicht gegessen und Wein getrunken hatten, aber das konnte Marianne nicht wissen oder falls doch, dann dachte sie jetzt nicht daran.

„Hast du Durst, willst du etwas trinken?"

Ich nickte: „Gern."

Marianne nahm zwei Gläser aus dem Regal und eine Flasche Limonade aus dem Kühlschrank und stellte sie vor mir auf den Tisch.

Eigentlich mochte ich keine Limonade, aber es spielte keine Rolle und Marianne hatte auch nicht so getan, als ob etwas anderes zur Auswahl stünde.

Wir saßen uns gegenüber, ich starrte auf meine Hände und drehte meinen silbernen Ring mit dem weinroten Stein nervös hin und her. Es war Marianne, die das Schweigen brach, indem sie fragte:

„Bist du für eine Erklärung zu uns gekommen?"

Ich schüttelte mit dem Kopf.

„Nein, oder vielleicht doch, nein eigentlich nicht ..."

Und dann fragte ich zu meiner eigenen Überraschung, aber es lag plötzlich nahe, so wie ich Marianne vor mir sitzen sah und ihre tiefen Schatten unter den Augen und das Haar, das so exakt gelegt war wie immer aber trotzdem schlaff herunterhing.

„Wie geht es dir?", fragte ich also, auch wenn ich vorher in Gedanken immer durchgespielt hatte, dass sie mir diese Frage stellen würde.

Marianne holte tief Luft und begann zu reden, davon, wie sie den Anruf von Daniel erhalten hatte, noch aus Ungarn, denn Daniel hatte Svens Nummer immer bei sich gehabt.

Das war am Freitag gewesen, als ich mich auf seine Rückkehr gefreut und keine Ahnung gehabt hatte, was in der Zwischenzeit geschehen war. Daniel hätte sehr verwirrt geklungen am Telefon und so hatte Marianne bis zum Sonnabend gehofft, dass ihr Sohn wie geplant zurückkäme und alles ein Missverständnis gewesen wäre. „Aber andererseits auch nicht, ich wusste ja, warum er das getan hatte."

Was? Sie hatte es gewusst?

„Was hast du gewusst?", fragte ich mit einem Kloß im Hals.

Ich sah, dass es Marianne schwerfiel, die richtigen Worte zu finden. Sie rang offensichtlich mit sich, ob und wie sie es mir erklären sollte.

„Weißt du, Manuela, es gibt etwas, das hat er dir sicher nicht erzählt."

Sie schaute mich unsicher an, und ich nickte ihr zu, um sie aufzufordern, weiterzureden. Ich würde es vertragen. Jetzt war ich hier, und es gab keinen Grund, Dinge zu verschweigen. Schlimmer, als alles schon war, konnte es nicht kommen.

„Warte mal", sagte Marianne, als ob ihr etwas eingefallen wäre, und ging ins Wohnzimmer. Ich hörte, wie sie eine Schranktür öffnete und Bücher umkippten oder etwas in der Art, so klang es jedenfalls.

Marianne kam zurück und hatte ein kleines grünes Buch in der Hand. Erst, als sie es vor mir hinlegte, erkannte ich, dass es ein Fotoalbum war.

„Schau rein!", forderte sie mich auf. „Hast du irgendwann mal Kinderfotos von ihm gesehen?"

„Ja, zwei oder drei, die bei ihm im Zimmer stehen."

„Ach so, nein, die sind vom Kindergarten. Das Album hier war das erste, es beginnt nach Svens Geburt."

Zögernd schlug ich die ersten Seiten auf und sah Marianne, mit einem Bündel Baby auf dem Arm, im Sessel, auf dem Sofa, und auf den nächsten Seiten mit einem dunkelblauen Kinderwagen, so einem, wie meine Mutti auch für mich gehabt hatte. Manchmal war ein kleines Mädchen neben ihr auf den Bildern.

„Ist das Katrin?", fragte ich.

„Hm."

Ich blätterte weiter und wusste nicht, worauf sie hinauswollte und warum sie sich das antat. Wie war das für sie, ihre Familie in glücklichen Tagen zu sehen, und ihren Sohn, dieses kleine Wesen, das seine Mutter anstrahlte und ihr vertraute. Ihren Sohn, dem jetzt sie vertraut hatte und der sie verlassen hatte und sich einen Dreck um ihre Gefühle scherte. Mein Blick blieb an dem ersten Bild hängen, das sie alle Vier zeigte. Es war in einem Tierpark aufgenommen, es war Sommer, Sven saß im Kinderwagen und war vielleicht ein Jahr alt, seine Schwester saß bei ihrem Vater auf dem Schoß und hielt stolz ein BUMMI-Heft in der Hand und Marianne stand neben dem Wagen, und alle blickten lächelnd in die Kamera.

„Gerhard hat sich aber verändert, auf diesem Bild hätte ich ihn gar nicht erkannt, schau mal, Marianne!"

„Das ist auch nicht Gerhard."

Ich hob den Kopf. Marianne hatte einen bitteren Zug um die Lippen.

„Das ist Svens Vater."

Ich spürte, wie Marianne aufatmete, nachdem das heraus war.

„Dann ist Gerhard ...", setzte ich an und Marianne fuhr fort: „... mein Lebensgefährte, mein zweiter Mann, wie du es nennen willst. Und für alle, die uns nicht näher kennen, Kerstins und Svens Vater."

Alle, die uns nicht näher kennen. Ich musste schlucken. Hatte ich Sven also auch nicht „näher gekannt". Marianne schien meine Gedanken zu lesen und streichelte meinen Arm.

„Sicher hätte er es dir irgendwann erzählt, für eure Liebe spielte es erstmal keine Rolle."

Wie bitte? Und was spielte es dann für eine Rolle bei diesem Dilemma, dass Sven jetzt drüben und unsere Liebe einen Scheißdreck wert gewesen war?

Marianne erklärte es mir.

„Uwe, sein Vater, war Architekt und mit unserem Staat, oder vielmehr mit den Umständen hier, immer unzufrieden gewesen. Er war so ein hoffnungsloser Idealist, aber nur, was seine Arbeit betraf. Mit seiner Unzufriedenheit war er ständig angeeckt, bei der Verwaltung und bei Vorgesetzten, er konnte sich einfach nicht mit den Gegebenheiten arrangieren, nicht damit, dass es an Material fehlte, dass keine Devisen da waren, dass Projekte nach jahrelangem Verschludern in der ewigen Schublade verschwanden."

Ich starrte auf das Familienfoto aus scheinbar glücklichen Tagen.

„Und deshalb hast du dich scheiden lassen?"

Marianne schüttelte mit dem Kopf.

„Nein, deshalb ist Uwe nach dem Westen rüber, 1973, da war Sven gerade zwei und Kerstin vier Jahre alt."

Und was bedeutet das jetzt für Sven? Dass er nach seinem Vater kam, dass ihm etwas nicht gepasst hatte, dass er unzufrieden war?

„Aber Sven war gar nicht unzufrieden, jedenfalls kam mir das nicht so vor."

Marianne schnaubte sich die Nase und schaute angestrengt aus dem Fenster, als ob ich nicht sehen sollte, dass sie mit den Tränen kämpfte.

„Nein, Manuela, das war es nicht. Er kam nicht damit zurecht, dass er seinen Vater nie kennenlernen würde."

Ich schaute mir den Mann auf dem Foto, der sein Vater war, näher an. Es war ein Schwarz-Weiß-Foto, er musste dunkelblond gewesen sein, sein Haar war leicht gewellt. Er trug es, wie es damals Mode war, etwas länger. Sven mochte seine Haare kurz, aber auch bei ihm hatten sie sich manchmal im Nacken und hinter den Ohren ein bisschen gekringelt, damit hatte ich ihn gerne aufgezogen. Da der Mann auf dem Foto auf einer Bank saß, konnte ich nicht einschätzen, wie groß er war. Von der Statur her wirkte er schmal und drahtig. Seine Augen konnte man nicht gut erkennen, da er nicht in die Kamera blickte, sondern zu dem Mädchen auf seinem Schoß. Ich blätterte weiter und fand ein weiteres Bild, das ihn zeigte. Ihn und Sven mit einem Fußball auf dem Rasen vor einem Einfamilienhaus.

„Wo war das?", fragte ich und drehte das Album zu Marianne.

Die schaute nur flüchtig darauf und gleich wieder aus dem Fenster.

„Bei Uwes Eltern, in Dessau."

Bei Svens Großeltern also.

„Leben die noch?", wollte ich wissen.

„Das weiß ich nicht, nur dass sie, als sie in Rente gegangen sind, einen Ausreiseantrag gestellt haben. Das muss so vor zehn Jahren gewesen sein. Sie wollten zu ihrem Sohn. Er war ihr einziges Kind, verständlich, oder?"

Ich schwieg, denn ich konnte mir nicht so schnell eine eigene Meinung aus dem Ärmel zaubern zu einem Thema, das mich bis vor zwei Wochen kein einziges Mal in meinem Leben tangiert hatte. Ich hatte niemanden gekannt, der rübergegangen war, per Ausreiseantrag oder wie auch immer. Wenn ich jemals irgendwo irgendjemanden hinter vorgehaltener Hand davon reden gehört hatte, dann war mir das so unwirklich und inszeniert vorgekommen, auch nicht anders als diese Kriminalfälle in „Der Staatsanwalt hat das Wort". Und jetzt saß ich hier, in Strausberg, fast daheim, und kannte auf einmal gleich zwei oder vier Menschen, die weggegangen waren. Und mit mir an einem Tisch saß eine Frau, die von zwei Männern verlassen worden war. Von zwei Männern, die Teil ihres Lebens waren: der Vater ihrer Kinder, und jetzt das Kind. Plötzlich erschien mir mein eigenes Dilemma lächerlich im Vergleich damit, was Marianne zugestoßen war. Wie konnte sie damit leben? Konnte sie damit leben?

Ich stand auf und ging zu ihr, rückte einen anderen Stuhl neben ihren und schaute mit ihr aus dem Fenster.

„Und was sagt Gerhard dazu?", fragte ich vorsichtig.

Marianne stieß einen zischenden Laut aus.

„Was soll er sagen? Wahrscheinlich denkt er – aber er sagt es nicht – der Apfel fällt nicht weit vom Stamm."

Ich spürte, dass ich nicht weiter in diese Richtung bohren sollte, und kam zurück auf das Eigentliche.

„Weiß Sven denn überhaupt, wo sein Vater wohnt?"

Marianne antwortete nicht auf meine Frage, sondern sagte: „Weißt du, ich hoffe, dass er nur Gewissheit sucht, ihn gesehen haben will, mit ihm gesprochen haben will. Ich weiß, dass ich mich da vielleicht verrenne, aber ich hoffe noch, dass er zurückkommt, wenn er alles geklärt hat." Sie hoffte also auch. Aber nicht wie ich, dass er gar nicht bis nach drüben gekommen war, sondern, dass er zurückkommen könnte.

„Aber wie soll das denn gehen, zurückkommen? Da stecken sie ihn in den Knast, oder nicht?", protestierte ich leise.

„Keine Ahnung, vielleicht glätten sich die Wogen, hast du gehört wie viele das sind, die jetzt rüber wollen über die Tschechei oder über Ungarn. Das kann nicht so weitergehen. Vielleicht gibt es von unserer Seite irgendwann ein Amnestieangebot. So mancher wird enttäuscht sein, wenn er da drüben erst mal in ein Notquartier gesteckt wird und nicht gleich eine Arbeit findet. Ich kann mir gut vorstellen, dass einige zurückwollen, wenn der erste Rausch von Freiheit, oder was auch immer sie sich da drüben versprechen, verflogen ist. Und dann kann Sven auch zurück zu uns. Meinst du nicht?"

Marianne sah mich jetzt traurig an. Mir war nicht klar, ob sie sich das alles zurechtkonstruiert hatte, um nicht verrückt zu werden, oder ob sie wirklich daran glaubte. Aber mir gefiel ihre Version. Denn jeder Tag, der ohne ein Lebenszeichen von Sven verging, brachte meine eigene Hilfskonstruktion, dass sie nur irgendwo festsaßen und gar nicht abgehauen waren, weiter zum Bröckeln. Sie hätten sich gemeldet, eine Karte, ein Telegramm. Nein, Sven war wirklich weg. Aber er könnte wiederkommen. Wenn er alles geklärt hätte. Das klang gut. Das könnte funktionieren. Damit könnte ich weiterfunktionieren.

„Wir werden sehen", sagte ich. „Erstmal müssen wir abwarten."

Ich war gekommen, um mir Trost zu holen, und jetzt tat ich so, als ob ich selbst zum Trostspenden in der Lage wäre.

Wir hatten uns schon verabschiedet, als ich noch einmal die Wohnungstür von innen schloss und Marianne fragte:

„Meinst du, man interessiert sich jetzt für uns?"

Marianne atmete tief ein und stieß die Luft durch die Zähne. Sie zog mich zurück in die Küche. Auf dem Korridor zu sprechen war nicht besser als im Treppenhaus.

„Wir hatten Besuch, letzte Woche Mittwoch."

Besuch? Ich fragte nicht, denn es war klar, von welcher Art Besuch sie sprach.

„Aber mach dir keine Sorgen, ich habe dich nicht mit reingezogen."

Ich verstand nicht. „Reingezogen?"

„Ich habe deinen Namen nicht genannt. Klar haben sie gefragt, ob Sven eine Freundin gehabt hätte. Ich habe einfach behauptet, es nicht zu wissen, aber es hätte nicht danach ausgesehen. Damit haben sie sich zufriedengegeben, wie mir schien. Das war besser für dich, glaub mir."

Ich nickte und sagte sogar „Danke." Aber in meinem Inneren spielte die Aufruhr Theater. Meine Schwiegermutter in Spe hatte mich verleugnet. Gesagt, dass Sven keine Freundin hätte. Sie hatte so getan, als ob es mich nie gegeben hätte. Und es war besser so. Ich gab ihr sogar recht. Das war doch hirnverbrannt, verdammt noch mal!

Ich rannte die Treppen hinunter, raus aus dem Haus, das mir so vertraut und plötzlich so fremd war, und ich wusste nicht, wann und ob ich es noch einmal betreten würde.

Beim Abendbrot erzählte ich Mutti und Vati, was ich von Marianne erfahren hatte.

„Na, das sind ja Verhältnisse bei denen", sagte Mutti.

„Wenn du das vorher gewusst hättest, hättest du dir manches erspart", sagte Vati.

Mehr sagten sie nicht. Und zu meiner eigenen Verwunderung regte es mich nicht auf, dabei müsste ich sie dafür hassen. Sie nahmen es hin, dass ihre Tochter von einem Tag zum anderen wieder allein war, obwohl ihre Liebe gar nicht gestorben war.

Sven war gestorben, für sie.

Es passte nicht zu uns, was bei Familie Rost geschehen war. Und sie versuchten, mich auf andere Gedanken zu bringen. Es blieb ihnen nichts anderes übrig. Es musste ja alles weitergehen. Das war es, was sie mir verständlich machen wollten. Man konnte einen Moment verweilen, traurig sein, verletzt, was auch immer. Aber dann müsste man das Kapitel beenden und ein neues beginnen.

Sicher hatten sie recht. Aber mein neues Kapitel, wie würde es sich lesen? Und wer würde es mir schreiben?

Ich war noch nicht bereit für ein neues Kapitel. Ich ging wieder zur Schule, das musste reichen. In der ersten Woche war es mir gelungen, das Thema Sven in Gesprächen mit Klassenkameraden zu vermeiden. Dani hatte als erstes die Vermutung geäußert, ob es mit Sven aus sei. Sie fand es verdächtig, dass ich morgens wieder regelmäßig mit ihr und Kerstin zur Schule lief. Ich hatte genickt und schnell das Thema gewechselt. Wenn man nichts sagte, wurde man auch nicht gefragt. Es war wohl jedem klar, dass eine Trennung weh tat und man nicht darüber reden wollte.

Aber irgendwann musste sich etwas herumsprechen, es war nur eine Frage der Zeit. Und so kam es auch. Heute in der Hofpause nahm mich Carsten beiseite.

„Sag mal, stimmt es, dass dein Ex rüber ist?"

Carsten. Er musste etwas von seinem Bruder erfahren haben. Aber was ging es ihn an?

„Kann sein, wieso?", antwortete ich gereizt.

„Was heißt, kann sein? Du musst doch, weißt du denn nicht ...", stotterte Carsten.

„Hör mal, ich weiß nicht, was es dich angeht. Sven und ich, wir haben uns getrennt, schon zu Beginn der Ferien."

„Ach so." Carsten schaute mich jetzt mitleidig, aber auch erleichtert an.

„Aber, ich meine, wusstest du denn was von seinen Plänen?", hakte er trotzdem nach.

„Seinen Plänen? Ich weiß nicht, wovon du sprichst."

Plötzlich tat es mir leid, dass ich ihn so anfuhr. Carsten war ein netter Typ, bestimmt war er einfach nur naiv und wollte mich gar nicht provozieren.

„Ich weiß, dass er nicht aus Ungarn zurückgekommen ist. Alles andere sind nur Spekulationen."

„Die aber nahe liegen."

„Und wenn schon. Das hat nichts mit mir zu tun, ist das klar?"

Carsten starrte auf seine Schuhspitzen. „Tut mir trotzdem leid. Ihr wart so ein schönes Paar."

Wie bitte? Was hatte er da gesagt? Er, mein ehemaliger Verehrer, der mir damals in Fredersdorf zu verstehen gegeben hatte, dass ich ihm gefiel.

„Danke, ist schon gut." Ich nickte ihm zu und ging zur Raucherecke neben der Turnhalle zurück.

Wir waren ein schönes Paar.

Dieser Satz hätte nicht kommen dürfen. Er stach direkt in die Wunde, die ich so mühevoll versuchte, zu vernähen und nicht immer wieder aufreißen zu lassen. Ich hatte beschlossen, das Problem sportlich und kämpferisch anzugehen und dazu ein „Jetzt erst recht"-Kampfprogramm mit sieben Punkten aufgestellt. Das Ziel: Körper und Geist zu stählen, den Schmerz zu besiegen.

Ich würde:

- pauken, büffeln und studieren,
- mich freiwillig für alle Vorträge und Sonderaufgaben melden,
- jeden Morgen zehn Minuten Frühsport am offenen Fenster, mit Rumpfbeugen, Kniebeugen und Liegestütz tätigen,
- jeden Abend, auch bei Regen, einen Dauerlauf durch die Kleingartenanlage absolvieren,
- nach dem Abendbrot keine Süßigkeiten und kein Eis mehr essen,
- kein Romy-Schneider-Buch und keine Liebesromane lesen,
- wenig rauchen und Alkohol in Maßen zu mir nehmen (vollkommen darauf zu verzichten wäre unrealistisch).

Das war meine Strategie. Schon fünf Schultage und ein Wochenende lang hatte sie funktioniert. Es ging mir nicht gut, aber es ging. Und meinen Überlebensmut ließ ich mir von so einem blöden Satz, noch dazu aus Carstens Mund, nicht kaputtmachen.

Ihr wart so ein schönes Paar.

Eine leere Phrase, einfach so dahingesagt. Die konnte mir nicht alles schon Erreichte versauen. Ich musste tapfer sein und durchhalten.

Heute war Montag, der 11. September, das hieß, es war gerade einmal fünf Wochen und drei Tage her, dass wir uns vor seiner Abfahrt nach Ungarn verabschiedet hatten. Nach dem, was wir noch am Morgen bei ihm zu Hause angestellt hatten, war ich allein nach Hause gegangen, weil er schon am späten Nachmittag in Berlin sein musste, wo die Reise losging. Auf meinem Heimweg war ich so glücklich und durcheinander gewesen. Für Traurigkeit, dass wir uns zwei Wochen lang nicht sehen würden, war gar kein Platz gewesen. Der Trennungsschmerz war erst ein paar Tage später aufgetaucht, aber ich hatte ihn gut mit Gartenarbeit, Beautybehandlungen und Noras Puppenhaus in den Griff bekommen. Ich freute mich auf eine glückliche Zeit mit Sven, wollte nebenbei meine Träume verfolgen – wie den, ans Theater zu gehen – und alles andere nicht so schwernehmen.

Es war nicht nur Sven, den ich vermisste. Was mir abhandengekommen war, war meine Freude auf alles, was vor mir lag.

Da würde auch mein Körper- und Geist-Programm nur als kläglicher Versuch der Ablenkung taugen, die Freude gab es mir nicht zurück. Aber nach fünf Wochen und drei Tagen und nachdem alles komplett über den Haufen geschmissen und meine Welt nicht mehr meine war, was sollte ich da erwarten?

Am nächsten Tag gab es bei uns in der Schule nur ein Thema: Ungarn hatte die Grenze nach Österreich aufgemacht. Einfach so, ohne Rücksprache mit der UDSSR, gegen die Proteste unserer Partei- und Staatsführung. Und im Westen posaunten sie es überall heraus und feierten die Situation wie einen Sieg. Manche hatten es gestern Abend direkt aus dem Westfernsehen erfahren.

Ich hatte gehört, dass unsere Bürger „abgeworben" worden seien. Westdeutschland hätte die DDR-Bürger, die wie jedes Jahr in Ungarn Urlaub machten, abgeworben. Als ob die drüben nicht schon genug Arbeitslose hätten. Unsere Urlauber waren wohl kaum alles hochqualifizierte Fachkräfte, die sie im Westen vielleicht noch gebrauchen konnten. Das war fieser Klassenkampf und abgekartetes Spiel.

Als in der Pause darüber diskutiert wurde, stand ich schweigend dabei und kämpfte gegen das Verlangen und die Hoffnung, aus dem Gerede der anderen etwas herauszufischen, was mit ihm zu tun haben könnte. Vielleicht war er auch in so einem Lager gewesen, noch in Ungarn, und erst jetzt rübergegangen. Heute Nacht. Statt hier zu heulen und mir die Haare zu raufen, hätte ich vielleicht selbst hinfahren und ihn suchen und mit ihm reden können.

Aber das hätte ich nicht fertiggebracht, ihm nachzufahren an die ungarische Grenze, wo gerade die Kacke am Dampfen war. Ich, Manuela Busch aus Strausberg, verließ mein ruhiges Nest und riskierte, den Kriegstreibern oder auch nur heimtückischen Westjournalisten in die Hände zu fallen? Nein, solche abwegigen Gedanken konnte ich nicht einmal richtig zu Ende denken.

Dabei würde ich alles für ihn tun. Wo auch immer er jetzt war, war es immer noch er, Sven, den ich vor fünf Wochen und drei Tagen das letzte Mal umarmt und geküsst hatte. Wenn er sich nur endlich melden würde. Ich müsste warten. Hier warten. Auf ihn. Wie sollte er mich sonst finden, wenn er zu mir zurückkäme?

Ein Versuch blieb mir noch: Katrin. Es war Dienstagnachmittag, und obwohl ich ihre Arbeitszeiten nicht kannte, zweifelte ich nicht daran, sie zu Hause anzutreffen. Ich zögerte diesmal nicht so lange, wie ich es bei Marianne getan hatte, sondern stieg entschlossen die Treppen hoch – Katrin und Jürgen wohnten im obersten Stock – und drückte sofort den Klingelknopf.

Es rührte sich nichts. Ich klingelte noch einmal. Dann ein drittes Mal.

Als ich mich gerade abwandte, hörte ich Schritte hinter der Wohnungstür.

„Ja?", rief es von drinnen.

„Ich bins, Manuela", rief ich schnell.

„Moment bitte."

Es war Katrins Stimme, da war ich mir sicher. Ich verstand nur nicht, warum sie nachmittags um halb fünf so viel Gewese darum machte, mir zu öffnen.

Es klang, als ob sie wieder weglief, und ich hörte, dass eine Zimmertür geschlossen wurde.

Endlich ging die Wohnungstür auf. Katrin sah aus, als ob sie gerade aufgestanden wäre.

„Hallo", sagte ich und wartete darauf, dass sie mich hereinbitten würde.

Aber Katrin tat nichts dergleichen.

„Entschuldige, es ist gerade schlecht", sagte sie und zog den Gürtel ihres dunkelblau-rot gestreiften Bademantels fester.

In dem gleichen Aufzug hatte ich sie damals im Bungalow kennengelernt, aber da kam sie frisch aus der Dusche und strahlte über das ganze Gesicht. Heute sah sie aus, als ob sie eine Dusche brauchen würde und ihre Mimik war schwer zu entschlüsseln. War sie krank? Hatte sie geschlafen?

„Ich wollte nicht stören, ich wollte nur mal ..."

„Wenn es um Sven geht, weiß ich auch nichts, du vielleicht mehr", unterbrach sie mich und ihr Blick sagte, dass ich besser gehen sollte.

„Aber ..."

Ich stand da wie Piek Sieben und überlegte, wie ich mich jetzt aus dem Staub machen könnte, ohne die Chance zu vergeben, morgen oder an einem anderen Tag wiederkommen zu dürfen.

„Wie geht es dir?", fragte ich also.

„Wie solls mir gehen?"

Nach kurzem Schweigen zog mich Katrin plötzlich zu sich in den Korridor und schloss die Tür hinter uns.

„Ich erklär es dir lieber, wir sind ja erwachsene Menschen."

Ich verstand nicht, worauf sie hinauswollte. Bis ich in dem Zimmer, dessen Tür geschlossen war, etwas rumpeln hörte.

Katrin wies mit dem Kopf in Richtung der Geräusche und erklärte: „Ich bin nicht allein."

Mir fiel innerlich das Besteck aus dem Kasten. Ich hatte mit allem gerechnet, aber dass Katrin ihren Jürgen betrog? Ging das schon länger? Wusste Sven davon? Oder war unser Wochenende im Bungalow nur eine Schau gewesen, für ihren Bruder? Mir war klar, dass ich all diese Fragen nicht stellen würde. Jetzt nicht und später nicht.

„Verstehe, na dann ..."

Ich drehte mich um und öffnete die Tür.

„Tut mir leid", sagte Katrin noch.

Ich drehte mich zu ihr um, und sie ergänzte:

„Das mit Sven."

Ach so. Na klar. Das mit Sven.

Später in der Straßenbahn lehnte ich meine Stirn an die Scheibe und versuchte, das Gestrüpp zu entwirren. Das neben den Bahngleisen. Und das in meinem Kopf.

Katrin. Was war sie für Sven? Eine Freundin? Sie war seine Schwester und zwei Jahre älter als er, wie Tina für mich. Tina konnte für den ganzen Scheiß nichts, der gerade passierte. Katrin war irgendwie mit schuld an meinem Dilemma, als seine Schwester, oder nicht? Ihr

Vater war Svens Vater, und sie hatte es ihm nicht ausgeredet, dass er diesen Vater irgendwann treffen müsste. Und diese blöde Ziege hatte ausgerechnet jetzt nichts Besseres zu tun, als mit einem anderen zu pennen, während Jürgen noch auf der Arbeit war.

Vielleicht hatte Vati am Ende recht, wenn er sagte, dass es besser gewesen wäre, mir wäre diese Familie erspart geblieben.

Der Monat September zog einfach weiter an mir vorbei, er war gefüllt mit viel Schulstoff und wenig Freizeit, und ich hatte noch mein Programm, an das ich mich im Großen und Ganzen hielt. Auch die Tanzgruppe traf sich donnerstags wieder. Es war schwer für mich, dort so zu tun, als ob alles wieder in Ordnung sei. Manchmal musste ich beim Tanzen innehalten und zu den Tischen starren, an denen Sven immer seine Kreuzworträtsel gelöste hatte. In diesen Momenten nahm mich Caro manchmal kurz in den Arm und flüsterte mir etwas Lustiges zu, es war lieb, wie sie sich um mich kümmerte. Ihre Vorschläge, mal wieder zur Disko zu gehen, lehnte ich trotzdem ab.

Abends schrieb ich jetzt wieder neue alte Hefte voll, schon zwei in wenigen Tagen. Aber das waren weder tiefsinnige noch besonders lustige Eintragungen. Insgeheim hoffte ich, sie irgendwann wegwerfen zu können. Jetzt half mir das Schreiben. An einem Abend hatte ich mir auch die beiden Notizbücher vom letzten Jahr noch einmal reingezogen. Leute, das war unklar, einfach nur peinlich. Hoffentlich hatten André, Kai und die anderen Typen nicht geahnt, wie ich sie angeschmachtet hatte.

Was unseren Briefkasten betraf, so kontrollierte ich ihn jetzt nicht mehr jeden Tag selbst, denn ich hatte die

Hoffnung aufgegeben, dass Svens Brief je ankäme. Wenn er ihn wirklich geschrieben hatte – und das glaubte ich Daniel – dann hatte er ihn vielleicht am Ende nicht eingesteckt, oder man hatte den Brief abgefangen, unterwegs aussortiert, als staatsfeindliches Material eines Republikflüchtigen.

Mir fiel wieder ein, wie ich damals als kleines Mädchen fassungslos gewesen war, dass ein Weihnachtspäckchen meiner bulgarischen Brieffreundin untersucht worden war. Sie hatten dabei auch ein Folklorepüppchen aufgeschnitten. Vati hatte versucht, den Kopf wieder anzukleben, aber ohne Erfolg. Was hatte denn da drinnen stecken sollen? Geheime Botschaften? Drogen? Sprengstoff? Wenn ich mir jetzt vorstellte, irgendein Beamter hätte gelesen, was Sven mir noch sagen wollte, sich darüber lustig gemacht oder geärgert, nichts Verwertbares gefunden zu haben, dann krampfte es mir den Magen zusammen. Das war zu absurd, das durfte nicht passiert sein. Der Brief war verlorengegangen. Punkt.

Noch im September zeichnete sich ab, dass der Oktober mehr Aufregendes und damit gute Chancen auf Ablenkung für mich bereithalten würde. Wieder einmal war ich auserwählt worden. Okay, nicht nur ich, sondern meine ganze Klasse. An einem Septembermorgen, etwa drei Wochen vor dem großen Ereignis, teilte uns der Herr Direktor höchstpersönlich mit, dass eine der Zwölften delegiert worden war, am Fackelzug der FDJ anlässlich des 40. Jahrestages der Gründung der DDR in Berlin teilzunehmen. Und diese eine Zwölfte war die 12/C. Warum gerade meine Klasse, warum gerade ich? Manchmal kam es mir schon unheimlich vor, immer bei den Auserwählten dabei zu sein. Erst sollte ich in Moskau studieren (was ich nicht wollte, aber das hatte ich euch an anderer Stelle schon erzählt), dann das Arbeitslager in Witebsk, jetzt der Fackelzug.

Am allerersten solchen Umzug, anlässlich der Gründung der DDR im Jahr 1949, hatte mein Vati teilgenommen. Im zarten Alter von siebzehn, genau wie ich heute. Wenn das kein stolzes Familien-Jubiläum war?

Schade, dass ich bei aller Aufregung ein mulmiges Gefühl im Magen hatte. Blöderweise häuften sich in letzter Zeit die Nachrichten von Rowdies und Protestlern, die der DDR keinen Pfennig mehr gaben und so taten, als wäre ohnehin alles bald vorbei. Was stellten die sich vor? Wenn Honecker weg wäre, was würde sich ändern? Und von wegen Gorbatschow, den sie zu ihrem Idol gekürt hatten. Es müsste sich erstmal zeigen, was dieser Gorbi aus seinem Land machen wollte. Aber nein, es wurde blind zum Nachäffen aufgerufen. Und zu allem Übel gab es immer öfter Zwischenfälle auf der Straße, Prügeleien und solche Aktionen. Ich stellte mir vor: auf der einen Seite wir in unseren FDJ-Hemden, auf der anderen Seite diese Parolen-Brüller. Und die Fackeln? Würden wir womöglich als lebende Fackeln durch die Straßen rennen, wenn die Situation irgendwo eskalierte? Ich bemühte mich, meinen üblen Fantasien keinen Raum zu schenken, aber ein bisschen dachte ich schon daran, ob ich wollte oder nicht.

Von diesen Bedenken einmal abgesehen, wurde es doch eine lustige Sache. Also die Klassenfahrt und das ganze Drumherum. Wir fuhren bereits am Mittwoch in das Pionierlager vor den Toren der Hauptstadt, von wo aus die Fackelzug-Teilnahme am Freitag, dem 6. Oktober, und die Anreise mit Bussen organisiert war. Mit Dani hatte ich vorher ausgemacht, die drei Lagertage für eine radikale

Diät zu nutzen. Zu Hause war das immer gar nicht so einfach, wenn einem die Mutti Stullen schmierte und Kuchen buk, ob man wollte oder nicht. Diese Tage würden wir nur Zwieback essen und mal ein Stück Obst oder Gemüse, wenn es gar nicht anders ging. Allerdings fühlte ich mich am zweiten Abend innerlich selbst wie ein Zwieback. Ja, es klang verrückt, aber: Ich war ein Zwieback. Trocken, nicht knusprig. Kein tolles Gefühl, kann ich euch sagen. Vielleicht war auch die Kombination mit Bier, Wein und Zigaretten nicht die günstigste.

Am zweiten Abend stieg eine Disko in dem Lager, wo außer uns etwa zehn andere Klassen aus Berlins Umgebung untergebracht waren. Ursprünglich wollten Dani und ich gar nicht hingehen, sondern im Zimmer bleiben und lesen, dazu einen Zwieback und ein Gläschen Wein genießen. Aber Ralf und Matte hatten es am Ende geschafft, uns zu überreden. Wohl oder übel hatten wir uns geschminkt und die Gammel-Turnhosen gegen unsere Jeans getauscht. Wir konnten ja mal gucken gehen. Gucken ob einer guckte. Obwohl wir eigentlich keine interessanten Leute bei den anderen Gruppen gesehen hatten.

Nach einer halben Stunde und drei langweiligen Zigaretten beschlossen wir, ein paar Runden zu tanzen (nur wegen des Kalorienverbrennens), und danach heimlich zu verschwinden. Doch es kam anders als geplant. Zumindest für Dani. Schon beim zweiten Titel, den wir auf der Tanzfläche absolvierten, kam ein langer, im Dunkeln gar nicht so übel aussehender Kunde auf uns zu und fragte Dani, ob er sich zu ihr (nicht zu uns) gesellen dürfe. Die nickte beiläufig und er grinste und begann, sich zwischen uns beiden Platz zu verschaffen. Und ich? Stand da wie belämmert. Gott sei Dank kam Rettung in Form von

Conny. Hatte sie meine peinliche Lage erkannt und kam mir zu Hilfe? So aufmerksam hatte ich unsere Sportskanone bis heute nicht kennengelernt, aber vielleicht lag ich da falsch und sollte mich korrigieren. Aber vor allem sollte ich ihr nicht übelnehmen, dass sie mit Nico ging. Ich nickte ihr zu und tanzte weiter. Mir war sowieso alles Wurscht. Beziehungsweise Zwieback. Hauptsache, noch ein bisschen zappeln, Kalorien verbrennen und den Abend irgendwie hinter mich bringen.

Das funktionierte auch gut, bis ein paar Titel später plötzlich dieser eine anlief, den sie lieber nicht gebracht hätten, wenn ich gefragt worden wäre. *Aint Nobody loves me better.* Ich hatte den ganzen Abend an anderes gedacht, verdammt. *Nobody, than you.* Ich schloss die Augen und kämpfte gegen das Brennen, das mir die Kehle hochkletterte und am Ende in Tränen enden würde. Nein, nein, und nein. Wieder dachte ich an Romy und ihre berühmten Worte: Ich werde weiterleben – und richtig gut. Das wäre doch gelacht!

Und morgen Abend war Fackelzug. Werden wir mal sehen, wer am Ende recht hatte. Und welchem System die Zukunft gehörte. Abhauen war leicht. Hierbleiben, das war stark. Und an diesem historischen Ereignis morgen Abend teilzunehmen, das war Glück. Ich hatte seltsamerweise immer Glück. Wie hieß es gleich? Glück im Spiel, Pech in der Liebe. Vielleicht müsste erst meine Glückssträhne des Auserwähltseins abreißen, damit ich endlich Glück in der Liebe erleben könnte? Müsste morgen Abend etwas schiefgehen? Da war sie schon wieder, diese blöde Angst. Oder war das jetzt Hoffnung? Ach du Scheiße, ich sollte mal wieder etwas Normales zu mir nehmen, die Zwieback-Diät endete sonst noch in geistigem Totalausfall.

Der Fackelzug erwies sich angesichts meiner gemischten Gefühle und hohen Erwartungen als ausgesprochen langweilig. Eigentlich hatten wir nur stundenlang an verschiedenen Orten rumgestanden und abgewartet. Am lustigsten war es noch, als manchmal der Block neben uns anfing, russische oder bulgarische Volkslieder zu singen. Das klang so schief, dass es schon wieder komisch war. Was Alkoholisches zu trinken gab es nicht, aber man musste sich die Zeit vertreiben. Es gab auch keine negativen oder beängstigenden Zwischenfälle, jedenfalls nicht in unserem Umfeld. Der einzige politische Meinungsaustausch kam auf der Rückfahrt in der S-Bahn zustande. Da hatte so ein Typ mittleren Alters plötzlich angefangen, laut zu diskutieren, von wegen Reisefreiheit und so. Wahrscheinlich hatten ihn unsere FDJ-Hemden aus der Reserve gelockt und er wollte mal sehen, ob er bei uns auf Zustimmung stieß. Doch er hatte die Rechnung ohne Ralf gemacht. Der hielt ihm erstmal einen Vortrag, und von unserem Johlen und einigen Buhrufen begleitet, war der Nörgler an der nächsten Haltestelle kleinlaut ausgestiegen.

Das war mein persönliches Klassenkampferlebnis gewesen. Und wer hatte gesiegt? Natürlich wir. Stark, Ralf! Er hatte es echt drauf, immer die passenden Antworten parat. Ein bisschen beneidete ich ihn darum. Mir fiel, wenn überhaupt, immer erst zu spät ein, was ich hätte sagen sollen, wenn mich einer provozierte. Zumal in politischer Hinsicht. Deshalb war ich auch nicht Agitator, sondern Schriftführer geworden. Ach so, das hatte ich noch nicht erwähnt. Zu Beginn der Zwölften hatten mich meine Mitschüler bekniet, neben der Essengeldgeschichte auch noch dieses verantwortungsvolle Schriftführer-Amt in der FDJ-Leitung zu übernehmen, meiner guten

Deutschaufsätze wegen. Da hatte ich mich nicht gedrückt. Im Nachhinein alles zu erzählen, das war mein Ding. Vorher zu fantasieren lag mir auch. Aber nicht in politischer Hinsicht. Mehr so beziehungstechnisch. In letzter Zeit drehte sich da, meiner Befindlichkeit entsprechend, wenig und das Wenige nur um den ehemaligen Kandidaten 12/A. Er kassierte auch in diesem Schuljahr weiter Essengeld und hieß Tim. Auch mit richtigem Namen hatte er nichts an Ausstrahlung eingebüßt. Im Gegenteil, er schien aufgeschlossener und nicht mehr so unnahbar zu sein. Ohne ihm hinterherzurennen, ließ ich es zu, dass wir hin und wieder eine zusammen rauchten oder quatschten, wie gute alte Bekannte eben. Nur das. Alles andere ging nicht mehr bei mir, wie denn auch. Aber ich genoss das Gefühl, interessant für ihn zu sein. Ich war mir sicher, dass ich das war. In diesen Angelegenheiten irrte ich mich nie.

Dani war jetzt wieder richtig dicke mit mir. Wenn ich ehrlich war, hatte es auch ein bisschen an mir gelegen, dass wir im Verlauf der Elften auseinandergedriftet waren. Erst wollte ich ständig zur Disko und sie hatte andere Interessen, später gab es nur noch Sven für mich und ich brauchte sie nicht mehr.

Auch Dani hatte ich in dem Glauben gelassen, dass ich mich gleich zu Beginn der Sommerferien von Sven getrennt hatte. Nach meiner Improvisation im Gespräch mit Carsten hatte ich es dabei belassen, so würde ich mich nicht selbst in Widersprüche verstricken. Eine offizielle Version für alle. Dani hatte eine unglückliche Geschichte mit einer alten Ferienlagerliebe endgültig abgehakt und wie ich den Entschluss gefasst, sich künftig ausschließlich der Wissenschaft (in Form des Schulstoffes), den schönen

Künsten (auch sie war Theaterfreak und hatte im ersten Jahr zu wenig davon bekommen), der Schönheitspflege (ich konnte von ihren Kosmetikexperimenten profitieren – von denen, die gut ausgegangen waren) und dem Ausdauersport (sie schwamm lieber, ich rannte, aber wir würden uns einigen) zu widmen.

Ich war gleich einverstanden gewesen, uns wieder zwei oder dreimal die Woche zu treffen und gemeinsam Hausaufgaben zu machen. Normalerweise arrangierte ich mich mit denen auch gern allein, aber ich brauchte jetzt feste Termine und einen gewissen Zwang, damit ich nicht abdriftete und mir die Nachmittage zwischen den Fingern zerrannen. Außerdem trafen wir uns bei ihr, was für mich einen willkommenen Tapetenwechsel bedeutete.

Mindestens zweimal pro Monat wollten wir nach Berlin ins Theater fahren. Gleich die erste Aktion, zu der auch Ralf und Matte mitkamen, war ein Volltreffer. Auch wenn (oder gerade, weil?) es sich um eine Komödie gehandelt hatte.

Beate, Gerd und die Kinder besuchten uns am vorletzten Oktoberwochenende. Das passte gut, um Vatis Geburtstag vom 9. Oktober nachzufeiern, der zwischen den Veranstaltungen anlässlich des Republikfeiertages und dem ganzen Programm, das sie bei ihm im Ministerium zu diesem Anlass abgespielt hatten, untergegangen war. Da es kein runder, sondern nur ein normaler Geburtstag war, fand das kulinarische Programm zu Hause statt. Kaffee und Kuchen am Nachmittag, kalte Platten vom Fleischer am Abend.

Beate sah jetzt viel besser aus als bei unserem Treffen in Berlin. Rund und gesund. Das hatte Mutti aber erst nach mehr als einer Stunde festgestellt und erst, als Beate nur vom Sekt genippt und ihn Gerd rübergeschoben hatte. Das war nicht ihre Art, schon gar nicht, wenn gefeiert wurde. Da hatte sie die ersten prüfenden Seitenblicke geerntet und konnte endlich mit der Neuigkeit herausplatzen.

„Und das, wo es jetzt die Pille gibt", meinte Mutti kopfschüttelnd, bevor sie doch gerührt war und zu ihrer großen Tochter lief, um sie zu umarmen. Ein paar Tränchen flossen, sogar bei Vati, was nicht so oft vorkam. Wie hätten unsere Eltern reagiert, wenn ich an Beates Stelle …?

Als hätte Beate meine Gedanken gelesen, nahm sie mich nach dem Kaffeetrinken beiseite. Anja und Andreas waren runter auf den Hof gegangen und spielten mit Kindern aus dem Block Verstecken und Fangen.

„Wollen wir mal ein bisschen in dein Zimmer gehen?", fragte mich Beate und ich nickte, auch wenn ich keine Vorstellung hatte, was sie mit mir besprechen wollte.

Im Kinderzimmer setzten wir uns nebeneinander auf die Couch. Beate schnappte sich meinen alten gelben Plüschteddy und nahm ihn auf den Schoß. Im Sitzen sah Beate aus, als ob sie einfach ein paar Kilo zu viel um die Hüften hatte. Es entging ihr nicht, dass ich sie musterte. Sie setzte eine ernste Miene auf und wies mich zurecht:

„Du hast aber ganz schön abgenommen, pass auf dich auf, Manuela!"

Das stimmte, auch wenn es vor ihr noch keiner angesprochen hatte. Ich hatte etwa drei Kilo abgenommen nach dem Sommer, selten zeigte die Waage 50 Kilo, ich lag jetzt immer leicht darunter.

Beate sah mich aufmerksam an. „Wie geht es dir?"

Ich zuckte mit den Schultern. „Ich lebe weiter."

Beate nahm meine Hand. „Und sein Brief?"

Ich schüttelte nur mit dem Kopf.

„Du musst darüber hinwegkommen. Alles andere hat keinen Sinn."

„Ich weiß. Das tue ich ja bereits."

„Und du dachtest Ende August wirklich, du seist schwanger?"

Ich nickte schwach und wischte mit der freien Hand durch die Luft. „Ach, das war nur das ganze Durcheinander damals."

Ich hatte bisher mit keinem darüber gesprochen. Jetzt war die Gelegenheit dazu. Beate schaute mich aufmunternd an, sie spürte, dass ich mein Herz ausschütten wollte.

„Hast du denn nicht die Pille genommen?", fragte sie ohne Umschweife.

Ich holte tief Luft und fing an zu reden. Ich erzählte meiner Schwester, dass mit Sven nie was gelaufen war, wozu es die Pille gebraucht hätte. Dass ich mir schon Gedanken gemacht hätte, was das Problem sei. Aber wir hatten noch alle Zeit der Welt gehabt, theoretisch. Und dass es erst am letzten Tag passiert war und ich in diesem Moment, der so ersehnt und so überraschend zugleich gewesen war, keinen Gedanken mehr an die Sache verschwendet hatte, an die sogenannte Verhütung.

Beate hörte aufmerksam zu. Als ich eine Pause machte, sagte sie: „Vielleicht hatte er immer daran gedacht, dass er weggehen würde und wollte nicht ..."

„Ja genau", unterbrach ich sie, „so habe ich mir das auch erklärt. Jetzt, im Nachhinein. Dass er nichts riskieren wollte, weil er schon wusste, dass er vielleicht ..."

Die Worte erstickten irgendwo in meinem Hals, ich biss mir auf die Lippen.

„Und am letzten Tag, keine Ahnung, hat er die Kontrolle verloren oder was weiß ich ...", setzte ich fort.

Beate nickte. „Er hat dich geliebt, so viel steht fest."

„Ach ja? Na super, was für ein Trost."

Ich spürte Rebellion in mir hochsteigen. Jetzt bloß nicht wieder heulen, nicht zum hundertsten Mal dieses Selbstmitleid. Ich hatte es langsam satt. Also wechselte ich das Thema, indem ich beim Thema blieb.

„Und du, nimmst du denn nicht die Pille?", fragte ich bemüht heiter.

Beate nickte schuldbewusst. „Tja, gute Frage."

Sie erzählte mir, dass bei Arbeit, Haushalt und zwei kleinen Kindern auch das Eheleben den Bach runter ging.

„Wir haben ja kaum noch ... wie und wann und wo denn? Und als mein Frauenarzt sagte, ich solle wegen meines Blutdrucks eine Weile die Pille absetzen und auf Kondome umsteigen, habe ich zugestimmt und bei mir gedacht, die brauchst du sowieso nicht."

„Und dann gab es den einen Abend, an dem nichts Vernünftiges im Fernsehen kam ...", lästerte ich.

Beate stieg drauf ein:

„... und die Kondome lagen gut verpackt im Kosmetikschrank und sind nicht zum Einsatz gekommen, genau so war es."

Kondome. Ich hatte vor zwei Jahren mal welche von Klassenkameraden geschenkt bekommen, beim Julklapp. Ein Scherzgeschenk. Da war das Verfallsdatum vor Kurzem abgelaufen. Selbst welche in der Drogerie zu kaufen, hatte ich nicht fertiggebracht. Das war eigentlich auch Männersache, oder nicht?

„Ist ja alles gut gegangen, bei mir und bei dir, auch ohne Kondome", stellte ich fest und Beate strich sich über den Bauch.

„Hm, ist schon gut so."

Dann sah sie mich wieder an.

„Um noch mal auf dich und Sven zurückzukommen … unsere Eltern, wie haben die denn reagiert?"

Beate machte dabei ein Gesicht, als ob sie sich für die Frage entschuldigen wollte.

„Gar nicht, ich weiß nicht … ich glaube, sie können gar nicht anders, als Sven zu verurteilen, aber das wollen sie nicht zugeben."

Beate überlegte einen Moment, ehe sie antwortete:

„Na ja, du musst sie auch verstehen, Vati hat vielleicht Probleme gekriegt deswegen."

Ich nickte: „Klar, ich weiß."

„Aber sie haben dich lieb und es tut ihnen sehr leid, sie möchten dich wieder fröhlich sehen, das haben sie mir gesagt."

„Ja, schon klar."

Beate umarmte mich und gab mir mit dem Zeigefinger einen Stups auf die Nase, wie sie es früher immer getan hatte, als sie noch wie eine echte Schwester bei uns zu Hause wohnte.

Ich musste lachen und meinte es ernst, als ich beim Aufstehen zu ihr sagte: „Danke für alles."

Wir gingen wieder ins Wohnzimmer, wo Vati und Gerd bei einem Bier über Männerthemen schwadronierten, es ging wohl gerade um fehlende Bohrmaschinenersatzteile.

Mutti stand allein in der Küche beim Abwasch. Beate nickte mir aufmunternd zu, als ich Anstalten machte, ihr Gesellschaft zu leisten, und sagte:

„Ich schau mal, was die Kinder unten treiben."

Mutti war überrascht, dass ich ihr helfen kam. Während wir gemeinsam das Geschirr abtrockneten, sprachen wir über den Familienzuwachs und wie gut es war, dass Beate sich keine Sorgen zu machen brauchte. Alles war geregelt mit Gerds Arbeit, ihrem Babyjahr und der Kinderkrippe, bei der sie schon gute Bekannte waren.

Mutti hielt einen Moment inne.

„Schade, dass wir sie so selten sehen. Du bleibst mal bei uns in der Nähe, Motte, versprochen? Wir wollen doch auch etwas von unseren Enkelkindern haben."

Mutti nickte mir zu und schien tatsächlich zu glauben, ich könnte hier und jetzt an Familie und eigene Kinder denken.

Woran ich in der Nacht darauf dachte, das war nicht Familienplanung. Das war das, was davor kam, was man nicht plante und was geschah, weil es die Natur so vorgesehen hatte. Es war bestimmt kein Traum, ich hatte gar nicht einschlafen können. Er war da. Hier in meinem Kinderzimmer. Sven lag neben mir, hinter mir. Ich spürte doch deutlich seinen Atem. Die Arme hatte er um meine Schultern geschlungen, sein Bauch drückte an meinen Rücken, seine weichen Lippen liebkosten meinen Nacken.

Ich wachte auf und sah auf den Wecker. Halb drei Uhr nachts. Ich drehte mich auf die andere Seite und heulte leise, dann immer lauter ins Kissen. Was hatte er mir angetan? Ich hasste ihn! Ich hasste ihn dafür, dass er mich angesprochen hatte, damals beim Training. Dass er mir den Zettel geschrieben hatte, dass er mich auf dem Motorrad mitgenommen hatte, dass er mit mir um den See und an all diese Orte gefahren war, die jetzt mit ihm verbunden waren. Zu denen ich nicht mehr gehen konnte, ohne an uns zu denken. Ich hasste ihn, und er sollte bleiben, wo der Pfeffer wuchs. Dabei hasste ich ihn gar nicht dafür, dass er weggegangen war. Ich hasste ihn für alles, was wir davor erlebt hatten. Für das, was der Himmel gewesen war und jetzt die Hölle, in die mich meine

Erinnerungen erbarmungslos herabzerrten. Mein Hass erstickte in Tränen, und erst als das Zittern irgendwann abebbte, zog mich eine schwere, beruhigende Leere in den Schlaf.

Am Wochenende darauf ließen mich meine Eltern allein. Sie fuhren für vierzehn Tage zu zweit an die Ostsee. In ein Ferienheim auf Usedom, ein Ferienheim von Vatis Ministerium. Da es im Sommer mal wieder keinen Platz für uns drei gegeben hatte, musste Mutti jetzt eine Sondergenehmigung für Urlaub außerhalb der Ferien beantragen. Das war nur mit Beziehungen möglich gewesen, und sie hatte sich bei der Sache nicht wohl gefühlt. Ich musste ihr gut zureden, sich den lang herbeigesehnten Urlaub nicht vom schlechten Gewissen versauen zu lassen. Schließlich hatte sie in den Ferien oft Sondereinsätze geschoben.

Obendrein machte sich Mutti allerdings auch Sorgen, ob sie ihre Tochter, die immer noch nicht wieder zur Disko ging, ohne Ende lernte und ansonsten Dauerlauf rannte, zwei Wochen lang sich selbst überlassen konnte.

„Nun mach mal halblang, besser als in der Schule und zu Hause kann es mir doch nicht gehen", versuchte ich sie zu beruhigen.

„Da hast du auch wieder recht", gab Mutti zu.

„Aber geh lieber nicht allein rennen, Schnecke, zumindest nicht abends, versprichst du mir das?", bat sie mich.

Ich nickte und gab die brave Tochter. Und ob ich rennen gehen würde, ich musste schließlich mein Programm durchziehen.

Mir kam eine Idee, wie ich sie ablenken konnte: „Ich kann ja, wenn es euch lieber ist, jeden Abend Feten veranstalten. Auf diese Weise bin ich nicht allein, und ihr braucht euch keine Sorgen zu machen."

Vati lachte und hatte die Ironie erkannt, während Mutti verunsichert nach der richtigen Antwort suchte. Schnell umarmte ich sie und stellte klar, dass ich Feten bestimmt nicht auf dem Schirm hatte, schließlich wollte ich mir nicht den ganzen Abwasch aufhalsen. Das leuchtete ihr ein.

Mehr oder weniger beruhigt fuhren die beiden am Sonnabend, dem 4. November in den wohlverdienten Urlaub.

Im November ans Meer. Das hatte was!

Ich wäre jetzt auch gerne an der Ostsee. Es war Sonntag, ich war gerade mal einen Tag und eine Nacht allein daheim, und mir fiel schon die Decke auf den Kopf. Hier in Strausberg im November auf die Straße zu gehen, von Dauerlaufzwecken einmal abgesehen, grenzte an Schizophrenie. Aber am Strand entlang, bei grauen Wolken und kaltem Wind, wenn man sich den Kragen hoch und die Mütze tief ins Gesicht zog, müsste es genial sein.

Das passende Lied zu diesen Tagen kam mal wieder von Robin Beck. Es war wie die Filmmusik zu meinem Trauerspiel. Damals im März schmachtete sie mit *First time, first love*, und jetzt waren es *Tears in the rain*, die mir Gesellschaft leisteten. War ich im September und bis in den Oktober hinein, zumindest insgeheim, noch voller Hoffnung gewesen, Sven könnte plötzlich vor der Tür stehen, und alles wäre wieder gut, was auch immer sich zugetragen hätte, hatte spätestens mit dem Novemberregen endgültig die Einsicht gesiegt, dass es kein gutes Ende geben könnte. Nur ein Ende. Und dass ich dieses Ende endlich auch mit mir selbst finden müsste, um einen neuen Anfang zu wagen, irgendwann.

Man sagte ja, eine verlorene Liebe zu verwinden würde halb so lange dauern wie die Zeit, die man zusammen glücklich gewesen war. Wir waren fünf Monate zusammen gewesen. Das war jetzt zweieinhalb, genaugenommen drei Monate her, denn seit er nach Ungarn gefahren war, hatten wir uns nicht mehr gesehen und nur, weil ich noch nicht geahnt hatte, dass er nicht zurückkäme, konnte man die zwei Wochen seiner Reise nicht als gemeinsame Zeit rechnen. Also waren gestern, am 4. November, schon drei Monate seit unserem Abschied vergangen.

It's a rainy night and it's over
Tears are gonna fall any minute now.
And I know that it's you I gotta get over
I know I do but I don't know how.
I pretend that I'm in control now
I won't fall apart till I walk away.
And I say to myself you're gonna be stronger
I tell myself it's better this way. Oh oh
You can't see tears in the rain
no matter how hard you try
You'll never see anything
only the rain in my eyes.
You can't see tears in the rain
so as we're sayin' goodbye
Guess I'll be cryin' in vain
'cause you can't see tears in the rain ...
... And there's the rain comes down I don't wanna go
I see the memories flash before my eyes like a ghost.
I fantasize that there's a glimmer of hope
But it's over, it'll never be the same.

Dabei gab es Spannenderes, als den eigenen Befindlichkeiten nachzuspüren.

Es verging kein Tag in diesen Tagen, der nicht mit Volkskammersitzungen, Pressekonferenzen, mit Demonstrationen und all diesen Dingen, die nach dem 7. Oktober an Fahrt gewonnen hatten, angereichert war. Man konnte den ganzen Tag Fernsehen laufen lassen und den ganzen Mist verfolgen. Und irre werden dabei. Erst war Honecker zurückgetreten. Na gut, das passte in die Umstände und entsprach seinem hohen Alter. Wenn es stimmte, dass er auch krank war, war es nur richtig, in dieser stürmischen Zeit einem Jüngeren das Ruder an die Hand zu geben. Aber auch jetzt, nachdem Krenz übernommen hatte, zog keine Ruhe ein. Das Volk war auf der Straße, so hieß es, und da wollte es nicht mehr weg. Es funktionierte offensichtlich, man reagierte in der Partei- und Staatsführung, beschloss Maßnahmen. Und vielleicht würde sich tatsächlich was ändern im Hinblick auf die Reisebestimmungen und so, was am Ende auch keine schlechte Sache wäre. Mutti könnte ihren Bruder besuchen fahren oder er zu uns kommen. Obwohl, da Mutti Lehrerin und Vati beim Ministerium war, würde das alles überhaupt auf uns zutreffen? Ich verfolgte die Diskussionen nur halbherzig. Der Fernseher lief jeden Abend, um mir Gesellschaft zu leisten. Was ich da sah und hörte, würde ich mit Mutti und Vati besprechen, wenn sie wieder zu Hause wären.

Am Donnerstag beim Training fingen wir an, eine neue Choreografie zu proben. Janet Jackson. *Miss You Much.*
Ausgerechnet Susann hatte diesen Vorschlag gemacht, aber als sie ein paar Schritte zeigte, waren wir alle begeistert und auch ich hatte aufgehört, zu nörgeln. Ich

war nie richtig warm geworden mit ihr, obwohl sich meine anfänglichen Befürchtungen, sie könnte mit Sven, als er noch Kreuzworträtseltyp war und ganz oben auf meiner Liste stand, mehr als mir lieb war zu tun haben, schnell in Luft aufgelöst hatten. Später war rausgekommen, dass sie sich aus der Parallelklasse an der Schule kannten. Sven war die rothaarige Susann immer auf den Geist gegangen, er hatte sie Pumuckl genannt. Susann hatte nie etwas zu uns beiden gesagt, als wir zusammen waren. Sie interessierte sich selten für andere. Deshalb akzeptierten wir sie zwar in unserer Gruppe (optisch machte sie was her und gab zwischen uns Blondinen eine nette farbliche Abwechslung), aber wir hatten sie bisher nicht als Wortführerin gesehen. Und jetzt spielte sie sich allen Ernstes als Choreografin auf. Sicher hatte sie die Schritte von Musikvideos im Westfernsehen kopiert. Aber egal, manchmal musste man Eitelkeit und Neid überwinden, ein bisschen aktueller Einfluss half uns schließlich allen weiter, wir konnten ja nicht ewig bei Popgymnastik und Jazzdance hängen bleiben.

Normalerweise probten wir von acht bis halb zehn, aber heute war es fast halb elf, als wir den Saal verließen. Ich ging mit Caro Arm in Arm bis vor zur Straße, aber es war zu kalt und zu spät, um noch eine zu rauchen, wie wir es in der letzten Zeit immer getan hatten. Wir verabschiedeten uns bibbernd.

„Komm gut nach Hause", bat Caro und umarmte mich. „Pass auf dich auf."

Alle machten sich Sorgen, nur weil ich allein zu Hause war. Das war albern. Trotzdem spürte ich in diesem Moment den Wunsch, Caro nicht erst am nächsten Donnerstag beim Training wiederzusehen.

„Machen wir am Wochenende was zusammen?", fragte ich.

Caro überlegte, sagte aber schon mal: „Ja klar."

Kurz darauf fiel ihr ein, was dagegensprechen könnte:

„Warte mal, ich muss mit Daniel reden, ob wir zu seiner Tante fahren, die hatte Fünfzigsten oder so, aber es war noch nicht klar, ob wir auch dabei sind. Habe eigentlich keine Lust, wie du dir vorstellen kannst."

Ich zuckte mit den Schultern.

„Auch nicht schlimm, dann eben nicht."

Caro schüttelte energisch den Kopf.

„Nee, meine Kleene, so leicht entwischst du mir nicht."

Sie überlegte.

„Pass auf, wir treffen uns einfach am Sonnabendvormittag im Café Kunze. Wenn wir fahren, dann erst am Nachmittag, aber falls nicht, machen wir was zusammen, versprochen. In jedem Fall sehen wir uns auf einen Kaffee und quatschen mal wieder."

Das klang gut. Aber ich konnte erst nach dem Unterricht.

„Kurz nach zwölf, ich habe doch Schule", schlug ich vor.

„Gut, das geht schon, bis Sonnabend."

Caro schwang sich auf ihr Rad und winkte mir nach ein paar Metern noch einmal zu.

Ein Rad hätte ich jetzt auch gerne gehabt. Stattdessen lief ich etwas schneller, zumal ich aus Richtung der Stadtmauer Gegröle und lautes Singen hörte. Besoffenes Pack! Gut, dass Mutti mich jetzt nicht sah, wie ich so spät allein nach Hause lief. Sie und Vati würden da oben in ihrem Ferienheim schon schlafen, Meeresluft machte bekanntlich müde.

Beim Zähneputzen am Freitagmorgen lauschte ich wie üblich mit einem Ohr nach dem Radio, in der Hoffnung auf mein tagesbestimmendes Lied. Auch wenn ich mich in letzter Zeit schwer damit tat, wirklich an geheime Botschaften zu glauben. Heute Morgen quatschten sie im Radio allerdings die ganze Zeit ohne Punkt und Komma. Wieder im Wohnzimmer, blieb ich stehen und hörte ein bisschen zu. Leute redeten wild durcheinander und sagten Sachen wie:

Wir wollen nur mal kurz rüber, kieken wie det da is.

Aba denn kommwa zurück, müssen ja uff Arbeit nachher.

Abhauen? Nee, nur ma kieken, muss man doch ma jesehen haben.

Wie bitte, worum ging es, verdammt nochmal ... Ich drehte die Lautstärke auf. Wer wurde da interviewt, und wo wollten die mal gucken? Ein Blick auf die Uhr beruhigte mich. Ich hatte Zeit und konnte noch ein bisschen zuhören. Irgendwann setzten sich die Wortfetzen wie Puzzleteile zusammen: Da mussten Leute rüber nach Westberlin gegangen sein, über die Grenze. Heute früh, vor der Arbeit. Was bedeutete das? Verdrossen schaltete ich das Radio aus. Heute Abend wollte ich mehr erfahren, in der Aktuellen Kamera. In der Zwischenzeit würde die Welt nicht untergehen.

Ich war immer noch überpünktlich an der Penne. Auf dem Schulhof herrschte eine komische Stimmung. Irgendwas lag in der Luft, das spürte ich und das sah ich in den Gesichtern. Manche diskutierten leise. Andere hatten eine Gruppe um sich versammelt und hielten eine Rede, während Zuhörer an ihren Lippen hingen. Ich entdeckte Dani, Kerstin und Sabine, die mit Jens debattieren, und gesellte mich zu ihnen.

„Hey, was ist los hier, alles klar?"

Sabine schaute nur kurz zu mir rüber, ein bisschen herablassend, als wollte sie sagen: Aus welchem Mustopf kommst du denn gerade? Sie antwortete mir nicht, sondern nickte Jens zu, er solle weiterreden.

„Mein Schwager war auch drüben, heute Nacht. Der hat das im Westfernsehen gehört und ist sofort losgefahren, kurz nach Mitternacht war er an der Grenze. Da muss echt alles drunter und drüber gegangen sein."

Also stimmte es, der Grenzübergang zu Westberlin war geöffnet worden. Jetzt diskutierten viele, ob heute überhaupt Unterricht stattfinden würde, und ob wir nicht alle mit der nächsten S-Bahn nach Berlin fahren sollten. Wer weiß, wann sie wieder dichtmachen würden.

Ja und? Deshalb musste man nicht alles stehen und liegen lassen und losfahren. Mir war das zu blöd. Dani war auch meiner Meinung: erstmal abwarten und nicht den Kopf verlieren. Sie hatte gestern Abend im Gegensatz zu mir die Aktuelle Kamera gesehen. Da gab es so eine unklare Ansage, erzählte sie mir auf dem Weg ins Schulgebäude, die einige gleich als Einladung interpretiert hatten, sofort an die Grenze zu gehen. Jetzt gaben sie damit an, in der Nacht schon drüben in Westberlin gewesen zu sein. Wir fanden das peinlich.

Der Unterricht fiel natürlich nicht aus. Auch wenn die Lehrer etwas nervös waren, der eine mehr, der andere weniger. Jedenfalls erklärten sie uns, dass das nächtliche Chaos ein Missverständnis gewesen war und alles bald wieder in geordnete Bahnen gelenkt werden würde. Und dass man sich zunächst einen Stempel, ein Visum, holen musste, bei der VP-Meldestelle.

Stempel. In den Ausweis. Es käme für mich sowieso nicht in Frage, dafür gleich nach der Schule loszurennen. Ich war nicht volljährig und meine Eltern waren im Urlaub. Ohne ihre Zustimmung ging da gar nichts.

Meine Eltern, die hatten es gut, da oben an der Ostsee. Bekamen von dem ganzen Trubel nichts mit.

Am Nachmittag fuhr ich mit dem Bus nach Hause. Ich sah, dass sich an der Meldestelle eine Riesenschlange gebildet hatte. Da standen sich alle bei der Kälte die Beine in den Bauch. Ein bisschen Schadenfreude gönnte ich mir. Ich würde es mir daheim in der warmen Stube gemütlich machen. Doch kaum war ich zu Hause, klingelte es an der Tür. Frau Berger stand davor und wirkte aufgeregt.

„Deine Schwester ist dran, Manuela. Gut, dass du da bist."

Während ich die Treppen hochging, versuchte ich mir den Grund von Beates Anruf zu erklären. Sie rief sonst nur an, wenn sie etwas mit den Eltern abmachen wollte. Wir hatten uns gerade erst vor zwei Wochen gesehen. Oder hatte Beate nicht daran gedacht, dass die beiden noch an der Ostsee waren?

Plötzlich ein kurzer Schmerz in der Brust, ein Ziehen wie beim Seitenstechen, nur höher. Und wenn unseren Eltern was passiert war? Nein, Blödsinn, versuchte ich mich zu beruhigen, aber meine Stimme zitterte, als ich den Hörer in die Hand nahm und mich meldete:

„Hallo, Beate?"

Schnell begriff ich, worum es bei dem überraschenden Anruf ging. Und das verschlug mir die Sprache. Auch meine Schwester wollte gleich am Wochenende rüber nach Westberlin. Und da war unsere Wohnung in Strausberg die ideale Absteige.

„Wir dachten, wir kommen morgen Abend und übernachten bei dir. Wenn's recht ist."

Ich zögerte mit der Antwort, und sie fügte hastig hinzu:

„Zu essen bringen wir mit, ich mache Kartoffelsalat. Und zu trinken auch. Gerds Bier, Margonwasser. Du musst dich um nichts kümmern."

Es wäre nett, Beate und ihre Familie hier zu haben, statt einsam Frust zu schieben und mir bis spät in die Nacht Nachrichten reinzuziehen. Und so sagte ich, nun mit fester Stimme: „Kein Problem, dann bis morgen."

Und nach kurzem Luftholen auch noch: „Ich freu mich."

Ein wenig nagte an meiner Freude, dass sie nicht wegen mir kamen, sondern nur, um die Gunst der Stunde schnellstmöglich zu nutzen.

Oder war es doch so etwas wie Eifersucht, ein kleiner Hauch nur, dass sie schon morgen in den Westen fuhren?

Am Sonnabendmorgen glänzte die Hälfte der Schüler mit Abwesenheit. Es war klar, wo die anderen steckten. Die bummelten wahrscheinlich über den Ku'damm, um ihr Begrüßungsgeld gleich wieder loszuwerden. Am meisten staunte ich, Ralf und Matte heute nicht in der Schule zu sehen. Dass unsere zwei Politagitatoren plötzlich dem Kaufrausch verfallen seien, war selbst für mich mit meiner blühenden Fantasie zu viel.

An diesem Schulsonnabend, der so anders war als alle zuvor, teilte ich mir mit Dani, Kerstin, Sabine, Jörg, Birgit, Conny, Daniel und Dirk vom Dorf die ersten Bänke. Wir hatten uns nach vorn gesetzt, um die Lücken zu schließen, ein Anblick, den wir unseren Lehrern nicht zumuten wollten. Auch zwei oder drei von ihnen fehlten, hörte man auf dem Flur munkeln, aber wir hatten Pech, denn Frau Müller stand pünktlich um halb acht zum Biologieunterricht bereit, und der sah mangels thematischer Relevanz auch keine Programmänderungen vor. Später in Deutsch diskutierten wir eine halbe Stunde lang mit Frau Behrens über das Tagesgeschehen (sie vertrat die Meinung, dass es nach dem ersten Chaos eine Regelung geben müsste, um die Ausflüge in den Westen zu organisieren, wie sie sich das vorstellte, wusste sie aber offensichtlich auch nicht), ehe wir uns wieder – unter Protest – den Klassikern und dem Lehrplan widmeten.

Ich fieberte dem Unterrichtsende entgegen, denn ich war mit Caro auf einen Kaffee verabredet. Hoffentlich hatte sie nicht extra wegen mir ihren Besuch abgesagt, während ich welchen von meiner Schwester bekam. Aber meine Sorge war umsonst. Caro teilte mir mit, dass sie zwar nicht zur Tante, aber stattdessen nach Westberlin wollten, gleich am Nachmittag.

„Das ist so irre, sagen alle. Da wollen wir nicht zu Hause hocken, als wäre es ein Wochenende wie jedes andere."

Dabei schaute sie mich mitleidig und schuldbewusst an, als ob sie fürchtete, ich könnte – allein daheim, während alle feierten – womöglich Selbstmordgedanken oder noch Schlimmeres entwickeln.

Also befreite ich sie schnell von ihrem schlechten Gewissen und erzählte ihr, dass ich auch Besuch bekäme.

„Oh, das ist ja schön", meinte Caro beruhigt und kippte den lauwarmen Kaffee in einem Zug runter.

Wir sprachen noch ein bisschen über die aktuellen Ereignisse (worüber denn sonst?). Ich musste ihr dreimal bestätigen, dass ich kein Problem damit hätte, nicht auch sofort rüberzufahren. Ehrlich gesagt, war ich mir gar nicht sicher, ob ich das überhaupt irgendwann täte. Na ja, vielleicht doch, wenn sich der Trubel gelegt hätte. Jedenfalls wollte ich mir garantiert keine Bananen schenken lassen, im Fernsehen hatte ich ein paar peinliche Szenen dieser Art gesehen. Caro versprach zum

Abschied, mir bei nächster Gelegenheit alles ganz genau zu berichten.

Zu Hause machte ich mir eine anständige Portion Makkaroni mit Tomatensoße und legte mich anschließend ins Bett. Der letzte Abend vor der Glotze hatte an meinen Nerven gezerrt, und wenn Beate und die Kinder heute Abend aufkreuzten, würde es auch wieder spät werden. Als es im Hausflur laut wurde, wachte ich auf. Erschrocken blickte ich auf den Wecker, aber es war erst kurz nach siebzehn Uhr. Beate würde nicht vor sieben da sein. Ich beschloss, mich mit einem Wannenbad zu entspannen. Ich ließ das Wasser einlaufen, und da ich mich schon bis auf die Unterwäsche ausgezogen hatte, reagierte ich nicht, als es bei uns klingelte. Den Atem hielt ich trotzdem an und vernahm, wie andere Leute im Haus laut diskutierten. Dann hörte ich die Haustür scheppern.

„Da sind Sie bei uns falsch."

Das klang wie die Stimme von Herrn Berger, der kurz darauf – mit seiner Frau nahm ich an – die Treppen hochging.

„Du hättest sie aber nicht rausschmeißen müssen", hörte ich Frau Berger sagen.

Und er antwortete etwas wie:

„Die haben gar keine Hemmungen mehr."

Worum auch immer es gegangen war: Gut, dass ich nicht die Tür aufgemacht hatte. Durch die Ablenkung hatte ich viel zu viel BADUSAN in die Wanne gekippt. Jetzt stieg ich in ein Meer von Schaum. Ich tauchte unter und ließ die Welt draußen die Welt draußen sein. So wie Mutti und Vati es da oben auf Usedom taten. Ob freiwillig oder nicht, machte am Ende auch keinen Unterschied.

Kurz nach halb acht traf meine Schwester nebst Anhang und erbeuteten Westprodukten ein. Stolz hielt mir der kleine Andreas schon an der Tür ein Bündel Bananen entgegen. Ausgerechnet. Auch wenn die aus dem Westen angeblich süßer schmecken sollten als die Exemplare, die es manchmal kurz vor Weihnachten bei uns gab. So hatte es Birgit mal in der Schule erzählt, aber die hatte sowieso einen Knall. Und der Schnee war drüben weißer, so nach dem Motto.

Beate sah geschafft aus von der großen Reise. Ich umarmte sie und tippte auf die Bananen.

„Habt ihr die gekauft?"

Gerd trug die schlafende Anja auf dem Arm und flüsterte: „Nee, gepflückt, die wachsen bei denen auf den Bäumen."

Ich zeigte ihm einen Vogel.

Gut, dass ich allein zu Hause war und der Kühlschrank fast leer. Beate und Gerd hatten so viel eingekauft, auch Fruchtjoghurt in Plastebechern und solche Sachen, die gekühlt werden mussten. Besonders stolz war Beate auf vier Dosen Ananas. Ich lästerte in naiver Unkenntnis. Aber meine Schwester erklärte mir:

„Stell dir vor, wir waren bei Kaisers in Kreuzberg, und eine Ananasdose kostet da läppische 89 Pfennige, hier bezahlst du 12 Mark im Deli. Irre, oder?"

Das leuchtete ein und überzeugte sogar mich.

„Machen wir gleich eine auf, zu Sekt?", schlug ich vor.

Gerd kam zu uns in die Küche.

„Was höre ich da, Sekt? Her damit, wenn das heute kein Grund zum Feiern ist."

Ich bat meine Gäste, schon mal den Tisch zu decken und ging in den Keller. Dort lagerten unsere alkoholischen Reserven in einem ausrangierten Bücherregal. Ich fand

Kirsch-Whisky, Aprikosen-Edellikör, Goldkrone. Und zwei Flaschen Rosenthaler (die für besondere Anlässe). Kein Krim-Sekt, kein Rotkäppchen. Ernüchtert stapfte ich die Treppen wieder hoch. Beate schien nicht enttäuscht zu sein. Sicher hatte sie die konservierten Südfrüchte schon als kulinarische Krönung für ihre nächsten Feierlichkeiten in Zwickau vorgesehen. Und Sekt durfte sie ohnehin nicht trinken. In ihrem frohen Zustand. Also stieß ich mit Gerd und Zwickauer Hopfenkrone an. Bier passte ohnehin besser zum Kartoffelsalat, den Beate selbst gemacht hatte und der wie immer fantastisch war.

Nachdem wir die Kleinen gegen neun Uhr unter lautstarkem Protest ins Bett verfrachtet hatten, zeigte mir Beate stolz ihre anderen Einkäufe. Gerd schickte sie derweil zum Abwaschen in die Küche. Der murrte zwar etwas Unverständliches, fügte sich aber schnell in sein Schicksal.

„Ich sehe, du hast ihm verklickert, wie der Hase läuft", raunte ich meiner Schwester ins Ohr. Die zwinkerte mir zufrieden zu, war aber in Gedanken ganz bei ihrer Beute. Besonders freute sie sich über eine Strickzeitung, Sabrina hieß die. Wahrscheinlich waren ihr unsere „Modische Maschen" nicht modisch genug.

„Schau mal, was für tolle Sachen, da kribbelt es in den Fingern."

„Aber so schöne Wolle gibt es bei uns gar nicht", wandte ich vorsichtig ein.

„Mal sehen, vielleicht bringt mir Gerds Tante mal wieder welche von den Tschechen mit", hatte sich Beate schon überlegt.

Ich blickte neugierig auf den Titel und las laut vor:

„Edle Maschen für den Abend – oh lala. Schade nur, dass dir bald nur noch das Modell Zirkuszelt passen wird."

Beate sah mich strafend an und nahm mir die kostbare Zeitung gleich wieder weg.

„Gucke mal, leckere Schokolade, und hier, Jacobs Krönung."

„Alles nur Fressalien?", maulte ich.

„Na und, darf ich das nicht?", verteidigte sich Beate, obwohl ich ihr gar keinen Vorwurf gemacht hatte.

Dann erklärte sie mir:

„Ich war kurz davor, mir Goldschmuck zu kaufen, du kannst dir gar nicht vorstellen, was für eine unbeschreibliche Auswahl die haben. Schon allein an Ringen."

Gerd kam dazu und trocknete dabei einen Teller ab.

„Aber du hast selbst gesehen, wie dünn die waren, wenn ich dir die Hand drücke, verbiegen die sich", kritisierte er die Begehrlichkeiten seiner Frau und stellte klar:

„Das habe ich ihr ausgeredet und mir lieber ein Fünfer-Pack BASF-Kassetten geholt, da haben wir alle länger was davon."

„Wir alle, hör dir das an", meinte Beate mit hoher Stimme und verdrehte die Augen.

„Wenigstens haben die Kinder was Ordentliches bekommen, schau mal hier!"

Für Andreas gab es eine Plastefigur (die He-Man hieß und gruselig aussah), die kleine Anja war mit einer Barbie-Puppe im Prinzessinnenkleid glücklich gemacht worden. Vorgezogene Weihnachten.

„Und jetzt?", fragte ich gelangweilt, nachdem sie alles wieder eingeräumt hatten.

„Wie, und jetzt?", fragte Gerd. „Jetzt noch ein Bier!"

Das klang wie in der Werbung. Sie hatten es schon drauf.

„Hast du dir keins mitgebracht, keine Ahnung, was gibt es da?", fragte ich.

„Bitte ein Bit", lachte Gerd. „Nee, da müssen sie uns schon mehr als 100 Westmark geben, dass ich mir ein Bier da drüben kaufe."

„Wieso denn nicht, Joghurt habt ihr auch geholt", stellte ich fest.

„Das gibt's ja bei uns nicht", rechtfertigte sich Beate.

„Westbier auch nicht", feixte Gerd und prostete mir zu.

„Beim nächsten Mal bring ich uns eins mit, Schwägerin."

Wir saßen noch bis halb eins in der Nacht zusammen und hatten irgendwann auch den Fernseher eingeschaltet. Gerd kannte sich aus und wusste sofort, wo das ZDF war. Da lief eine Musiksendung. Wenn Mutti und Vati das wüssten ... oder fänden sie es mittlerweile gar nicht mehr schlimm?

Ich dachte an unsere Sommerferien, die wir viele Jahre lang in der NVA-Bungalowsiedlung am Storkower See verbracht hatten. Da gab es einen Gemeinschaftsraum, in dem wir Kinder manchmal Tischtennis oder Karten spielten und Fernsehen schauten. Ich war mit einer Ausrede aus dem Raum gegangen, als die anderen auf ZDF Pippi Langstrumpf schauen wollten. Das fand ich unerhört. Und wollte auf keinen Fall dabeibleiben. Ob ich deshalb wirklich was verpasst hatte? Ich glaube nicht.

Auch jetzt war ich müde und ließ das Westfernsehen Westfernsehen sein.

„Stell am Ende bitte den Sender wieder um", bat ich Gerd, bevor ich ins Bett ging.

„Wird gemacht, Schwägerin! Wir wollen dir keine Schwierigkeiten mit dem Herrn Oberstleutnant einbrocken."

Ich wusste, Gerd sagte das mit einem Augenzwinkern und ohne Sarkasmus. Er mochte meinen Vati, und der mochte ihn. Auch wenn in Zwickau nicht immer nur Ostwind wehte wie bei uns. Dafür konnte Gerd schließlich nichts.

Am Sonntag schliefen sogar Andreas und Anja bis in die Puppen. Zum Mittag gab es meine nicht berühmten, aber vor allem bei den Kindern bewährten Makkaroni mit Tomatensoße. Und zum Nachtisch teilten wir uns jeweils zu zweit einen Becher Fruchtjoghurt. Der schmeckte anders, süßer und cremiger, als die rosa Suppe in den Glasflaschen, die sie bei uns als Joghurt verkauften und die wir nur mit Glück hin und wieder in der Kaufhalle bekamen.

Nach dem Essen blieb ich allein zurück, ich machte ein wenig die Wohnung sauber und gammelte den Rest des Tages vor mich hin. Auf weitere Fernsehbilder von der Mauer oder aus Westberlin hatte ich keine Lust, ich kontrollierte nur schnell, ob das DDR-Programm wieder hinter dem richtigen Knopf saß.

Lieber schaute ich mir Fotoalben an. Die aus meiner Kindheit. Schwarzweiße Erinnerungen, fröhlich und unbeschwert. Dazu passte eine Flasche Rosenthaler, und ich kann mir auch nicht erklären, wie das passieren konnte, aber: Sie war am Ende des Tages leer. Ich müsste sie unauffällig entsorgen.

„Was, du bist nicht hingegangen?", fragte mich Dani am Montagmorgen in der Schule empört, als sie merkte, dass ich gar nicht wusste, was am Sonntag im Kulturpark losgewesen war. Es hatte eine Kundgebung stattgefunden.

„Also ich habe meine Mutsch überredet, und sie hat sich breitschlagen lassen. Interessiert dich denn gar nicht, was die so reden?", ereiferte sich Dani.

Gestern war richtig was passiert in Strausberg, so Neues-Forum-mäßig, und ich hatte derweil die Wohnung geputzt.

„Und, hat es sich gelohnt?", fragte ich.

„Na ja", Dani zuckte mit den Schultern. „Es ging hauptsächlich gegen die Generäle im Ministerium und die Villen in der Fontanestraße. So nach dem Motto, man müsste die ganzen Privilegien abschaffen."

Mich störte es nicht, dass jemand, der eine leitende Stelle hatte und Verantwortung trug, in einem netten Einfamilienhaus wohnte. Das taten auch andere, die mit der Partei oder der Armee nichts zu tun, sondern schlicht und ergreifend reiche Westverwandtschaft hatten.

Also wandte ich ein:

„Gegen die Neckermannhäuser haben sie nichts gesagt? Ich kenne mindestens einen, der in einem wohnt und garantiert keine Staatsprivilegien genießt."

Dani zuckte wieder mit den Schultern, und meinte dann:

„Mein Opa sagt immer und behauptet, er hätte das von Wilhelm Busch: Der Neid ist die aufrichtigste Form der Anerkennung."

Ich feixte: „Dann war das sozusagen eine Pro-Sozialistische Demo."

„Könnte man so sehen", lachte auch Dani, und fügte hinzu: „Aber nächstes Mal kommst du mit, du alte Stubenhockerin."

Du hättest mich abholen können, dachte ich bei mir. Aber ich sagte es nicht. Denn ich wusste, dass ich gestern Nachmittag, allerspätestens nach dem zweiten Glas Rosenthaler, die Tür gar nicht geöffnet hätte.

Nach der Schule fand ich – neben einem Zettel, der diese Kundgebung von Sonntag angekündigte – endlich eine Postkarte im Briefkasten. Grüße von Usedom. Vati schrieb in seiner manierlichen Druckschrift von Spaziergängen am Strand, Tanzabend und Diavortrag, dem üblichen Ferienheimprogram. Er übermittelte auch die Information, dass sie zum Abendessen für den ersten Durchgang um 18.00 Uhr eingeteilt worden waren und die Verpflegung sehr gut sei. Ich staunte immer wieder, wieviel auf eine kleine Postkarte passte, wenn man sie so akkurat ausfüllte wie Vati. Ich drehte die Karte um und betrachtete die idyllischen Fotos. Strand, Kultursaal, Schifferboote.

Wo, verdammt nochmal, seid ihr da eigentlich? Wisst ihr überhaupt ... erfahrt ihr da auf eurer Insel etwas davon, was hier passiert?

Ich rannte die Stufen zu unserer Wohnung hoch und setzte mich sofort an meinen Schreibtisch. Dort verfasste ich einen Brief, auf zwei linierten Blättern eines alten A4-Hefts. Es war zu dringend, als dass ich schönes weißes Papier nehmen und in Ruhe mit Blümchen verzieren konnte. Wenn ich den Brief gleich morgen zur Post bringen würde, könnten sie ihn vor ihrer Rückreise noch erhalten. Wir würden uns erst am Sonntag sehen, und wer weiß, was bis dahin schon wieder alles geschehen war. Ich würde mich womöglich gar nicht mehr daran erinnern, was mir heute auf der Seele brannte. Ich schrieb vier Seiten voll, in wenigen Minuten.

Die Westpolitiker, die halten Reden da drüben und feiern schon die Wiedervereinigung. Ich habe Angst.

Am Dienstag aß ich spät Abendbrot, damit ich dabei fernsehen konnte. In der Aktuellen Kamera sagten sie, es würden mindestens zehntausend DDR-Bürger wieder aus der BRD zurückkommen wollen, angesichts der offenen Grenzen und so. In Magdeburg hätten sie ein Rückkehrer-Lager eingerichtet. Warum, verdammt, hatten wir kein Telefon? Ich würde jetzt so gern mit Marianne sprechen. Es schien alles so zu kommen, wie sie gehofft hatte. Zu Bergers konnte ich auch nicht hochgehen. Die sollten von der Sache nichts wissen.

Und wenn Sven plötzlich hier vor meiner Tür stünde? „Hey, da bin ich wieder." Vielleicht sollte ich besser nicht die Wohnung verlassen. Obwohl es ihm nur recht geschähe, wenn er hierherkäme und keiner würde ihm öffnen.

Verdammtes Chaos der Gefühle, ich wusste nicht, ob ich hoffen, hassen, heulen sollte. Freude, wie sie da angeblich an den Grenzübergängen überall herrschte, suchte ich vergeblich in mir. Ich war schon froh, wenn ich Angst und Ungewissheit einigermaßen beiseiteschieben konnte. Worauf sollte das alles hinauslaufen? Teilweise klang es ganz vernünftig, was die von der Bürgerbewegung forderten. Aber auch mächtig abenteuerlich: Da wollte man ein Land mit schönen Idealen führen, mit allen westlichen Vorteilen aber bitteschön auch mit Frieden und sicheren Arbeitsplätzen und all dem Zeug, auf das wir bei uns so stolz waren. Das passte nicht zusammen, oder etwa doch? Müsste ich jetzt Drogen nehmen, um bei der großen Fete dabei zu sein, um alles etwas lockerer zu sehen?

Vielleicht half ja schon Rotwein. Schweren Herzens verwarf ich jedoch die Idee, auch die letzte Flasche aus dem Keller zu holen. Dass Vati sich täuschte, und nur noch eine Flasche im Regal fand statt zweier, war vorstellbar. Dass er gar keine mehr fände, wäre erklärungsbedürftig. Und an Erklärungen mangelte es mir an allen Enden.

Gott sei Dank gab es am Sonnabend auch für mich einen Grund zum Feiern. Oder besser gesagt, ich durfte mitfeiern. Annett und Daniel hatten uns Tanzmädchen zu ihrem Polterabend eingeladen. Dazu wurde in der Kleingartenanlage der Bungalow von Daniels Onkel ausgeräumt und zum Tanzsaal mit Buffet umgestaltet. In den Ecken sorgten Heizstrahler für die nötige Grundtemperatur (November war ja eigentlich kein klassischer Gartenlauben-Monat), und für die weiteren Grade sorgten Wein und Bier und selbsteingelegte Rumfrüchte in Sekt.

Alle geladenen Gäste waren gekommen, was in diesen Tagen nicht so selbstverständlich war. Aber wer ließ es sich schon entgehen, nach Herzenslust altes Geschirr zu zerschlagen, ohne für das Aufräumen verantwortlich zu sein. Und wer meinte nicht, den neuen Modetanz im Blut zu haben (nach ein paar Gläsern Alkohol: jeder). Es war ein bisschen wie Dirty Dancing für alle: Leicht in die Knie gehen, mit dem Hintern wackeln, und fertig war der Lambada. Wie das aussah, und wie die stolzen Tänzerinnen und Tänzer dabei aussahen, war offensichtlich allen Beteiligten Wurscht.

Das Schönste an diesem Abend war, dass keiner von der Mauer sprach. Jedenfalls bis zu dem Moment, als ausgerechnet der Bräutigam in Spe lautstark verkündete: „Also, was ich mal sagen muss an dieser Stelle. Wir hatten das Ganze ja schon seit Langem geplant. Wenn ich gewusst hätte, dass vorher die Grenze aufgeht ... Also Leute, da hätte ich erstmal drüben geguckt ... was für Frauen die haben, ehe ich mich hier festlege."

Alle lachten. Bis auf Annett.

Ich wäre gerne noch länger geblieben, aber als Caro mir anbot, bei ihnen mitzufahren, nahm ich an. Es war kurz nach Mitternacht und Caros Arbeitskollegin war mit ihrem Trabi gekommen, um die Angeheiterten sicher nach Hause zu bringen.

Als ich endlich den Schlüssel ins Haustürschloss eingefädelt hatte, fiel mir wieder ein, dass Mutti und Vati seit ein paar Stunden zu Hause sein mussten. Voller Vorfreude stürzte ich die Treppen hoch, im wörtlichen Sinn. Irgendwie waren die Stufen diesmal in anderem Abstand zueinander. Aber ich hatte mir nicht wehgetan. An der Wohnungstür entschied ich mich gegen den Versuch, noch einmal einen Schlüssel mühevoll ins Schloss zu zirkulieren (welcher Schlüssel war das doch gleich?), und klingelte stattdessen. Dreimal. Schööön lange.

Es war Vati, der im Schlafanzug vor mir stand. Er schimpfte nicht, sondern zog mich sanft vom Hausflur in den Korridor.

„Du stinkst wie ein Räuchermännchen", meinte er nur, aber dann umarmte er mich.

„Was ist denn das für ein Theater", hörte ich Mutti aus dem Schlafzimmer schimpfen. Ich ging zu ihr.

„Hallo Mutti, seid ihr gut angekommen?"

Sie antwortete mir nicht, sondern schimpfte weiter:

„Du kannst doch nicht mitten in der Nacht Sturm klingeln, ich dachte schon, es ist die Polizei oder die Feuerwehr."

„Nun ist ja gut", versuchte Vati sie zu beruhigen, aber trotzdem war meine Wiedersehensfreude im Eimer. So sah also die Begrüßung durch liebende, sorgende Eltern aus, die ihre Tochter nach langen zwei Wochen wiedersahen – und das waren nicht mal zwei gewöhnliche Wochen gewesen, sondern es war mal eben schnell die Grenze zum Westen aufgegangen. Na ja, auch nicht weiter schlimm.

Ich kaute eine Weile unentschlossen auf den Lippen, dann platzte ich heraus:

„Habt ihr meinen Brief denn nicht bekommen?"

Dabei kämpfte ich mit den Tränen.

„Ja, haben wir", antwortete Mutti. „Aber deshalb konnten wir doch nicht erwarten, dass du dich hier in Alkohol ertränkst und nachts das ganze Haus aufweckst." Jetzt reichte es mir.

„Ich war nur feiern. Heute, nicht die ganze Zeit. Es gibt nämlich noch glückliche Leute und Paare, die heiraten, trotz allem."

Das hatte trotziger geklungen, als es gemeint war. Wofür entschuldigte ich mich? Plötzlich wurde mir übel und ich sah zu, dass ich es rechtzeitig zur Toilette schaffte. Den Eimer, in den kurz zuvor meine Freude auf unser Wiedersehen gefallen war, platzierte ich vorsorglich neben meinem Bett.

Nach drei Stunden wachte ich auf und spürte quälenden Durst. Ich schleppte mich in die Küche und trank Leitungswasser direkt aus den Händen. Zurück im Bett schlug ich mich mit der Entscheidung herum, ob ich nochmal zur Toilette sollte, um den Kopf reinzuhalten, ob ich stattdessen den Eimer nehmen oder ob ich hoffen sollte, dass die Übelkeit nachließ. Es siegte die Bequemlichkeit und am Ende der Schlaf. Als ich gegen zehn Uhr morgens aufstand, erinnerte ich mich wenig an den letzten Abend. Dafür umso besser an den Traum kurz vor dem Aufwachen: Ich hatte Sven gesehen. Im Westen. Er sah anders aus, geschminkt, wie Boy George oder so. Und er testete eine West-Tussi nach der anderen, denn er hatte sich mit mir noch nicht festlegen wollen.

Mutti hatte mir Frühstück gemacht. Es gab einen Rührkuchen und aufgebackene Bäckerbrötchen, die sie gestern vor ihrer Abreise geholt und im Zug mit nach Hause geschafft hatten. Auch ein Glas Sanddorn-Marmelade hatten sie mitgebracht. Eigentlich hätte ich etwas zu ihrer Heimkehr vorbereiten können, ging mir durch den Kopf.

„Danke, ihr seid so lieb", sagte ich und kostete von den besonderen Sachen, auch wenn ich keinen richtigen Appetit hatte.

Mutti schickte sich an, mich allein zu lassen, denn sie musste sich um die Wäsche kümmern und all die Dinge, die man nach einem Urlaub tat.

„Willst du dich nicht ein bisschen zu mir setzen?", rief ich ihr hinterher, als sie schon auf dem Korridor war.

Mutti drehte sich um und nickte mir zu.

„Hast ja recht, Schnecke", sagte sie und kam zurück an den Tisch.

Ich biss von meinem Marmeladenbrötchen ab und überlegte, an welcher Stelle ich anfangen sollte mit dem Erzählen. Aber ich sagte erstmal etwas anderes:

„Tut mir leid wegen gestern Abend."

Mutti strich mir über den Arm. „Schon gut, kein Problem."

„Wo ist Vati?"

„Der verstaut die leeren Koffer wieder. Und du weißt ja, wenn er erstmal im Keller ist, findet er immer was zu räumen."

Und zu trinken, dachte ich und daran, dass ich einen Teil zum Kelleraufräumen beigetragen hatte, wenn man es denn so sehen wollte.

„Beate war da, letztes Wochenende ..."

Mutti nickte und ich war mir nicht sicher, ob sie verständnisvoll lächelte oder der seltsame Zug um ihre Lippen etwas anderes bedeutete.

„Ja, das hast du in deinem Brief erwähnt. Beate hat uns auch geschrieben. Es war bestimmt Gerd, der die Idee gehabt hat, sich gleich in den Trabi zu setzen."

„Meinst du? Ach, sag das nicht, Beate war auch dafür." Mutti wippte ungläubig mit dem Kopf.

Ich fuhr fort: „Weißt du, ich dachte ja auch erst, die sind alle bekloppt, da gleich loszurennen. Aber andererseits ... warum nicht?"

Mutti schien unentschlossen.

„Ich weiß nicht, das ist mir zu viel Gedränge ... aber wenn es später noch möglich ist, in ein paar Wochen vielleicht, dann fahren wir auch mal zusammen nach Westberlin, interessieren würde mich da schon Einiges."

„Interessieren? Was denn?"

„Na zum Beispiel Neukölln, das war ein Stadtteil, da haben damals Bekannte von meinen Eltern gewohnt. Oder meine Schulfreundin, die ich in den fünfziger Jahren immer besucht habe, die wohnte gleich an der Grenze, am Baumschulenweg, wie hieß die Straße nochmal ..."

Na eben, Mutti war in Berlin aufgewachsen und hatte Erinnerungen an die Zeit vor der Grenzschließung, als Berlin noch eine einzige Stadt war. Daran hatte ich gar nicht gedacht. Sie musste es anders sehen als ich, die ich den Westen nur von Bildern aus dem Fernsehen kannte, und diese Bilder waren von Berichterstattern ausgewählt worden und hatten nicht mit Menschen zu tun, die ich kannte.

„Ja, da komme ich mit", versicherte ich ihr und fand es gut, einen echten Grund zu haben, auf die andere Seite zu gehen.

Mutti fing an, Einzelheiten hervorzukramen, von damals. Wie sie manchmal ins Kino gegangen waren, sie und Oma. Oder im Sommer mit den Freunden ihrer Eltern ein Eis essen, am Ku'damm. „Ehem", räusperte sich Vati. Er stand an der Wohnzimmertür und hatte wohl schon eine Weile zugehört. „Jetzt bleibt mal mit der Kirche im Dorf. Wir haben eine Staatsgrenze in Berlin, habt ihr das vergessen? Rosi, was vor dreißig Jahren war, das spielt jetzt keine Rolle mehr. Als ob du noch mit den Leuten von damals zu tun hättest, mach dich doch nicht lächerlich."

Mutti blickte auf den Tisch und griff zu meinem leeren Teller, um ihn abzuräumen. Sie wollte diese Diskussion jetzt nicht.

Ich antwortete an ihrer Stelle:

„Vati, das wissen wir doch, und wahrscheinlich leben die Leute von damals gar nicht mehr oder schon lange woanders. Mutti meint gar nicht, dass sie jemanden treffen will. Aber die Orte ihrer Kindheit zu besuchen, da ist doch nichts dabei!"

Vati wischte nervös mit der Hand durch die Luft, wie um das Thema zu beenden.

„Wir warten erstmal ab, hier fährt keiner nach Westberlin in den nächsten Tagen."

Mutti warf mir einen Blick zu, den ich gut kannte, denn den hatte sie immer parat, wenn Vati mal wieder ein Machtwort gesprochen hatte.

Auf dem Weg in die Küche, ohne stehen zu bleiben, sagte sie zu ihm:

„Nun reg dich nicht so auf, wir haben uns ja nur mal unterhalten."

Vati kam jetzt zu mir, aber er setzte sich nicht, sondern ging zum Balkonfenster und schaute in den grauen Himmel, der schwer über den entlaubten Bäumen hing.

„Du sollst nicht so viel trinken, in deinem Alter!"

Ich wusste nicht, worauf er anspielte. Auf die fehlende Flasche Rosenthaler? Auf gestern Abend?

„Mach ich doch gar nicht, du solltest mal sehen ..."

„Erzähl mir nicht von den anderen. Wenn einer aus dem Fenster springt, dann springst du auch? Na also."

Den Spruch mit dem Fenster kannte ich seit der frühen Kindheit. Jetzt schien er noch andere Dimensionen zu bekommen. Oder war das etwa nicht so etwas Verrücktes wie ein Fenstersprung, den unser Land da gerade absolvierte?

Das Beste am Mauerfall ergab sich bereits wenige Wochen später. Das Gerücht hatte schon einige Tage die Runde gemacht, und plötzlich war es Tatsache: Von heute auf morgen wurde der Unterricht am Sonnabend abgeschafft. Warum, das war mir nicht ganz klar, aber es musste damit zu tun haben, dass sie auch im Westen am Sonnabend keine Schule hatten. Ich glaube nicht, dass welche protestiert hatten und die Angst vor dem aufmüpfigen Volk unsere neuen Obersten dazu gezwungen hatte, auch noch Abstriche bei der Volksbildung zu machen.

Aber das war auch egal. Entscheidend für uns war, dass wir endlich die halbe Freitagnacht ohne Gedanken an den nächsten Morgen im Volkshaus verbringen konnten. In der ersten Stunde am Sonnabend hatten wir in diesem Schuljahr immer Bio gehabt. Ohnehin nicht mein Lieblingsfach, weil pure Paukerei und null Logik. Daher standen die Karten für Frau Müller schlecht, sich zu dieser unzumutbaren Zeit meiner Aufmerksamkeit zu erfreuen.

Zu verführerisch war meine strategisch günstige Sitzposition in der ersten Reihe, links außen. Das müsst ihr euch so vorstellen: Als erstes setzt der rechte Ellenbogen auf, etwa auf Tischmitte, und die Hand stützt elegant den Kopf. Irgendwann sinkt das Kinn immer tiefer, kurze Zeit später dreht das Gesicht weiter nach links, in Richtung Fenster, so dass die Augen sich hin und wieder ein wenig schließen können, gänzlich unbemerkt von Frau Müller. Nur ein bisschen ausruhen. Doch schon nach kurzer Zeit wurde die Idylle zum Kampfplatz, Konzentration gegen Schlaf. Meistens siegte der Schlaf. In diesen Sonnabendmorgen-Bio-Stunden war mir klargeworden, warum die Penne Penne hieß.

Diese Quälerei hatte nun ein Ende. Und auch ich würde wieder mal ins Volkshaus schauen, zum Teufel mit der miesen Laune und dem elenden Rumgemuchte. Das wäre ja noch schöner, dass ich hier als vergessenes Mauerblümchen versauere. Dani hatte den Vorschlag gemacht, und sie war mir lieb als Begleiterin – lieber als Caro – denn mit Dani wäre die Gefahr gering, in wehmütigen Erinnerungen zu schwelgen. Es wäre ein neuer Anfang.

Am Freitag, dem 8. Dezember 1989, betrat Manuela Busch nach viereinhalb Monaten Abstinenz wieder die heiligen Hallen. Das gute alte Volkshaus, in dem sie dreimal pro Woche mit ihrer Anwesenheit geglänzt und so gut wie zum Inventar gehört hatte. Müssten nicht alle schauen und tuscheln und sich in die Seiten stoßen? Würde es auffallen, hatte man mich vermisst?

Es war das erste Mal nach so langer Zeit, dass ich zur Disko im Volkshaus war, wohlgemerkt. Zum Tanztraining am Donnerstag ging ich seit September wieder, und da hatte sich nicht viel verändert.

Was war es dann, dass mir heute Abend alles so fremd vorkam? Die Musik, die gewechselt hatte? Anstelle der romantischen Sommerhits von Bangles, Madonna, Robin Beck und Gefolge, dröhnten jetzt Technotronic, Black Box und Konsorten aus den Lautsprechern. Das war auch gut so, für mein Gemüt. Nur keine alten Sentimentalitäten aufkommen lassen.

Aber noch etwas war anders. Erst konnte ich es nicht fassen, denn ich sah die gleichen Gesichter, wenn auch zunächst keine echten Bekannten. Nach einer Weile, die wir hinten in der Ecke neben dem Fenster gesessen hatten – Dani, Kerstin und zwei andere Mädels, die Kerstin bei ihrem Ferienjob in einem Berliner Betrieb kennengelernt hatte – fiel mein Blick auf die Zigarettenschachtel der beiden. Marlboro. Ja, es roch anders. Rauchten jetzt alle Westzigaretten? Konnte es nach anderem Tabak riechen? Oder doch eher nach anderen Deos. Wahrscheinlich eine Mischung von beidem. Oder war ich jetzt vollkommen neben der Spur?

„Mensch, Manu, was guckst du so belämmert, wenn ich das gewusst hätte ...", maulte Dani und bot mir von ihren guten alten Club-Zigaretten an. Dani war auch noch nicht rübergefahren, genau wie ich. Aber nächste Woche, hatte Mutti gesagt, würden wir es tun, am Mittwoch. Als ich Dani davon erzählte, zuckte sie nur mit den Schultern und lästerte: „Begrüßungsgeld holen, was?"

Das hatte mich verletzt, ich ging Mutti zuliebe und nur ein kleines bisschen aus eigener Neugier.

Wir rauchten, aber das übliche Wohlbefinden wollte sich heute nicht einstellen. Der Zigarettenrauch brannte mir in den Augen. Der Weißwein war warm und schmeckte fad.

Die zappelnden Teenager auf der Tanzfläche sahen aus, als ob sie dringend aufs Klo müssten, aber nicht gehen durften. Was war nur los? Alles war anders. Oder war ich es, die anders war? Ich hatte noch kein einziges Mal getanzt, seit anderthalb Stunden waren wir schon hier. Nach dieser Zigarette müsste ich tanzen gehen. Vielleicht wäre dann das gute alte Diskogefühl wieder da. Aber Dani hatte andere Pläne. Nachdem sie ihre Kippe ausgedrückt hatte, verabschiedete sie sich auf die Toilette. Ich hatte keine Lust, mitzugehen. Ich hatte keine Lust auf das grelle Licht da. Ich hatte zu nichts Lust, auch nicht zum Tanzen, wenn ich ehrlich war. Kerstin schwatzte die ganze Zeit mit den anderen beiden, die ich nicht kannte und auch nicht die Absicht hatte, kennenzulernen. Sollte ich noch eine Zigarette rauchen?

„Hast du eine für mich?", fragte jemand neben mir, als ich zu meiner Schachtel Menthol griff. Wie ich diese Schnorrer hasste, dachte ich und blickte genervt auf.

Neben mir stand ein sportlich schlanker, braunhaariger, verdammt gutaussehender junger Mann in einem hellblauen Jeanshemd. Ich brauchte ein paar Sekunden, die sich wie Minuten anfühlten, ehe ich ihn erkannte. Tim, der Essengeldkassierer aus der 12/A! Hier im Volkshaus war er mir noch nie passiert.

„Hey, was machst du denn hier?", brachte ich heraus und streckte ihm die Zigarettenschachtel hin.

„Das gleiche wie du, nehme ich mal an", antwortete er grinsend und setzte sich auf einen der freien Stühle an unserem Tisch.

Dass dieser trübselige Abend noch eine interessante Wendung nehmen würde, hatte ich nicht erwartet. Mein früherer Schwarm sah in den gedämpften Lichtverhältnissen des Tanzsaals sogar noch besser aus als in der Schule. Er grinste mich an, als ob er meine Gedanken erriet, und ich wurde rot, was man hoffentlich im Dunkeln nicht sah. Um dem merkwürdigen und ein bisschen peinlichen Schauen und Schweigen ein Ende zu setzen, ging ich aufs Ganze, ehe Dani wieder aufkreuzte.

„Tanzen wir?", fragte ich geradeheraus.

„Klar, warum nicht, das können wir versuchen."

Versuchen? Das musste ich jetzt nicht verstehen, oder? Er ging vorneweg und Dani, die uns auf dem Rückweg vom Klo entgegenkam, zwinkerte mir anerkennend zu. Ob sie sich noch an den allerersten Tag an der Penne erinnerte und dass er es war, der uns beide interessiert hatte?

Tim erinnerte sich an den ersten Schultag in diesem Jahr, und daran, wie er sich bei mir unter den Schirm gedrängelt hatte, denn er spielte darauf an und sagte:

„Auch wenn es nicht regnet, komm ich mal ein bisschen näher, wenn's dir nichts ausmacht."

Das würden wir sehen. Zunächst einmal ließ ich es oder besser gesagt ihn auf mich zukommen. Es war noch keine langsame Runde, aber wohl schon das Vorspiel dazu. Noch dazu war es gerammelt voll auf der Tanzfläche.

„Bist du jetzt öfter hier?", fragte ich und erklärte ihm, dass ich ein paar Monate lang abstinent gelebt hatte, was Disko betraf.

„Nur, was Disko betraf?", fragte Tim, statt auf meine Frage zu antworten.

„Wie man´s nimmt", redete ich mich heraus und bestand auf seine Antwort.

„Bis zum Sommer war ich immer hier und habe dich nie gesehen."

„Stimmt, wir waren eher in Hegermühle, wenn überhaupt. Disko war nicht so mein Ding."

Wer war wir, dachte ich, verkniff es mir aber, danach zu fragen.

„Und jetzt?"

„Und jetzt habe ich meine Einstellung geändert." Nach ein paar Takten, die wir schweigend absolvierten, fuhr er fort:

„Ich habe gehört, hier sind die interessanteren Leute."

Ach nee.

„Und warum kommst du dann zu mir, wenn du interessante Leute suchst? Wir sehen uns jeden Tag in der Schule."

„Da kann ich dir aber nicht so nahekommen".

Ich prustete los vor Lachen. Waren wir jetzt bei Rotkäppchen oder was?

Tim vergaß zu tanzen und schaute mich verunsichert an.

„Alles in Ordnung?"

„Du klangst gerade wie der böse Wolf im Märchen: Damit ich dich besser fressen kann."

„Interessanter Aspekt, daran hatte ich noch gar nicht gedacht."

Tim begann wieder, die Füße im Takt zu bewegen. Ich reichte ihm bis zu den Schultern, an die könnte ich mich gut anlehnen, dachte ich gerade, als tatsächlich der erste langsame Titel eingespielt wurde. *Another Day in Paradise.*

„Wenn du keine Angst hast, von mir gefressen zu werden, könnten wir weitertanzen", meinte Tim.

Ich blickte kurz rüber zu meinem Tisch und sah, dass Dani auch aufgefordert worden war, von einem älteren Kunden mit Schnurrbart. Brr. Ich lächelte Tim an und genoss es gleich viel mehr, ausgerechnet mit ihm auf der Tanzfläche zu stehen. Ich rückte näher, so nah, wie es zum langsamen Tanzen nötig war. Der Duft seines Aftershaves kam mir bekannt vor. Aber nicht wie eine Erinnerung, sondern wie etwas Gewohntes. Benutzte Vati das gleiche? Wir drehten uns engumschlungen, als wäre nichts dabei. Dabei dachte ich an ein Jahr zuvor, an unsere Blicke in den Pausen und meine verrückten Spinnereien, dass er plötzlich zu uns in die Klasse käme und all diese Sachen. Und jetzt tanzten wir hier und es sah so aus, als würden alle Fantastereien von damals wahr werden. Die Tanzfläche war jetzt nicht mehr so voll und man hatte einen freieren Blick in den Saal. Und mir entging nicht, dass wir beobachtet wurden. Der Typ da gegenüber sah aus wie ... aber irgendwie auch nicht. Ich wartete die nächste Runde ab, bis er wieder in mein Blickfeld kam: Na klar, das war Kai Hannichs, der da lässig an der Wand lehnte, rauchte und jetzt nicht mehr in unsere Richtung glotzte. Ich erkannte ihn, obwohl er die Haare jetzt kurz rasiert trug und damit brutal aussah.

Siehst du, Manuela, alles ist wie damals, alles wird gut: Du tanzt mit einem deiner Kandidaten, andere schauen eifersüchtig zu ihm rüber. Was willst du mehr?

Ich schloss die Augen, vielleicht würde das helfen, das perfekte Glück zu spüren. Die kleine Andeutung davon fand jedoch ein abruptes Ende. Mit dem nächsten Titel. Oder schon kurz davor, noch ehe ich begriff, welcher Titel lief. Tim machte plötzlich diesen Fehler. Er fuhr mit den Fingerspitzen langsam an meinem Nacken hoch bis in die Haare. Das kannte ich. Das liebte ich. Sven hatte es oft getan, genau die gleiche Geste. Und dazu ausgerechnet Roxett: *Listen to your heart ... when he is calling to you.* Das brachten sie schon eine Weile im Radio, und ich konnte nicht aus meiner Haut, auch dieses Lied für mich zu interpretieren. Und mein Herz war noch bei ihm, der mich nicht rief oder vielleicht doch, und ich konnte es hören, jetzt in diesem Moment, und ich machte mich los von Tim und sah seinen fragenden Blick und ich schüttelte nur leicht mit dem Kopf und stammelte etwas wie „Entschuldigung". Ich rannte in Richtung Toilette, das würde sich für eine Ausrede eignen. Im Waschraum wartete ich eine Weile ab, ließ Wasser über meine Handgelenke laufen, wischte den verschmierten Kajalstift unter den Augen weg. Nach kurzer Zeit ging ich wieder raus, denn mich störten die aufdringlichen Blicke der Wartenden, die vor den Toiletten anstanden. Als ich den Saal betrat, stand Tim drei Schritte von der Klotür entfernt und wartete auf mich. Er sah verstört aus.

„Alles in Ordnung, was war denn los?"

Die Geschichte mit der Übelkeit wollte ich nicht bringen, und so sagte ich wahrheitsgemäß:

„Es war das falsche Lied."

Ich konnte nicht erwarten, dass er das verstand. Mädchenkram. Manuelas Hirngespinste. Plötzlich musste ich lachen.

„Ich habe Durst, trinken wir was?", war mein Vorschlag, um das Thema zu wechseln und Tim nicht vollkommen vor den Kopf zu stoßen.

Wir gingen hoch an die Bar und ich nahm eine Cola, ohne Wodka. Mal was anderes. Alles müsste anders sein, dann wäre es gut.

Listen to your heart. Nein, ich war immer noch nicht darüber hinweg. Wenn es schon mal so schien, vor einem Monat vielleicht, dann war mit der Mauer auch mein selbstgebauter Schutzwall gegen Liebeskummer eingestürzt. Aber vielleicht war das besser so. Es gab keinen Schutzwall vor diesen Dingen. Man musste sich ihnen stellen. Es war schade, dass Tim mir nicht helfen konnte. Vielleicht war es noch zu früh. Oder ich musste mir selbst helfen. Jetzt brauchte ich noch ein bisschen Zeit, für den Schmerz, für Hoffnung vielleicht, was auch immer. So viel hatte ich künstlich abgewürgt unterwegs, vielleicht, als es an der Penne wieder richtig mit Klassenarbeiten losging, denn irgendwie musste ich ja weitermachen. Dabei hatte ich noch nicht losgelassen. Es stimmte, was Romy alias Rosalie in ihrem Film *Cesar und Rosalie* gesagt und ich auf die erste Seite meines neuen Notizheftes geschrieben hatte:

Aber so ist das mit Dingen, die man liebt: Man kann sie immer wieder anmalen.

Als Mutti und ich am späten Mittwochnachmittag um die Ecke in die Neuköllner Karl-Marx-Straße bogen, erschraken wir angesichts der Menschenschlange vor der Bankfiliale. Die Leute standen in Viererreihen auf dem Bürgersteig.

Ich maulte leise:

„Och nee, müssen wir uns da wirklich anstellen?"

Mutti ließ sich nicht beirren.

„Nun sind wir einmal hier, also holen wir auch das Geld."

Es war gar nicht leicht gewesen, eine der wenigen Ausgabestellen zu finden. In den ersten Tagen soll es sie an jeder Ecke gegeben haben. Wahrscheinlich war man Mitte Dezember schon wieder zur Tagesordnung übergegangen und widmete sich nur noch lustlos Spätzündern wie uns, die erst jetzt das Begrüßungsgeld abholen kamen. Zu unserer Erleichterung erkannten wir schnell, dass nur draußen gewartet wurde. Man ließ immer vier Leute gleichzeitig eintreten, wenn vier andere herauskamen.

„Bestimmt haben die hier Angst vor Überfällen", raunte Mutti mir zu.

Mir passte es gar nicht, in der Kälte anzustehen. Wir hatten schon einen langen Fußweg hinter uns, der Grenzübergang Sonnenallee und der erste Anblick der Westseite hatten mich enttäuscht. Die Wohnblocks waren auch nicht viel schöner als unsere. Jetzt hatte ich kalte Füße und scharrte mit ihnen nervös hin und her.

„Ich habe dir doch gesagt, du sollst die Mütze mitnehmen, Motte", meinte Mutti vorwurfsvoll.

Als ob eine Mütze meine Füße warmgehalten hätte. Aber vor allem war es der modische Aspekt, den Mutti nicht verstand. Schließlich waren wir nicht wandern gegangen, in den Harz oder so, sondern bummeln in Westberlin.

Es ging zügig voran, noch dreimal Tür auf, Tür zu, und man würde auch uns beiden Zutritt gewähren. Während wir warteten, schaute ich mir möglichst unauffällig die Passanten an, die uns ihrerseits argwöhnisch und auffällig beäugten.

„Kiek da det ma an, die stehn da immer noch und wollen unser Jeld", meinte ein älterer Herr mit Hut zu seiner Frau. So oder so ähnlich, aber die Botschaft war klar. Das half mir nicht gerade dabei, unsere Lage als weniger peinlich zu empfinden.

Dein Geld kannste behalten, alter Dussel.

Zweifelsohne musste auch Mutti die Blicke der Vorbeilaufenden spüren, aber ob sie diesen Kommentar gehört hatte? Ihr könnt euch gar nicht vorstellen, wie ich aufatmete, als wir endlich dran waren. Am Schalter ging es zum Glück schnell. Mutti übernahm die Vorlage unserer Personalausweise und die Entgegennahme der zweihundert D-Mark. Ich stand rein zufällig daneben.

Wieder draußen atmete ich tief durch.

„Geschafft, schnell weg", triumphierte ich und hakte mich bei Mutti unter.

„Was heißt hier, schnell weg? Jetzt können wir uns in Ruhe alles angucken."

Es war mittlerweile richtig dunkel und die Geschäfte vorweihnachtlich beleuchtet. Wir könnten nach Geschenken schauen. Aber wo sollte man da anfangen? Mir fiel Wolle ein, für Beate. Aber die hätte sich meine Schwester eigentlich auch selbst kaufen können, anstelle der vielen Süßigkeiten.

Mein größtes Problem war, gar nicht zu wissen, was man für einhundert D-Mark kaufen konnte. War das viel? Unheimlich viel, aber vielleicht auch wieder nicht.

Mutti zog es zur Auslage eines Obst- und Gemüseladens. Da hätte man quer Beet zuschlagen können: richtig orangefarbene Apfelsinen, dickbauchige Mandarinen, ganze Ananasfrüchte (oder waren die nur Dekoration?). Ich staunte nicht schlecht.

„Wir holen uns Weintrauben, was meinst du?", schlug Mutti vor und zog mich in das Geschäft.

Ich sah die grüngelben Trauben und auch das Preisschild. DM 7,99 pro Kilo.

„Ganz schön teuer", protestierte ich, „das muss doch nicht sein."

Wir standen unschlüssig vor den Regalen. Die Verkäuferin hatte zum Glück mit Kundschaft zu tun und beachtete uns nicht. Schließlich nahm Mutti in eine Plasteschale verpackte Weintrauben aus einer Kiste. Meinem kritischen Auge entgingen die braunen Flecken auf einigen der Trauben nicht.

„Das ist doch Schwindel, alles schön unter Folie verpackt, damit es frischer aussieht", flüsterte ich ihr zu. Beleidigt stellte Mutti die Schale zurück. Da tippte mir jemand auf die Schulter. Ich drehte mich um und blickte einer älteren, dezent geschminkten Frau mit weißem Haar ins Gesicht, darunter sah ich einen dunkelbraunen Pelzmantel. Das nette Gesicht lächelte mich an. „Nun gönne doch deiner Mutter die Trauben, und dir werden sie auch schmecken. Die sind hervorragend, kannste glauben." Ich lächelte verlegen zurück und zuckte mit den Schultern. Was sollte ich darauf antworten? Mutti hatte ihre Brille abgenommen und studierte noch andere Preise. So schnell, wie ich wollte, kämen wir hier nicht raus.

Die Pelzmantelfrau war zur Verkäuferin gegangen und sprach jetzt mit ihr. Daraufhin drehten sich beide zu mir um, und ich sah, dass die Verkäuferin nickte. Was hieß das denn jetzt? Dachten die vielleicht, wir wollten klauen oder so? Ich tippte Mutti an und drängelte, das Geschäft zu verlassen.

Da kam die Pelzmantelfrau wieder auf mich zu und griff nach einer Schale Weintrauben. Die reichte sie mir und strahlte dabei wie das Christkind persönlich.

„Für dich und deine Mutter. Probiert mal, dann kommt ihr garantiert wieder."

Zur Verkäuferin gewandt, sprach sie etwas lauter:

„Hier bei Hilde gibt es nur die allerbeste Ware, dafür verbürge ich mich."

Mutti hatte sich jetzt zu uns umgedreht und schaute verdattert. Die Pelzmantelfrau verstand, dass wir vielleicht noch nicht richtig verstanden hatten, strahlte auch Mutti noch einmal so schön an wie mich zuvor und erklärte:

„Die schenke ich euch. Lasst sie euch schmecken."

Mutti protestierte, aber nur ein bisschen.

„Danke, das wäre doch nicht nötig gewesen."

„Ach was, gern geschehen."

Wir lächelten verkrampft und verabschiedeten uns höflich.

Ich befürchtete, so etwas Ähnliches könnte uns noch in anderen Läden passieren, aber so war es nicht. Wir kauften noch für jede von uns eine Strumpfhose und drei Bac-Deo (eins mit Männerduft für Vati). In einem Lebensmittelgeschäft zwei Sorten Dominosteine und Pfefferkuchen aus Nürnberg, Lebkuchen nannten sie die hier.

„Damit Weihnachten mal ein bisschen mehr Auswahl auf dem bunten Teller herrscht", begründete Mutti vorsorglich, als hätte sie erneuten Protest ihrer konsumfeindlichen Tochter befürchtet. Aber ich hatte spätestens im dritten Geschäft die anfängliche Scheu abgelegt und liebäugelte zu meinem eigenen Entsetzen mit diesen Kaubonbons, die mich an unseren Urlaub in Budapest erinnerten, als ich elf oder zwölf war. Ich konnte mich beherrschen, ganz knapp. Der Trick: Ich sprach in Gedanken hintereinanderweg immer wieder das Wort Kaubonbon. Versucht das mal! Ihr werdet sehen, das Zeug danach noch zu kaufen, kommt nicht mehr in Frage.

Nun war es ja nicht so, dass Vati sich überhaupt nicht für die andere Seite interessierte. Nachdem es in den ersten Tagen nach der Grenzöffnung so aussah, als ob das freie Reisen Militärangehörigen nicht erlaubt wäre, war das Reiseverbot kurz danach auch für seine Abteilung aufgehoben worden. Dass wir trotzdem zunächst allein fuhren, lag an den organisatorischen Möglichkeiten. Vati konnte sich vieles erlauben, aber nicht, seinen Dienst schon nach dem Mittagessen zu quittieren, nur um mal kurz nach Westberlin zu fahren. Mutti war nach unserer ersten Stippvisite mutig geworden und drängte darauf, noch vor Weihnachten den Ku'damm zu besichtigen. Das klang nach was. Westberlin? Pah! Aber Ku'damm ... das war ein Symbol. Das gehörte zur kulturellen Bildung.

So musste es sich auch Vati zurechtargumentiert haben, als er einwilligte, uns am Freitag, dem 22. Dezember, abends nach Dienstschluss, zu begleiten. Während die anderen sich am Brandenburger Tor drängten, das an diesem Tag als Grenzübergang geöffnet worden war (für die Presse ganz groß inszeniert), spazierten wir an der Oberbaumbrücke gemütlicher rüber und fuhren ab der Haltestelle Schlesisches Tor mit der U1 durch Kreuzberg. Auch wenn es Untergrundbahn hieß, fuhr man lange Strecken über der Erde, was für unsere Stadtbesichtigungsabsichten von Vorteil war. Als Vati die ersten beschmierten Häuserwände sah, sagte er, laut hörbar für die anderen Fahrgäste:

„Den goldenen Westen habe ich mir aber anders vorgestellt."

Mutti stieß ihn daraufhin prompt in die Seite.

„Nun sei bitte still, die Leute gucken schon", zischelte sie dazu.

„Sollen sie ruhig, man wird ja wohl noch seine Meinung sagen dürfen", antwortete Vati, nicht mehr ganz so laut.

Ich war bei meinem zweiten Westberlinbesuch schon um einiges entspannter. Die Leute guckten? Na und! Ich guckte einfach zurück.

Als wir schließlich den Ku'damm entlangliefen, blieb uns dreien der Mund offenstehen. So viele Lichter, das war schön. So viel Lärm und Menschen, das war beängstigend. Wir liefen mit der Menge mit, ich hielt Vatis Hand. Mutti hielt ihre Handtasche fest unter den Arm geklemmt.

„Schaut mal, da bei der Kirche ist Weihnachtsmarkt, wollen wir einen Glühwein trinken?", schlug ich vor.

„Den kriegste auch bei uns, mal sehen, ob es was anderes gibt!", stimmte Vati sofort zu. Mit konkreten Plänen konnte man ihn überzeugen, sich treiben lassen war nicht so sein Ding. Jetzt hatte er eine Aufgabe: Uns ein möglichst exotisches Westgetränk zu besorgen.

Mutti wagte sich vor und provozierte ihn ein bisschen: „Willst du jetzt endlich mit uns anstoßen, auf das alles hier?"

„Anstoßen? Das ist nur mit Alkohol zu ertragen", frotzelte Vati und ich versuchte, in seinem Gesicht zu lesen. Hatte er sich abgefunden? Fand er es jetzt auch spannend? Oder meinte er immer noch, das letzte Wort sei noch nicht gesprochen zwischen Sozialismus und Kapitalismus?

Wenn es nach dem Warenangebot ging und dem Prunk, dann war klar, wer das Rennen gewann. Und wenn es darauf am Ende ankam, dann war auch klar, wem die Zukunft gehörte.

Wir begnügten uns doch mit einem einfachen Glühwein, der war süß und dünn. Aber er kostete am wenigsten, und schließlich war Weihnachten. Ich brachte unsere leeren Tassen zum Stand zurück, um das Pfandgeld abzuholen. Als der Typ hinter dem Tresen mich angrinste und fragte: „War das alles?", versagte mir die Stimme.

Sven!

Für eine Millisekunde hatte ich Sven in ihm gesehen. Ich starrte den Nichtsahnenden an wie die Kuh den Zug, wenn es donnert. Ich musste schlucken. Statt zu antworten, schüttelte ich nur mit dem Kopf. Svens Doppelgänger schüttelte ebenfalls mit dem Kopf, wahrscheinlich dachte er, ich hätte nicht alle Tassen im Schrank, aber für die war er selbst zuständig. Er schob mir das Pfandgeld hin und widmete sich den Wartenden, die schon drängelten und mit den Fingern schnipsten.

„Mäuschen, du guckst ja so komisch", stellte Mutti besorgt fest, als ich zu ihnen zurückkam.

„Ach nichts, nur eine Einbildung", antwortete ich.

Als wir spät in der Nacht wieder in unserer S-Bahn nach Strausberg Nord saßen, starrte ich eine knappe Stunde lang auf die erste Seite des Buches, das ich lesen wollte.

War das alles? Die Frage des Glühweinverkäufers hämmerte mir im Kopf herum und ließ keinen Platz für neue Gedanken. Auch nicht, wenn ich sie fix und fertig aufgeschrieben und zum Lesen serviert bekam.

Und wenn ich Sven tatsächlich begegnen würde, durch Zufall? Oder käme doch ein Lebenszeichen von ihm, irgendwann? Im Prinzip war jetzt fast alles möglich, er konnte seine Pläne und Absichten geändert haben, oder er hatte gesehen, was er wollte, seinen Vater getroffen, oder was auch immer. Was mir fehlte, war dieses Stück vom Puzzle: Welchen Plan hatte er gehabt? Warum war er abgehauen, was war so wichtig, wichtiger als wir gewesen? Oder hatte diese Erklärung in seinem Brief gestanden, und ich quälte mich am Ende nur deshalb, weil dieses Puzzleteil nie bei mir angekommen war? Was hatte er mir geschrieben?

Warte nicht auf mich, es hat keinen Zweck.

Oder doch:

Ich liebe dich, ich komme wieder, vertrau mir.

Ich müsste rüberfahren und Sven treffen! Knallhart vor ihm aufkreuzen und ihn zur Rede stellen. Daniel hatte gesagt, vielleicht sei er in Braunschweig, da hatte er seinen Vater vermutet. Ich müsste Marianne fragen. Warum meldete sie sich nicht bei mir? Oder sollte ich meinen

Geburtstag abwarten? Den konnte er nicht vergessen haben. Wir hatten uns vorgenommen, in einem asiatischen Restaurant im Berliner Palast-Hotel essen zu gehen. Das war seine Idee gewesen, ich hatte keine Vorstellung davon und eher Zweifel, dass japanische Speisen und solches Zeug schmecken könnten, aber es hatte mir gefallen, dass er eine derart ausgefallene Idee gehabt hatte. Dabei hieß es, man bekäme da nur mit Beziehungen Plätze. Und schweineteuer wäre es auch. Sven hatte gesagt, lass das mal meine Sorge sein. Pah! Das waren nur leere Worte gewesen, ein halbes Jahr vorher. Jetzt könnte er mich in ein westdeutsches Restaurant einladen ... wer weiß, was es bei denen für verrückte ausländische Sachen gab. Aber wahrscheinlich saß er da längst mit sonst wem, während ich hier fantasierte. Wütend klappte ich mein ungelesenes Buch zu, so dass Vati (er hatte diesmal kein Neues Deutschland mitgenommen, aber nur, weil Mutti protestiert hatte), aus seinem Nickerchen hochschreckte und mich verstört ansah.

Ich zuckte mit den Schultern und drehte mich zum Fenster. Die Dunkelheit zog in verschiedenen Grautönen daran vorbei. Es gab nur einzelne Häuser hier, aber die meisten waren mit Lichtern geschmückt, einem Stern, einem Schwibbogen. Man feierte Weihnachten, wie jedes Jahr. Was mein erstes Weihnachten mit Sven gewesen wäre, würde jetzt mein erstes Weihnachten ohne ihn sein.

Aber er würde sich melden. Zum Weihnachtsfest, zum neuen Jahr oder zu meinem Geburtstag.

War das alles? Nein, das war bestimmt noch nicht alles.

Über die Feiertage kamen Beate, Gerd und die Kinder zu uns nach Strausberg. Eigentlich wären sie dran gewesen, das Fest bei sich in Zwickau auszurichten, aber von uns aus fuhr es sich so schön nach Westberlin. Mutti begründete den Planungswechsel aber lieber damit, dass Beate weniger Arbeit hätte, wenn Mutti kochte und alles. Schließlich hatte Beates Bauchumfang schon beachtliche Ausmaße angenommen.

Ungeachtet dessen waren sie Anfang Dezember im Trabi bis nach Bayern gefahren, weil es da noch fünfzig Mark mehr gab pro DDR-Bürger. Wer sich schon woanders seine einhundert Mark geholt hatte, bekam die fünfzig Mark in Bayern noch obendrauf. Von dem vielen Geld konnten sie sich auch tolle Weihnachtsgeschenke leisten, und meine Schwester hatte sogar an mich gedacht: Ich durfte einen super schicken weißen Walkman auspacken. So ein Mini-Kassettengerät für die Tasche. Da war ich baff, dass sie sogar ihr Westgeld für mich ausgab. Ich hatte für sie gar nichts, dafür aber für das Baby in ihrem Bauch. Als es bei uns im Kindergeschäft Anfang Oktober mal so hübsche Strampler gab, hatte ich mich nicht beherrschen können. Und mit Hellgrün war ich auf Nummer sicher gegangen, ob es nun ein Mädchen oder ein Junge werden würde. Die Verkäuferin hatte mich skeptisch gemustert, und ich hatte sie gerne im Unklaren gelassen. Beate jedenfalls freute sich riesig. Und sie erzählte mir gleich noch eine besondere Geschichte, Geschenke betreffend:

Die Sache mit den Bayern und dass es da mehr Begrüßungsgeld gab, hatte Beate von einer Studienfreundin erfahren, die jetzt in Dresden wohnte. Diese Freundin hatte bei ihrer ersten Reise in den Westen eine Schallplatte vom Kreuzchor mitgenommen und sie der Schalterdame in der Begrüßungsgeldstelle geschenkt. Selbige hatte nicht schlecht gestaunt und, so wurde berichtet, sich wirklich gefreut. Es gab auch Geschenke von Ost nach West. Als Trost dafür, dass wir DDR-Bürger den Westlern vor Weihnachten die Läden leergekauft hatten, wie sie immer wieder im Fernsehen zeigten. Die Armen.

Wir hofften jedenfalls, auch drüben würden sie zum Fest an einem reich gedeckten Gabentisch sitzen, und tranken den dritten Glühwein. Beate heißen Apfeltee.

Am Mittwoch nach den Feiertagen, vormittags gegen halb elf, klingelte es bei uns an der Wohnungstür. Beate und ihre Meute waren gerade erst aus dem Haus und in Richtung Westberlin aufgebrochen und ich noch im Schlafanzug, da ich unserem Besuch den Vortritt im Bad gewährt hatte. Mutti öffnete. Ich lauschte hinter der Badezimmertür.

„Für Manuela? Oh, die ist gerade …", hörte ich Mutti sagen. Ehe sie Schaden anrichten konnte, rief ich laut „Moment", warf mir Vatis Bademantel, der gerade in der Nähe hing, über und war schon auf dem Korridor. Frau Berger stand vor unserer Tür. Ein Anruf. Für mich. Sie lächelte mich an.

„Komm ruhig mit, so wie du bist, mein Mann ist gerade unterwegs."

Für Mutti war die Sache erledigt, sie ging wieder in die Küche zurück. Ich folgte Frau Berger.

„Wer ist es denn?", hörte ich mich fragen.

„Ich weiß nicht, eine Frau, Most oder Voss oder …"

„Rost?", schlussfolgerte ich laut.

„Genau, ich glaube, so hat sie gesagt."

Mein Herz begann zu flattern.

Ruhig bleiben, Manuela, ganz ruhig.

Als ich nach dem grünen Hörer griff, der neben dem Apparat auf dem beige-braunen Spitzendeckchen lag, zitterte mein Arm. Nicht die Hand, der ganze Arm.

„Ja bitte?", tat ich, als wüsste ich nicht, wer am anderen Ende war.

Es knackte in der Leitung, und nach einer Weile sprach Marianne.

„Hallo, da bist du ja, ich hoffe, ich habe euch nicht gestört. Hier ist Marianne."

„Hallo Marianne."

„Wie geht es dir, Manuela? Habt ihr Weihnachten zu Hause gefeiert?"

„Ja, mit meiner Schwester."

„Schön."

Warum rief sie an, verdammt?

Ich hielt den Hörer am linken Ohr und drehte mit der rechten Hand nervös das Kabel.

„Du hör mal, weshalb ich dich anrufe ..."

Nun sag schon!

Marianne räusperte sich, ehe sie weitersprach.

„Wir haben mit Sven gesprochen, vor den Feiertagen."

Ach du Scheiße, und was bedeutete das?

„Ja?"

„Ja, also er ist in Braunschweig untergekommen, er hat da ein Zimmer in einer Wohngemeinschaft."

Mich störte mein eigenes Atmen. Was ich sagen sollte, wusste ich nicht. Marianne sprach weiter.

„Es geht ihm gut. Er hat sogar eine Stelle gefunden, erstmal aushilfsweise, in einem Computergeschäft, stell dir mal vor."

Warum erzählte sie mir das?

„Du kannst dir vorstellen, das ist das Richtige für ihn. Hier hatte er das alles in der Theorie gelernt, dabei gab es diese Technik gar nicht. Jedenfalls nicht für uns."

„Schön. Und wie geht es Ihnen, ich meine, euch?" Ich lenkte das Gespräch, dessen Verlauf nicht die erhoffte Richtung einschlug, absichtlich auf ein anderes Thema.

Marianne stockte.

„Ähm, gut soweit, ja, eigentlich schon."

Na, dann wäre ja alles gesagt. Warum hatte sie mich angerufen? Hatte sie denn gar nichts auszurichten? Warum sagte sie nicht etwas wie: Er fragt nach dir, er lässt dich grüßen, oder was auch immer. Wenn er das nicht tat, wozu rief sie bei mir an? Um mir zu sagen, dass es ihm gut ging? Drüben, ohne mich?

Ich spürte tief in der Magengrube, dass sich Übelkeit zusammenbraute. Jetzt bloß nicht umkippen. Besser, ich beendete das Gespräch möglichst schnell.

„Ja also, also dann ...", stammelte ich.

Mir fehlten passende Worte. Es gab keine passenden Worte. Nur Allgemeinplätze.

„Dann guten Rutsch!", sagte ich und wollte schon auflegen, als Marianne mich davon abhielt.

„Manuela, ich dachte, es würde dir helfen, etwas zu wissen."

Da hatte sie bestimmt recht.

„Danke", sagte ich und legte den Hörer auf das Gerät. Ich ordnete das verdrehte Kabel, strich das Spitzendeckchen glatt und grüßte Frau Berger, die in der Küche hantierte, indem ich ihr auch einen guten Rutsch wünschte.

Am Sonnabend fuhren Beate und Gerd wieder nach Hause, und was die am Sonntag anstehende Silvesterfeier betraf, hatte ich drei Optionen.

Der außergewöhnlichste Vorschlag kam von Caro. Sie war am Donnerstagnachmittag bei mir vorbeigekommen und hatte mich auf einen Kaffee ins Kunze abgeschleppt. Dort quatschten wir über alles und nichts. Nichts, was Sven betraf. Es war nicht so, dass ich Caro etwas verheimlichen wollte, aber ich konnte schlicht und ergreifend keine noch so herzlichen und von Caro lieb gemeinten Mitleidsbekundungen gebrauchen. Caro hatte gesagt, sie würde mit Daniel und seinen Nachbarn nach Berlin fahren, zu den großen Feiern, die sicherlich überall auf der Straße stattfinden würden, rund ums Brandenburger Tor und so. Das war eine tolle Idee, aber ich hatte keine Lust auf drängelnde Menschenmassen, querfliegende Feuerwerkskörper, kalte Füße und verzweifelte Suche nach einem Klo, das man in stundenlanger Kälte irgendwann brauchen würde.

Während Caro noch versuchte, mich für ihr Vorhaben zu begeistern, hatte ich mich längst für den ersten Vorschlag entschieden, den ich bereits am letzten Schultag vor den Weihnachtsferien bekommen hatte. Und zwar von keinem anderen als: Nico. Seit unserem letzten Silvesterflirt war so irre viel passiert. Es war nicht ein Jahr, das dazwischen lag. Es waren zehn, vom Gefühl her. Nico und Carsten würden diesmal bei einem Kumpel aus dem Sportverein feiern. Von Conny hatte sich Nico schon im Herbst wieder getrennt, das hatte ich von Sabine erfahren. War er wieder solo? Auf der Suche nach mir, seiner wahren Flamme? Es war mir egal, was er suchte. Mit ihm auf eine Fete zu gehen, war eine Gute-Laune-Garantie. Und gute Laune war das, was ich gerade suchte. Es war in jedem Fall verlockender, als daheim auf der Couch mit Mutti und Vati zu feiern. Das war die dritte Option.

Ich überlegte, ob ich sie enttäuschte, wenn ich sie allein ließ. Aber vielleicht wäre das für die beiden eine gute Gelegenheit, sich bei einem Gläschen Bowle mal richtig auszusprechen. Es war nicht leicht für sie, angesichts der Zustände in letzter Zeit. Vati kam jeden zweiten Tag mit Neuigkeiten aus dem Ministerium nach Hause und regte sich immer unheimlich auf, dass so viele ihren Schwanz einzogen oder gar aus Ideenlosigkeit eine Tugend machten. Mutti war nervös, weil sie in der Schule selbst im Matheunterricht nicht umhinkam, die Fragen der Schüler nach dem Tagesgeschehen zu beantworten. Und wie sollte sie glaubhaft bleiben, wenn es bis gestern hieß: Du musst deine entfernten Verwandten nicht sehen, die leben im Land des Klassenfeindes. Und heute, holla hopp, war scheinbar alles möglich und gar nicht so schlimm.

Ich glaube ja, es kommt einfach darauf an, jetzt in der Familie zusammenzuhalten. Man muss sich neue Meinungen bilden, wo das möglich und wo es nötig ist. Ich, mit meinen siebzehn, habe allerdings gut reden, das gebe ich zu. Mutti und Vati haben ihr ganzes Arbeitsleben den Idealen gewidmet, die gerade in den Dreck getreten werden. Da braucht es schon mindestens zwei Gläser Bowle, um auf andere Gedanken zu kommen.

Ein Glas wollte ich auch noch schnell probieren, bevor mich Nico und Carsten abholen kämen. Ich stieß mit Mutti und Vati auf das neue Jahr an, und wir alle fragten uns dabei vielleicht das erste Mal wirklich, was es denn bringen würde. So oder so ähnlich dachte man immer, aber oft war es nur so dahingesagt gewesen.

„Ich habe euch lieb!", sagte ich ganz ungeniert, und ich musste die beiden drücken.

„Pass auf, wenn du mit diesem Hallotri unterwegs bist", konnte sich Mutti nicht verkneifen.

Ich sah Vati an und raubte ihm die Worte aus dem Mund, zu denen er bereits angesetzt hatte:

„... und pass auf, wenn du über die Straße gehst".

Wir mussten lachen. Das war befreiend und nahm der Zeremonie die Dramatik. Ich wollte noch eins draufsetzen und erklärte:

„Heute ist Sonntag und morgen ist Montag, oder nicht?"

Vati wippte mit dem Kopf und meinte:

„Das kann man ja mal als Diskussionsgrundlage auf den runden Tisch bringen. Darüber entscheiden wir ganz demokratisch."

„Also, wenn eins klar ist, dann, dass Muttis Bowle spitzenmäßig schmeckt. Darf ich noch einen Schluck?"

Vati goss mir nach, und wir lachten und scherzten wie in alten Zeiten.

Ich staunte nicht schlecht, als Nico kurz nach sieben allein vor der Haustür stand.

„Und Carsten?"

„Der hat im letzten Moment abgesagt, wollte nach Berlin fahren oder so."

Hm, das schien mir verdächtig organisiert zu sein.

Nico deutete mit dem Kopf auf einen parkenden Trabbi.

„Das sind Tommi und Andreas, die nehmen uns mit, sie müssen in die gleiche Richtung."

Aber wie kämen wir wieder nach Hause?

„Für den Rückweg müssen wir uns noch was einfallen lassen, im Notfall zu Fuß", erriet Nico meine Gedanken.

Bis in die Berliner Straße, wo die Fete steigen sollte, war es ein langes Stück. Aber egal, der Rückweg wäre erst im nächsten Jahr zu bewältigen.

Im Auto war der Beifahrerplatz schon besetzt. Für Nico und mich blieb die Rückbank. Während der Fahrt unterhielt sich Nico mit Andreas, bei dem es sich um Andreas Schmidt handelte, für den Dani mal geschwärmt hatte. Dani war mit ihren Eltern über Weihnachten und Silvester in einem Ferienheim im Erzgebirge. Räuchermännl, Nussknacker und Pyramiden. Tagsüber Skifahren und abends im Speisesaal des Ferienheims volksmusikalischen Einlagen lauschen. Dort war die Welt noch in Ordnung, nahm ich an, und nicht so aus den Fugen wie bei uns.

Ich betrachtete Andreas, der mit Nico über die letzten Handballergebnisse debattierte. Ein attraktives Profil hatte er schon, das musste ich zugeben. Dani hatte einen guten Geschmack. Und Nico? Der konnte auch mithalten, aber seine Schönheit lag vielleicht eher in meinem betrachtenden Auge, war nicht so allgemeingültig und über alle Zweifel erhaben. Kerstin hatte mal gesagt (aber was zählte Kerstins Meinung?), Nico hätte ein Boxergesicht. Das fand ich nicht. Sein Gesicht wirkte nicht zerschlagen, seine Nase war nicht breit. Ich würde Nicos Züge als markant bezeichnen. Und das war interessant. Dabei hatte sich Nico verändert, wenn ich an unsere Zeit im Arbeitslager in Witebsk dachte. Den kleinen Oberlippenbart, den er zwischenzeitlich trug und der zum Piepen aussah (das hatte ich ihm auch direkt gesagt, da kannte ich nichts), rasierte er jetzt Gott sei Dank wieder ab. Trotzdem hatte er sich, rein äußerlich, vom verwegenen Jungen zum angehenden Mann gemausert.

Wie er mir besser gefiel? Das würde sich vielleicht heute Abend zeigen. Im Auto hatte er Abstand zu mir gehalten, verglichen mit anderen Situationen, die länger zurücklagen. Als wir die Treppen zu der Wohnung hochstiegen, aus der laute Musik dröhnte, fasste er mich an der Hand. Wollte er eine andere eifersüchtig machen? Bei ihm war ich auf alles gefasst. Nico hatte schon zweimal auf den Klingelknopf gedrückt, aber das gedämpfte Läuten hatte gegen den Lärm, der aus der Wohnung drang, keine Chance.

„Lass uns woanders hingehen, nur du und ich!", schlug Nico vor und blitzte mich aus seinen tiefbraunen Augen an. Diese Blitze hatten nichts an Wirksamkeit verloren. Fast nichts. Ich lachte und wich ihnen aus. Ehe ich eine passende Antwort zurechtformulieren konnte, öffnete sich plötzlich die Tür, an der wir zum Glück nicht lehnten, da wir uns an den Händen hielten.

„Hey, da seid ihr ja!", begrüßte uns ein kleiner, stämmiger Typ mit Sommersprossen.

Er schlug Nico auf die Schulter, dann schaute er mich an: „Und du bist, warte mal ..."

Ehe ich andere Namen zu hören bekam, verriet ich lieber gleich: „Manuela oder Manu, wenn du willst."

Der kleine Sommersprossige erklärte, dass er Riccardo hieß, oder Ricci, wenn ich wollte, und zog uns rein in die Wohnung, in der in jedem Zimmer schon mehr oder weniger anständig gefeiert wurde. Dass es weniger anständig zuging, vermutete ich zum Beispiel bei dem Zimmer, bei dem die Tür demonstrativ von innen zugeschlagen wurde, als wir daran vorbeiliefen.

Ricci geleitete uns zunächst in die Küche, wo er uns den Kühlschrank mit Bier und Sekt zeigte und die Anrichte, auf der mehrere Bastkörbchen mit Schnitten und

Brötchen standen und daneben Teller mit Aufschnitt: verschiedene Sorten Käse, Schlagwurst, Lyoner. Ein Riesenglas mit sauren Gurken und ein kleineres mit eingelegten Zwiebeln komplettierten das Büffet. Ricci war der Gastgeber dieser Feier, wie ich aus seinem Verhalten und Nicos Kommentaren verstanden hatte. Er entschuldigte sich jetzt bei mir, wahrscheinlich hatte er meine Blicke auf das Speisenangebot als Kritik interpretiert.

„Das ist ein bisschen improvisiert, Selbstbedienung sozusagen. Heike hat mich hängen lassen, die wollte eher kommen und Brote schmieren, aber ...“

Ich stellte schnell klar, dass alles in Ordnung sei und mit Selbstbedienung sogar viel praktischer.

„Und keine Angst, das ist nicht alles, später bringen Susi und Ramona einen Topf Soljanka und Rollmöpse, das ist saurer Hering, musst du wissen.“

Nico befahl seinem Kumpel, er könne auch mal wieder die Klappe halten und endlich ein Bier rausrücken. Wir seien schließlich kein Staatsbesuch.

„Auch wenn Manuela so vornehm aussieht, alles bloß Getue und halb so wild.“

Dabei warf mir Nico einen seiner vielsagenden Blicke zu.

Wie verließen das Vorratslager mit einer Flasche Bier für jeden und gesellten uns zu den fünfzehn oder zwanzig Leuten, die im Wohnzimmer auf der Couch, auf Küchenstühlen und Hockern oder mit Kissen auf dem Boden saßen.

„Ach so, zum Rauchen bitte ins Nebenzimmer“, erklärte uns Ricci, als Nico seine Zigaretten herauskramte. Der steckte sie notgedrungen wieder weg.

Wir blickten kurz in die Runde. Da ich kein bekanntes Gesicht sah, sicherte ich mir schnell den letzten freien

Hocker. Nico ging ein paar Leute begrüßen, sah aber immer wieder zu mir rüber. Ich schaute mich um, so gut das bei der schummerigen Beleuchtung möglich war. Außer einer Stehlampe in der Ecke gab es noch ein paar Kerzen auf dem Tisch. Dieses Wohnzimmer war nicht viel größer als unseres, es gab aber keinen Balkon, so dass unter dem Fenster Platz für einen Esstisch und Stühle war. Es gab im Unterschied zu den meisten Wohnzimmern, die ich gesehen hatte, keine vollständige Schrankwand an einer Seite, sondern nur Bücherregale auf der einen und eine flache Kommode auf der anderen Seite, dunkelbraun und recht altmodisch, so in der Art der Möbel, die meine Oma in Berlin gehabt hatte. Das war eine recht eigenwillige Einrichtung, aber vielleicht wirkte der Raum dadurch interessanter.

„Darf ich mich zu dir auf den Schoß setzen?"

Nico feixte und machte tatsächlich diesbezügliche Anstalten. Ich sprang schnell auf und schlug vor, auf eine Zigarette in das dafür vorgesehene Nebenzimmer zu schauen. Im Raucherzimmer, das wie ein Büro eingerichtet war – mit Schreibtisch, einem Schrank und vielen Kisten mit Büchern – standen zwei Mädels am offenen Fenster. Mir fielen sofort ihre ausgefallenen Klamotten auf. Sie waren nicht so schickgemacht wie ich oder ein paar andere. Aber ich konnte auch nicht genau sagen, was es war. Bis sie sich umdrehten und uns ansprachen. Sie redeten auch anders. Mareike und Babette waren Schwestern und kamen aus Kassel. Die beiden entpuppten sich als waschechter Westbesuch.

„Maik ist sowas wie ein entfernter Cousin von uns, und als wir hörten, dass seine Eltern über den Jahreswechsel zu uns kommen, da dachten wir, wir fahren einfach mal in die andere Richtung und schauen uns bei euch im Osten ein bisschen um."

Ich nickte ungläubig.

„Und?", fragte ich, „wie gefällt es euch?"

„Voll geil", kam ihre Antwort wie aus der Pistole geschossen.

„Ah", meinte ich nur und die größere von beiden, ich glaube, das war Mareike, bestätigte mir noch mal mit anderen Worten:

„Ehrlich, es gefällt uns hier, das ist zwar alles krass, aber irgendwie auch ... super."

Als die beiden unsere Club-Zigaretten sahen, waren sie ganz aus dem Häuschen.

„Können wir eine tauschen?"

Und so rauchte der Westbesuch gleich noch eine Club und wir dafür eine Marlboro. Übelst stark, das Zeug, aber ich wollte mir nichts anmerken lassen.

Wir kamen richtig ins Gespräch mit den beiden.

„Wie, du bist eine Offizierstochter?"

Ich nickte.

„Geil."

„Erzähl doch mal!"

Ich wusste gar nicht, was sie hören wollten, aber für sie war alles so neu und fremd und scheinbar aufregend, dass ich einfach irgendwo anfing und immer mehr in Fahrt kam. Nico gab währenddessen den geheimnisvollen Schweiger und genoss seine Marlboro in tiefen Zügen. Als er sie aufgeraucht hatte, mischte er sich doch ins Gespräch und sorgte dafür, dass die beiden uns auch etwas von sich erzählten.

Mareike machte nach dem Abitur gerade ein Jahr Praktikum in der Spedition ihres Onkels, weil sie noch nicht so richtig wusste, ob sie wirklich an die Uni oder eine

Ausbildung machen wollte. Ihre Schwester studierte im zweiten Jahr Medizin.

„Und ihr, was macht ihr, wenn ihr euer Abi in der Tasche habt?", fragte Babette.

Mareike kicherte und meinte:

„Im Beutel, wollte sie sagen, wenn ihr das Abi im Beutel habt."

Sie lachte dabei so herzerfrischend, dass man es ihr nicht übelnehmen konnte, auch wenn sie sich offensichtlich über unsere praktischen Einkaufsbeutel lustig machte.

„Finanzwissenschaften, an der Humboldt Universität."

„Ah, in Berlin, auch nicht schlecht", sagte Babette.

„Geil", nickte Mareike.

Na ja, ich wusste nicht, ob das wirklich geil werden könnte. Und wenn nun meine Bewerbung gar nicht mehr galt und ich noch umschwenken könnte? Vielleicht war das mit der sogenannten Wende am Ende gar nicht so schlecht.

„Ich hätte ja lieber Theater oder Literatur oder sowas studiert", erklärte ich.

Das mit der Schauspielerei erwähnte ich lieber nicht, wer weiß, wie sie das auffassen würden.

„Ja und, geht das bei euch nicht?"

„Doch schon, klar."

„Na also. Mach das, was dich interessiert!", sagte ausgerechnet Mareike, die selbst noch nicht wusste, was sie machen wollte.

„Vielleicht dürft ihr bald auch bei uns studieren, warte mal ab", meinte Babette.

Ich verdrehte die Augen. Jetzt verloren sie aber die Bodenhaftung. Aber so musste das bei ihnen sein: Jeder dachte, was er wollte und sagte auch, was er dachte. Und was möglich schien, das tat man einfach.

„Wollen wir tanzen, oder störe ich?", raunte es plötzlich in mein Ohr. Es war Ricci, der sich von hinten angeschlichen hatte.

„Wir gehen auch wieder rüber", halfen mir Mareike und Babette bei der Entscheidung.

Vorher prüfte ich Nicos Reaktion, der nur grinste und großzügig nickte.

„Geht mal, ich muss sowieso gerade aufs Klo".

Dass er ein verkannter Romantiker war, bewies Nico in Situationen wie diesen. Also ging ich tanzen. Auch der Westbesuch gesellte sich zu uns auf die Tanzfläche. Wenn dieser Begriff nicht ein Stück zu hoch gegriffen war. Im Schlafzimmer waren die Betten zur Seite geschobenen worden, um ein bisschen Platz in der Mitte zu schaffen. Beim Zappeln im Gedränge sah man fast keinen Unterschied mehr zwischen BRD- und DDR-Mädchen, fand ich. Als dann ausgerechnet *Dressed for success* von Roxette lief, musste ich grinsen. Wer weiß, wie die beiden besser Gekleideten das sahen. Aber vielleicht fanden sie unsere schicken Sachen auch nur anders und irgendwie … geil.

Als das Jahr seinem unvermeidlichen Ende und die Ausgelassenheit auf der Fete ihrem Höhepunkt entgegen ging, saßen Nico und ich in der Küche.

„Keine Lust auf Knallerei, und du?", meinte Nico.

„Nicht unbedingt", stimmte ich zu und nahm mir noch ein Brötchen mit Aufschnitt.

Nico hatte den ganzen Abend nicht getanzt, sondern rumgesessen und sich an seinem Glas festgehalten. In

Stimmung war er nicht, er machte seinem Ruf diesmal keine Ehre.

Hatten gerade noch andere Hungrige und Durstige die Küche bevölkert, waren wir jetzt allein zurückgeblieben, da sich die meisten nach draußen begeben hatten. Für den Countdown, um die Knaller abzufeuern, um dabei zu sein, wenn man sich in die Arme fiel.

„Stoßen wir wenigstens an, mit Sekt?", fragte ich vorsichtig.

Nico nickte. „Klar, das doch immer."

Er ging zum Kühlschrank und beförderte eine Flasche Rotkäppchen heraus.

„Die ist für uns, schau mal."

Ich zuckte mit den Schultern. „Wenn du meinst."

„Steht doch drauf."

Nico kam zu mir an den Tisch und hielt mir das Flaschenetikett unter die Nase.

„Schau!"

Da standen tatsächlich unsere Namen: *Nico + Manuela.*

„Habe ich vorhin schon organisiert, damit sie uns keiner wegtrinkt."

Jetzt zog wieder das Grinsen über Nicos Gesicht, das ich immer so unwiderstehlich gefunden hatte.

„Wie kommt es eigentlich, dass du hier allein auf der Fete bist?", fragte ich.

„Allein? Carsten sollte dabei sein, der Knallkopp."

Nico suchte nach sauberen Gläsern für unseren Sekt.

„Haben sie hier gar nicht die tollen gepunkteten Plastebecher, weißt du noch, wie letztes Jahr?", erinnerte ich.

„Klar weiß ich das noch. War schön damals, wir hatten richtig Spaß!"

Nico hatte in einem Schrank zwei Weingläser gefunden und brachte sie an den Tisch.

„Dieses Mal nicht so wirklich, hm?", bemerkte ich.

Nico schwieg und holte die Zigaretten aus der Tasche.

„Komm, wir rauchen noch eine vor Mitternacht."

„Nebenan?"

„Nee, gleich hier, am Fenster. Sieht doch keiner."

Wir öffneten das Fenster, das nach hinten auf den Hof raus ging. Die Feiernden waren alle vorne auf der Straße. Wir lehnten uns aufs Fensterbrett, unsere Oberarme berührten sich manchmal, wenn einer von uns sich bewegte.

„Du, Manu ...", setzte Nico plötzlich an.

Ich nahm einen tiefen Zug an meiner Club. Was würde er mich fragen?

„Du bist nicht eng mit Conny, oder?"

Conny. Alles klar. Liebeskummer.

„Na ja, geht so. In der Schule quatschen wir schon, aber sonst sehen wir uns kaum."

„Ach so."

Nico drehte die Zigarette zwischen den Fingern und starrte auf die Glut, die nicht abfallen wollte.

Dann sagte er, und ich verstand den Zusammenhang nicht:

„Sag mal, die ganzen letzten Wochen, wie hast du das alles verkraftet?"

Verkraftet? Wovon sprach er jetzt? Eben noch Conny ...

„Was meinst du?"

Nico sah mich an.

„Was ich meine? Für dich ist also nichts passiert, oder wie? Alles bestens, alles roger?"

Nico stieß den Rauch durch die Nase.

Langsam wurde ich ungeduldig. Waren wir nicht zum Feiern hergekommen? Dass er mir sein Herz ausschütten wollte, dagegen hätte ich nichts gehabt, im Gegenteil, das wäre ein schönes Kompliment. Aber so unklares Gejammer ...

„Mir geht das alles zu schnell. Das läuft darauf hinaus, dass die uns einverleiben, und fertig. DDR – weg damit. Großdeutschland – wir kommen."

Ach so, darum ging es. Um die großen Veränderungen.

„Mir macht es auch ein bisschen Angst. Aber andererseits ..."

„Jetzt komm mir nicht mit dem Gelaber von endlich reisen dürfen und so. Kann man machen, da hat keiner was dagegen. Aber mit Verstand, mal einen Moment innehalten und nachdenken, wie das hier weitergehen soll."

„Warum hast du mich nach Conny gefragt?"

Nico antwortete mit einer Gegenfrage:

„Dein Vater, wo arbeitet der, im Ministerium?"

Ich nickte. Darüber hatten wir vorhin auch mit den beiden Westmiezen gesprochen.

„Na also. Und meinst du, da wird er es leicht haben?"

„Sicher nicht, aber erst mal abwarten ..."

„... bis sich alles klärt. Kenn ich, den Spruch. Aber mein Alter, der ist nicht nur bei der Volksarmee, das ist das Problem."

Nico zog wie ein Verdurstender an seinem Zigarettenstummel, ehe er ihn angewidert ausdrückte und weitersprach.

„Und Conny, als die das erfahren hat ... weißt du, mit welchem Spruch sie mich vor die Tür gesetzt hat? Mit solchen Leuten will ich jetzt lieber nicht zu tun haben."

Conny hatte mit Nico Schluss gemacht, weil sein Vater beim MfS war?

„Bei mir ist alles den Bach runtergegangen im letzten Jahr. Verstehst du jetzt, warum mir nicht nach Feiern zumute ist?"

Ich nickte.

„Und warum bist du nicht zu Hause geblieben?", fragte ich.

Nico sah mich an, und seine Gesichtszüge entspannten sich.

„Weil ich in netter Gesellschaft sein wollte. Da bist du mir eingefallen, und unsere Fete vom letzten Jahr, und da dachte ich, fragen kostet ja nichts."

Ich schluckte.

„Und dann dachte ich noch, vielleicht ist Manu auch nicht so gut drauf und geteiltes Leid ist halbes Leid."

„So, das dachtest du."

Ich fühlte mich ertappt. Hatte ich Nico nicht auch als Notanker an Land gezogen, für diesen Jahreswechsel?

„Na ja, das mit dir und deinem Freund ist ja auch schief gegangen, wie man weiß."

Wie man weiß. Was Nico genau wusste, wusste ich nicht, aber ich wollte es – jetzt – auch gar nicht wissen.

Plötzlich anschwellender Lärm von der Straße erinnerte daran, dass die letzten Minuten des Jahrzehnts angebrochen waren. Die Achtziger Jahre wären Geschichte. Unsere Kindheit, unsere Jugend. Ich holte die Sektflasche und hielt sie jetzt Nico vors Gesicht.

„Aufmachen, schnell, sonst gibt's Ärger!"

Nico feixte und tat, wie von ihm verlangt.

Draußen grölten sie schon den Countdown: ... acht, sieben, sechs ...

„Lass uns noch schnell was Verrücktes tun."

Das war wieder Nico, mein Schwarm.

„Aus dem Fenster springen?", schlug ich vor.

„Was macht ihr denn noch hier drinnen?"

Es war Ricci, der uns das was auch immer versaute und zur Küchentür hereingestürzt kam.

„Alles raus, das ist ein Befehl", rief er und riss Nico die Flasche aus der Hand. Mich packte er am Arm.

„Das ist hier keine Kuschelparty, draußen geht die Post ab", erklärte Ricci seinen Überfall.

Nico und ich wechselten einen Blick voller Bedauern und fügten uns dem Geschehen. Wir konnten gerade noch darauf bestehen, von unserem Sekt wenigstens ein Glas abzubekommen, dann war Ricci mitsamt der Flasche im Getümmel verschwunden.

Von allen Seiten kamen Leute und stießen ihre Flaschen, Becher und was sie gerade in der Hand hatten gegen unsere Gläser. Zwischen einer Umarmung und der nächsten gelang es uns beiden, auch miteinander anzustoßen. Dabei sahen wir uns nur an.

„Na dann, ich wünsch dir was ...", brach ich das Schweigen.

„Ich dir!"

Nico lächelte traurig. Im nächsten Moment, wie auf Knopfdruck, lachte er laut auf und trank sein Glas in einem Zug leer.

In den folgenden zwei Stunden verloren wir uns immer wieder aus den Augen, während ich mich von der Feierei und der ausgelassenen Stimmung mitreißen ließ. Ich quatschte noch ein wenig mit Babette und ihrer Schwester. Jeder tanzte mit jedem, wie es sich gerade so ergab. Ich trank noch mehr Sekt und als der aus war, Wein. Irgendwann stand ich allein im Raucherzimmer.

Endlich kam ich zum Nachdenken. Nico, der Spinner, zog plötzlich andere Saiten auf. Oder hatte sie schon immer gehabt, ohne dass ich davon wusste. Sollte unsere heimliche Sympathie doch noch zu etwas Realem taugen? Ich stand am Fenster und rauchte. Plötzlich hörte ich Schritte. Ich hoffte, dass er es sei, aber drehte mich nicht um. Er musste mich suchen, oder nicht? Und zack, so war es. Ich wusste immer schon vorher, wenn etwas geschehen musste. Der andere hatte gar keine Wahl. Schicksal nannte man das? Vielleicht. Hauptsache, ich hatte es in der geistigen Hand.

„Lass uns gehen!", sagte er.

Nico sah müde aus, was man mit ziemlicher Sicherheit auch von mir sagen konnte.

Nach unendlich langem Fußweg standen wir vor meiner Haustür.

Und küssten uns.

Was soll ich sagen? Es war so lala. Wir waren wohl doch zu besoffen nach dieser Nacht.

Was er danach grinsend bemerkte, haute mich allerdings aus den Pumps:

„Mensch Manu, dein Lippenstift schmeckt so komisch, hol dir mal einen neuen."

Ich lachte einfach, was sollte ich darauf antworten?

„Mal sehen. Gute Nacht."

Müde wie ich war, schlief ich sofort ein. Am Morgen danach, gegen Mittag, erinnerte nur der Kater an das große Fest.

Den ranzig schmeckenden Lippenstift hatte ich noch vor dem Schlafengehen aus der Handtasche gekramt und in den Müll geworfen.

Epilog

Ein sonniger Herbstnachmittag im Oktober 1990

SCHULE WAR DOCH DAS BESTE! Das weiß ich jetzt und zähle die Tage, bis ich mich ins Studium an der Humboldt stürzen kann. Erstmal muss ich leider ein sogenanntes praktisches Jahr absolvieren. Hier bei uns in Strausberg am Leninplatz, bei der Staatsbank der DDR, die jetzt Dresdner Bank geworden ist. Schaden kann das sicherlich nicht: Wer immer nur Theorie studiert, bekommt keine Ahnung vom richtigen Leben. Vom Berufsleben, meine ich.

Ich werde doch Wirtschaft studieren, wenn auch nicht die, an die Mutti und Vati gedacht hatten, als sie mich dazu überredeten. Damals, als noch die Einheit von Wirtschafts- und Sozialpolitik galt. Zurzeit geht es an beiden Enden ein bisschen drunter und drüber. Aber jetzt übernimmt uns die Bundesrepublik und das System wird umgestellt. Alles wird besser, alles wird gut. So heißt es jedenfalls.

Aber was ich eigentlich erzählen wollte: Täglich acht Stunden Bürostuhlhocken ist anstrengend und monoton, kann ich euch sagen. Heute war endlich Freitag, und ich genehmigte mir nach Dienstschluss einen schönen Umweg an der Stadtmauer entlang. In der Nähe des S-Bahnhofs fielen mir drei Personen auf der Hohensteiner Chaussee auf. Sie kamen direkt auf mich zu. Ich konnte nicht umhin, sie anzustarren. Das waren doch ... das waren Marianne und Herr Rost und ...

Der großgewachsene junge Mann, der wie ein Versicherungsvertreter aussah, musste mich auch erkannt haben. Er lief plötzlich schneller.

Ich stand wie angewurzelt mitten auf dem Bürgersteig.

„Hallo Manuela!"

Sven blieb etwa einen Schritt vor mir stehen und versuchte ein Lächeln.

„Hallo", brachte ich heraus, und um kein peinliches Schweigen aufkommen zu lassen, ergänzte ich, denn das passte immer:

„Was machst du denn hier?"

Sven hielt sich an seinem Rucksack fest. Das musste noch der von damals sein, er passte nicht zu seinen neuen Klamotten.

„Ich bin zu Besuch, übers Wochenende. Wir wollen mal nach Berlin."

„Aha."

Ich starrte auf die Pflastersteine zwischen uns.

„Tut mir leid, wie das alles gelaufen ist."

„Gelaufen ist?", entgegnete ich lauter als mir lieb war, und schaute ihm jetzt doch ins Gesicht.

„Abgehauen bist du, ich saß hier wie der letzte Idiot."

„Hallo Manuela", begrüßte mich Marianne von weitem und rief ihrem Sohn zu: „Die Bahn fährt in fünf Minuten."

Sven machte ihr klar, dass sie schon mal vorgehen sollten.

Dann sah er mich an, etwas traurig oder einfach nur betreten, das konnte ich schwer deuten.

„Weißt du, damals war diese Gelegenheit in Sopron, ich musste es einfach tun, in dem Moment konnte ich nicht lange zögern. Später hat es mir leidgetan, wegen dir. Ich musste oft an dich denken und dass du es nicht verstehen würdest, glaub mir ..."

„Schon gut", unterbrach ich ihn, „ich hab's überlebt."

Wieder lächelte Sven, angestrengt. Dann sagte er: „Ich muss jetzt los. Vielleicht sieht man sich mal, ich komme bestimmt hin und wieder nach Hause."

Darauf wusste ich keine Antwort.

„Viel Spaß in Berlin!", sagte ich also.

Ich drehte mich um und lief die Philipp-Müller hoch, so schnell, als ob ich es wäre, die eine Bahn verpasste.

Ich lief und lief, bis ein Moped neben mir knatterte. Es war Ralf auf seiner Schwalbe.

„Kanntest du da vorhin jemanden?", fragte er beiläufig, gab mir einen Kuss und ließ mich aufsteigen.

„Ja, aber das ist schon länger her", antwortete ich und schlang meine Arme um ihn.

PS: Übrigens war ich im Frühjahr tatsächlich beim Vorsprechen an der Schauspielschule. Es lief recht gut, aber sie sagten, ich hätte leider nicht das nötige Stimmvolumen. Wer weiß, womöglich war das eine hilfreiche Erfahrung und keine Tragödie.

Denn, so ist es doch: Bevor Geschichten auf die Bühne oder die Leinwand kommen, müssen sie erstmal erzählt werden. Beziehungsweise aufgeschrieben. Da in der letzten Zeit so viel Verrücktes passiert ist, dass man es gar nicht spannender erfinden könnte, habe ich gleich mal alles zu Papier gebracht. Ihr habt es gerade gelesen.

Glossar

BLAUHEMD: FDJ-Bluse. Verbandskleidung, die zu allen offiziellen Anlässen von den Mitgliedern getragen werden musste.

DEDERON: Berühmtberüchtigte Kunstfaser, besonders bewährt für Kittelschürzen. Wortkreation aus D-D-R und -on.

DELIKAT (AUCH: DELI, FRESS-EX): Ladenkette für hochpreisige Nahrungs- und Genussmittel. Führte (oft in der DDR produzierte) Westmarken und eigene Marken.

EOS: Abkürzung für Erweiterte Oberschule, an der man in der DDR in zwei Jahren das Abitur ablegte (11. und 12. Klasse). Auch PENNE genannt.

EXQUISIT (ABK. EX): Ladenkette für hochwertige, modische und entsprechend teure Bekleidung.

FDJ-LEITUNG: Leitungsgremium der kommunistischen Massenorganisation FREIE DEUTSCHE JUGEND, in der fast alle Schüler ab 14 Jahren Mitglied waren.

GST: Gesellschaft für Sport und Technik. Dachverband für technische Sportarten und u.a. verantwortlich für die vormilitärische Ausbildung an Schulen.

HFÖ: Hochschule für Ökonomie in Berlin-Karlshorst.

HORCH UND GUCK: Ironisch für STASI

JUGENDMODE (ABK. JUMO): Bekleidung speziell für Jugendliche.

KESSEL: Abkürzung für die Fernsehshow des DDR-Fernsehens „Ein Kessel Buntes". Sehr beliebt dank internationaler Gäste und Sonnabend-Abend-Pflichtprogramm.

MFS: Ministerium für Staatssicherheit, genannt STASI

MINISTERIUM: Ministerium für Nationale Verteidigung mit Sitz in Strausberg Nord.

NEUES DEUTSCHLAND (ABK. ND): Tageszeitung und Zentralorgan der SED. Pflichtlektüre für aktive Genossen.

NICKI: T-Shirt

NVA: Nationale Volksarmee

PLENUM: Versammlung des Zentralkomitees der SED zwischen den Parteitagen. Die beim Plenum gefassten Beschlüsse las man im ND, daher hier: „im Plenum stecken".

RÜGENDAMM: Hier ist natürlich nicht die berühmte Autoverbindung vom Festland zur Insel Rügen gemeint, sondern der über eine Senke führende Verbindungsweg zwischen Peter-Göhring und Wriezener Straße in Strausberg.

SUBBOTNIK: An Sonnabenden stattfindender, freiwilliger unbezahlter Arbeitseinsatz nach russischem Vorbild, zum Beispiel von der Schule organisiert, um Grünanlagen zu pflegen oder Straßen zu kehren.

VITAMIN B: Beziehungen. Besonders wichtig hinterm Ladentisch.

Quellenangaben Zitate

Seiten 25, 27, 132, 229
ALTER SCHWEDE, Hans Weber: Verlag Neues Leben Berlin 1984

Seite 58
GEWALT UND ZÄRTLICHKEIT, Horst Bastian: Verlag Neues Leben Berlin 1987

Seite 184
BALLETTFIBEL, Eberhard Rebling: Reihe Taschenbuch der Künste. Henschelverlag Kunst und Gesellschaft Berlin 1974

Im Text eingeflossene Zitate von Romy Schneider aus:

ROMY SCHNEIDER BILDER IHRES LEBENS, Renate Seydel und Bernd Meier: Henschelverlag Berlin 1987